MENOSGADA

Fantasy-Roman

von

Werner Karl

Es ist das Jahr 54 v. Chr.

Es heißt, ein Kelte
fürchte sich einzig davor,
dass ihm der Himmel
auf den Kopf fallen könnte.

Doch in der befestigten
Stadt MENOSGADA schwelt
seit über 100 Jahren die Furcht
vor etwas weitaus Schlimmeren:
den *Alten Mann vom Berg*.

Eingeweihte raunen
einen anderen Namen:
der *Seelenfresser*
... und haben recht damit.

Impressum

MENOSGADA
Fantasy Roman

www.wernerkarl.org

ISBN-13: 978-1533591135
Printed by Create Space; an Amazon Company

Titelbildgestaltung durch:
Designstudio Daniela Roith, Langenzenn
www.emotions4web.de
unter Verwendung eines Bildes von:

www.istockphoto.com

Schriftart: Times New Roman und Bedrock-Cyr

Vorwort

Als Autor wird man sehr häufig – eigentlich immer – nach der Quelle seiner Ideen gefragt. Bei mir ist es oft nur ein einziges Wort, ein Bild, ein Satz, der etwas in mir weckt. Als ich von meiner Frau in einem anderen Zusammenhang das Wort Menosgada hörte, fragte ich, was das sei. Ihre Antwort war, es sei der keltische Name für den Staffelberg, in dessen Nähe wir seit über 20 Jahren wohnen und den wir auch mehrmals im Jahr besuchen. Für diejenigen unter Ihnen, denen der Staffelberg nicht geläufig ist, sei erwähnt, dass dieser sich im Norden Bayerns befindet, also in Franken. Am Fuße des Staffelberges liegt der schöne Kurort Bad Staffelstein, nicht weit gelegen von der Basilika Vierzehnheiligen und – auf der anderen Seite des Mains – dem Kloster Banz. Letzteres dürfte politisch Interessierten ein Begriff sein. Die CSU hält dort ihre Klausurtagungen ab.

Meine Neugier war geweckt. Ich begann also zu recherchieren und fand bald die Erklärung: Menos ist Latein und steht für den Fluss Main, der zu Füßen des Berges fließt. Gada bedeutet Befestigung, befestigte Siedlung oder angesehene/berühmte Burg. Der griechische Historiker Ptolemäus erwähnte als erster diese Stadt. Menosgada ist also ein keltisches Oppidum, eine stadtähnliche Siedlung.

Für all jene, die sich bisher nicht näher mit den Kelten, Germanen und deren Götterwelten befasst haben, habe ich eine Reihe von Begriffen am Ende des Buches in einem Glossar aufgelistet und knapp erläutert.

Zurück zur Ideenfindung. Im Falle von Menosgada ergab sich fast automatisch ein entsprechender Handlungszeitraum und ein interessantes Szenario: Die ansässigen Kelten versuchten sich mit dieser Befestigung nicht nur vor feindlichen keltischen Stämmen zu schützen. Die Wallanlagen dienten auch als Schutz vor den aus dem Norden anrückenden Germanen, also unseren Vorfahren.

Mehr brauchte mein Gehirn nicht, um in Fahrt zu kommen …

Der Autor

Inhaltsverzeichnis

Kapitel I
Im Jahr 54 v. Chr.
Schatten im Kopf

Die abgrundtiefe Finsternis des Traumes lag wie ein bleierner Mantel auf dem Kind. Die reale Dunkelheit, die es umgab, schien sich mit der irrealen zu einem schwarzen Verlies verschmelzen zu wollen. Das Mädchen krallte seine kleinen Finger in das weiche Lager. Zu anderen Bewegungen war es offensichtlich nicht in der Lage. Nur seine Augäpfel vollführten unter den zuckenden Lidern einen wilden Tanz.

Der kleinere Bruder des Mädchens lag dicht neben ihm, schlief tief und fest. Die Eltern der beiden ruhten nur wenige Schritte entfernt, die Frau an die Brust des Mannes geschmiegt. Keiner der drei vernahm die leisen Geräusche, die das Mädchen mit seinen Händen verursachte.

Nur der schlanke, noch sehr junge Hund, richtete seine Ohren auf und blickte für einen Augenblick zu dem Mädchen, dessen Brust sich jetzt in raschem Tempo hob und senkte. Als es den Mund öffnete und scharf die Luft einsog, erhob er sich und ging mit lautlosen Schritten zu ihm. Behutsam legte er seine Schnauze auf eine im Moment flach auf das Lager gepresste Hand und fiepte so leise, dass man den Laut auch einer Maus zugetraut hätte.

Fast sofort atmete das Mädchen wieder ruhiger und ließ auch beide Hände bewegungslos auf dem Lager aus sauberen Heubündeln und gepflegten Fellen liegen. Sogar die unter den Lidern huschenden Augäpfel kamen ein wenig zur Ruhe. Doch der Hund blieb dicht bei ihm und behielt seine Augen offen.

Für mehrere Herzschläge lag das Mädchen still, entspannte sich aber nicht wirklich. Dunkle Schatten jagten es durch einen Wald, den nur es selbst sehen konnte. Es kannte jeden Winkel der Wälder in der Umgebung, doch entweder war es zu weit gegangen oder hatte tatsächlich eine Stelle erreicht, die es noch nie zuvor betreten hatte. Die Bäume trugen eine seltsame Farbe, obwohl ab und an Sonnenlicht durch die Wipfel auf den Waldboden fiel, der übersät war mit bunten Blättern. Beinahe hätte es im Schlaf gelächelt, doch plötzlich verwandelten sich die roten Blätter in blutige Pfützen, die ineinander liefen und immer größer wurden.

Kyla war zwar erst acht Jahre alt, aber sie hatte schon Dinge gesehen und erlebt, die dazu führten, dass sie nun wieder mit den Händen nach Halt suchte. Ihre Rechte fand im Nacken des Hundes Zuflucht und krallte sich so fest hinein, dass es dem Tier wehtun *musste*. Doch der hagere Hund, der bald schon mit ihrem Vater auf die Jagd gehen sollte, wehrte sich nicht, noch jaulte er.

Kyla rannte nun durch den Wald und ihre hellbraunen Haare flogen hin und her, weil sie nicht wusste, wohin sie fliehen könnte. Aus den wenigen Lichtstrahlen wurden Pfeile, die knapp an ihr vorbeizischten und zitternd im Boden stecken blieben. Büsche verwandelten sich in Gestalten, die sich erhoben und Äxte und Schwerter schwangen und mit langen Armen nach ihr griffen. Sie ließ das Fell des Hundes los, bog und krümmte sich im Traum, um den fremden Kriegern auszuweichen und ihr echter Körper tat es auf ihrem Lager nach.

Drudwyn hatte mittlerweile die Ohren angelegt und seine Schnauze längst aus der Nähe ihrer ins Leere greifenden Hand gebracht. Trotzdem blieb er immer noch an ihrer Seite, weil sie Teil der Familie war, die er liebte und selbst mit seinen gerade mal eineinhalb

Jahren schon beschützen wollte. Er fletschte die Zähne und seine Augen schienen dem Beispiel des Mädchens zu folgen. Aber er fand keine Gegner, auf die er sich hätte stürzen können.

Die Tochter des Stammesfürsten war nun von dunklen Gestalten umringt, die langsam, aber unaufhaltsam auf sie zuschritten. Ihre Körper waren größer als die eines jeden Menschen, den sie je gesehen hatte. Ihre Haare waren lang und nicht weiß gekalkt wie bei keltischen Kriegern. Meist blaue, aber auch graue und wenige hellbraune Augen blickten sie mordlüstern an und zwangen sie allein mit ihren finsteren Blicken nieder. Bei ihrem geistigen Körper gelang es ihnen sogar. Sie stolperte über einen großen Ast und fiel in eine der roten Lachen, die einmal bunte Blätter gewesen waren. Sie glitt darin aus und verschmierte sich von oben bis unten mit Blut, von dem sie *wusste*, dass es keltisches Blut war. Sie schlug um sich, versuchte die gierigen Hände abzuwehren, aber gegen diese muskelbepackten Pranken hatte sie keine Chance. Als einer der Krieger seinen Mund aufriss, harte Laute ausstieß und seine riesige Hand gleich ihre Kehle erreichen würde, schrie sie gellend auf.

Alaric und ihre Mutter Brianna wurden gleichzeitig wach. Der Fürst der Kelten hatte sein Schwert schon in der Hand, als seine Frau sich noch aus seiner Umarmung löste. Mit wenigen Schritten waren sie am Lager ihrer Tochter und fanden keine Ursache für ihre anhaltenden Schreie, die von Mal zu Mal beängstigender wurden.

Von draußen waren Schritte und fragende Rufe zu hören. Mindestens eine der Wachen musste aufmerksam geworden sein. Vielleicht auch jemand aus benachbarten Häusern.

Jetzt hatte Drudwyn die Ohren angelegt und tänzelte dabei von einem Bein auf das andere. Es war offensichtlich, dass er zu unerfahren und erschrocken war, und Gefahr bestand, dass er wahllos um sich beißen würde. Alaric senkte sein Schwert, nachdem sich ihm kein Feind entgegenstellte und brummte dem jungen Hund beruhigende Worte zu.

Brianna indes kniete zu Kyla nieder und versuchte eine ihrer herumwedelnden Hände zu erwischen. Doch die kämpfte gegen unsichtbare Wesen und fast hätte Brianna Stolz empfunden, wie vehement ihre kleine Tochter sich wehrte. Von einem Moment zum anderen riss Kyla die Augen auf. Zwei dunkle Flecken in übergroßem Weiß. Anstelle ihrer Mutter sah sie immer noch den Fremdling über sich, grausam den Mund verzogen. Ihr erneuter Schrei drang sicher durch ganz Menosgada.

»Kyla!«, rief Alaric unwirsch, und Hund und Kind zuckten vor seiner Stimme gleichermaßen zusammen.

Drudwyn legte sich auf den Boden, sein Blick galt nun dem Mann vor ihm. Aber er hatte sich weder einen Schritt von Kyla entfernt, noch seinen Schwanz eingekniffen. Der Fürst bemerkte dies sehr wohl. Alaric beugte sich zu ihm hinunter, weil er sah, dass sich seine Frau um ihre Tochter kümmerte und murmelte dem jungen Tier zu: »Du bist ein Prachtkerl, kleiner Drudwyn. Aus dir wird bald ein hervorragender Jagdhund werden.«

»Kyla«, wiederholte seine Frau deutlich sanfter. »Kyla, wach auf! Es war nur ein Traum.«

»Mama«, kam es zurück und Brianna sah förmlich, wie Geister und Ungeheuer vom Leib ihrer Tochter abfielen und sich deren Blick klärte.

»Du hast geträumt, Liebes. Du bist Zuhause und in Sicherheit«, flüsterte die Fürstin und nahm Kyla in ihre Arme. »Was geht nur in deinem Kopf vor? Das war nun schon das dritte Mal, dass du im Traum geschrien hast. Waren es wieder diese fremden Krieger?«

»Ja«, kam es leise zurück. »Aber es ist seltsam … so sehr sie mir auch Angst machen … ich weiß, dass *ich* nichts von ihnen zu befürchten habe. Es ist nur all das Blut, was mir Angst macht.« Dabei blickte sie zuerst zu ihrem Vater hinüber, danach ihrer Mutter in die Augen, und plötzlich vergoss sie Tränen, die ihr in schneller Folge über die Wangen liefen.

Brianna drückte den Kopf ihrer Tochter an die Brust und hob den eigenen zu ihrem Mann.

»So geht es nicht weiter, Alaric. Du musst mit ihr zum Druiden gehen …«

Kapitel II
Feidlim

Feidlim hatte vor einem Jahr seine Ausbildung mehr oder weniger abgeschlossen, fühlte sich aber immer noch … unfertig. Sicher hatte der unerwartete Tod seines Meisters seinen Anteil daran. Aber da war noch etwas anderes.

Im Alter von fünf Jahren hatten ihn seine Eltern an den damals schon alten Druiden übergeben. Ihn selbst hatte man nicht gefragt. Die ersten Jahre waren rasch im Rausch von ständig neuen Unterweisungen vergangen. Dazu kam, dass sein Lehrmeister viel ordentlicher im Umgang mit allen Dingen war als seine eigene Familie. Regelmäßige Nahrung, harte Disziplin während der permanenten Ausbildung, die Übungen mit verschiedenen Waffen – als Kind eher spielerisch, mit zunehmendem Alter ernst- und schmerzhafter – hatten aus ihm einen Mann gemacht, dem man vorsichtige Beachtung schenkte. Seine Eltern hätten ihn höchstens zu einem Bauernleben geführt. Und dennoch …

Er *fühlte* sich einfach nicht wie ein Druide. Äußerlich entsprach er durchaus dem allgemeinen Bild, das sich die einfachen Leute machten. Aber mit den meisten Belangen der Heilkunde – und erst recht in magischen Dingen – sah er sich selbst als Stümper; anders konnte er es nicht benennen.

Sein Meister musste sein mangelndes Talent schon früh bemerkt haben. Anstatt ihn wieder wegzuschicken, hatte er die Schwerpunkte seiner Ausbildung auf die *kleineren* Aufgaben gelegt: Heilung einfacher Krankheiten, Zeremonien, insbesondere Hochzeiten, Beistand bei Beratungen der Fürsten und Edlen, ein wenig Vermittlung in Streitfällen, aber nicht mehr.

Sein Kontakt zu den Göttern beschränkte sich mehr auf fadenscheinige Selbstdarstellungen und Opferrituale, denn auf eine wirkliche Vermittlertätigkeit.

Er hatte seinen Lehrmeister oft dabei beobachtet, wie dieser in völliger Konzentration und Entrücktheit mit verschiedenen Gottheiten Zwiesprache gehalten hatte. *Ihm* war dieses Kunststück noch kein einziges Mal gelungen.

Versager, schalt er sich stumm und blickte über den nordwestlichen Wall ins Tal des Menos hinab. *Es ist nur eine Frage der Zeit, bis mir ein Fehler unterläuft.*

Seine Stirn furchte sich dabei wie ein Spiegelbild der Wolken, die rasch über den Himmel fuhren und das ganze Tal mit einer grauschwarzen Masse überzogen, die gleich ihre Pforten öffnen würde.

Wahrscheinlich werde ich der erste Druide sein, der von seinem Stamm davongejagt wird, wenn nicht Schlimmeres! Als es donnerte, sah er dies als Bestätigung durch Taranis an. *Wird mich mein Status vor Verachtung und Verbannung schützen?* Er erschauerte und zog seine Kapuze tiefer ins Gesicht. *Oder gar vor dem Tod?*

Die Alternative wäre ein Leben in Einsamkeit. Denn Feidlim war davon überzeugt, dass es keinen Sinn machte, sich nach einem, in seinen Augen unausweichlichen Fehler einfach davonzumachen und bei einem anderen Stamm neu zu beginnen. Andererseits hatte er auch keine Lust, sein Druidendasein so mir nichts dir nichts aufzugeben. Weder die Plackerei als Bauer oder Handwerker – von der er in beiden Fällen ohnehin nichts verstand –, noch ein mitunter kurzes Leben als Krieger erschienen ihm verlockend.

Als es noch einmal donnerte und ihn erste Tropfen trafen, raffte er seine Kutte enger um sich und drehte sich den Häusern zu, die ungerührt das Unwetter erwarteten. Nur sehr wenige Menschen liefen noch zwischen ihnen herum; meist nur Wachen, die rasch ihren überdachten Posten zustrebten und ihn nur kurz mit einem Wink grüßten.

Wieso sollten sie mich auch mit mehr Respekt als nötig beachten?, fragte sich Feidlim bitter und machte sich auf den Weg zu seiner eigenen Behausung. *Ich kann Taranis nicht daran hindern, zum zehnten Mal hintereinander das Land mit Regen zu überziehen. Erst habe ich ein Huhn opfern müssen, um Regen herbeizubitten und jetzt hört er nicht mehr auf.*

Dann schob sich ein neuer Gedanke in den Vordergrund. *Außerdem sollten wir froh sein, dass er damit die Zisterne bis an den Rand füllen wird. Das erspart uns die Wasserschlepperei von den Quellen bis auf den Berg.* Wieder donnerte es und der Regen wurde stärker. *Ich höre schon jetzt das Gejammer der Bauern, die um ihre Ernte bangen. Sie haben immer einen Grund zur Klage. Wahrscheinlich werden sie mich bitten, eine Ziege oder irgendetwas anderes zu töten, um die Fluten wieder schwinden zu lassen. Als ob sich Götter mit solchen Kleinigkeiten beschäftigen würden.*

Nur ganz am Rande seiner Grübeleien spukte ihm die Frage durch den Kopf, wie sein Meister wohl in dieser Situation gehandelt hätte. Feidlim schüttelte sich erneut und stand plötzlich vor einem dunklen Schatten, den er mit halb gesenktem Kopf und zunehmenden Regenschauern beinahe übersehen hätte.

»Alaric … mein Fürst«, sagte er überrascht und sah jetzt auch, dass das Stammesoberhaupt nicht allein war. Seine Tochter Kyla stand neben ihm, eine Hand in der Rechten ihres Vaters. Beide störte der Regen augenscheinlich nicht besonders.

»Feidlim, gut, dass wir dich treffen«, begann der kräftige Mann und nickte zum Haus des Druiden. »Wir sollten hineingehen, bevor wir nass bis auf die Haut sind. Wir brauchen deinen Rat … deine Hilfe.«

Feidlim war doppelt verblüfft. Tatsächlich trug der Fürst ihres Stammes einen Ausdruck im Gesicht, der ihm vermittelte, dass er, Feidlim, ihm helfen würde; wobei auch immer. »Es geht um Eure Tochter«, sprach er das Offenkundige aus und versuchte seiner Stimme einen prophetischen Klang zu verleihen.

»Ja, Druide«, kam es zwar nicht überrascht, aber hoffnungsvoll zurück.

Feidlim nahm sich die Zeit, Vater und Tochter jeweils für die Dauer eines Herzschlages intensiv – und, wie er hoffte, beeindruckend – in die Augen zu schauen, dann wandte er sich um, ging die wenigen Schritte zur Tür seines kleinen Gebäudes und öffnete sie. Weil es drinnen finster war, ging er voraus und hatte schon zwei Kerzen entzündet, bevor Alaric und Kyla ihm tiefer in den einzigen Raum folgen und hinter sich die Tür schließen konnten.

Mit raschen Blicken versicherte Feidlim sich, dass es einigermaßen ordentlich aussah. Wenigstens dies hatte er von seinem Lehrmeister erfolgreich übernommen. Mit einer Geste bot er dem Fürsten den einzigen Stuhl an und zog für sich selbst einen kleinen Hocker heran, der es ihm ermöglichen würde, dem Kind Auge in Auge gegenüber zu sitzen. Die Kleine musste stehen bleiben.

Noch einmal sah er Kyla intensiv an, doch sie machte nicht den Eindruck, dass sie ihn fürchtete. Vielleicht war sie mit den Gedanken auch ganz woanders. Innerlich verärgert sah er zu ihrem Vater.

»Also, mein Fürst: Was kann ich für Euch tun?«

»Meine Tochter … Kyla«, begann Alaric äußerlich

ruhig, schien aber nicht zu wissen, wie er beginnen sollte, »sie hat Träume … keine guten Träume.«

»Ich weiß, Herr. Ich konnte ihre Schreie hören. Ich wusste, dass Ihr als fürsorglicher Vater zu mir kommen würdet«, log er und war für die mitfühlenden Worte einer anderen Mutter dankbar, die ihm erst vor zwei Tagen erzählt hatte, dass die Fürstentochter unter Albräumen litt. Feidlim drehte sich wieder dem Kind zu und legte seine Hände sachte auf dessen Schultern.

»Deine Träume, Kind: sind sie verschieden oder ist es stets der gleiche Traum?« Er versuchte ein Lächeln, aber an der Reaktion der Kleinen sah er, dass es wohl nicht besonders warmherzig ausgefallen war.

Kyla sah ihm, ihrem Vater und dann wieder Feidlim in die Augen und antwortete erst, als Alaric zustimmend nickte. Feidlim entging nicht die Ungeduld im Blick des Fürsten.

»Es sind immer die gleichen Bilder, die ich sehe«, begann sie und er konnte förmlich verfolgen, wie sich ihre Augen weiteten und sich Traum und Realität zu mischen begannen. »Ich bin im Wald, erkenne aber die Stelle nicht«, fuhr sie fort. »Ich sehe seltsame Bäume, die weiß und grau gefleckt sind. Ich renne … stolpere.« Sie hielt inne, versuchte ihre Hände vors Gesicht zu heben, stieß aber an seine Unterarme.

»Weiter, sprich nur! Du bist hier in Sicherheit. Dein Vater und ich sind bei dir.«

Zu seinem eigenen Erstaunen zeigten seine Worte Wirkung, obwohl er noch nie ein besonders gutes Verhältnis zu Kindern – und schon gar nicht zur Tochter des Fürsten – gehabt hatte.

»Ich falle in Lachen aus Blut …«

»Im Wald?«, unterbrach er sie. »Von wem stammt das Blut? Vor dir? Verletzt du dich irgendwo?«

»Es ist Menschenblut«, antwortete sie leise und

ließ es zu, dass er ihre Hände in die seinen nahm. Sofort drücke sie fester zu und er spürte ihre kleinen Fingernägel auf seiner Haut.

»Bist du sicher? Könnte es nicht das Blut eines Tieres sein?«

»Nein!«, stieß sie hervor und bohrte ihre Nägel tiefer in sein Fleisch. »Männer tauchen auf … sie tragen Waffen in ihren Händen.«

So klein sie auch war, sie hatte Kraft und zeigte es dadurch, dass ihre spitzen Nägel sich wie kleine Dolche in seine Haut drückten. Feidlim empfand Schmerz und sah mit einem kurzen Blick, dass kleine Rinnsale von seiner Hand hinabrannen. Alaric schien es nicht zu bemerken oder wagte es nicht, seine Tochter oder den Druiden zu unterbrechen.

»Sie versuchen mich zu packen …«

Feidlim war nun selbst gebannt von der Szene und wagte keinen Einwand mehr. Er sah, dass das Mädchen Angst empfand, aber nicht um sich selbst. Als sie nicht mehr weiter sprach, riskierte er doch noch eine Frage.

»Kannst du die Männer beschreiben?«

»Sie tragen ihr Haar lang …«

Feidlim hatte ihr noch ein paar weitere Fragen gestellt und zwischendurch erleichtert seine Hände aus ihren Krallen befreit, aber nichts mehr Wesentliches in Erfahrung bringen können. Er war ein wenig stolz darauf, dass es ihm gelang, so zu tun, als würden seine Wunden nicht schmerzen und trug ein wenig Heilsalbe auf. Dann hatten Alaric und er die Kleine einer völlig durchnässten Sklavin übergeben, die wie von Zauberhand aufgetaucht, aber ergeben draußen stehen geblieben war, bis Alaric sie hereingerufen hatte. Sie würde Kyla nach Hause bringen.

Noch bevor Alaric ihn fragen konnte, erhob sich der Druide, trat an die Feuerstelle in der Mitte des Raumes heran und schob mit einem starken Ast die Schicht Asche zur Seite, die die Glut geschützt hatte und blies vorsichtig hinein. Zwei, drei Mal wiederholte er es, bis endlich eine kleine Flamme aufloderte und er dünne Äste nachlegen konnte. Als das Feuer zuverlässig brannte, wandte er sich seinem Gast wieder zu. Natürlich hätte es des Feuers trotz des anhaltenden Regens zu dieser Jahreszeit nicht unbedingt benötigt, aber er hatte die kurze Zeitspanne genutzt, um nachdenken zu können.

»Herr, warum seid Ihr zu mir gekommen, wenn Ihr die Antwort schon kennt? Ihr wisst, wer diese Krieger sind, nicht wahr?«

Alaric kniff Augen und Stirn ein wenig zusammen, weil ihm der Ton des Druiden nicht zu behagen schien. Feidlim hatte immer mehr den Eindruck, dass seinem Fürst die ganze Angelegenheit nicht wirklich interessierte und er es wohl für eine vorübergehende und daher harmlose Sache hielt. Alaric fuhr in einem Tonfall fort, der Feidlim zeigte, dass sein Fürst sich mit dieser Einschätzung aber wohl doch nicht so sicher war. »So wie sie die Männer beschreibt, können es eigentlich nur Germanen sein. Niemand aus unserem Stamm hat schon einmal einen germanischen Krieger vor Augen gehabt, aber die Beschreibung passt zu Schilderungen anderer Stämme weit nördlich von uns.«

»Wir wissen seit langem von ihrem Herannahen«, antwortete Feidlim. »Es ist nur eine Frage der Zeit, bis sie auch zu uns stoßen. Die Geschichten über ihre Gräueltaten sind schneller als ihre Pferde oder Füße.«

»Dies war der Grund dafür, dass ich die Wälle ausbessern und verstärken ließ, Druide«, antwortete Alaric ungehalten. »Dies war der Grund dafür, dass ich Vorräte anlegen ließ, die Jäger öfter in die Wälder schickte, um Wild zu erlegen. Und dies war auch der Grund, warum ich Speere, Äxte, Schwerter und Schilde, Pfeile und Bogen anfertigen ließ, in einer Zahl, wie sie uns noch nie zuvor sinnvoll erschien.«

Feidlim nickte. Er hatte all dies gesehen und die Vorkehrungen seines Stammesfürsten als richtig betrachtet. Nur nicht als ... beruhigend. Auch andere Stämme hatten sich in ähnlicher Weise auf das Vordringen der Barbaren aus dem Norden eingestellt. Geholfen hatte es ihnen nicht. Die Nachricht von schrecklichen Kämpfen, ja regelrechten Massakern, hatte viele in Angst und Schrecken versetzt. Gut möglich, dass Fetzen solcher Erzählungen bis an das Ohr der Fürstentochter gelangt waren und diese nun von Vorahnungen heimgesucht wurde. Feidlim überlegte für einen Moment, ob Kyla seherische Fähigkeiten besaß oder nur das im Traum verarbeitete, was unvorsichtige Mäuler ihr zugetragen hatten.

»Eure Vorkehrungen sind zu bewundern, Herr, ohne Zweifel. Doch hat dies andere Stämme nicht vor ihrem Untergang bewahrt. Es wäre sicher von Nutzen, wenn wir uns mit anderen Stämmen vereinigen könnten, um unsere Streitmacht zu verstärken. 300 Mann unter Waffen scheinen wohl nicht genug zu sein, gegen Horden von Berserkern ...«

»Berserker ...«, wiederholte Alaric und stieß das Wort wie einen Fluch aus. »Manche von ihnen tragen Felle von Bären ... und sollen kämpfen wie diese. Dazu sind sie groß gewachsen und tragen Waffen, die selbst unsere stärksten Krieger nicht lange schwingen könnten. Was soll ich tun gegen eine solche Armee?«

Er machte eine kurze Pause, dann knirschten seine

nächsten Worte so, als hätte er Sandkörner zwischen den Zähnen.

»Du weißt ganz genau, dass es nur einen einzigen Stamm in der weiteren Umgebung gibt, der uns zwar nicht gerade freundlich, aber zumindest neutral gegenübersteht. All die anderen sind nur neidisch auf unsere Befestigung und ihre Position. Wie viele Kämpfe haben wir schon überstanden? Wie oft wurden wir schon angegriffen und konnten sie immer wieder zurückschlagen?«

»Auch hier habt Ihr mit jedem Wort Recht, mein Fürst. Doch ändert es nichts daran, dass die Germanen kommen werden. Vielleicht nicht heute oder morgen … aber sie *werden* kommen!«

Nun machte Feidlim eine Pause, erhob sich und trat Alaric gegenüber. »Warum also seid Ihr hier, mein Fürst? Ich kann Eurer Tochter die Träume nicht nehmen, wenn ständig neue Nachrichten ihre Ängste schüren …«

»Befrage die Götter, warum sie nicht um sich selbst fürchtet!«, befahl Alaric und atmete dabei schwer. »Befrage die Götter, warum sie weint, wenn sie mich ansieht! Kann sie meinen Tod sehen?«

Der Stammesfürst war hier Vorbild und Abbild seiner Tochter zugleich. Seine Fragen zeugten nicht von Angst um sein eigenes Leben, sondern um das seiner Familie. Er schien die angedeutete Rettung seiner Tochter den Göttern schon jetzt zu danken, doch musste ihm die Angst um Frau und Sohn innerlich zerfetzen, als hätten ihn die Klingen von mehreren Feinden schon getroffen.

»Ich werde die Götter befragen, mein Fürst, so wie Ihr es wünscht … befehlt.« Feidlim überlegte schon die ganze Zeit, was er danach als Rat der Götter würde mitteilen können, ohne sich gleich selbst in Gefahr zu bringen. »Natürlich verlangen die Götter ein Opfer … wie immer. Es sollte ein großes Opfer sein«, fügte er hinzu.

Alaric nickte und ging wortlos hinaus. Der Regen hatte noch an Heftigkeit zugenommen und stob jetzt – unterstützt durch ebensolche Böen – weit in den Raum hinein.

Feidlim trat rasch an die Tür und schloss sie, bevor Wind und Regen sein Feuer in Bedrängnis bringen konnten. Mit Gänsehaut trat er an die Flammen heran und stierte hinein, als könne er dort die Antworten finden, die sein Fürst … und er zu finden hofften.

Die Götter, spottete er innerlich. *Es gibt keine Götter!*

Feidlim war nicht bewusst, dass es genau dieser Unglaube war, der ihm den Kontakt zu ihnen verwehrte. Und noch etwas anderes war ihm nicht bewusst …

Es gab noch andere Mächte, die sich seiner Wahrnehmung entzogen.

Dunkle Mächte.

Kapitel III
Ein Opfer für die Götter

Brianna erschrak über das rasante Tempo, mit dem die Flammen das Schwein vollständig einhüllten. Binnen Augenblicken brannte das Tier so heftig, als hätte der Druide es vorher mit Pech eingerieben. Doch dem war nicht so. Sie hätte es an dessen unverwechselbarem Gestank sofort erkannt. Das, was jetzt in ihre Nase stieg, war ein anderer übler, horniger Geruch. Es war das Haarkleid des Opfers, das sofort in Brand geraten war und nun stinkende Schwaden aufsteigen ließ. Nach kurzer Zeit waren die Borsten und Haare verschwunden und offenbarten die blanke Haut der Sau.

Es brutzelte und zischte, Fett tropfte in die Flammen, stob dort kurz auf und ließ ihr unweigerlich das Wasser im Mund zusammenlaufen. Für die Dauer von etwa zehn Herzschlägen duftete das brennende Schwein köstlich. Brianna schämte sich dafür und dachte daran, wie viele Menschen von dem Tier hätten satt werden können.

Doch die Flammen schlugen immer höher und loderten mit gierigen Zungen um das Opfer. Schließlich sollte das hier kein Festmahl werden. Das Tier war gut genährt und hatte sich auch eine dicke Schwarte anfressen können. Jetzt platzte die Kruste mit schrecklich knackenden Geräuschen auf. In Briannas Ohren klang es wie das Brechen von dünnen Knochen. Nur Augenblicke später wandelte sich der sonst verführerische Duft in beißenden Qualm. Er stieg in schwarzen Rauchfahnen in den Himmel, der zwar immer noch von dichten Wolken bedeckt war, aber keinen Regen herabfallen ließ.

Unwillkürlich machte sie ein paar Schritte nach

hinten. Erst jetzt wurde ihr bewusst, wie heiß das Feuer geworden war und rückte noch weiter ab. Aus den Augenwinkeln nahm sie wahr, dass auch andere Umstehende zurückwichen.

Das Schwein brannte jetzt auch von innen heraus, und blankes Fleisch, Knochen und Organe wurden sichtbar. Niemand hatte sich die Mühe gemacht, das arme Tier auszuweiden. Ekliger Brodem ließ Brianna den Mund trocken werden und sich nach einem Schluck Wasser sehnen. Leichte Böen trieben den Gestank zu der Menge, die sich ohne Befehl um das Opferfeuer versammelt hatte, fasziniert und erschrocken zugleich vom Schauspiel und von der dahinter steckenden Hoffnung. Manch einer trug einen gequälten Ausdruck im Gesicht, andere Verbissenheit oder blanke Angst. Die Götter verlangten nach diesem Opfer. So hatte es wenigstens Feidlim behauptet.

Brianna hegte schon lange Zweifel am Nutzen solcher *Gaben* … und an der Existenz von Göttern. Sie würde aber nie im Leben – auch nicht Alaric gegenüber – erwähnen, wie sie darüber dachte. Doch ihr Volk glaubte daran. Und wenn sie Fürstin bleiben wollte, musste sie den Bedürfnissen ihrer Untertanen – sie selbst betrachtete sie als *anvertraute Menschen* – nachkommen und Ritualen beiwohnen, deren Sinnhaftigkeit und vor allem deren Wirksamkeit ihr mehr als fraglich vorkamen.

Ob es den Göttern nicht besser gefallen hätte, wenn wir das Schwein bei einem Festessen – ihnen zu Ehren – verspeist hätten? Würden die Menschen die Götter nicht höher schätzen mit satten Mägen, lachenden Gesichtern und frohen Gedanken?, fügte sie stumm hinzu und konnte ihren Blick von dem Tier nicht abwenden, das mittlerweile zu einem schwarzen Klumpen geworden war, der keine Ähnlichkeit mehr mit einem lebenden Geschöpf aufwies. *Jetzt sehen und riechen sie nur Verschwendung und den Verlust eines wertvollen Tieres ... nur noch ein ekliges und qualmendes Etwas. Erfreut die Götter der Anblick von verkohltem Fleisch?*

Unwillkürlich fiel ihr Blick auf den Druiden Feidlim, der immer noch in der Nähe des Opfers stand und den der Rauch augenscheinlich völlig unberührt ließ. Sein Blick war lange auf dem armen Tier gelegen und hatte zeitweise einen seltsamen Ausdruck angenommen, den sie nur als … erregt bezeichnen konnte. Er schien die Zeremonie tatsächlich zu genießen. Erst jetzt, wo sie darüber nachdachte, fiel ihr auf, dass er bei ähnlichen Gelegenheiten den gleichen zufriedenen Ausdruck gezeigt hatte.

Findet er Gefallen am Tod einer Kreatur oder ist es nur der Umstand, dass er derjenige ist, dem – außer natürlich dem Schwein - alle Aufmerksamkeit gilt?

Sie wich noch weiter zurück und schob sich zwischen zwei Männer, die mit starren Mienen das Ersterben der Flammen verfolgten. Jetzt konnte sie den Druiden beobachten, ohne dass es diesem sofort auffiel, außer er würde sich ihr direkt zuwenden. Aber Feidlim richtete seine Aufmerksamkeit nun gen Himmel und rief mit aller Inbrunst die Götter an – oder tat zumindest so. War es Zufall, dass, unmittelbar nachdem an das Opfer Feuer gelegt worden war, die Wolken aufgerissen waren und nach langen regenreichen Tagen die trübgraue Decke an einigen Stellen das blaue Firmament zeigte?

Er hatte die Hände erhoben und sprach schon oft gebrauchte Beschwörungen aus, unterstrich manche von ihnen mit geheimnisvollen Gesten und versicherte sich mit schnellen Blicken von deren Wirkung auf sein

Publikum. Zu seiner Fürstin sah er aber nicht.

Brianna wunderte und ärgerte sich über sich selbst, dass ihr sein Verhalten nicht schon früher aufgefallen war.

Wie blind bin ich gewesen? Hat mich die Sorge um Kyla so betrübt, dass ich nicht erkennen konnte, dass selbst Feidlim der wahre Glaube zu fehlen scheint? Es gefiel ihr nicht, dass ihre Zweifel in ihm einen Gesinnungsgenossen zu finden schien. *Das macht dich nicht zu meinem Freund, Feidlim,* dachte sie düster und wunderte sich selbst über ihre zunehmende Abneigung ausgerechnet dem Mann gegenüber, der durch dieses Opfer die Götter nicht nur um besseres Wetter bitten, sondern auch ihrer Tochter die finsteren Träume nehmen wollte. Mit Unbehagen tauchte in ihr der Gedanke auf, dass sie alle den Druiden bislang als Mittler zu den Göttern betrachteten, obwohl dieser möglicherweise nicht an deren Wirken – ja vielleicht nicht mal an ihre Existenz – zu glauben schien? Was sagte das über den Wahrheitsgehalt und selbstverständlich auch über die Zuverlässigkeit seiner Vorhersagen aus?

Können wir ihm vertrauen? Können wir ihm noch ein Wort glauben?

Ob ihre Zweifel nun berechtigt waren oder nicht: der Himmel *war* aufgerissen und ließ von Augenblick zu Augenblick immer mehr das lang ersehnte Licht auf sie fallen. Alle Umstehenden, vor allem die Bauern unter ihnen, machten zufriedene, ja glückliche Gesichter und konnten das Ende des Rituals kaum erwarten. Sie würden wohl sogleich auf ihre Felder eilen und nach der Ernte schauen.

Oder bin ich einfach nur zu misstrauisch?

Sie blickte den letzten schwindenden Wolken nach und freute sich selbst über die Sonnenstrahlen, die warm ihre Haut berührten. Aus den in geringer Entfernung stehenden Bäumen drang das Zwitschern einiger Vögel. Deren aufkommender Gesang hatte wohl die Kraft, die letzten Rauchfahnen des Opfers aufzulösen.

Kapitel IV
Ein Hirsch, zwei Jäger

Die beiden Männer, die vorsichtig durch den Wald stapften und sich dabei erstaunlich umsichtig bewegten, hätten nur auf einen flüchtigen Zuschauer wie Krieger gewirkt, wie sie viele ansässige Stämme besaßen. Erst auf den zweiten Blick offenbarten sich Einzelheiten, die einen einheimischen Beobachter überrascht hätten; gelinde ausgedrückt. Aber es war niemand in unmittelbarer Nähe, den die großen Gestalten in Verwunderung hätten versetzen können. Nur wenige Dinge an ihnen glichen bekannten Gegenständen; das meiste war einfach … fremd.

Auf dem Rücken trugen beide Bogen, dazu prall gefüllte Köcher. Ein Kelte hätte daraus geschlossen, dass sie Jäger waren. Denn Fernwaffen waren aus keltischer Sicht *feige* Waffen, die man eben nur zur Jagd auf scheues Wild einsetzte. Auch Schilde und Schwerter besaßen die beiden nicht. Stattdessen trugen die Männer Streitäxte, der eine in der linken, der andere in seiner rechten Hand. Abgenutzte Griffe und gut sichtbare Scharten zeugten von regem Gebrauch. Dennoch machten die schimmernden Schneiden einen scharfen Eindruck. Die Innenseiten ihrer Beinkleider waren abgewetzt und glänzten speckig. Mit ziemlicher Sicherheit waren sie also Reiter; trotzdem gingen sie zu Fuß. Vielleicht hatten die Männer die Pferde samt Schwertern und Schilden irgendwo hinter sich gelassen und bewegten sich nun auf eigenen Beinen durch den Wald, der wild und undurchdringlich vor ihnen lag.

Die Krieger liefen hintereinander und bogen mit den freien Händen dünnere Äste und Zweige zur Seite.

Nur an den unwegsamsten Stellen schlugen sie Hindernisse mit den Äxten so leise wie möglich ab. Dabei achteten sie darauf, die Bruchstellen wieder mit Laub zu verbergen. Bei dickeren Ästen – die die Waffen wohl locker bewältigt hätten – verzichteten sie aber ganz auf deren Einsatz und gingen lieber darum herum. Es war klar, dass sie weder eine deutliche Spur noch laute Geräusche verursachen wollten.

Der Linkshänder ging voran. Seine Augen blickten glasklar und blau in das dämmrige Licht des dichten Waldes. Das dunkelblonde Haar wehte leicht über die breiten Schultern, wenn sein Besitzer den Kopf zur Seite und wieder zurück nach vorne schwenkte.

Sein Begleiter ging drei Mannslängen hinter ihm und schien sich ausschließlich auf ihre Flanken zu konzentrieren. Die Axt in seiner Rechten war größer und hatte eine rundere Klinge als die seines Freundes. Dabei wirkte sie wie ein Spielzeug in seinen Händen, für die die Bezeichnung Pranken ebenso zutreffend gewesen wäre. Seine flachsblonden Zöpfe standen im harten Kontrast zu seinem dunkleren Bart und den steingrauen Augen, die sich scheinbar mühelos im Halbdunkel zurechtfanden.

Plötzlich blieb der vordere Mann stehen und drehte seinen Oberkörper gezwungen langsam so zur Seite, dass ein vor ihm stehender Baum beinahe vollständige Deckung bot. Sein Hintermann reagierte sofort und folgte diesem Beispiel. Für einen langen Moment verharrten sie lautlos, dann hob der Linkshänder seine freie Hand und machte eine seltsame Geste Richtung Süden: Er zeigte dem anderen Mann die zur Faust geballte Rechte und spreizte dann den Daumen und den kleinen Finger ab. Danach schob er die Hand wie eine Gabel nach vorn und ein wenig nach oben. Dennoch blieben beide stehen und lauschten.

Etwa zwanzig Herzschläge später trat ein Hirsch – ein Achtender – zwischen den Bäumen hervor; vielleicht fünfundzwanzig bis dreißig Schritte entfernt. Er hatte die Männer bisher nicht gesehen. Und weil der ohnehin schwache Wind aus seiner Richtung blies, konnte er die beiden auch nicht wittern.

Der beginnende Herbst hatte die Blätter schon verfärbt. Zahlreich lagen sie am Boden und bildeten von Tag zu Tag eine immer bunter und dichter werdende Schicht. Der Morgennebel und ein Regen vom Vortag hatten dem Laub für kurze Zeit die Geschmeidigkeit des Frühlings zurückgegeben. Jetzt ermöglichten sie Mensch und Tier ein nahezu unhörbares Vorankommen.

Der Hirsch senkte seinen Kopf und schob mit der Schnauze die Blätter auseinander. Dann hob er ihn wieder auf halbe Höhe und witterte. Als seine Nase keine fremden Gerüche ausmachen konnte, machte er sich über die Kastanien her, die reif und aufgeplatzt im Laub lagen und ein Festmahl versprachen.

Der nur wenig ältere Mann mit der größeren Axt hatte sich wie ein Geist bewegt und stand nun Schulter an Schulter bei seinem Vordermann.

»Du oder ich?«, hauchte er so leise, dass ihn sein Partner kaum hören konnte.

»Du«, kam es ebenso gedämpft zurück und der Linkshänder trat langsam zwei Schritte nach hinten, um dem anderen seine bessere Position zu überlassen.

Der Blonde steckte behutsam seine Axt in den breiten Gürtel und holte sich Bogen und einen Pfeil vom Rücken. Mit unglaublicher Ruhe legte er an und spannte seinen Bogen. Zwei Mal atmete der Schütze ruhig und kontrolliert ein und aus.

Dann hielt er den Atem an …

Mitten in einer Kaubewegung brach der Hirsch zusammen. Doch kein Pfeil hatte ihn niedergestreckt, sondern ein Speer, der eines seiner Schulterblätter durchbohrt hatte. Die beiden Krieger sahen die Überraschung in den Augen des Tieres und hatten einen ganz ähnlichen Ausdruck in den eigenen. Noch während eine Handvoll unsichtbarer Männer Freudengeheul anstimmte und aus mehreren Richtungen durch das Gewirr des Waldes brach, legte der verhinderte Schütze neu an. Sein Partner hielt die eigene Axt mit fester Hand. Beide verfluchten still die Tatsache, dass sie außer zwei Bäumen keine weitere Deckung nutzen konnten. Ausgerechnet an dieser Stelle gab es weder Büsche, von Sturm und Alter ausgerissenes Wurzelwerk oder umgestürzte Stämme.

Fünf halbnackte Männer mit Speeren sprangen aus einem Dickicht, gefolgt von einem unbewaffneten Mann und einem Jungen, der dem mutmaßlichen Werfer wie aus dem Gesicht geschnitten schien. Sie jubelten und klopften dem erfolgreichen Jäger auf die Schulter, dem aber von Augenblick zu Augenblick die Freude aus dem Gesicht wich, als hätte man ihm eiskaltes Wasser über den Kopf gegossen.

Er hatte die beiden Fremden fast sofort gesehen.

Auch wenn dies die erste Begegnung zwischen den beiden Germanen und den keltischen Jägern war, so wussten beide Parteien doch gleich, wem sie gegenüberstanden.

Die Fremden waren groß gewachsen, beide lang haarig und blond, trugen raue Bärte mit Zöpfen, dazu Pfeile, Bogen und Axt als Bewaffnung. Ihre Kleidung bestand aus wollenen Umhängen mit Lederbesatz. Ihre Ausrüstung beschränkte sich auf Waffengürtel und Vorratsbeutel auf ihren Rücken. Ihre Schilde und Schwerter hatten sie wohl irgendwo zurückgelassen.

Alles schrie ihre Mission als Kundschafter, die sich rasch bewegen wollten, regelrecht hinaus.

Die Kelten dagegen leicht bekleidet, an vielen Stellen bemalt und mit Narben geschmückt, die Haare weiß gekalkt und nur mit Speeren für die Jagd bewaffnet. Dazu einen Knaben, der wohl in die Kunst der Hirschjagd eingeführt werden sollte.

So standen sie sich für einen schrecklichen Augenblick des gegenseitigen Abschätzens gegenüber. Zwei starke und besser Bewaffnete gegen eine Überzahl an Kriegern, diese aber nur mit wenigen Waffen versehen.

Niemand sprach auch nur ein Wort. Blicke von beiden Seiten zeigten nur zu deutlich, was gleich passieren würde.

Jede Seite sah sich im Vorteil.

Keine Chance auf Rückzug.

Keine Chance auf Verhandlungen.

Keine Zeit für auch nur einen vernünftigen Gedanken.

Mit Schreien, die auf eine grausame Art gleich klangen, stürmten die Gegner aufeinander zu. Selbst der Knabe stimmte in das Gebrüll mit ein und beugte seinen Wurfarm zurück, um seinen Speer dem ersten Germanen in die Brust zu schleudern. In diesem Fall war das jedoch ein Fehler.

Der Linkshänder der beiden Germanen warf sich mit seiner Axt nur einige Schritte nach vorn, um sich als Ziel für die heranstürmenden Kelten anzubieten. Er wusste, dass die erfahreneren Krieger ihre Waffen nicht wie der Junge vergeuden würden und darauf bauten, die Länge der Speere ausnutzen zu können. Unvermittelt blieb er stehen und holte mit der Rechten einen Pfeil aus seinem Köcher. In der Linken wartete die Axt auf Arbeit.

Sein Partner war stehengeblieben und hatte mit kalter Berechnung Bogen und Pfeil im Schutz seines Vordermannes angelegt. Sein erster Pfeil drang in die Kehle des Kelten, der sich an die Spitze seiner Kameraden gesetzt hatte. Mit einem überraschten Gurgeln sank er nieder und bildete ein Hindernis, das die beiden dicht darauf folgenden Krieger gerade noch überspringen konnten.

Der Speer des Jungen zischte zu schwach geworfen und ungenau gezielt an beiden Germanen vorbei. Mit eiskaltem Blick revanchierte sich der Bogenschütze und schoss dem jetzt mit aufgerissenen Augen sich zur Flucht wendenden Knaben ins Genick. Der Junge lag noch nicht am Boden, als der Germane schon nach einem dritten Pfeil griff.

Jetzt waren die beiden Kelten an dem wartenden Germanen angelangt, der die erste Speerspitze, die rasend schnell auf ihn zu zuckte, zur Seite schlug und dem Kelten den Pfeil in einen Oberschenkel stieß. Dem Stoß des Zweiten konnte er aber nicht völlig ausweichen und musste einen Schnitt an der Seite hinnehmen. Doch anstatt zurückzuweichen, machte er zwei Schritte nach vorn und spaltete dem Kelten mit der Axt den Schädel.

Der am Bein Verletzte sah das Tor zur Anderswelt sich schon öffnen, da war der Rest seines Trupps endlich heran. Zwei Speerspitzen stachen dem Germanen durch Hals und Bauch. Noch im Niederfallen versuchte er, dem verwundeten Kelten die Axt in die Gedärme zu schlagen. Doch die beiden Jäger ließen ihrer Beute keine Chance. Sie rissen ihre Klingen zurück und stachen erneut zu. Der Mann mit der Axt brach bluttriefend zusammen, nur wenige Fingerbreit von dem Verletzten entfernt.

Der zweite Germane nahm den Tod seines Kameraden äußerlich regungslos hin und verschoss seinen dritten Pfeil, traf aber nicht, weil er sich bewegen musste, um dem erfolgreichen Jäger auszuweichen, der sich einen Stein gegriffen hatte und sich anschickte, ihm damit den Schädel einzuschlagen. Also ließ er den Bogen fallen und zog seine Axt. Gerade noch rechtzeitig. Mit einem fürchterlichen Schlag von unten trennte er Stein, Hand und Arm vom Rumpf des Jägers.

Die beiden unverletzten Kelten wichen endlich auseinander und nahmen den Germanen in die Zange. Die Schmerzensschreie des Amputierten und des anderen Verwundeten schienen sie aufzustacheln und ließ sie ihre Speerspitzen wie Schlangenköpfe nach vorne zucken. Der Germane konnte nicht alle Stöße abwehren und fing sich eine Wunde nach der anderen ein. Mit jedem Treffer steigerte er sich aber in eine Wut, die das aus ihm schießende Blut aufzuwiegen schien. Schlussendlich sah er aber seine Niederlage kommen.

Mit dem Ruf »Odin!« auf den Lippen hackte er wie ein Wahnsinniger um sich und konnte einem der Gegner die Brust aufschlitzen; nicht tief, aber schmerzhaft. Dann verließen ihn seine Kräfte und er starb mit zwei Speeren in der Brust.

Schwer atmend torkelte der einzige Kelte ohne Wunden auf den Mann mit dem abgeschlagenen Arm zu. Er kam gerade noch zurecht, um zu sehen, dass der die Augen schloss und der Blutstrom von heftigen Schüben in ein Rinnsal überging und langsam versiegte.

Die beiden anderen mit Pfeil im Bein und aufgeschnittener Brust hatten sich auf den Boden gesetzt und begannen damit, sich um ihre Wunden zu kümmern.

»Götter!«, begann der, der noch stand und misstrauisch den Wald beobachtete. »Was war das denn? Sechs erfahrene Jäger können sich nicht gegen zwei Germanen behaupten?«

»Fünf«, verbesserte der Mann mit dem Pfeil, zog diesen mit unterdrücktem Stöhnen heraus und warf ihn mit Verachtung von sich. »Du kannst Perdedur nicht voll mitzählen. Ein Stein gegen eine Axt? Lächerlich.«

»Wir *haben* uns behauptet«, warf der mit der Brustverletzung ein. »Wir drei leben noch …«

»Was bist du denn für ein Hohlkopf?«, protestierte der Unverletzte und drückte ein Stück Stoff auf die Wunde seines Freundes. »Sind drei tote Krieger und ein toter Junge ein Beweis dafür, dass wir uns behauptet hätten? Wenn sie in gleicher Zahl gekommen wären, würden wir jetzt alle den Wald mit unserem Blut tränken.«

»Wir waren nur schwach bewaffnet …«, wagte der erste noch mal einen Einwand.

Aber was tun wir, wenn sie in ganzen Scharen kommen?, dachte der Unverletzte und half seinen Freunden auf die Beine. *Was, wenn die Götter unsere Opfer nicht annehmen und uns im Stich lassen?*

Kapitel V
Ein neuer Traum

»Sie träumt schon wieder.« Briannas Worte waren ebenso verzweifelt wie hoffnungslos. Alaric und sie wussten einfach nicht, wie sie ihrer Tochter helfen konnten.

Wenn selbst der Druide keinen Rat weiß, wie sollen dann wir die Dämonen aus ihren Albträumen vertreiben? Das letzte Opfer hat wohl den Regen vertreiben können, die Träume Kylas aber nicht.

Frustriert tauchte sie das Tuch erneut in die Schale, wrang es aus und tupfte damit ihrer Tochter die schweißbedeckte Stirn. Drudwyn lag still neben dem Kind und verfolgte die Versuche seiner Herrin, ihrer Tochter Linderung zu verschaffen. Als Brianna die Hand sinken ließ, leckte der junge Hund darüber und sah sie mit großen Augen an.

»Auch wenn Drudwyn dein Hund, dein Jagdhund ist, so scheint er doch mehr an unserer Tochter zu hängen, als an dir«, sagte sie voller Zustimmung und streichelte dem Tier den Kopf.

»Mag sein«, antwortete Alaric und betrachtete nachdenklich Frau, Kind und Hund. Mit einem zufriedenen Ausdruck sah er zu Thorgert hinüber, der den Schlaf hielt, den alle anderen im Haus schon lange vermissten. »Wenigstens unser Sohn ist mit gesundem Schlaf gesegnet.«

»Und Feidlim konnte dir keinen Trank, keine Medizin für unser Kind geben?«, bohrte Brianna zum vielleicht zehnten Mal nach und sah zu ihrem Mann hinüber, der wie ein finsterer Rächer dasaß, dem das Ziel für seine Rache abhanden gekommen war.

»Nein. Er meinte, dass Kyla wohl Worte aufgeschnappt haben könnte, die ihr Angst machen …«

»Na was denn sonst?«, fiel sie ihm aufgebracht ins Wort und zügelte ihre Stimme sofort wieder, weil sie die Kinder nicht wecken wollte, auch wenn sie es im Falle Kylas wohl nur zu gerne getan hätte. Aber irgendwann musste die Kleine ja mal schlafen. »Und du konntest es auch nicht verhindern, dass sie von den beiden Germanen erfuhr, die beinahe einen ganzen Trupp Jäger massakriert hätten. *Vier Tote!* Darunter ein Junge, der gerade mal in der Lage war, einen Speer zu werfen …«

»… und nicht traf«, ergänzte Alaric und hätte sich gleich darauf auf die Zunge beißen können. »Entschuldige, das war nicht gerecht. Der Junge hatte keine Erfahrung.«

»Wir *alle* haben nur wenig Erfahrung mit Germanen«, korrigierte sie ihren Mann und tupfte erneut Kyla die Stirn. Das Mädchen bewegte sich nun unruhig. Ob dies aber seinem Traum oder dem Streit seiner Eltern zuzurechnen war, entzog sich beiden. Trotzdem dämpften sie ihre Stimmen.

»Ich weiß einfach nicht, was ich tun soll, Frau! Alle Stämme um uns herum werden sich eher die Bäuche vor Lachen halten, als uns zur Seite zu stehen. Dabei sind sie dumm genug, nicht zu erkennen, dass eine Gefahr, die uns trifft, auch bald danach sie selbst treffen könnte.«

»Nun, nicht alle sind uns feindlich gesinnt. Die Boier haben uns noch nie überfallen, einmal sogar eine Herde Rinder verkauft. Und die Tougener ...«

»Sind selbst Versprengte und verhalten sich deshalb ruhig.«

»Aber ihr Name bedeutet *Streitaxtleute* … und das ist eine Bezeichnung, die es wert wäre, mit ihnen Kontakt aufzunehmen. Meinst du nicht?«

»… und sich von ihnen mit besagten Äxten den

Schädel einschlagen zu lassen?«, schloss Alaric.

»Nein!«, rief plötzlich Kyla im Schlaf, und Mutter und Vater beugten sich über sie. Alaric wollte nach den zuckenden Armen seiner Tochter greifen, als Drudwyn den Kopf hob und leise knurrte. Verblüfft zog der Fürst die Hände zurück.

»Das geht aber nun zu weit«, sagte er. Dann erhob er sich, ging zur Tür und öffnete diese. Frische Luft flutete herein und für einen Augenblick lag Kyla wieder still. Drudwyn rührte sich nicht von der Stelle.

»Drudwyn, raus!«, befahl der Fürst und blickte dem Hund in die Augen. Der saß nur mit erhobenem Kopf dicht neben dem Bett und machte keine Anstalten, dem Befehl Folge zu leisten. Mann und Hund fochten ein stummes Duell aus und gerade wollte Alaric nach einem Seil greifen, um es dem Tier um den Hals zu legen und es draußen anzubinden, als seine Tochter die Augen aufriss.

»Nein!«, rief sie wieder und warf sich dem Hund an den Hals. Dabei weinte sie und drückte sich so fest an das Tier, dass Brianna befürchtete, es könnte an der Umarmung ersticken.

Alaric schloss wortlos die Tür, setzte sich an den Tisch und nahm einen Schluck Bier. Das Getränk war noch leidlich kühl, besänftigte aber seinen Ärger nicht.

Seine Frau senkte die Hand mit dem Tuch und legte es zur Seite. Sie ließ ihrer Tochter Zeit, Trost bei Drudwyn zu finden. Schließlich löste sich Kyla von ihm.

»Ich war wieder in diesem unheimlichen Wald.«

»Und haben dich abermals diese Krieger gejagt?« Alaric trank den Rest aus dem Krug und hörte den beiden zu.

»Nein. Da war niemand … anfangs.«

Brianna und auch Alaric verzichteten auf drängende Worte. Ihre Tochter schien dieses Mal gefasster zu sein, denn weder ein Zittern noch ängstliche Augen kündeten von den Schrecken des Traums. Brianna hatte eher den Eindruck, dass ihre Tochter einen erstaunten, ja beinahe faszinierten Ausdruck vermittelte. Bevor sie fragen konnte, fuhr Kyla fort. Dabei klang ihre Stimme von Wort zu Wort neugieriger.

»Da kam ein kleiner Hund zwischen den Bäumen hervor … fast hätte ich ihn nicht gesehen, da überall Schnee lag und er ein weißes Fell hatte.«

»In deinen anderen Träumen hast du Blätter gesehen und seltsame Bäume.« Die Krieger zu erwähnen, vermied Alaric. Schließlich wollte er nicht im Nachhinein seiner Tochter Angst einjagen.

»Von Schnee hast du noch nichts erzählt«, wagte Brianna einen leisen Einwand.

»Es war alles ganz anders, Mama«, fuhr Kyla fort. »Die Bäume sahen normal aus.«

»Und wieso kam er dir dann unheimlich vor?«

»Es war Winter und ich nur leicht bekleidet. Trotzdem fror ich nicht.«

»Einen, den du schon erlebt hast?«, unterbrach erneut Alaric und konnte eine gewisse Ungeduld in seiner Stimme nicht unterdrücken. Prompt erhielt er einen tadelnden Blick von seiner Frau.

»Ich weiß es nicht … ich glaube nicht. Der Hund kam näher und schien keine Angst vor mir zu haben. Wenn ich jetzt darüber nachdenke, hatte er eine sehr spitze Schnauze und einen dicken Schwanz. Wäre er nicht weiß gewesen, hätte ich gesagt, dass er ein Fuchs war.« Sie hob den Kopf. »Aber es gibt doch keine weißen Füchse, oder Mama?«

Brianna und Alaric sahen sich kurz an, dann antwortete ihr Vater. »Doch, es gibt weiße Füchse. Hoch im Norden. Ich habe nur einmal in meinem Leben einen gesehen.«

»Ich habe drei gesehen … in diesem Traum«, entgegnete Kyla fast ein wenig stolz auf ihr Erlebnis. »Die beiden anderen waren nur wenig kleiner als der erste.«

Ihr entging, dass ihre Eltern sich erneut einen bezeichnenden Blick zuwarfen, jetzt aber nicht mehr wagten, sie zu unterbrechen.

»Sie kamen zu mir und setzten sich. Wir spielten eine Zeit lang, dann …« Wie von Geisterhand weggewischt, verschwand ihr entspannter Ausdruck und Schatten huschten über ihr Gesicht. Plötzlich war sie bleich wie der Schnee in ihrem Traum. »Sie fletschten die Zähne und rannten auseinander, weg von mir … aber ich habe ihnen doch nichts getan …« Tränen schossen nun aus ihr hervor und Brianna nahm sie in ihre Arme.

»Es war nur ein Traum, Liebes«, flüsterte Brianna und war sich bewusst, dass sie diese Worte schon ein Dutzend Mal ausgesprochen und sie ihre Tochter damit nicht einmal hatte beruhigen können.

»Ich weiß nicht, was passiert ist, Mama. Auf einmal waren sie alle tot. Ihr Blut färbte ihr Fell und den Schnee …« Sie weinte still vor sich hin und Drudwyn schmiegte sich eng an die beiden und pfiff leise.

Es dauerte fast eine ganze Stunde, bis Kyla wieder eingeschlafen war und still auf ihrem Lager lag. Den Rest der Nacht vergönnten ihr wohl die Götter einen traumlosen Schlaf. Brianna stand vom Bett ihrer Tochter auf und ging leise zu ihrem Mann, der mit finsterem Blick immer noch am Tisch saß und vor sich hin brütete. Als seine Frau sich neben ihn setzte und ihren Kopf an seine Schulter legte, nahm er ihre Hand.

»Du weißt, wovon sie geträumt hat, nicht wahr?«

»Ja, natürlich. Die Legende von den drei Füchsen. Ich habe sie ihr aber nie erzählt.«

»Ich auch nicht. Wenn in einem Jahr drei weiße Füchse erscheinen«, ergänzte er die Legende, obwohl er wusste, dass sie sie ebenso kannte wie er, »geschieht ein großes Unglück.«

Kapitel VI
Neue Kraft

Die Höhle lag tief im Berg und hatte eine Größe, die fünfzig Pferden samt Reitern genug Platz geboten hätte. Aber es befand sich nur ein Körper darin, der wie tot in ihrer Mitte lag. Kein noch so dünner Lichtstrahl drang durch das weit oben liegende kleine Loch, das mit allerlei Gestrüpp und Wurzelwerk fast vollständig zugewachsen war. Schon lange hatte in dieser Höhle kein Feuer mehr gebrannt und somit auch kein Bedarf an einem funktionierenden Rauchabzug bestanden. Tatsächlich war es in der Kaverne finster wie in einer sternenlosen Nacht.

Draußen wogten seit Tagen dunkle Regenwolken und ständig tropfte und rieselte es an einigen Stellen in die Höhle, vereinigte sich spärliches frisches Wasser mit stinkenden Pfützen. Der Geruch von Moder und Schimmel erfüllte die Luft, die einen lebenden Menschen hätte nach Atem ringen lassen.

Würmer, Asseln und kleine Molche huschten umher, suchten Nahrung und Deckung. Hier unten hatten sie eine Zuflucht gefunden, in die sich keine Maus, kein Vogel oder ein anderer Fressfeind verirrte. Tausendfüßler marschierten wirr durcheinander, krabbelten über abgestorbene Pflanzenreste und zerfallendes Holz, das wohl einmal als Brennholz hätte dienen sollen. Fledermäuse hingen an vielen Stellen an der Felsendecke und schliefen. Nur ab und an raschelte es verhalten, wenn sich ein Tier bewegte.

Ohne erkennbaren Anlass durchfuhr ein leichtes Zittern das dunkle Bündel am Boden, das auf einer leichten Erhöhung trocken da lag. Der Körper, der von einem fast nachtschwarzen Umhang eingehüllt wurde, erbebte für einige Augenblicke. Entweder war die

Quelle, aus der sich die Bewegung genährt hatte, zu weit entfernt oder sie war nicht von der Art beschaffen, dass sie den Körper hätte vollständig erwecken können. Für kurze Zeit lag die Gestalt wieder so regungslos da wie zuvor.

Doch das Schicksal … oder dunkle Mächte meinten es gut mit der Gestalt.

Hatten sich bei der ersten Bewegung nur eine Handvoll der auf ihm liegenden Insekten rasch davon gemacht, so stoben nun ganze Scharen in die Dunkelheit, als die Kreatur sich erneut, und dieses Mal heftig, aufbäumte. Ein Stöhnen klang auf, als würde ein Mahlstein langsam über einen großen Unterstein gezogen werden. Arme erhoben sich unter dem dreckigen Gewand und sanken erneut nieder. Aber die Kreatur verfiel nicht wieder in die Starre, die sie seit vielen Jahren umfangen hatte, sondern verhaltenes Heben und Senken der Brust offenbarte, dass sie wirklich erwacht war.

Trotzdem blieb sie liegen, wohl noch zu schwach, nach so langer Zeit.

Dann durchfuhr sie ein drittes und viertes Mal eine ferne Kraft, schwächer als die zuvor, aber genug, um sich mit dem Oberkörper aufzurichten. Staub und Getier fielen herab, trockene Blätter und leere Panzer von toten Käfern. Hätte es einen Beobachter gegeben, der zu seinem Glück oder Unglück über eine Lichtquelle verfügt hätte, so hätte er sich nun gewünscht weit, weit entfernt zu sein.

Der Körper trug nicht nur ein finsteres Gewand, sondern auch einen metallenen Helm, dessen Vorderseite Schlitze in Form eines Kreuzes besaß. Geheimnisvolle Ornamente und Schriftzeichen säumten die Schlitze und Lücken, durch die ein Mensch hätte blicken können.

Und dahinter …

… lagen dunkle, augenlose Löcher wie ein finsteres Abbild der Höhle selbst. Dünne Fäden, die einmal Haare gewesen sein mochten, ragten unter dem Helm hervor. Bleiche Zähne und ein Schlund - ohne Lippen oder Zunge - öffneten sich zu einem freudlosen Lächeln. Zwei Hände, eher Krallen, erhoben sich. Der Stoff rutschte nach unten und gab Finger preis, die weder Haut noch Fleisch besaßen. Nur dünnes Gebein mit Fingernägeln, die in spitzen Klingen endeten, eisernen Fortsetzungen, die ohne Halt an den Knochen klapperten.

Die Gestalt führte eine dieser schrecklichen Hände vor das fehlende Gesicht, so als könne sie auch ohne Augen und in völliger Dunkelheit sehen. Und tatsächlich glommen winzige Lichter in den leeren Augenhöhlen auf … gelb … giftig wie Schlangen … böse funkelnd und langsam heller werdend.

Vier sind gestorben ... rasch hintereinander, darunter ein Kind, dachte die Gestalt erfreut und verzog grausam seinen Mund. *Endlich ... endlich bin ich wieder erwacht.*

Seinen Namen kannte wohl längst niemand mehr, denn es mussten viele Jahre vergangen sein, seitdem er in die Höhle eingeschlossen worden war. Vielleicht kannten die Menschen noch die Legende vom *Alten Mann im Berg* oder die von dem *Schwarzen Druiden*, der er einst gewesen war.

Aber nun war er erwacht und würde alles tun, um nicht noch einmal so lange ruhen zu müssen. Und auch seinen Namen würden sie wieder lernen … ihn fürchten und mit zitternder Stimme flüstern … oder schreien, wenn sie starben.

»Mahiman!«

Das Wort stieg wie kalter Hauch aus seiner Kehle,

jede Silbe wie ein trockenes Schaben über verwitterten Stein.

Als sich ihm eine Schlange näherte und an einem Bein entlangkroch, begrüßte er sie mit einem leisen Zischen.

»Komm her, meine Freundin!«, befahl er ihr und sie ringelte sich in seinen Schoß hinein. »So sind wir wieder vereint. Ich werde dafür sorgen, dass sie uns füttern werden … dich mit Fleisch … und mich mit ihren Seelen.«

Während er die Schlange streichelte, murmelte er uralte Worte, die sich zu einem schwarzen Schemen verdichteten und grob die Gestalt eines Mannes annahmen. Als Mahiman verstummte, sprach der Schemen mit kaum wahrnehmbarer Stimme.

»Was befiehlst du, Meister?«

»Geh hinab in das nächste Dorf und töte alle, die du dort findest! Lasse niemanden entkommen! Und achte auf ihre Kinder, sie verstecken sich in allen möglichen Löchern. Ganz besonders verlange ich ihren Tod.«

»Ganz wie du es wünscht, Meister«, sagte der Schemen und ging auf unsichtbaren Füßen davon.

Kapitel VII
Der Tod ist schwarz

Der Fischer war noch jung, vielleicht 16 oder 17 Sommer alt, aber er warf das Netz schon mit geübtem Schwung in den See. Mit Genugtuung verfolgte er dessen Flug und die perfekte Ausbreitung. Mit leisem Klatschen fiel es ins Wasser und sank – von ein paar kleinen Gewichten gezogen – rasch nach unten. Er wartete nicht lange, sondern zog mit gleichmäßigen Bewegungen an den Leinen, um das Netz unter Wasser zu schließen, langsam wieder nach oben und zu sich ans Ufer zu ziehen. Das zunehmende Gewicht verriet ihm, dass er einen guten Fang machen würde.

Zwei Frauen standen hinter ihm mit Körben bereit, um die Fische aufzunehmen und gleich, nachdem sie erstickt waren, mit dem Ausnehmen und Einsalzen beginnen zu können. Einen Teil würden sie aber für das heutige Abendessen behalten und am offenen Feuer rösten. Er glaubte den Geruch des abendlichen Feuers bereits jetzt riechen zu können, als er das Netz zur Hälfte aus dem Wasser gezerrt hatte, so freute er sich über den erfolgreichen Fang.

Die Sonne stand zwar noch am Himmel, aber der Tag war schon weit vorangeschritten. Er blickte zum Horizont und schätzte, dass er noch zwei oder drei Würfe schaffen könnte, bevor die Sonne hinter dem Waldrand verschwinden würde.

Rings um ihn zeigten auch andere Dorfbewohner, dass sie mit ihrem Tagwerk zu Ende kamen und manche luden schon geschlagenes Holz auf Karren, schöpften noch einmal ihre Krüge voll Wasser und wechselten frohe Sprüche mit den anderen, die noch nicht soweit waren.

Der Fischer stemmte seine Füße in den Boden und

mit einem letzten Ruck hatte er das Netz komplett an Land gezogen. Er drehte sich um, weil er die Frauen zur Eile auffordern wollte. Als er aber ihre Gesichter sah und gleichzeitig wirklich den Geruch von Rauch wahrnahm, ließ er die Fangleinen sinken. Das Entsetzen in den Augen der Frauen, ihre zu starren Säulen verkrampften Körper und ihr offensichtliches Unvermögen Angst- oder Hilferufe auszustoßen, ließen ihm selbst die Gänsehaut aufsteigen und sich langsam wieder umdrehen.

Zunächst sah er den Grund für ihr Verhalten nicht und vermutete schon, dass sie ihm einen Streich spielen wollten.

Doch dann sah er ihn.

Den Schatten am anderen Ufer.

Seine Arbeit mit dem Netz hatte den jungen Fischer abgelenkt, denn der Schemen stand in gerader Linie dort, wo sein Blick gelandet wäre, hätte er nicht aufs Wasser gesehen.

Zwischen den Bäumen ragte ein Wesen auf, das er erst auf den zweiten Blick als Pferd und Reiter erkannte. Wobei *erkennen* nicht der richtige Ausdruck war. Das dunkle Wabern hatte keine festen Konturen. Nur die groben Umrisse formten ein riesiges Streitross und einen ebenso mächtigen Krieger, der auf ihm saß. Auf dem Kopf drohte ein Helm, finster wie die Nacht, zwei große Hörner krümmten sich zu beiden Seiten nach unten.

Der junge Fischer schluckte und konnte fast nicht atmen. Mit jedem Heben und Senken seiner Brust wurde der Brandgeruch stärker, der über den See wie ein unsichtbarer Vorbote kroch. Doch die Gestalt brannte nicht.

Woher kommt also der Qualm?

Als hätte der Krieger seinen Gedanken vernommen, glommen plötzlich anstelle von Augen kleine Flammen in dem schwarzen Gesicht auf. Gelbe, züngelnde Lichter, die nicht Wärme versprachen, sondern Leid und Tod.

Wieder schluckte der Fischer und fand endlich seine Stimme wieder. Aber anstatt eines Warnrufes verließ nur ein grauenvoller Schrei seinen Mund und er wandte sich zur Flucht.

Nur weg vom See, dachte er und ahnte nicht, dass dies die einzige Chance gewesen wäre, sein Leben zu retten. Auch alle anderen um ihn herum nahmen die Flucht auf. Die erfahreneren und älteren Männer ahnten, dass sie es nie ins Dorf zurückschaffen würden. Also schnappten sie sich alles, was sie als Waffe benutzen konnten. Viel war es nicht. Zwei Jagdspeere, eine Handvoll Messer - eher zum Ausweiden von Beute gedacht, denn zum Kampf -, eine klägliche Anzahl von Äxten zum Baumfällen, dazu ein paar Heugabeln. Mehr nicht.

Die Frauen und einige größere Kinder ließen alles stehen und liegen und flohen Richtung Dorf. Dort würden sie sicher die anderen Männer alarmieren. Doch auch sie waren nur Bauern und Handwerker, keine Krieger.

Die Männer am See wussten dies und formierten sich in einer Linie, ängstlich ihre kümmerlichen Waffen umklammernd.

Die Gestalt am anderen Ufer schien dies aus flammenden Augen zu beobachten und rührte sich erst, als einer der Männer einen als kämpferisch gedachten Ruf ausstieß, dem sich die anderen ebenso erfolglos anschlossen.

Es war für sie grässlich mitanzusehen, wie sich nun Pferd und Reiter bewegten. Kein Hufschlag war zu hören, kein Schnauben aus hinter finsteren Schwaden sich blähenden Nüstern. Nur ein Fauchen wie aus einem Blasebalg, der ein Feuer anfachte. Anstelle von Waffengeklirr drang ein schreckliches Knistern zu ihnen, das sich anhörte als würden Scheiterhaufen zusammenrutschen und zu Kohle verbranntes Fleisch sich in unsagbarer Qual bewegen. Sie konnten nicht ahnen, dass sie damit der Wahrheit sehr nahe gekommen wären. Mit fliehenden Sprüngen schoss das Pferd um den See herum, peinlich den Abstand zum Wasser wahrend. Als das schreckliche Paar die Hälfte des Sees umrundet hatte, zog der Reiter eine Klinge. Noch nie hatte einer der Kelten des Dorfes eine abscheulichere Waffe gesehen.

Lang und mit breiter Klinge aus pechschwarzem Eisen. Beide Kanten zeigten eine Vielzahl von Kerben, die von häufigem Gebrauch kündeten. Aber das war noch nicht das Schlimmste an ihr. Dies waren die Flammen, die heftig loderten und Schwaden beißenden Rußes von sich stießen. Der Reiter hielt die Waffe lässig in seiner Rechten und setzte – ob nun mit Unbedacht oder voller Absicht – einen Baum nach dem anderen in Brand. Die Spur aus brennenden Bäumen schuf ein feuriges Gegenstück zur Sonne, die nun den See in blutrotes Licht tauchte.

Die Männer sahen es als böses Omen an.

Und hatten Recht damit.

Drei der Bauern wandten sich zur Flucht, als der Krieger sie erreichte, ein anderer stand still und pisste sich ein. Dann trennte ein flammender Hieb seinen Kopf von den Schultern und er sackte in seine eigene Pisse. Zwei Holzfäller hackten nach der Stelle, an der sie ein Bein des Reiters vermuten durften. Denn sehen konnten sie es nicht. Alles nur schwarz und verschwommen. Rasende Schatten, die den Tod mit jedem Streich verteilten. Die Bauern und Handwerker fielen wie Halme unter der Sichel. Keiner hatte auch nur den Hauch einer Chance, den dunklen Krieger zu verletzen, geschweige denn, ihm eine tödliche Wunde zuzufügen.

Der junge Fischer starb als letzter und seine gebrochenen Augen starrten den fliehenden Frauen und Kindern hinterher, die allesamt Bekanntschaft mit der Feuerklinge machten.

Die anderen Dorfbewohner hörten zwar ein paar Schreie aus der Ferne. Aber bis sich einige entschlossen, zum See zu eilen und dort nach dem Rechten zu sehen, war der schwarze Krieger schon da. Er brauchte für das ganze Dorf gerade so lange, bis die Sonne endgültig versank und das gnädige Tuch der Nacht über das Gemetzel fiel.

Ein Junge war in die Nacht gerannt und wollte zu seinem kleinen Boot am Fluss fliehen. Er erreichte es zwar, doch dem Reiter entkam er nicht …

Kapitel VIII
Im Tal des Menos

Der Fluss strömte ruhig durch sein Bett, das in sanften Mäandern die Landschaft durchzog. Die Windungen verursachten daher nur ein leichtes Sprudeln des Wassers. An drei, vier Stellen sah Arwed nahe dem Ufer Steine aus den gemächlichen Fluten ragen. Beide Ufer waren dicht mit Sträuchern und Büschen bewachsen. Erst einige Schritte entfernt davon ragten kleinere und mittelgroße Bäume empor, deren dichtes Laub nur wenig Licht durchdringen ließ.

Wäre nicht der leblose Körper gewesen, der sich in einem weit ins Wasser ragenden Gestrüpp verfangen hatte, hätte nichts friedlicher sein können als der ruhig dahinfließende Fluss und die Stille des Waldes. Selbst die Vögel schienen die Leiche zu bemerken, denn anstelle fröhlichen Gezwitschers, erklangen nur ab und an zaghafte Rufe, die auf den Germanen fragend, ja, fast eingeschüchtert wirkten.

Er hatte kaum den Saum des Flussufers erreicht gehabt, als er den dümpelnden Körper entdeckt hatte. Sofort hatte er sein Pferd angehalten.

Jetzt erfolgte sein Griff an den Schwertknauf rasch und kontrolliert, während sein Blick nach allen Seiten ging und nach Auffälligkeiten suchte. Je länger er den Wald mit seinen Augen zu durchbohren schien und mit angehaltenem Atem lauschte, desto heftiger schlug sein Herz. Aber nichts rührte sich. Schließlich verlangten seine Lungen wieder nach Luft und seine Brust hob und senkte sich in kräftigen Zügen.

Nicht, dass ihn der Anblick einer Leiche an sich so erregte. Nein, davon hatte er in seinem Leben schon mehr als genug gesehen. Das, was ihn so erregte, war die geringe Größe des toten Körpers. Und nachdem

Arwed nicht wie viele andere Germanen an Zwerge oder Kobolde glaubte, blieb nur eines übrig: Die Leiche war die eines Kindes.

Er band sein Pferd an einem Baum fest und überlegte, ob er noch seinen Schild nehmen sollte. Aber der Wald blieb so ruhig wie zuvor. Er hatte oft genug diese besondere Art von Stille erlebt, die Hinterhalte schon verriet, bevor sich ein Feind auf ihn stürzen konnte.

Die Vögel scheinen mein Auftauchen mit dem Tod des Kindes gleichzusetzen, überlegte er und versuchte einige von ihnen in den Bäumen auszumachen, hatte aber keinen Erfolg. Ihre jetzt wieder zaghaft einsetzenden Laute sollten wohl bedeuten, dass sie ihn nicht mehr als Bedrohung einstuften.

Was hat euch so verängstigt?

Schließlich klopfte er dem Braunen beruhigend auf den Hals, stieg ab und ging mit wachen Sinnen auf seinen Fund zu. Mit jedem Schritt, dem er der Leiche näher kam, bestätigte sich sein Eindruck, dass es ein Kind sein musste. Es lag mit dem Bauch nach unten im Wasser, die Haare seltsam kurz geschnitten und doch wie ein Kranz den Kopf im Wasser umschwebend. Hände und Füße waren nackt und zeigten junge, jetzt vom Wasser aufgequollene Haut. Der Größe nach könnte es acht oder neun Jahre alt gewesen sein. Vielleicht auch zehn, wenn es schlecht genährt war, denn die Statur erschien ihm übermäßig schlank, ja fast schon dürr.

Als er es erreicht hatte, ging sein Blick noch einmal nach allen Seiten durch den Wald. Dann stieß er sein Schwert senkrecht und nur leicht in die Uferböschung und griff nach dem Körper. Mit leichtem Erschrecken fühlte er tatsächlich ein sehr dünnes Bein und zog daran. Ohne Mühe löste sich der Leichnam von dem

Busch und wäre davongetrieben, wenn er ihn nicht gehalten hätte. Es bedurfte nur wenig Kraft, den nassen Körper aus dem Wasser zu ziehen und mit dem Gesicht nach oben ins Gras zu legen.

Es war ein Junge.

Der Kleidung nach ein keltischer.

Arwed hatte schon Wasserleichen gesehen und schätzte, dass der Junge – so wie sein Gesicht aussah - nur wenige Stunden im Wasser gelegen haben konnte. Dazu kam, dass diese Stelle des Flusses einfach zu verlockend für die Jagd nach Fischen war und sicher von der einheimischen Bevölkerung rege genutzt wurde. Dass man den Jungen nicht schon vermisst, gesucht und gefunden hatte, sprach ebenfalls für eine kurze Dauer.

Was bedeutet, dass sich der Mörder noch in der Gegend herumtreiben könnte ... wenn die Tat nicht weiter flussaufwärts geschehen war und die Leiche bis hierher getrieben wurde.

Dass der Junge einem Mord zum Opfer gefallen war, zeigte ihm die sauber durchtrennte Kehle.

Es könnte auch ein Ritualopfer gewesen sein, grübelte er, verwarf aber den Gedanken rasch, da – zumindest bei den Germanen – Menschenopfer nur selten vorkamen und nicht unbedingt in Flüssen vollzogen wurden, sondern eher in Mooren. Außerdem glaubte er nicht daran, dass ein Opfer, dazu noch ein Kind, so einfach in einen Fluss geworfen wurde.

Also bleibt nur Mord, grummelte er und strich gedankenversunken dem Jungen Haare und Pflanzenteile aus dem Gesicht. *Ob er wohl zu der Siedlung auf dem Berg gehört?*

Er hatte vor vielen Stunden von einer baumfreien Anhöhe aus einen Tafelberg entdeckt, der das ganze Tal überragte. Natürlich waren ihm nicht die Mauern entgangen, die alle drei Abstufungen umgaben. Von den beiden oberen Ebenen hatte er vereinzelt Rauchfahnen aufsteigen sehen.

Vielleicht gehört das Kind zu dieser Siedlung. Wenn ich es ihnen bringe, könnte ich ihr Vertrauen erlangen ... oder als der Mörder des Kindes betrachtet und getötet werden.

Er dachte noch ein wenig über beide Möglichkeiten nach, dann nahm er entschlossen die Leiche und ging mit ihr zu seinem Pferd zurück.

Er war nicht ganz zwei Stunden mit mäßigem Tempo durch den Wald geritten, als er freies Gelände erreichte und einen guten Blick auf den Berg hatte. Zu beiden Seiten eines erkennbaren aber nicht befestigten Weges sah er ein paar kleine Bauernhäuser, ein wenig Vieh auf Weiden stehen und eine Handvoll Männer und Frauen ihrer Arbeit nachgehen. Fünf oder sechs Kinder tollten herum und spielten mit einem Zicklein, das übermütig herumsprang, sich zu seiner ruhig äsenden Mutter *rettete* und sich dann doch wieder den Kindern zuwandte. Das friedliche Treiben hätte genauso gut in einem germanischen Dorf stattfinden können.

Arwed stieg ab, lief an der Seite seines Pferdes und hatte Helm, Schild und seine sonstigen Waffen an ihm sichtbar befestigt. Lediglich sein Schwert trug er griffbereit in der Scheide am Gürtel. Obwohl er langsam und offensichtlich in nicht feindlicher Absicht daherkam, überraschte ihn die Reaktion der Leute nicht, als sie ihn bemerkten.

Mütter riefen nach ihren Kindern und scheuchten sie in die eher Hütten zu nennenden Behausungen. Das Zicklein war zunächst verwirrt, weil ihm schlagartig seine Spielkameraden abhanden gekommen waren. Dann sprang es aber zu seiner Mutter, die mit weiteren Ziegen von einer der Frauen in einen Pferch getrieben wurde. Die Männer stellten sofort ihre Tätigkeiten ein und griffen nach Hacken und Gabeln, die sie nun wohl als Waffen zu benutzen gedachten. Einer verschwand in einer Hütte und kam sofort wieder zurück, einen beachtlichen Speer in den Händen.

Arwed musste kurz grinsen, als er ihre Vorkehrungen beobachtete, während er unbekümmert direkt auf sie zuging. Wenn das alles war, was ihm hier drohte, dann sah er darin kein Problem, das er nicht hätte bewältigen können. Aber er hatte wirklich kein Interesse an einem Kampf. Als sich ihm fünf Bauern, darunter der Speerträger, entgegenstellten, dabei immer noch weit außer Reichweite seines Schwertes blieben, das sie an seinem Gürtel sahen, blieb er stehen und hob die freie und unbewaffnete Hand.

»Habt keine Angst, Leute«, begann er in recht gutem Keltisch und musste beinahe erneut grinsen, als er die Überraschung in den Gesichtern der Männer sah. »Mir steht nicht der Sinn nach Streit.«

»Aber du bist gut bewaffnet, Fremder«, kam die Antwort von einem kräftigen Burschen mit Bauchansatz. Der Speerträger überragte ihn um einen halben Kopf, aber dieser schien der Wortführer der Männer zu sein.

Arwed nickte beiden zu. »Es ist gefährlich, sich allein und mit wertvoller Ware durch die Wälder zu bewegen«, begann er und wurde vom Klang eines Hornes unterbrochen, das nicht zu weit von ihnen von einer Stelle des ersten Befestigungsringes herunterdrang. Wieder nickte er. »Es macht keinen Sinn, seine Kundschaft anzugreifen, nicht wahr?«

»Und was für eine Art Händler willst du sein, Fremder?«

Der Kräftige mit dem haselnussbraunen Haar musterte Arweds Pferd, die Packen, die es trug und konnte keine Ware entdecken. Dann blieb sein Blick an einem länglichen Bündel hängen. »Verkaufst du Felle oder Stoffe? Die haben wir selbst.«

»Ich führe die Tränen der Götter mit mir, eingefangen und golden in kleinen Steinen. Wir nennen sie Bernstein.«

»Wir kennen Bernstein … und schätzen ihn sehr hoch. Doch das Bündel dort sieht mir nicht nach Schmuck aus.«

Ein misstrauischer Bursche.

»Nein, darin ist nicht meine Ware.« Er zögerte und vernahm erneute Hornsignale, die sich bis zur Stadt auf dem Berg fortsetzten. »Ich fand einen toten Körper im Fluss treiben«, fuhr er fort und registrierte, dass sich die Mienen der Männer augenblicklich verdunkelten. »Ich zog ihn aus dem Wasser und sah, dass man dem Opfer die Kehle durchgeschnitten hatte …«

»Warum sollten wir nicht denken, dass *du* das warst?«, rief nun der Speerträger und machte einen Schritt nach vorn.

»Würde ich dann damit zu euch kommen? Allein?«

Plötzlich drang Hufgetrappel zu ihnen und er sah einen Trupp Reiter den Hang zwischen mittleren und unteren Ring herabpreschen. »Glaubt ihr, ich würde mich einer hundertfachen Übermacht entgegenstellen, wenn ich einen von euch getötet hätte?«

Verunsichert blickten sich die Bauern an und wussten nicht, was sie tun sollten. Der Kräftige drehte sich dem Geräusch zu und sah, wie die Reiter gerade ein Tor passierten und kurz darauf bei ihnen in einer Staubwolke ankamen und den Fremden sofort umringten.

Arwed fiel beim Vordersten sofort das Missverhältnis von Reiter und Pferd ins Auge. Der Mann wirkte wie *zwei* Krieger, so breit und massig drückte er dem Pferd ins Kreuz. Zum Ausgleich war er eher klein geraten. Arwed schätzte mindestens einen und einen halben Kopf kleiner als er selbst. Trotzdem schienen alle den Kleinen als Anführer zu akzeptieren.

Vielleicht sind sein Alter und seine Erfahrung wichtiger als Jugend und Größe, dachte Arwed und blickte dem Mann offen entgegen. Er musterte dessen Narben auf Armen und Brust, dazu seine weiß gekalkten Haare und die Metallringe an Hals und beiden Oberarmen.

Auch das Objekt seiner Betrachtung verhielt mit seinem Pferd nun Arwed gegenüber und begutachtete ihn einen langen Moment. Das Pferd blähte die Nüstern und schien den Geruch des fremden Pferdes interessiert aufzunehmen, denn es schnaubte leise und hätte einen Schritt getan, hätte sein Reiter es nicht mit einem Stoß in die Flanken daran gehindert. Ohne den Blick von ihm zu wenden, rief er über die Schulter den Bauern zu.

»Was ist das für einer, Drostan?«

Dieser Drostan muss also wirklich angesehener sein als der Speerträger, überlegte Arwed und blieb gespannt stehen.

»Er behauptet, er sei ein Bernsteinhändler, Wolfried.« Drostan schien sich plötzlich in der Rolle zu gefallen und kam ein paar Schritte näher. Als Arwed ihn stumm in die Augen blickte, blieb der Bauer stehen und sagte mit deutlich weniger Großspurigkeit: »Außerdem hat er eine Leiche dabei …«

Von einem Moment zum anderen sah sich Arwed von einem Dutzend Speerspitzen bedroht.

»Ich bin nicht der Mörder«, sprach er ruhig. »Der

würde wohl kaum zu euch kommen und sein Opfer auch noch mitbringen«, wiederholte er sein vorheriges Argument. »Außerdem scheint mir der Mord an einem Kind kein guter Anfang für Handelsbeziehungen zu sein.«

»Ein Kind?« Der Anführer der Reiter war wohl kein Hitzkopf, denn er betrachtete Arwed abschätzend und schien geneigt, in ihm keinen Mörder zu sehen.

»Ein Junge.«

»Zeig ihn mir!«, befahl er und stieg überraschend flink von seinem Reittier. Das Ross schnaubte erleichtert und einige der Männer dahinter lächelten verhalten.

Arwed drehte sich langsam zu seinem Pferd, nahm das Bündel und legte es behutsam zu Boden. Mit bedächtigen Bewegungen richtete er den Leichnam gerade aus und faltete die Felle auseinander, in die er ihn gewickelt hatte. Zum Vorschein kam der Junge, die Hände über der Brust gefaltet und mit einem Strauß bunter Blumen und Kräuter darin. Wieder strich Arwed dem Toten die Haare aus dem Gesicht, dann erhob er sich.

»Kennst du ihn?«, fragte er den Kelten mit deutlichem Mitgefühl in der Stimme.

»Nein.«

Wolfried warf einen Blick auf Arwed und wartete. Dieser verstand und trat einige Schritte zurück. Dann beugte sich der kleine Mann hinab und betrachtete das Gesicht des Jungen genau. Plötzlich keuchte er auf und strich mit einem Finger die Kanten des Schnittes entlang. Erst jetzt fielen dem Germanen die schwarz gefärbten Ränder der Wunde auf. Zunächst hatte er sie für Dreck oder Uferschlamm gehalten, doch jetzt wurde ihm klar, dass das Wasser solche Spuren längst fortgewaschen hätte.

Arwed missdeutete den Laut des Kriegers.

»Also erkennst du ihn doch?«

»Nein, Fremder. Dieser Junge stammt nicht aus unserer Stadt … und du bist nicht sein Mörder«, ergänzte er und stand wieder auf. »Dies war die Tat eines Schwarzen Kriegers!«

Kapitel IX
Der erste Blick

Das Erste was Arwed beim Marsch den Berg hinauf auffiel, war, dass die Tore an einem Weg lagen, der *links* an den Wällen entlang lief. Daneben ging es recht steil den Hang hinab. Dies bedeutete nichts anderes, als dass ein Mann, der rechts sein Schwert in der Hand hielt und somit seinen Schild in der Linken, ungedeckt war. Die Verteidiger hätten ein leichtes Spiel. Er versuchte sein Erstaunen, ja seine Bewunderung über diese sinnvolle Bauweise sich nicht anmerken zu lassen. Dass sie ihn zu Fuß und nicht auf seinem Pferd den Weg nehmen ließen, war ihm sogar recht. Denn somit hatte er mehr Zeit, alles – und wie er hoffte unauffällig – betrachten zu können.

Die Wälle selbst bestanden aus Bruchsteinen, die von senkrechten Holzbalken unterbrochen wurden. Beides ragte in doppelter Mannshöhe vor ihm auf. Am oberen Ende befanden sich Querbalken, hinter denen er ab und zu Männer stehen sah, die ihn misstrauisch beäugten und wohl am liebsten ihre Speere auf ihn geschleudert hätten. Der Weg bog vom Rand der Bergkante ab und mündete in einen Hohlweg, der nun zu beiden Seiten befestigte Wälle besaß.

Ein angreifendes Heer würde von beiden Seiten beschossen werden, dachte Arwed nüchtern und sah, dass der Weg zu einem Tor führte, das von einem Übergang bewacht wurde, auf dem mehrere Krieger standen und ihn mit finsteren Blicken empfingen. Arwed war sich sicher, dass er längst tot gewesen wäre, hätte ihn nicht der Reitertrupp begleitet, der stumm vor und hinter ihm ritt. Niemand sprach auch nur ein Wort. Sie passierten das Tor, das sich ohne Befehl öffnete und den Blick auf die Ebene dahinter freigab.

Er sah Felder, darin verstreut vereinzelte Scheunen und andere Gebäude, von denen er annahm, dass sie als Lager oder Werkstätten dienten. Denn sie machten nicht den Eindruck, dass sie bewohnt waren. Mehr als drei Dutzend Männer und Frauen arbeiteten dort und warfen nur gelegentlich Blicke auf den Trupp. Als sie allerdings erkannten, wer da inmitten einer Horde Krieger ging, stellten sie ihre Arbeit ein und verfolgten jeden seiner Schritte.

Arwed wandte sich ihnen zu und gab sich Mühe, einen freundlichen Ausdruck im Gesicht zu tragen. Schließlich musste er die Rolle des Händlers überzeugend spielen. Ein griesgrämiges oder ängstliches Gesicht passte nicht zu einem Händler, der auf ein gutes Geschäft hoffte. Nach der halben Strecke zum nächsten Wall erhob er seine freie Hand und winkte den Leuten zu. Niemand erwiderte den Gruß.

Der Durchgang am zweiten Wall verlief wie bei dem zuvor. Doch der Anblick dahinter unterschied sich in einigen Punkten von dem der ersten Ebene. Er sah Ziegen und Schafe weiden, dazwischen etliche Obstbäume und mehrere Wohnhäuser. Ein geschäftiges Treiben ging vonstatten und nur wenige nahmen Notiz von dem Trupp. Nur die unmittelbar am Weg arbeitenden Menschen verhielten sich wie jene eine Ebene tiefer. Sie warfen ihm Blicke zu, die wohl, je nach Charakter, Neugier, Zurückhaltung oder Misstrauen ausdrückten. Aber allen war eines gemeinsam: eine unterschwellige Angst, die er sich nur schwer erklären konnte.

Arwed wusste, dass sein Volk noch nicht so weit in den Süden vorgestoßen war, als dass es zu größeren Auseinandersetzungen hätte kommen können. Allerdings wusste er auch, dass es *bald* dazu kommen würde. Schließlich war er genau aus diesem Grund hier.

Der Germane blieb dort stehen, wo man ihn dazu aufgefordert hatte. Vier Krieger umringten ihn, zwei davon noch immer auf ihren Pferden. Die beiden anderen standen zu beiden Seiten ein wenig hinter ihm. Arwed war klar, dass er nicht einmal die Hand an seinen Schwertgriff hätte legen können, ohne schon eine Klinge in seinem Leib zu haben. Der Anführer des Trupps – Wolfried, wie er sich nun erinnerte –, war mit mäßigem Tempo vorausgeritten, sicher, um dem Fürsten der Stadt Nachricht zu bringen. Denn dass diese Befestigung einen Fürsten als Herrn besitzen musste, lag auf der Hand. Es dauerte nicht lange, da hatte sich eine Gruppe Menschen um sie versammelt, die nicht weniger finster dreinblickte als die Wachen auf den Wällen.

Irgendetwas stimmt hier nicht, dachte Arwed und verlegte sich darauf, ein leichtes Lächeln aufzusetzen und mit scheinbar kaufmännischer Berechnung seine potentielle Kundschaft zu betrachten und deren Kaufkraft zu taxieren.

Er war nahe daran, einige Worte an die Umstehenden zu richten und anzufangen, seine Ware anzupreisen, als Bewegung in die mittlerweile ansehnliche Menge kam. Die Bewohner der Stadt wichen an einer Stelle auseinander, hinter der er in einiger Entfernung das größte Gebäude aufragen sah. Sicher der Wohnsitz des Fürsten.

Tatsächlich ritt ein Mann vor dem Anführer des Reitertrupps, der auch auf Arwed Eindruck machte. Mindestens so groß wie er, mit mächtigen Zöpfen die Brust herabhängend. Allerdings stammten die Zöpfe vom Barthaar des Mannes. Sie waren ebenso weiß gefärbt wie die Kopfhaare, die eine stachelige Krone bildeten, die keinerlei Schmuckes bedurfte, um die herausragende Stellung dieses Mannes zu unterstreichen. Dies tat eine goldene Kette, an der geheimnisvolle Dinge hingen, die Arwed auf diese Entfernung nicht erkennen, geschweige denn deuten konnte. Hinter den beiden folgte der Rest der Reitergruppe, die ihn am Fuße des Berges in Empfang genommen hatte.

Schließlich blieb der Fürst mit seinem Gefolge eine Pferdelänge vor Arwed stehen und musterte ihn von oben bis unten. Arwed wunderte sich nicht wenig über die Tatsache, dass der Fürst zu *ihm* kam und er nicht umgekehrt zu diesem geführt wurde.

Wirklich ein seltsames Volk, dachte er und senkte den Kopf ein wenig – nicht zu viel – zum Gruß.

»Ich grüße Euch, Herr dieser Kelten«, begann er und bemerkte, dass sein nicht perfektes, aber doch anständiges Keltisch bei diesem Mann keinerlei Verblüffung hervorrief. »Mein Name ist Arwed. Ich handele mit Bernstein und hoffe hier auf zahlreiche«, er lächelte ein wenig breiter, »… und zahlungskräftige Kundschaft.«

»Ich grüße Euch auch … Germane«, antwortete der Mann und schien auf einen Widerspruch zu warten, der aber nicht kam. »Ich bin Alaric, der Fürst von Menosgada, dieser Stadt. Wir können nicht gerade behaupten, dass wir erfreut sind, einen Germanen zu sehen. Nicht, dass wir keinen Gefallen an Bernstein hätten … es ist nur so, dass wir bisher keine guten Erfahrungen mit Germanen machen durften. Gerade in letzter Zeit kam es zu einigen Verletzten … und Toten.«

Arwed vermutete, dass ein Spähtrupp sich zu weit vorgewagt hatte und nun die Haltung dieser Leute verständlich machte.

»Nun, das ist bedauerlich, Fürst Alaric, Herr von Menosgada. Wie Ihr seht, bin ich allein und keine Streitmacht.«

»Ihr seid gut bewaffnet für einen Händler.«

»Das hörte ich schon einmal, Herr. Es ist ärgerlich, wenn man weite Wege mit kostbarer Ware macht und sich nicht zu schützen weiß. Also führe ich ein paar Waffen mit mir. Bisher konnte ich mir damit meine Ware … und meinen Hals bewahren«, antwortete er und machte eine kaum wahrnehmbare Verbeugung.

»Wenn Ihr hier bei uns Geschäfte machen wollt, dann soll es mir recht sein … Arwed. Allerdings werdet Ihr Eure Waffen ablegen«, er deutete auf den Anführer des Reitertrupps neben ihm, »und diese Wolfried übergeben. Wenn Ihr uns verlasst, erhaltet Ihr sie wieder.«

»Und wer garantiert für meine Sicherheit und Ware, während ich praktisch nackt hier verweile?«

Alaric wirkte nur für einen Augenblick verärgert, dann bequemte er sich zu einer Antwort. »Ich, wer sonst? Euch wird kein Haar gekrümmt werden … und auch Eure Ware ist sicher. Wir sind keine Diebe.«

Als Arwed mit einem Nicken die Bedingungen akzeptierte und mit spitzen Fingern begann seine Waffen auszuhändigen, drehte sich der Fürst grußlos herum und ritt mit dem Großteil seines Gefolges davon. Die Menge zerstreute sich nur langsam und einige besonders Neugierige blieben stehen und verfolgten jede Bewegung Arweds.

Dann erschien eine Frau mit zwei Dienerinnen und einem Mädchen an der Hand, dahinter zwei Keltenkrieger als Eskorte. Die Gaffer rückten respektvoll zur Seite und machten unterwürfige Gesten der Begrüßung.

Arwed hatte in seinem Leben schon einige Schönheiten gesehen, darunter auch exotische aus fremden Ländern. Aber diese Frau stellte sie alle in den Schatten. Schlank gewachsen, die Haltung nicht anders als königlich zu bezeichnen; Rundungen an den richtigen Stellen, die jeden Mann in Begeisterung verfallen lassen konnten. Dazu ein Gesicht, das wie das helle Abbild des Bernsteins wirkte, den er mit sich führte: strahlend und geheimnisvoll zugleich. Das kastanienbraune Haar wallte lang und lockig herab. Ihre Augen versprachen tiefgründige Leidenschaft, ihre Lippen schienen danach zu gieren, geküsst zu werden. Das Mädchen an ihrer Hand war ein Abbild dieser Göttin auf Erden.

Doch beide trugen einen traurigen Ausdruck mit sich, der ein wenig die überragende Wirkung auf den Germanen dämpfte.

Welches Leid tragen die beiden nur mit sich?, schoss es Arwed durch den Kopf und er fühlte, wie er seine Waffen vermisste. Er wollte sie bei sich haben, die beiden beschützen, gegen wen oder was auch immer.

Als die Frau sich ihm zuwandte und ihn ansprach, hörte er nur den glockenhellen Klang ihrer Stimme. Der Sinn der Worte entging ihm völlig. Er konnte sie nur anstarren.

»Habt Ihr mich nicht verstanden, Händler?«, drang es endlich zu ihm durch und er musste sich zusammenreißen, um nicht wie ein völliger Idiot dazustehen.

»Doch, ich verstehe Eure Sprache gut … Herrin«, brachte er einigermaßen flüssig heraus. »Äußert einen Wunsch und ich sehe in meinen Beständen nach, ob ich ihn erfüllen kann.« Ein wenig – nein: *sehr* – ärgerte er sich darüber, dass er in den Tonfall eines Händlers verfiel, anstatt …

Ich muss meine Rolle spielen, ob ich nun will oder nicht.

»Dann sucht darin nach etwas, was meiner Tochter gefallen könnte. Vielleicht sollte ich es nicht sagen, aber es ist mir egal, was Ihr dafür verlangt. Hauptsache, es macht sie glücklich.«

»Ich werde alles in meiner Macht stehende tun, um Euch glücklich zu machen …«, sagte er ohne nachzudenken und erntete von ihr einen verwirrten Blick aus ihren dunkelbraunen Augen. Dann wurde ihm klar, dass er es todernst mit seinen Worten meinte und spürte, wie ihm die Röte ins Gesicht stieg.

Sie bemerkte es natürlich und sah ihm lange in die Augen. Als hätte sie darin einen Funken Hoffnung gefunden, huschte ein leichtes Lächeln über ihr Gesicht.

»Ich bin Brianna, Gemahlin von Alaric und Fürstin dieses Stammes. Dies hier ist meine Tochter Kyla. Es genügt, wenn Ihr sie glücklich macht.« Sie sah ihm noch einmal in die Augen und schien darin etwas zu suchen … und zu finden. »Ihr werdet müde von der Reise sein. Ich werde Euch in einem leeren Haus ein Nachtlager bereiten lassen und eine Wache davor postieren. Seid also unbesorgt. Morgen werden wir Euch und Eure Ware genauer in Augenschein nehmen.«

Entweder war es der Schein der untergehenden Sonne, der sich auf ihrer Haut spiegelte oder es entsprang seiner Einbildung, dass er dort einen Hauch von Rot wahrzunehmen glaubte. Dann war sie davon und ihm blieb nicht mehr, als ihr nachzustarren.

Dabei entging ihm völlig, dass außer einigen anderen auch ein Druide die Unterhaltung verfolgt hatte. Arwed bemerkte auch nicht, dass der Druide ihn so lange im Auge behielt, bis er die Hütte betrat, die man ihm zuwies.

Kapitel X
Bernstein

Die Menge, die Arwed und seine auf einer großen Decke ausgebreitete Ware umwogte, schien ihm mehr von Neugier denn von Kauflust erfüllt zu sein. Dazu hatte er den Eindruck, dass nur ein verschwindend geringer Teil der Bewohner etwas von Wert besaß, das sie ihm als Bezahlung anbieten konnten. Er schätzte die Gesamtbevölkerung der Stadt auf etwa 3000 bis 3500 Menschen. Er schätzte aber, dass sie knapp das Doppelte aufnehmen konnte, wenn Gefahr in Verzug war. Ebenfalls bezifferte er die Anzahl an ausgebildeten Kriegern auf etwa 300 Mann.

Zwei von ihnen taten zwar so, als würden sie auch dafür bereitstehen, um Diebstähle zu verhindern, aber so dumm war Arwed nicht, als dass er in ihnen nicht seine Bewacher erkannte.

Schon ein wenig ungewöhnlich, einem entwaffneten Mann so viel ... Aufmerksamkeit zu bescheren, dachte er und richtete immer wieder seine Auslage neu, weil sie ständig von Interessenten in die Hand genommen und seiner Meinung nach nicht wieder in angemessener Weise abgelegt wurde, sodass sie den besten Eindruck machte.

»Was verlangst du für diesen Stein da?«, dröhnte eine kräftige Stimme auf und als Arwed den Kopf hob, sah er einen Bär von Mann, der, seiner Kleidung nach zu urteilen, eher Handwerker war und kein Edelmann.

Der Germane erhob sich mit dem Objekt der Begierde und wiegte es von einer Hand in die andere. Er musterte den noch recht jungen Mann und dessen Hände und entschied sich für einen Vorstoß.

»Nun, Schmied … du bist doch ein Schmied, nicht wahr? Was hättest du denn anzubieten, außer deiner

Kraft?«

Der Kerl schaute einen Moment verblüfft an sich selbst herab und schien sich zu überlegen, woher der Händler auf sein Handwerk schloss, dann schien er eine Erklärung gefunden zu haben.

»Lass dich von den paar Brandflecken nicht täuschen, Händler. Ich bin ein guter Schmied, wenn nicht der beste im ganzen Tal … und darüber hinaus.«

»Was will ich mit Hämmern und Beilen?«, stellte er dem Mann eine bewusst provokante Frage. Dabei wusste Arwed genau, dass Schmiede hochangesehene Handwerker waren, sowohl bei den Germanen als auch den Kelten. »Wir Germanen verstehen uns selbst auf das Schmiedehandwerk. Sindri und Brokk schmiedeten Thors Hammer. Allein ihm zur Ehre sind unsere Schmiede die besten weit und breit.«

»Nun, ich habe schon solche Dinge hergestellt, Germane. Aber ich verschwende das Talent, das mir mein Vater vererbt hat, nicht an einfache Gegenstände. Meine Kunst ist schärferer Natur, wenn du verstehst, was ich meine.« Er warf sich ein wenig in Positur und zog ein Schwert vom Rücken, bei dessen Anblick die beiden Wachen sich zu ihnen drehten und einige der allzu Neugierigen ein paar Schritte zurückwichen.

Arwed nahm es nach einem Blick zu den Wachen und deren Nicken in die Hand. Ihm entging nicht, dass die beiden ihre eigenen Hände auf ihre Schwertknäufe legten. Die Botschaft war unmissverständlich.

Das Schwert hatte zwar nicht die Größe eines germanischen Langschwertes, war aber immer noch beeindruckend. Die Klinge war so lang wie Arweds Arme, vom Knauf beginnend breit, zur Mitte hin ein wenig schlanker werdend und im letzten Drittel wieder breiter. Es musste eine überzeugende Schlagkraft haben. Der Germane schwang es gekonnt ein paar Mal hin und her – auch um den Wachen zu zeigen, dass er ein Mann war, der damit umzugehen verstand – und gab es dann dem Schmied zurück.

»Nicht schlecht, und mir gefällt auch der Griff. Aber um ehrlich zu sein: Es scheint mir ein wenig zu kostbar für ein – zugegebenermaßen sehr schönes – Stück Bernstein zu sein. Bist du sicher, dass dir so ein Handel vorschwebt?«

Der Schmied sah sich ein wenig um und rückte dann einen Schritt näher. Mit erstaunlich leiser Stimme raunte er dem Germanen zu:

»Mir gefällt ein Mädchen, das sich wohl wenig mit einem Schwert erobern lassen wird. Da werden ihr die *Tränen der Götter* schon lieber sein.« Er trat wieder zurück und zog einen eisernen Halsschmuck mit einem Loch in der Mitte aus einem Beutel. »Gold kann ich mir nicht leisten, außerdem haben das viele edle Frauen um den Hals.«

»Und du willst ihr *Eisen* anlegen?«, schmunzelte Arwed und hatte plötzlich das Gefühl, dem armen Kerl helfen zu müssen. »Willst du eine Sklavin aus ihr machen oder deine Frau?«

Verwirrt blickte der Schmied auf sein Werk und schien es zum ersten Mal als das zu erkennen, was es war: ein eiserner Halsring, der noch nicht mal Ähnlichkeit mit einem Torques hatte.

Arwed beugte sich nun seinerseits zu ihm. »Außerdem glaube ich nicht, dass es einem einfachen Mädchen gestattet wird, Schmuck zu tragen, der Edelfrauen, Priesterinnen und Göttinnen vorbehalten ist.« Er zuckte mit den Schultern. »Aber das ist deine Sache. Mir wäre der Tausch mehr als recht, mein Guter. Ich fürchte aber, dass du dir selbst damit keinen Gefallen tust.«

»Meinst du?«, fragte der Schmied und steckte den Eisenring zurück in den Beutel. Nachdenklich betrachtete er den großen Bernstein, den Arwed immer noch in einer Hand hielt. Mit jeder Bewegung brach sich das Licht der Morgensonne darin und schuf winzige Blitze, als wäre er lebendig. »Und wenn ich den Stein nur in eine feine Kette einfüge?«

»… wird deine Angebetete nicht durch das Gewicht des Eisens zu Boden gedrückt und hätte eine Chance, dir um den Hals zu fallen«, spekulierte Arwed und sah das Gesicht des Schmiedes aufleuchten.

Die Wachen hatten sich zur Freude Arweds wieder abgewandt. Vermutlich war ihnen der Verlauf der Verhandlungen zu langweilig geworden. Vor allem deswegen, weil sich das Schwert wieder auf dem Rücken des Schmiedes befand.

»Ich selbst kann keine feine Kette fertigen«, sagte dieser gerade. »Aber unser Goldschmied schon. Da er der Bruder meines Vaters ist, wird er mir den Wunsch nicht abschlagen.«

»Nun, dann schlage *ich* vor, du kommst wieder, wenn du diese Kette hast. Ich verspreche dir, den Stein inzwischen niemand anderem zu verkaufen.«

In Wahrheit befürchtete er nur, die Wachen hätten die Bezahlung untersagt oder ihm das Schwert sofort abgenommen und erst bei seiner Abreise außerhalb der Wälle übergeben. Arwed hatte aber keine Lust, völlig unbewaffnet in dieser Stadt zu verweilen, bis er all seine *Geschäfte* getätigt hatte. Vielleicht ergab sich ja in einer der folgenden Nächte eine Gelegenheit, das Schwert unauffällig zu erwerben.

Nachdem er den jungen Schmied zwar nicht als Einfaltspinsel, aber durch die Liebe ein wenig … abgelenkt einstufte, gab er ihm noch ein paar geflüsterte Worte mit auf den Weg. »Es muss ja nicht jeder sehen, was du kaufst … komm in der Nacht zu mir, in der deine Kette fertig ist.«

Er blieb noch den ganzen Vormittag mit seiner Ware vor seiner Behausung sitzen und verkaufte gegen eine nette Summe Gold einen Teil seiner Bestände. Allerdings hatte er die besten Stücke gar nicht ausgelegt, da sich weder der Fürst noch seine Frau blicken ließen. Ein ganz außergewöhnliches Amulett hatte er ohnehin für die Tochter der Fürstin ausgesucht und hoffte, es nach einem kurzen Mittagsmahl präsentieren zu können.

Doch plötzlich stand eine der Sklavinnen der Fürstin vor ihm und räusperte sich.

»Meine Herrin lässt fragen, ob Ihr an einem Mahl teilnehmen wollt.«

Verblüfft blinzelte Arwed in die Sonne, die hinter dem Mädchen stand und ihn blendete, da er wieder auf dem Boden saß. Er richtete sich auf und trat ein wenig zur Seite.

»Äh, nun ja, sicher. Wann? Heute Abend?«

»Nein, jetzt. Fürst Alaric und Fürstin Brianna erwarten Euch in ihrem Haus.« Sie betrachtete ihn von oben bis unten und wagte noch einen Einwand. »Ihr solltet Euch waschen und etwas dem Anlass Entsprechendes anziehen … wenn Ihr bessere Kleidung besitzen solltet.«

Tatsächlich führte er einen feingewebten Umhang und ein zweites Paar Hosen mit sich. Schließlich hatte er damit gerechnet *und gehofft,* in Häuser eingeladen zu werden, in denen er das erfuhr, was er wissen wollte.

Natürlich war Arwed kein Bernsteinhändler.

In allererster Hinsicht war er Germane.

Und Spion.

Kapitel XI
Gastfreundschaft und Gänsehaut

Die Sonne hatte gerade ihren Höchststand erreicht gehabt, als Arwed, frisch gewaschen und gekleidet, dazu einen kleinen Beutel in der Hand, vor dem Haus der Fürstenfamilie angelangt war. Vier Wachen waren davor gestanden, hatten ihn aufgehalten, einen Blick in seinen Beutel geworfen und ihn nach Waffen durchsucht.

Nun verschwand einer im Inneren des deutlich größten Gebäudes auf dem Plateau und kam kurz darauf wieder heraus. Mit einem stummen Nicken forderte er Arwed auf einzutreten. Zwei der Wachen folgten und postierten sich seitlich von ihm. Arwed blieb stehen und sah sich ungeniert um. Es würde ihm niemand verübeln, wenn er offene Neugier zeigte, schließlich war er ein Fremder.

Das lang gezogene Gebäude bestand aus einem einzigen Innenraum, den man aber durch einige Behänge aus Stoffen und Fellen geschickt unterteilt hatte. Von seiner Position aus konnte der Germane den hintersten Teil nicht einsehen, vermutete daher dort die Schlafstätten der Fürstenfamilie. Zwei mit reichen Verzierungen ausgestattete Sitze dominierten den Raum. Mächtige Rückenlehnen aus massivem Holz dienten wohl nicht nur der Stütze, sondern auch als Schutz vor Meuchelmördern. Fürst Alaric und seine Gemahlin Brianna saßen darauf und ließen ihm Zeit sich umzusehen.

Vor den beiden war ein Tisch aufgestellt, an dem mehr als zehn Personen Platz gehabt hätten, an dem jetzt aber nur noch zwei Kinder saßen. Ihre Tochter Kyla und ein etwas jüngerer Knabe, der sicher der Sohn der beiden war, denn er war Alaric wie aus dem

Gesicht geschnitten.

Zu beiden Seiten stützten Holzpfosten das Dach. An jedem waren Halter mit Kerzen angebracht, die ein überraschend helles Licht in der Mitte des Raumes verbreiteten. Arwed sah auch zwei große Feuerstellen, eine direkt vor ihm und eine weitere, die er zwischen den Herrscherstühlen hindurch erkennen konnte. Sie würden den Raum gut wärmen können, waren aber jetzt nicht entzündet.

An den Wänden hingen mehrere Schilde, Speere, Äxte und Schwerter. Alles blitzte und schimmerte und zeugte von reger Pflege … und sicher auch vom Gebrauch. Schwere Truhen säumten die Wände und kündeten vom Reichtum des Herrschers und seiner Frau.

Arwed hätte noch länger seinen Blick schweifen lassen können, weil er noch viele Dinge sah, die er gerne genauer betrachtet hätte, aber er wollte nicht unhöflich sein. Er verbeugte sich deutlich, aber nicht zu tief und wandte sich an das Paar.

»Es erfüllt mich mit großer Freude, Fürst Alaric und Fürstin Brianna, dass Ihr mir die Ehre erweist, mit Euch ein Mahl einnehmen zu dürfen, da ich nur ein einfacher Händler bin.« Er warf einen Blick auf den reichlich gedeckten Tisch, auf dem eine riesige Schüssel stand, aus der es dampfte und verführerisch duftete. Brot, Käse und Krüge mit unbekanntem Inhalt warteten auf Zugriff und erst jetzt nahm er vier junge Mädchen wahr, die sich im dämmrigen Bereich hinter den Pfosten und Kerzen still verhalten hatten und nun auf ein geheimes Zeichen hin einen Schritt vortraten. Jede hatte eine Platte mit weiteren Speisen in den Händen.

»Wir haben nicht oft Gelegenheit … Gäste zu uns an den Tisch einladen zu können, Bernsteinhändler«, begann Alaric und schien seine Schroffheit vom Vortag abgelegt zu haben. Er wies ihm mit einer Geste einen Platz am Ende der Tafel zu. »Es sind unruhige Zeiten und oft genug muss ich … Ankömmlinge mit Eisen in den Händen begrüßen. Somit ist die Freude auch auf unserer Seite, jemanden in unserer Stadt und unserem Haus zu empfangen, der sich mit schönen Dingen beschäftigt … und nicht mit Streit und Blut.«

Brianna verzog bei diesen Worten fast unmerklich den Mund, aber Arwed war es trotzdem aufgefallen, weil er sich Mühe geben musste, sie nicht unentwegt anzustarren und dem Herrn der Kelten den ihm gebührenden Respekt zu zollen. Arwed nahm auf dem Stuhl Platz, auf den der Fürst deutete und nickte dabei seinem Gastgeber zu. Dann warf er einen kurzen Blick auf die Kinder.

»Da Ihr es ansprecht, möchte ich mich erkundigen, ob Ihr Euch schon einen Reim auf … meinen Fund machen konntet?« Er hätte es nicht gewagt in Anwesenheit der Kinder die Sprache darauf zu bringen. Aber wenn ihr eigener Vater damit offenbar kein Problem hatte, warum sollte er sich dann zurückhalten? »Seid Ihr der gleichen Meinung wie der Anführer Eurer Reiter, dieser Wolfried?«

»Ich würde es begrüßen, wenn wir dieses Thema nach dem Essen behandeln würden«, warf Brianna rasch ein und bedachte ihren Mann mit einem tadelnden Blick. »Lasst uns die Speisen und Getränke genießen. Die Kinder brennen darauf, das Haus zu verlassen und endlich wieder die Sonne genießen zu können.«

Arwed sah, dass Alarics Blick auf seine Frau nur wenig dessen Unmut verbergen konnte. An seinen Gast gewandt, sagte er aber:

»Brianna hat recht, Händler. Essen wir zunächst.«

Geraume Zeit und einen vollen Bauch später sah Arwed den beiden Kindern nach, die mit einer Zofe und einer Sklavin das Haus verließen. Kyla mit einem neuen Armband aus einem Dutzend länglicher Bernsteine an der rechten Hand. Das Kind hatte sich wirklich über die Kette gefreut, dabei aber keinen unbeschwerten Ausdruck gezeigt, wie man es von einem reich beschenkten Kind hätte erwarten können.

»Ich danke Euch, Fürst und Fürstin von Menosgada für Speise und Trank und den großzügigen Betrag für das Armband.« Er wandte sich Brianna zu. »Es tut mir leid, dass es Eure Tochter nicht gänzlich glücklich macht. Ich hätte noch wertvollere Stücke mit mir nehmen sollen. Aber dies ist meine erste Reise in dieses Land und daher wählte ich meine Ware wohl mit zu viel Bedacht.«

»Es liegt nicht an Eurem Schmuck, Händler Arwed«, entgegnete die Fürstin und ließ sich von einer Sklavin nachschenken. »Er ist wunderschön und es dauert sicher eine Weile, bis die *Tränen der Götter* Kylas Gemüt erwärmen.« Sie nahm einen Schluck und zeigte wieder den traurigen Ausdruck, den sie schon bei ihrem ersten Treffen erkennen ließ. »Meine … unsere Tochter leidet unter Visionen …«

»Träumen, Frau.«

»Visionen!«

Anstelle darauf einzugehen, wandte sich Alaric an Arwed. »Zu welchem Germanenstamm gehört Ihr, Händler?«

»Zu den Friesen, Herr«, log er. »Wir leben an der Küste zum Nordmeer und pflegen regen Handel mit den Rus. Von ihnen stammt der Bernstein, den unsere Handwerker zu Schmuck verarbeiten.«

»Eure Geschäfte führen Euch weit weg von der

Heimat. Und dazu noch ganz allein«, fuhr Alaric fort, leerte seinen Krug und lehnte ab, als eine Sklavin ihn wieder füllen wollte. »Dazu seid Ihr eben Germane … die mit vielen Kelten nicht gerade in allerbester Freundschaft stehen.«

»Nun, mein Stamm und natürlich ich selbst schon, Herr. Und wie Ihr sagt … *mit vielen Kelten* ... aber nicht mit allen! Ich hörte, dass auch germanische Siedlungen ihre Probleme mit einfallenden Keltenstämmen hatten … und haben.« Dann versuchte er sich an einem verschwörerischen Lächeln. »Außerdem macht man gerade dort die besten Geschäfte, wo noch kein anderer war.«

»Damit mögt Ihr Recht haben, Händler.« Alaric schien für einen Augenblick mit sich zu ringen, dann traf er sichtlich eine Entscheidung. »Nun, wir haben auch unsere Schwierigkeiten mit einigen unserer Nachbarn. Nicht mit jedem Stamm erheben wir die Krüge.«

»Es kommt also auch unter den Kelten zu kriegerischen Handlungen, Herr«, resümierte Arwed. »Das überrascht mich nicht. Soweit ich gehört habe, scheinen sich hier Kelten und Germanen ähnlicher zu sein als die Römer.«

»Es ist lange her, seit die Römer versucht haben, in dieses Land einzudringen. Bisher ist es ihnen nicht gelungen. Und auch Römer sind vor Verrat und Streitigkeiten nicht gefeit. Kaiser steigen und fallen durch Mord aus den eigenen Reihen, sogar aus der eigenen Familie.«

Das letzte Wort stieß er so heftig hervor, dass sich Arwed fragte, ob Alarics Abscheu dem Meuchelmord an sich oder dem Verrat innerhalb der Familie galt. Wahrscheinlich beidem. Und in beidem musste er ihm zustimmen.

Aber du bist nicht meine Familie, dachte der Germane. Unweigerlich fiel sein Blick auf die Gemahlin des Fürsten. Die missverstand seinen Blick als Aufforderung.

»Ich bewundere Euren Mut, Arwed. Nicht nur, dass Ihr allein durch ein fremdes Land reist, bepackt mit wahren Schätzen. Dazu umgeben von Völkern und Stämmen, die euch töten könnten, bevor Ihr auch ein Wort erheben könntet. Nein, Ihr wagt euch sogar mit der Leiche eines Kindes zu uns!« Sie warf einen kurzen Blick zu ihrem Mann, dann fügte sie hinzu: »Dabei habt Ihr die verräterische Spur an der Wunde übersehen … und schon gar nicht deren Bedeutung gekannt. Oder irre ich mich?«

Endlich kommen wir zur Sache.

»Weder das eine noch das andere. Und zu meinem Mut kann ich nur wiederholen, was ich Wolfried antwortete: Es macht keinen Sinn, die Kinder seiner Kundschaft abzuschlachten, nicht wahr?« Als beide nicht darauf reagierten, wagte er die Frage, die ihm beinahe schon die Zunge verbrannte. »Was hat es mit den Schwarzen Kriegern auf sich, die Wolfried erwähnte? Zu welchem Volk gehören sie?«

Er musste das wissen. Denn es wäre unklug - nein: sträflich nachlässig - gewesen, sich in einem fremden Land zwischen die Fronten zweier Feinde zu begeben. Vor allem dann, wenn man von dem vermutlich Gefährlicheren noch nie ein Wort vernommen hatte.

»Zu jedem und keinem Volk«, antwortete Alaric geheimnisvoll. »Das sind uralte Geschichten. Es ist nicht bewiesen, dass der Junge von einem Schwarzen Krieger getötet wurde.«

»Und wie erklärst du dir dann das verbrannte Gewebe? Ich kenne weder Kelten, noch Römer … noch Germanen, die mit flammenden Schwertern kämpfen, mein Gemahl!«

»Erzählt mir von dieser Geschichte, Fürst Alaric. Vielleicht sollte ich bei meiner Abreise um Euren Geleitschutz bitten.«

»Das wird nicht nötig sein, Händler. Es sind wirklich nur alte Legenden.«

»Dann will ich sie erst recht hören. Ich liebe alte Legenden.«

Alaric senkte den Kopf, winkte nun doch einer Schanksklavin und hielt ihr seinen Krug entgegen. Das Mädchen trat vor und kam dabei in das Licht der Kerzen. Jetzt sah Arwed, dass sie nicht unbedingt einen keltischen Eindruck machte. Sie wirkte eher wie eine Gallierin, sicher war er aber nicht. Sie hatte dunkelbraunes Haar und zwei Grübchen in den Mundwinkeln. Der Fürst nahm einen tiefen Schluck und wartete, bis das Mädchen wieder im Halbdunkel verschwand.

»Lange bevor der Vater meines Vaters über diese Stadt herrschte«, begann er, »überzog eine Horde finsterer Krieger jeden Weiler, jedes Dorf mit Schrecken und Vernichtung. Menosgada wurde nicht allein wegen feindlicher Stämme befestigt. Anfangs waren es nur vereinzelte Berichte, die von Männern auf Rössern kündeten, beide schwarz wie die Nacht. Dabei soll es sich aber nicht um dunkel gekleidete Krieger und Rappen gehandelt haben, sondern um Wesen, die zu Kohle verbrannt waren …«

»Verbrannt … also tot?«

»Das ist nicht gewiss. Manche sagen, dass die Krieger nach Asche und Rauch rochen und nicht klar zu erkennen waren.«

»Also *gab* es Überlebende.«

»Nur wenige … manche behaupteten, dass aus den

Augen der Krieger Flammen stoben, diese ihre Klingen in Brand setzten und die tödlichen Streiche Wunden hinterließen, als hätte ein glühendes Eisen Haut und Fleisch versengt.«

»Wie bei dem Jungen«, fügte Brianna hinzu.

»Ihr sagtet gerade, dass diese Krieger schon lange verschwunden seien. Nun scheint wenigstens einer wieder aufgetaucht zu sein«, schloss Arwed und konnte sich eines leichten Grusels nicht erwehren. »Wie lange waren sie fort? Und wo sind sie die ganze Zeit geblieben?« Er spürte, dass da noch mehr dahinter steckte.

»Einem meiner Vorfahren gelang es, die Quelle dieses Übels unter großen Verlusten gefangen zu nehmen …«

»Nicht sie zu vernichten?« Arwed sah zwar die Verstimmung im Gesicht des Fürsten ob der erneuten Unterbrechung, es schien ihm aber kein Anlass zu sein, der Sache nicht auf den Grund zu gehen.

»Man kann den Schwarzen Druiden nicht töten. Nur sein Geschmeiß, das er ständig um sich scharte und von Tag zu Tag vermehrte. Mein Urahn schloss ihn in einen Berg ein, ließ den Eingang einstürzen und in harten Kämpfen die noch herumstreifenden Schwarzen Krieger vernichten. In dieser Zeit gab es keine Händel zwischen den Keltenstämmen weit und breit. Der Kampf gegen diesen Abschaum aus den finstersten Tiefen der Welt einigte alle …«

Irgendwie hatte Arwed den Eindruck, dass Alaric sich sogar wünschte, diese Bedrohung existierte wirklich und könnte die keltischen Stämme wieder vereinen.

»Hmm… ein schwarzer Druide also.«

»Nein, *der* Schwarze Druide«, korrigierte Brianna. »Es gab und wird immer nur einen geben.«

»Wenn Euer Vorfahr nun nicht alle dieser Krieger erwischt hat … kann es sein, dass einer davon nun aufgetaucht ist und den Tod seiner Kameraden und die Niederlage seines Herrn rächen will?«

»Unmöglich! Die Schwarzen Krieger würden sich niemals zurückziehen. Sie sind beständig auf der Suche nach Menschen, die sie töten können. Das ist ihre Natur. Ihre einzige Aufgabe. Für ihren Herrn.«

»Aber er ist weg.«

»Aber nicht tot!«, grummelte Alaric und nahm einen tiefen Schluck. »Man nennt ihn auch den *Alten vom Berg* … den *Seelenfresser* …«

»Den was?«

»Er ernährt sich von den Seelen der Getöteten«, fuhr die Fürstin fort. »Je mehr Menschen sterben, desto mächtiger wird er. Ganz besonders, wenn es noch sehr junge Menschen sind …«

»Der Junge«, schloss Arwed und fühlte tatsächlich Gänsehaut aufsteigen.

Kapitel XII
Kniefall

Ich verstehe nicht, warum Fürst Alaric den Germanen nicht sofort hat töten lassen, grübelte Feidlim und folgte dem Tierwechsel hinab zum Fluss Menos. Sieht er denn nicht, dass dorthin, wo ein Germane geht, viele andere folgen werden?

Er wich einem Busch aus, aus dem es hundertfach summte und brummte. Der Druide wusste, dass es ein Wespennest war und keines von Bienen. Sonst hätte er längst einen Bauern darauf aufmerksam gemacht und den Honig einsammeln lassen. Honig war in seinen Augen Götternektar. Und wenigstens diesen wollte er mit den Göttern teilen.

Tränen der Götter nennen sie den Bernstein. Dass ich nicht lache. Da wäre Honig weitaus besser geeignet ... süß und köstlich ... eben göttlich. Und dann der Junge ... angeschleppt von einem Germanen!

Er, Feidlim, hatte sofort erkannt, dass die Wunde nur von einem Schwarzen Krieger stammen konnte. Einen Augenblick hatte er mit dem Gedanken gespielt, den Händler trotzdem des Mordes zu bezichtigen. Doch es war ihm kein schlüssiges Argument oder Motiv eingefallen. Und die Wunde sprach für sich.

Mehrere Nächte hatte er wachgelegen und darüber nachgedacht, wie er sich verhalten sollte. Wie er den Jungen und den Händler für sich nutzen konnte. Aber in beiden Fällen versagte er genauso wie bei seinen Versuchen, mit den Göttern zu kommunizieren. In diesen Nächten fand er wenig Schlaf, schrak immer wieder auf, wenn die Fürstentochter aufschrie, als wolle sie ihm eine Botschaft zukommen lassen.

Und dann kam eine Botschaft von ganz anderer

Seite.

Erst zaghaft und wie ein leiser Hauch.

Feidlim lag mit offenen Augen im Dunkeln und starrte durch den Rauchabzug zu den Sternen empor. Er verschwendete einen Gedanken über die Ungerechtigkeit der Götter, dass sie es so eingerichtet hatten, dass im Winter der Himmel zwar oft klar, die Nächte aber eiskalt waren. Dies zwang ihn für Beobachtungen ins Freie und ließ ihn immer vor Kälte zittern. Ging er in sein Haus, verhinderte der Rauch aus dem Feuer einen Blick in die Sterne. Und jetzt, kurz vor Beginn des Winters, hatte er zwar noch kein Feuer an und störte kein Rauch, doch war der Himmel nur selten klar. Die Regenwolken der vergangenen Wochen hatten sich durch Wolken abgelöst, die so aussahen, als würden sie bald Schnee von sich geben. So wie in dieser Nacht. Aber er konnte nicht auf eine wolkenfreie Nacht warten. Irgendetwas lockte ihn, ja, trieb ihn.

Finstere Schleier schoben sich vor den Mond und die großen Sterne. Die kleineren waren ohnehin nicht zu sehen. Immer dann, wenn sich eine Wolke entfernte, schob sich die nächste heran.

Von einem Augenblick zum anderen verharrte einer dieser Schleier und bewegte sich nicht mehr. Feidlim hatte vielleicht keinen echten Glauben an die Götter, wusste aber, dass der Himmel immer in Bewegung war. Unweigerlich konzentrierte er sich auf die Erscheinung und tief in seinem Inneren glomm die Hoffnung auf, nun endlich, nach all den Jahren, einen echten Kontakt zu den Göttern gefunden zu haben.

Aber es war kein Gott.

Eine unhörbare und ferne Stimme flüsterte ihm Worte zu, die weder seine Ohren noch sein Verstand erfassen konnten. Er war sich sicher, eine männliche Stimme zu hören, die ein Versprechen mit sich trug, das ihn von der ersten Silbe an gefangen nahm. Feidlim atmete schwer, so als hätte er einen Berg erklommen. Kaum hatte er diesen Gedanken, als ein undeutliches Bild sich aus dem Schleier vor ihm schälte; langsam … verstohlen … verheißungsvoll.

Der Druide hob beide Hände und wollte das Bild festhalten, aber es verflüchtigte sich sofort. Enttäuscht ließ er die Hände auf sein Lager sinken und ein Seufzer der Entsagung entfuhr seinem Mund. Plötzlich hatte er unsäglichen Durst. Doch er fand nicht die Kraft sich zu erheben, eine Kerze zu entzünden und sich einen Schluck Wasser zu holen.

Die Stimme bannte ihn auf sein Lager.

Ein letzter Funke klaren Verstandes ließ ihn die Augen schließen und sich weit, weit weg von hier zu wünschen. Doch der Schleier blieb auch mit geschlossenen Augen vor ihm bestehen. Also öffnete Feidlim die Augen, nein, er riss sie auf und saugte sich förmlich an dem Schemen fest. Zu seiner Überraschung bescherte ihm die Anstrengung ein etwas klareres Bild.

Ich kenne diesen Berg … über den Fluss Menos. Auf der anderen Seite des Tals.

Am nächsten Morgen trat Feidlim mit einem Sack in der Hand aus seinem Haus und blieb für einen Moment in der Morgenkälte stehen. Es konnte sich nur dunkel daran erinnern, mitten in der Nacht in einen Stall eingedrungen zu sein, ein Lamm und mehrere Hühner erwürgt und in diesen Sack gesteckt zu haben. Warum er dies getan hatte, wusste er nicht mehr. Doch er wusste, dass er den Sack brauchte.

Dichte Nebel lagen auf der Stadt und ließen alles nur schemenhaft erkennen. Die Schwaden verharrten so behäbig, dass er sich mit jedem Schritt wie ein

Geist zwischen ihnen bewegte und dafür sogar dankbar war. Ihm stand jetzt nicht der Sinn nach Begrüßungen anderer Frühaufsteher, von denen es mehr als genug gab. Wachen tauschten ihre Plätze, Bauern strebten ihrem Vieh entgegen und auch die Bäcker waren schon fleißig bei der Arbeit. Nur die Schmiede und andere Handwerker würden noch ein wenig mit ihrem Gehämmer und Lärm auf sich warten lassen.

Feidlim raffte seine Kutte enger um sich und machte sich mit eiligen Schritten auf zum innersten Tor der Stadt. Wenigen Worten mit den müden Wachleuten konnte er nicht entgehen und musste sich zwingen, in ihrer Nähe nicht von schnellem Gehen in verdächtiges Rennen zu verfallen. Die Stimme aus der Nacht klang in ihm nach wie ein beständiges Echo, das drängender wurde mit jedem Augenblick, den er auf dem Tafelberg verbrachte. Nachdem er die unterste Wallmauer durch das Tor verlassen hatte und einige Krieger kopfschüttelnd zurückließ, die sich wohl fragten, was er zu dieser Stunde außerhalb Menosgadas zu suchen hatte, begann er wirklich immer schneller zu laufen. Das von Bewuchs befreite Gelände, das sowohl als freies Schussfeld als auch als Weide für vielerlei Vieh diente, ermöglichte es ihm zu rennen. Allerdings stolperte er zwei Mal und konnte sich gerade noch fangen, bevor ihm dann bei einem dritten Fehltritt in ein Erdloch schier die Beine unter dem Leib weggerissen wurden. Er stürzte der Länge nach auf die nasskalte Wiese. Mit Flüchen und verdreckter Kutte erhob er sich wieder und verlegte sich auf ein weniger hastiges Vorankommen.

Es dauerte nicht lange und er hatte den Menos erreicht. Für einen Wimpernschlag wusste er nicht, wie er den sicher eiskalten Fluss überwinden sollte, weil er weder ein Pferd noch ein Boot sein eigen nannte und auch kein Boot fand, das ein Fischer zurückgelassen hatte. Also marschierte er zur einzigen Furt in der näheren Umgebung. Mit einer Hand raffte er seine Kutte über die Knie, mit der anderen warf er den Sack auf den Rücken. Er stieg in die Fluten, zuckte nicht wenig vor der Kälte des Wassers zurück und verfluchte noch einmal die Tatsache, dass er kein Pferd besaß.

Wieder ein Beweis meiner Armseligkeit. Ein Gaul hätte mir den Weg verkürzt und kalte Füße erspart.

Die nächste Stunde marschierte und kletterte er den Berg hinauf, der Menosgada auf dieser Seite des Tals gegenüberlag aber nicht dessen Höhe erreichte. Die nächtliche Stimme war verstummt, das leise Echo verklungen, doch das Bild des Berges und eine bestimmte Stelle standen ihm klar vor Augen. Wie dies sein konnte und was es bedeutete, entzog sich ihm. Er wusste nur, dass er dorthin *musste.* Er zerschliss sich die einfachen Sandalen und warf die Fetzen mit wütender Geste in ein Gebüsch, das sich ihm in den Weg stellte. Hier erleichterte ihm kein Tierwechsel mehr den Weg. Stattdessen standen Büsche und Gestrüpp immer dichter, zwangen ihn zu Umwegen, zerrissen kleine Dorne und Stacheln seine Beine. Mehrmals hielt er an und tupfte sich mit dem Saum seiner Kutte das Blut von den Füßen und Waden. Längst hatte er seinen Wasserschlauch mit gierigen Schlucken geleert, die letzten Tropfen aber über die schlimmsten Schrammen rinnen lassen. Doch er konnte nicht umkehren.

Je näher er der Bergkuppe kam, desto unwirtlicher wurde die Gegend. Die Bäume sahen krank aus, die Stämme mit dreckig-weißen Flecken und schimmligen Stellen. Ihre Äste trugen so gut wie kein Laub, nur braune, verkümmerte Blätter. Er sah auch keine Tiere, weder am Boden noch in der Luft. Für einen Augenblick hielt er keuchend an und quetschte seinen Wasserschlauch, aber es kam nur ein einziger Tropfen, den er gierig mit seinen trockenen Lippen aufnahm, der aber keine Linderung brachte. Er ließ den Schlauch einfach auf den Boden fallen.

Der Boden … bedeckt mit abgestorbenen Pflanzen, vermoderten Ästen und Zweigen, mit schmierigen Schwämmen und ekligen Pilzen überzogen, die er nie und nimmer für eine Mahlzeit gesammelt hätte. Dann fiel sein Blick auf eine Stelle, an der es wimmelte. Seine Augen sogen sich daran fest, als wäre dieses Zeichen von Leben seine Rettung. Aber es waren Asseln und Würmer, hässliche Spinnen und nackte Schnecken, die sich wohl um den längst verdorbenen Pilzschleim stritten. Angewidert verzog er das Gesicht und machte einen weiten Bogen um die Stelle. Mit zusammengebissenen Zähnen nahm er neue Risse in sein Fleisch hin, als er ein Dickicht mit großen Dornen durchquerte, nur um nicht in das Gewusel treten zu müssen, womöglich auf dem Schleim auszurutschen und hineinzufallen. Als er endlich die Kuppe erreichte und einer freien Stelle zustrebte, atmete er erleichtert auf …

… und stürzte in ein Loch.

Er schlug im Fall mehrmals mit den Armen und Schultern an Steine und altes Wurzelwerk. Instinktiv riss er die Hände nach oben und schützte Gesicht und Kopf. Dann folgte ein kurzes Stück freier Fall und ein heftiger Aufprall an einem Vorsprung. Es trieb ihm die Luft aus den Lungen, und wieder fiel er ein Stück. Dann traf er mit einem dumpfen Schlag auf dem Boden auf, den Göttern oder dem Schicksal gedankt auf einem Berg aus verrotteten Blättern und von Termiten zermahlenem Holz.

Seinem Mund entrang sich ein Stöhnen. Er brauchte einige Augenblicke, um wieder Luft in seine Lungen zu bringen und sog kalten, verbraucht riechenden Brodem ein. Trotzdem erschien ihm jeder Atemzug wie eine Verheißung.

Dann lag er still und lauschte seinem eigenen Atmen.

Als würde er eine der letzten Nächte erneut erleben, riss er die Augen auf und starrte in die Dunkelheit.

Er hörte jemanden – oder etwas – atmen.

Und sprechen.

»Bist du also endlich gekommen.«

Feidlim erkannte sofort die Stimme an ihrem Klang wieder. Und jetzt verstand er jedes Wort! Für einen letzten Moment glomm der Gedanke in ihm auf, dass er verloren war, wenn er auch nur noch einen Herzschlag in dieser Höhle bliebe. Wenn er auch nur noch eine einzige Silbe dieser entsetzlichen Stimme hören würde … Doch der Moment verging, ohne dass sich Feidlim bewegt hätte. »Ja.« Mehr vermochte er nicht mit seinen trockenen Lippen zu sagen.

»Hast du mir etwas mitgebracht?«

»Ja … Meister.« Feidlim tastete im Dunkeln nach seinem Sack, der ihm beim Sturz entfallen war. Zu seiner Freude fand er ihn fast sofort und zog ihn zu sich.

»Dann gib uns zu essen!«

Feidlim glaubte in der Finsternis ein leises Zischeln zu hören, war sich aber nicht sicher. Er nestelte unbeholfen an der Schnur, mit der der Sack verschlossen war und öffnete ihn. Mit schnellem Griff langte er hinein, entnahm ein Stück des Inhalts und hielt es in die Dunkelheit. Fast sofort spürte er ein Tasten von dünnen Fingern, die sich eher wie dürre Äste anfühlten.

Dann begriff er.

Diese Hand besteht nur nacktem aus Gerippe. Kein Fleisch ...

»Leg meiner Freundin auch etwas hin!«

Noch einmal fasste Feidlim in den Sack und nahm etwas heraus. Mit zitternden Fingern legte er ein totes Huhn zu Boden und stieß es mit einer Fußspitze in Richtung des Zischelns.

»Gut.«

Das Zischeln verklang. Dafür nahm sein Gehör ein Schlucken und Würgen wahr, das aus zwei unterschiedlichen Richtungen kam. Feidlim hatte in seinem Leben noch nie etwas Schrecklicheres vernommen. Er erwartete schon, dass die Stimme weitere Nahrung fordern würde, doch dann glommen in einigem Abstand zwei kleine Punkte vor ihm auf. Sie flimmerten und schienen noch schwach zu sein.

»Mehr!«

Der Druide nahm den Sack und schüttete den Rest auf den Boden. Nach einem Zeitraum, der nach seinem Empfinden auch Tage hätten sein können, verstummte das Mahlen von Zähnen, das Splittern von kleinen Knochen und trockene Schlucken. Dafür waren die Lichter ein wenig größer geworden. Mit nicht wenig Grauen verfolgte Feidlim, wie sich die Lichter auf die Höhe eines stehenden Mannes erhoben. Dabei klirrte verhalten Metall und schlugen Knochen an Eisen.

»Wie ist dein Name, Sklave?«

»Feidlim … Meister.«

»Dann knie dich nieder, Feidlim und nimm meine nächsten Befehle entgegen! Diese Nahrung war gut, aber nicht von der Art, die mir am besten schmeckt. Du wirst mir mehr davon bringen … aber lebend! Fleisch für Fleisch.«

»Ja, Meister.«

»Und du wirst nicht nur Tiere töten. Ich brauche Seelen, um wieder völlig auferstehen zu können. Je mehr, desto besser. Je jünger, desto besser. Je blutiger, desto besser. Hast du das verstanden, Feidlim?«

»Ja, Meister, ich habe verstanden. Ich tue, was du befiehlst.«

Kapitel XIII
Tougener

Alaric wusste nicht, was ihn mehr frustrierte. Die hilflose Sorge um seine Tochter, der abgeschlachtete fremde Junge, seine getöteten Jäger und natürlich die Späher der Germanen. Oder das Auftauchen mindestens eines Schwarzen Reiters. Und dem, was dieses Auftauchen bedeuten konnte. Wenn die Legende Recht behielt, dann standen ihm und seinem Volk schwere Zeiten bevor.

Er hatte vorgehabt, sich mit dem Druiden Feidlim zu beraten, ihn nach mehr Details der Legende zu befragen. Vor allem die genauen Umstände, die es seinem Vorfahren ermöglicht hatten, den Schwarzen Druiden in den Berg einzuschließen. Feidlim musste als Druide davon wissen.

Alaric wusste genau, welcher Berg dies war. Es genügte nur ein Blick über das Tal des Menos. Wie ein beständiger Stein in seinem Bauch wog das Wissen um diese Gruft schwer in ihm. Aber Feidlim war seit Tagen verschwunden. Nun war es nicht ungewöhnlich, dass der Druide sich um seine eigenen Angelegenheiten kümmerte und natürlich frei gehen und kommen konnte, wie es ihm beliebte. Doch ausgerechnet jetzt, da ihn sein Fürst am dringendsten brauchte, war er nicht da.

Also hatte sich Alaric mit zehn Männern auf den Weg gemacht, um die nächste Siedlung der Tougener aufzusuchen.

Streitaxtleute ... ein respektvoller Name. Sie wissen mit ihren Äxten umzugehen.

Andererseits zeugte es auch von dem bescheidenen Wohlstand – wenn man dieses Wort überhaupt benutzen wollte – der Tougener.

Nun, diese Tougener sind nicht der Hauptteil ihres Volkes, es sind Versprengte, Flüchtlinge. Sie haben nicht die Mittel um nennenswerte Mengen von Schwertern schmieden zu können.

Dies war einer der Gründe, warum dieser Stamm in den vergangenen Jahren hin und her gerissen war, zwischen dem Gedanken, die Kelten von Menosgada anzugreifen oder Handel mit ihnen zu treiben.

Ich mache endlich den ersten Schritt, dachte Alaric und blickte zum Himmel, wo die Sonne sich bemühte, seine düsteren Gedanken mit warmen Strahlen zu vertreiben. *Ich biete ihnen nicht nur Metall zum Schmieden an, sondern ein echtes Bündnis ... ich brauche ihre Männer und Äxte gegen die Germanen ... und die Finsternis. Wenn sie denn wirklich auferstanden ist.*

Sie waren nun den dritten Tag nordwärts unterwegs und Alaric wusste, dass es nicht mehr weit war zur Tougener-Siedlung. Eigentlich hätten sie schon auf einzelne Bauern, Jäger oder Wachen stoßen müssen, doch sie hatten bis jetzt niemanden gesehen.

Der Fürst von Menosgada hatte in einem Beutel ein Stück Stoff der Bekleidung des toten Jungen. Vielleicht half ihm dies bei den Verhandlungen. Allerdings konnte es durchaus sein, dass der Junge gar kein Tougener war, sondern ein Boier. Und die wären sicher nicht begeistert, wenn er mit diesem Beweis einer Schandtat bei ihnen auftauchen würde, egal, ob er nun schuld war oder nicht. Die Boier waren nicht sehr gesprächsbereit.

Wieder sah Alaric gen Himmel und erst jetzt fiel ihm auf, wie still es in dem Wald war. Die Sonne schickte goldene Strahlen auf die Erde, doch die Vögel blieben stumm.

Wolfried hätte mich längst mit seinem Misstrauen darauf aufmerksam gemacht. Aber Wolfried schützte in seiner Abwesenheit Menosgada. Alaric wollte gerade einen Späher vorausschicken, als ein Mann an der Spitze des Trupps die Hand hob und sein Pferd zügelte.

Alaric, der sich in der Mitte befand, scherte aus und ritt an die Seite des Mannes. Der brauchte kein Wort zu sagen, denn das Bild, das sich ihnen nur wenig abseits des Weges bot, sprach für sich selbst.

Eine junge Frau lag dort, die Kleider zerrissen und blutig. Sie lag auf dem Rücken, den Oberkörper zur Hälfte entblößt. Die Beine standen unnatürlich ab, wahrscheinlich gebrochen. Wären sie weit gespreizt gewesen, spräche es für eine Vergewaltigung … ob nun vor oder nach ihrem Tod. Doch Alaric hatte nicht den Eindruck, dass die Frau vergewaltigt worden war. Ihr starrer Blick trug immer noch das Entsetzen, das sie bei ihrem Tod empfunden hatte. Doch das war es nicht, was die Männer und ihn schlucken ließ.

Von ihrer linken Brust bis zu ihrer rechten Hüfte klaffte eine Wunde, die sie hatte ausbluten lassen, wie ein abgestochenes Schwein. Maden bewegten sich darin und fraßen sich satt. Die Ränder der Wunde waren aufgewölbt wie eine geplatzte Wurst, dunkel verkrustet von einem sengenden Hieb.

»Also ist es wahr, Herr?«

Der Krieger hatte längst seinen Schild vom Rücken und in die Linke genommen. Mit langsamer Bewegung zog er sein Schwert aus der Scheide, so als hätte er Angst, ein zu lautes Geräusch zu machen. Nach und nach taten es ihm einige seiner Kameraden gleich.

»Scheint so«, antwortete Alaric und sah für einen Moment in dem Gesicht der jungen Frau das von Kyla. »Wir sollten sie begraben«, sagte er.

Doch bevor er den Männern den Befehl dazu geben konnte, zischte ein Speer nur knapp an seiner Brust vorbei, der ihn nur verfehlte, weil er sich den Männern zugedreht hatte. Dem Speer folgte ein wütender Schrei, dem sich Dutzende weitere anschlossen.

Alaric riss seinen Schild hoch.

»Zusammenbleiben!«, schrie er.

Auf beiden Seiten des Pfades raschelte und knackte es im Wald. Ein, zwei weitere Speere und etliche Pfeile schossen durch die Luft und fanden ihr Ziel in Hals und Brust von zweien seiner Männer. Die beiden lagen noch nicht am Boden, als Alaric und der Krieger neben ihm kehrt machten.

»Bildet einen Kreis!«, befahl er und konnte einem Pfeil ausweichen, der ihn dennoch am Ohr streifte. Alaric fühlte, dass warmes Blut seinen Hals herablief.

Männer brachen aus dem Wald hervor, 20, 25 Mann. Sie alle trugen Äxte in den Händen. Nur einer schwang ein Schwert, sicher der Anführer. Sie brüllten wie eine Herde rasender Rinder und brachen wie solche durch die Gewächse am Wegesrand, dann hatten sie die Reiter erreicht. Es waren allesamt Kelten, das sah Alaric sofort. Es mussten die Tougener sein, die er aufsuchen wollte … und von denen eine tote Frau zu seinen Füßen lag. Mit kräftigen Schlägen wehrte er die Hiebe von einem Krieger ab, der nach seinem Bein hackte. Er schlug dem Mann die Klinge flach auf den Kopf, da er ihn nicht töten wollte.

»Haltet ein, Tougener!«, brüllte er und wusste dabei, dass ihm niemand zuhören würde. »Wir sind nicht die Mörder dieser Frau!«

Er hätte genauso gegen ein Gewitter anschreien können. Der Mann trat zwei Schritte zur Seite und schlug nun seine Axt auf das Maul von Alarics Pferd. Das schrie vor Schmerz auf und stieg in die Höhe. Die Bewegung kam so überraschend, dass Alaric den Halt verlor und zu Boden stürzte. Das Pferd keilte um sich und schleuderte einen anderen Tougener zwischen zwei seiner Kameraden, dann stob es davon. Sofort war der Krieger bei Alaric und hob die Hand zum tödlichen Schlag. Im allerletzten Moment konnte Alaric seinen Schild vor sich heben und mit der Spitze seines Schwertes den Mann ins Gemächt stechen. Eine Fontäne heißen Blutes schoss daraus hervor und Mann und Axt fielen nieder.

Zwei seiner Männer zur Linken und drei zu seiner Rechten saßen noch auf ihren Pferden, allerdings bluteten sie schon aus mehreren Wunden; einer hatte nur noch ein halbes Bein. Aus dem Stumpf pulste es rot und er brüllte mehr vor Wut als vor Schmerz, die Augen weit aufgerissen und halb wahnsinnig.

Der Rest seiner Begleitung kämpfte tapfer. Aber der enge Pfad ließ ihnen keinen Platz, um den Vorteil der Pferde richtig nutzen zu können. Einer nach dem anderen seiner Reiter sank tödlich getroffen vom Pferd, manche zusammen mit ihren zerhackten, blutenden Tieren. Alaric tötete noch drei Tougener, dann stand er plötzlich allein mit einem letzten Mann inmitten eines Ringes aus Feinden … und toten Gefährten.

»Verdammt noch mal, hört auf mit der Schlachterei!«, rief er den Männern zu, die den Kreis schlossen und langsam mit triefenden Äxten auf sie zugingen. »Wir sind nicht die Mörder dieser Frau«, stieß er zum zweiten Mal hervor und suchte nach dem Mann mit dem Schwert. Dieser stand schräg vor ihm und spuckte auf den Boden.

»Noch eine Lüge, du Dreckskerl, bevor ich dir deinen Kopf abschlage?«

»Ich bin Alaric, Fürst von Menosgada, du solltest mich kennen. Wir waren das nicht!« Alaric gebot seinem letzten Krieger Einhalt, als dieser sein Schwert zum Schlag erhob.

»Hört ihm doch endlich zu!«, schrie dieser. Der Mann mit Namen Yashar deutete hinter sich zu der Frauenleiche. »Seht sie euch doch genau an. Ihr Leib wurde von einer Schwarzen Klinge verbrannt. Ihr wisst genau, was das bedeutet.«

»Ammenmärchen! Lügner!«

»Dann bringt mich zu eurem Anführer, Fürst ...« Ausgerechnet jetzt fiel ihm der Name des Mannes nicht ein. Er wusste nur noch, dass der Tougener-Fürst schon alt war.

»Unser Herr ist vor einem Jahr am Fieber gestorben. Sein Sohn Raik ist nun unser Stammesführer.« Der Mann mit dem Schwert senkte seinen Kopf. »Raik ist nicht so leicht zu überreden wie ich. Aber er kann es gar nicht leiden, wenn ein Anderer Entscheidungen trifft, die ihm zustehen. Soll er doch über deinen Kopf urteilen.«

Dann wandte er sich an seine Männer. »Lassen wir die beiden vorerst am Leben. Unsere Äxte haben das Mädchen ausreichend gerächt. Lassen wir Raik und den anderen auch noch ihren Spaß.«

Seine Männer stießen Siegesrufe aus und machten sich an die schreckliche Arbeit, die nach jeder Schlacht den Glücklichen blieb.

Die Tougener hatten ihn und Yashar natürlich entwaffnet und gefesselt, dann zweien seiner Männer den Gnadenstoß gegeben. Jetzt taumelten Alaric und Yashar hinter den Pferden erschlagener Kameraden her, die die Tougener noch einfangen konnten. Alle anderen unverletzten Pferde waren davongestürmt. Auf dem ersten saß der Anführer des Tougener-Trupps, auf dem zweiten lag die Leiche des Mädchens. So marschierten sie fast einen halben Tag, dann erreichten sie das Tougener-Dorf.

Oder das, was von ihm übrig geblieben war.

Der Anführer ließ sein Reittier ein langsameres Tempo annehmen und der Trupp schloss sich dankbar an. Doch tat er dies nach Meinung Alarics sicher nicht, um seine Männer - und schon gar nicht seine beiden Gefangenen - zu schonen, sondern um letzteren Gelegenheit zu geben, die Gräuel zu betrachten, durch die sie schritten.

Das Dorf musste einmal aus acht bis zehn Wohnhäusern und einigen Scheunen bestanden haben. So genau ließ sich das aus den Trümmern nicht mehr erschließen. Alles war bis auf kümmerliche Reste niedergebrannt. Etliche Tiere - Alaric hielt die verkohlten Körper für Schafe und Ziegen - lagen überall verstreut herum. Manche der Kadaver und Häuserpfosten schwelten noch.

Der Fürst von Menosgada sah an der Stelle, die wohl einmal die Dorfmitte gewesen sein mochte, einen größeren Trupp Tougener auf sie warten. Als sie sich soweit genähert hatten, dass die Wartenden ihn erkennen konnten, ließ der Anführer anhalten, dann stieg er ab. Mit wenigen Schritten war er an einem jüngeren Mann angelangt, der aber von allen Tougenern das finsterste Gesicht machte.

»Fürst Raik«, begann der Mann, der sie besiegt hatte. »Wir haben einen halben Tag von hier die Leiche eines Mädchens aus diesem Dorf gefunden. Sie muss dem Massaker für kurze Zeit entkommen sein. In der Nähe trieb sich noch dieses Pack herum, das ich dafür für schuldig halte.« Er drehte sich zu Alaric und Yashar um. »Die beiden hier sind der Rest des Packs. Einer davon will der Herr von Menosgada sein. Ich dachte mir, Fürst Raik, dass Ihr ihn wohl sprechen wollt, bevor Ihr ihm seiner gerechten Strafe zuführt.«

»Gut gemacht, Isvan. Bindet jeden von ihnen an einen Baum, der dafür nicht zu morsch ist. Dann lasst euch Bier und Brot geben. Wir haben noch viel Arbeit vor uns.«

Alaric und Yashar ließen sich widerstandlos an Bäume fesseln. Sie beobachteten, wie die Tougener alle Leichen einsammelten und in einer rasch ausgehobenen flachen Grube niederlegten. Es war ein schrecklicher Anblick, wenn dabei verkohlte Teile der Körper abbrachen. Viele Leichname waren so entstellt, dass man nur noch vermuten konnte, ob dies ein Mann oder eine Frau gewesen war. Die kleineren Körper mussten die von Kindern sein. Mehr als einmal drehten sich Alaric und Yashar Männer mit unverhohlener Mordlust und Rache in den Augen zu. Aber offensichtlich hatte ihr Herr Raik eindeutige Befehle erlassen, denn niemand stürzte sich auf sie und ließ seinem Zorn einfach freien Lauf.

Als die Tougener endlich damit fertig waren, schichteten sie Erdreich und alle Steine aus der näheren Umgebung auf das provisorische Grab. Eine unheimliche Stille senkte sich über die Männer, als sie auch dies erledigt hatten und Raik auf die beiden Gefangenen zuschritt.

»Wir haben jetzt keine Zeit, diesen Menschen eine würdige Zeremonie angedeihen zu lassen«, sagte er mit ausdrucksloser Stimme zu ihnen. Raik sah Alaric mit kaltem Blick an. »Leider müssen wir uns erst mit unseren Feinden beschäftigen, bevor wir ihnen den Weg in die Anderswelt ermöglichen können. Hoffen wir, dass ihre Seelen noch ein wenig warten können.«

Er konnte nicht ahnen, dass ihre Seelen längst an einem Ziel angelangt waren, von dem es kein Entrinnen gab.

»Dann versuche zu verstehen, dass weder ich noch mein Stamm deine Feinde sind, Fürst Raik«, antwortete Alaric. »Wir sollten uns beide gegen die Schwarzen Krieger vereinen … und denjenigen, dem sie gehorchen!«

»Wenn deine Behauptung der Wahrheit entspricht, werde ich darüber nachdenken. Denn wenn es einen Schwarzen Druiden gibt, ist er auch mein Feind.« Er machte eine kurze Pause, dann schien er sich zu einer weiteren Äußerung entschlossen zu haben.

»Sie wird es herausfinden.« Jedes seiner Worte zeugte von unerschütterlichem Vertrauen.

»Wen meint ihr mit *sie*?«

»Unsere Druidin.«

Kapitel XIV
Elfrun

Sie waren einen ganzen und einen halben Tag geritten. Die beiden gefesselten Gefangenen taumelten hinterher. Seltsamerweise ordnete Fürst Raik oft genug eine Rast an, bevor Alaric und Yashar zusammenzubrechen drohten. Alaric konnte sich das nur so erklären, als dass Raik nicht so dumm war, sie bis zur völligen Erschöpfung marschieren zu lassen.

Also schließt er die Möglichkeit, dass ich die Wahrheit sprechen und sein potentieller Verbündeter werden könnte, nicht aus.

Auch Wasser und etwas zu essen bekamen sie von ihren Bewachern. Allerdings mit Mienen und Gesten ausgehändigt, die eine deutlich rabiatere Haltung ihnen gegenüber vermittelten. Trotzdem waren beide ziemlich zerschlagen, als sie sich der Tougener-Siedlung näherten.

Sie lag inmitten einer weitläufigen Ebene, die man für die Errichtung der Gebäude großzügig gerodet hatte. Ein kleiner Fluss, eher ein großer Bach, durchzog den Ort. Der Krieger in Alaric registrierte sofort, dass zwischen den Holzpalisaden, die die Siedlung komplett umringten, und den ersten Bäumen des Waldes, deutlich mehr als eine Bogenschussweite lag. Mehrere Wachtürme überragten die Palisaden, die selbst doppelte Mannshöhe besaßen. Etwa ein Dutzend Rauchsäulen, die in der windstillen Luft fast senkrecht nach oben stiegen, und vielfältige Geräusche kündeten von regem Leben. Sie hielten auf ein Tor zu, das durch einen Wehrgang geschützt wurde, nicht anders als es bei den beiden Haupttoren von Menosgada der Fall war.

Die Wachen tauschten einige Rufe mit den Ankömmlingen aus und ein einzelner Hornstoß kündigte dem ganzen Ort ihr Eintreffen an. Alaric riss sich zusammen, obwohl er sich am liebsten hingelegt hätte, und versuchte eine einigermaßen würdevolle Haltung anzunehmen. Yashar folgte seinem Beispiel wortlos und hielt ebenfalls Kopf und Schultern gerade.

Die Häuser, selbst das von Fürst Raik, hätten auch auf Menosgada stehen können und Alaric nahm sich vor, alle Gemeinsamkeiten bei den Verhandlungen hervorzuheben.

Wenn es überhaupt zu Verhandlungen kommt, dachte er und erinnerte sich an die seltsame Betonung in Raiks Worten, als er von seiner Druidin sprach. Der Umstand, dass die Tougener eine weibliche Vertreterin dieses hochangesehenen Standes besaßen, war zwar selten, aber nicht ungewöhnlich.

Alarics Meinung änderte sich schlagartig, als sie tiefer in die Häuseransammlung vorrückten. Ein freier Platz eröffnete sich ihnen, der selbstverständlich von Raiks Fürstensitz dominiert wurde. Doch Alarics und Yashars Augen wurden von dem seltsamsten Gebäude angezogen, das sie je in ihrem Leben gesehen hatten.

Von der Form her glich es den rechteckigen Bauten, die die Kelten bevorzugten. Mit dem üblichen Dach mit einem Giebel in der Mitte. Doch es bestand nicht aus Buchen- oder Eichenholz, sondern aus weißen Birkenstämmen. Zumindest die äußere, sichtbare Schicht. Was sehr ungewöhnlich war, galt die Eiche doch als Baum der Druiden. Als weitere Besonderheit hing von allen Vorsprüngen des Hauses eine schier unglaubliche Zahl weißer Bänder aus Fellen und Stoffen herab. Alaric dachte sofort an Schnee-Hasen oder Albino-Exemplare von Wölfen. Die Legende von den drei weißen Füchsen zuckte durch seine Gedanken …

und Kyla.

Hat sie in ihrem Traum vielleicht dieses Gebäude gesehen oder wirklich drei weiße Füchse?

Oder war es tatsächlich eine Vision, wie Brianna meint?

Der Gedanke, dass seine Tochter seherische Fähigkeiten entwickeln könnte, erfüllte ihn mit Unbehagen. Er schüttelte sich, wollte diese Befürchtung – zumindest jetzt – nicht weiter verfolgen.

Stattdessen stellte Alaric sich vor, wie ein Wind diese weißen Streifen in Bewegung versetzte. Der Anblick musste überwältigend sein. In diese Bänder waren magische Symbole aus Holz, Knochen und sogar aus Gold eingeflochten, die Alaric zum Teil identifizieren konnte, ihm teils unbekannt waren. Unwillkürlich nahmen seine Ohren leises Klappern und Klingeln wahr, das in Wahrheit gar nicht zu hören war, weil kein Wind das Spiel belebte. Allein der Umstand, dass die wertvollen Goldarbeiten so offen präsentiert wurden und nicht längst gestohlen worden waren, sprach für den Einfluss oder die Macht, die die Besitzerin auszuüben schien.

Und dann wischte die Frau, die aus diesem Gebäude trat, all seine Grübeleien zur Seite. Wie eine Sturmbö lose Blätter. Sie war eine Erscheinung, anders konnte Alaric sie nicht beschreiben. Eine Schönheit wie seine Gemahlin Brianna. Aber auf eine andere Art.

Geheimnisvoll …

Von der Figur her hätte sie eine Schwester seiner Frau sein können. Doch das war schon die einzige Gemeinsamkeit. Ihr Haar war schlohweiß, auch ihre Augenbrauen und Wimpern. Wäre ihre Haut nicht jung und ganz leicht gebräunt gewesen, hätten nur ihre blauen Augen und ihr roter Mund daraus hervorgestochen. Der Fürst von Menosgada konnte nicht verleugnen, dass sie ihn sofort in den Bann zog und er eine Regung zwischen seinen Beinen verspürte. Um das überwältigende Gesamtbild zu komplettieren, trug sie eine weiße Druidenkutte, die so geschnitten war, dass sie ihre Figur eher betonte als verhüllte. Eine Handvoll druidischer Symbole säumte den Stoff, wurden aber immer wieder von einem magischen Auge unterbrochen. So etwas hatte Alaric noch nie zuvor bei einem Druiden – ob nun männlich oder weiblich – gesehen. Aber die Botschaft war klar:

Diese Druidin hatte die Gabe des Sehens.

Die weiße Druidin fand mit ihren Augen die Alarics und schien sich daran festzusaugen wie ein Blutegel.

Nein, korrigierte sich Alaric, *wie ein Kind an der Brust seiner Mutter saugt.* Dann verwarf er auch diesen Eindruck wieder – vor allem, weil er sein Glied sich weiter verhärten fühlte und den Göttern dankte, dass seine Kleidung es verbarg. *Wie eine Frau am ...*

Verwirrt und beschämt bekämpfte er dieses Bild in seinem Kopf. Mit einem schnellen Blick auf Yashars Schritt sah er, dass sein Begleiter ebenso reagierte, anstelle Alaric aber seiner Empfindung freien Lauf ließ.

Die Druidin registrierte ihr beider Verhalten. Weder grinste sie dabei, noch zeigte sie irgendeine andere Stimmung. Sie nahm es einfach wahr. Alaric hatte den Eindruck, dass sie damit gerechnet, ja, es sogar erwartet hatte. Mit nicht wenig Genugtuung fühlte er, wie er sich wieder unter Kontrolle bekam. Auch das schien sie zu bemerken. Sie nickte ihrem Fürsten zu und deutete auf Yashar.

»Wir fangen mit ihm an«, befahl sie und winkte zwei Sklavinnen herbei. »Und wascht sie gründlich!«

Es dauerte über zwei Stunden, bis Alaric seinen Krieger wieder zu Gesicht bekam. Während dieser Zeit hatten auch ihn Sklavinnen ausgezogen, gewaschen und mit einem Krug Bier und etwas Nahrung versorgt. Ständig waren dabei vier Krieger der Tougener zugegen und hatten ihn stumm beobachtet. Alaric hatte auf die Aufnahme eines Gespräches verzichtet und darüber gegrübelt, was die Tougener und die weiße Druidin mit Yashar wohl anstellen mochten. Auch Fürst Raik ließ sich nicht blicken. Als Yashar dann kam, trug er einen sonderbaren Ausdruck im Gesicht.

»Herr, diese Art von Verhör, war die seltsamste und … angenehmste, die ich je erlebt habe«, sagte er und hatte eine leichte Röte im Gesicht. »Ich … ich werde niemandem, ganz besonders nicht der Fürstin, davon berichten«, fügte er hinzu und wurde von einigen Wachen fortgeführt, bevor Alaric ihm auch nur eine Frage stellen konnte. Dann forderte man Alaric mit kurzen Gesten auf, sich zu erheben. Die vier Bewaffneten, mit sichtlich unerbittlichem Ausdruck in den Augen, nahmen ihn in die Mitte und führten ihn zum Haus der Druidin. Einer öffnete die Tür und wies ihn hinein.

Alaric ging hindurch und hinter ihm wurde die Tür geschlossen. Sein geübtes Gehör vernahm, dass sich die Wachen entfernten.

Allesamt.

Fühlt sich so ein Schaf, wenn es zur Schlachtbank geführt wird?

Sein Verstand, das Gesicht und die Worte Yashars brachten aber andere Emotionen in ihm zum Schwingen. Einen Moment blieb er einfach stehen und ließ seine Augen sich an das Dämmerlicht des Innenraumes gewöhnen, das im krassen Gegensatz zum leuchtenden Äußeren des Gebäudes stand.

Der Großteil des einzigen Raumes bestand aus einem Quadrat, an dessen Ecken entzündete Feuerschalen am Boden standen. Rauch stieg aus ihnen empor und erfüllte alles mit einem angenehmen Duft, den er nicht definieren konnte. Der Rest des Inneren wurde durch einen Vorhang aus weißen Stoffstreifen verhüllt, ähnlich denen außerhalb des Hauses, aber ohne jegliche Einflechtungen. Dahinter hielt sich die Druidin noch verborgen. Er konnte einen Schatten erkennen, der sich lautlos bewegte und in einer Art Tanz mit rituellen Gesten zu einer unhörbaren Musik hin- und herwogte. Zwischen den vier Schalen lagen Schicht auf Schicht etliche Felle ausgebreitet, die ihn zu rufen schienen. Am liebsten hätte er sich hingelegt und geschlafen; er war zwar nicht erschöpft, aber rechtschaffen müde.

Alaric wollte gerade sein Wort an sie richten, als sich die Vorhänge teilten und die Druidin langsam daraus hervortrat.

Und sie war nackt.

Sie musterte ihn mit einem Blick, der auf ihn wie der eines Händlers wirkte, der eine Ware auf ihren Wert abschätzt. Kein Gefühl, nur blanke Berechnung. Wieder wollte er sie ansprechen und wieder kam sie ihm zuvor. Sie schritt mit einer Eleganz und unverhohlener Erotik auf ihn zu, die ihn einerseits faszinierte und andererseits überraschte. Denn ihre Augen zeigten nichts dergleichen. Es lag keine Kälte darin, sondern nur Neugier. Mit wenigen Schritten hatte sie ihn erreicht. Bei aller Nüchternheit hatte ihr Blick etwas Fesselndes.

»Du bist Alaric, Fürst von Menosgada.« Es war

keine Frage, nur eine Feststellung. »Dein Krieger hat mir schon einiges offenbart. Nun wird sich zeigen, ob du mit ihm übereinstimmst … und die Wahrheit sprichst.«

Auch dieser Satz klang nüchtern. Dann griff sie plötzlich nach seinem Schritt und drückte mit ihrer Hand sein Glied, das sofort reagierte. Ärger stieg in ihm auf.

»Was soll das?«, stieß er hervor und konnte sich trotzdem nicht bewegen. »Ist das deine Art, einen Feind zu verhören?«

»*Bist* du denn ein Feind?«, gab sie zurück und hörte nicht auf, sein Glied und seine Hoden zu massieren.

»Nein!«, brachte er hervor und sah auf ihre Brüste herab.

»Gut.«

Das war alles, was sie sagte und öffnete mit zwei raschen Griffen die Fibel, die den einfachen Umhang hielt, den man ihm nach seiner Säuberung gegeben hatte. Nun stand auch er nackt vor ihr und sein Glied zeigte steil nach oben. Mit erstaunlicher Kraft drückte sie ihn auf das Lager nieder und saß auf ihm, bevor er auch nur einen Anflug von Abwehr starten konnte.

Brianna, dachte er, als sie sein Glied in ihren Schoß gleiten ließ und sofort begann, sich rhythmisch zu bewegen. Alaric schloss die Augen und versuchte verzweifelt, sich seine Frau vorzustellen. Doch immer wieder schob sich das Gesicht der Druidin davor und schien trotz seiner geschlossenen Lider ihn mit ihren Augen zu durchstoßen, wie ein Schwert einen ungeschützten Leib. Er erhob seine Hände und wollte ihre Brüste berühren, doch sie stieß sie weg und erhöhte das Tempo ihres Beckens, das sich immer schneller vor und zurück bewegte. Für einen kurzen Moment hatte er tatsächlich einen Anflug von Lust empfunden, doch je länger sie ihn bearbeitete, desto mehr kam er sich vor wie ein Teig unter den Händen eines Bäckers. Sie knetete und walkte sein Glied mit festen, ja beinahe harten Stößen. Alaric keuchte und verspürte leichten Schmerz. Sie dagegen gab keinen Laut von sich. Alaric hatte längst seine Augen geöffnet und starrte die Druidin über sich an, versuchte auch nur den Hauch eines Gefühls in ihren offenen Augen zu entdecken. Doch da war nichts. Sie schien ihn bei aller sich steigernder Heftigkeit des Aktes eher zu analysieren, ungeduldig darauf zu warten, dass er kam. Als es schließlich soweit war, brach sie nicht ab, sondern verlegte ihre Bewegungen darauf, ihm alles abzuverlangen, was er anzubieten hatte.

Sie melkt mich wie eine Kuh, durchschoss es ihn und er konnte ein Aufkeuchen nicht unterdrücken. So schnell wie seine Erregung verebbte, ließen nun auch ihre Bewegungen nach. Trotzdem hatte Alaric den Eindruck, dass sie nicht eher aufhören würde, bis sie auch den letzten Tropfen aus ihm herausgeholt hatte. Als sein Strom versiegte, stand sie auf und trat zwei Schritte zurück.

»Zieh dich wieder an und geh hinaus!«, befahl sie ihm und musterte sein erschlafftes Glied. »Ich brauche einige Zeit, um die Informationen, die ich erhalten habe zu überdenken.«

Alaric war völlig verwirrt. Das einzige, was er herausbrachte, war: »Wie lautet dein Name?«

»Ich bin Elfrun, die weiße Druidin«, antwortete sie und schien ein wenig eingeschnappt zu sein. »Du hast noch nie von mir gehört?«

»Nein.«

»Nun, ich kann dir versichern: Du wirst mich nie wieder vergessen.«

Kapitel XV
Fleisch für Fleisch

Mahiman grinste in der Dunkelheit seiner Höhle, doch niemand sah es. Aber das war ihm egal. *Er* sah mittlerweile wieder sehr gut. Aus kleinen Flämmchen in knochigen Augenhöhlen waren beständig glimmende Feuer geworden, die ihm mehr als genug Licht verschafften. Seine Schwarzen Reiter hatten ihm vor mehreren Tagen eine Leiche nach der anderen gebracht … und lebende Gefangene.

Männer … Frauen … und Kinder.

Gerade letztere hatten ihn besonders erfreut.

Es waren die Opfer eines Überfalls und Massakers an einer kleinen Tougener-Bauernsiedlung. Er wusste dies, aber es interessierte ihn nicht wirklich. Einzig ihr Wert als Fleisch und Geist veranlasste ihn, einige wenige Gedanken an sie zu verschwenden.

Ihr Fleisch ist so zart und süß. Ihre Seelen so rein und kostbar. Dass ihre Seelen für alle Zeit ihre Reinheit verloren hatten, sobald er sie in sich aufgenommen hatte, berührte ihn ebenso wenig wie der Umstand, dass sie niemals in die Anderswelt gelangen würden. Auch wenn er – was so gut wie unmöglich war – selbst einmal vernichtet werden könnte. Wieder grinste er und fühlte dabei, wie sich seine neu entstandenen Lippen spannten. *Frisches Fleisch.*

Auch seine sich schlängelnden Freundinnen hatten ihren Anteil erhalten und sich prompt mit zahlreichem Nachwuchs bedankt. Überall um ihn herum raschelte und wogte es auf dem und in dem von zerfallenem Blattwerk bedeckten Höhlenboden.

Und dann – es waren seitdem erst drei Tage vergangen – hatten ihn die Seelen von mehr als einem Dutzend Männern erreicht.

Starke Seelen.

Die von Kriegern.

Mahiman lachte auf, als er sich an die Stöße der Energie erinnerte. Er glaubte zu fühlen, wie sie immer noch in ihm nachhallten. In rascher Folge hatten sie ihn getroffen, durchdrungen und mit Kraft erfüllt, die ihn fast berauscht hätte, so heftig und schnell hintereinander waren sie in ihn geströmt.

Es musste eine Schlacht gewesen sein.

Kurz und brutal.

Und vor allem: in nicht allzu weiter Distanz.

Der Schwarze Druide stand inmitten Dutzender erwachsener Schlangen und ihrer zahlreichen Brut. Eine Mutter lag ihm auf seinen Schultern, die sich mehr und mehr wieder zu den altbekannten Muskeln geformt hatten, jetzt aber jünger, voller Saft und Kraft. Die gespaltene Zunge der Schlange befand sich nahe seines rechten Ohres, das von Stunde zu Stunde besser hörte, vielleicht sogar schon besser als je zuvor in seinem langen Leben. Sie flüsterte ihm Schmeicheleien zu, dankte für den steten Strom von Nahrung und kitzelte ihn mit ihrer Zunge an einer Wange, die sich noch vor Wochen als staubtrockene Erinnerung über seine Knochen gespannt hatte.

Auch seine magischen Kräfte belebten sich. Langsam, viel zu langsam nach seinem Geschmack. Er spürte die alte Ungeduld in sich aufflammen und zwang sich dazu, sich an seine Schmach zu erinnern, bei der ihm genau diese Ungeduld den Sieg über die Menschen verwehrt hatte. Ja, es ihnen sogar ermöglichte, ihn zu besiegen und in dieses kalte Verlies zu sperren.

Das wird nicht noch einmal geschehen, schwor er und liebkoste den Kopf der Schlange, als sie sich vor seinem flammenden Blick bewegte. Das gelbe Licht seiner Augen spiegelte sich in ihren Augenschlitzen wider. Sie neigte ihren Kopf als Zeichen ihres Gehorsams und als Aufforderung, sie zwischen den hornigen Schuppen zu streicheln.

»Was bist du doch für ein verschmustes Ding, meine Liebe«, murmelte er und erkannte aber sofort, was sie in Wahrheit damit bezweckte. »Nein, für heute ist Schluss. Das Mädchen gehört mir!«

Enttäuscht ließ sie sich herab und verschwand im Gewühl ihrer Artgenossinnen.

Mahiman erhob nur einen Fuß und das Gewimmel vor ihm gab sofort einen Weg frei, der ihn zu seinem bislang letzten *Vorrat* führte. Mit jedem Schritt, dem er sich seiner Gefangenen näherte, erhöhte sich deren angsterfülltes Weinen zu lautem Schreien. Er wusste, dass er trotz seiner fortschreitenden Vervollständigung immer noch einen schrecklichen Anblick bieten musste.

In ihren Augen.

Mahiman hatte weder die Fähigkeit noch das Bestreben sich in ihre Lage zu versetzen, ihre Panik, ihr klopfendes Herz zu fühlen, noch einen Hauch von Verständnis oder gar Mitleid für sie zu empfinden. Zu solchen Gefühlen war er schlichtweg nicht fähig. Er sah in ihr nur ein weiteres Teilstück zu seiner Wiederherstellung. Als er vor ihr stand und nichts anderes tat, als sie stumm zu betrachten, erlahmte ihr Geschrei. Sie war erschöpft, aber das interessierte ihn nicht.

Aus einer unwillkürlichen Laune heraus, riss er ihr den letzten Fetzen Kleidung vom Leib und betrachtete die zarten Ansätze ihrer Brüste. Wieder schrie sie auf, verfiel aber in leises Wimmern, als er sie nicht weiter bedrängte. Nicht weil es ihn nicht erregte, sondern weil er sich plötzlich an eine geistige Berührung erinnerte, die ihn vor einigen Tagen erreicht hatte und die er in seiner Fresslust und Freude über die Bissen für Bissen erstarkenden Kräfte in ihm fast vergessen hätte.

Das Mädchen vor ihm war blond, wenn man von dem Angstschweiß und Dreck absah, der ihre langen Haare wie ein Gespinst aus Spinnenfäden an ihr kleben ließ. Jetzt, im unsteten Licht seiner Feueraugen, schien sie diese mentale Berührung in ihm aufflackern zu lassen. Nicht dass sie womöglich selbst eine Seherin oder Druidin sein oder werden könnte, nein. Einzig der Anblick des vielleicht 12- oder 13-jährigen Mädchens brachte das vage Bild mit sich nach oben, was diese Empfindung begleitet hatte.

Eine geistige … und weibliche Berührung.

Mahiman senkte die Rechte und ließ den Fetzen zu Boden gleiten, den er immer noch gehalten hatte und konzentrierte sich ganz auf den kurzen Moment des Kontaktes. Denn es musste ein Kontakt gewesen sein. Mit einem entfernt verwandten Geist. Aber so sehr er sich auch bemühte, er fand nichts mehr.

Immer noch zu schwach. Das Fleisch wächst und gedeiht, aber meine Fähigkeiten verlangen nach Seelen. Jede einzelne ist mehr wert als 100 Körper, ob nun jung oder nicht.

Als hätte sich das Züngeln seiner Augen bedrohlich verändert, schrie das Mädchen plötzlich auf. Für die Dauer eines Wimpernschlages genoss Mahiman die schrille Todesangst in diesem Schrei. Er riss seinen Mund auf und brüllte ihr einen Laut zu, der ihre Augäpfel hervortreten ließ wie zwei kleine Kugeln. Dann fetzte er mit der klingenbewehrten Linken ihren Hals auf und trank das heiße Blut, das ihm in Stößen entgegenschoss … und nahm ihre Seele in sich auf, als diese ihren Körper verließ.

Aaaah, wie köstlich, frohlockte er und sog gierig an

beiden Quellen. Als er alles Verwendbare in sich aufgenommen hatte, drehte er sich einfach um und überließ den Rest den Schlangen.

Mit wenigen Schritten gelangte er zu seinem Lager aus längst zu Krümeln zerfallenem Blattwerk und legte sich nieder. Dann schickte er seinen geistigen Ruf aus dem Berg hinaus und über das Tal auf die andere Seite des Flusses.

Feidlim: BRING. MIR. MEHR!

Kapitel XVI
Todesvision

Das junge Kätzchen verfolgte mit hellwachem Blick eine Holzkugel von der Größe eines Hühnereies, die Kyla an einer Schnur befestigt hatte und vor ihm hin und her pendeln ließ. Immer wenn die Kugel an seinem Kopf vorbeischwang, hob es unbeholfen und noch unsicher eine Pfote und schlug nach ihr, verfehlte sie aber jedes Mal. Drudwyn lag ein paar Schritte daneben und blickte zwar aufmerksam aber entspannt dem Spiel zu.

Kyla lachte und neckte das Tier mit Variationen in der Bewegung. Aus dem Hin und Her verfiel sie in Kreise, die einmal links, ein anderes Mal rechts um den Kopf des Kätzchens führten. Das Mädchen gluckste auf, wenn das Tier verwirrt den Kopf drehte und schließlich am Boden herumkullerte, sich aber sofort wieder aufrichtete und das Ziel erneut anvisierte. Das Mädchen war schlau genug, um dem Kätzchen ab und an einen Erfolg zu gönnen, damit es nicht die Lust am Spiel verlor und sich trollte. Dabei umfasste das Jungtier mit den Vorderpfoten die Kugel wie eine Beute und stieß mit den Hinterläufen nach ihr. Seine kleinen Zähne nagten an der Kugel und rutschten natürlich an dem glatten Holz ab. Kyla entzog dann die Kugel aus der Umklammerung des Kätzchens und startete erneut das Pendeln.

Das Spiel ging so eine ganze Weile. Bis das Mädchen die zunehmend flinker werdenden Reaktionen oder die nachlassende Geduld des Tieres unterschätzte, das unvermittelt aufsprang und nach den Fingern schnappte. Entweder hatte es die Jagd nach der Kugel satt oder hatte instinktiv erkannt, dass es die Hand war, die für die Neckerei verantwortlich war.

Nadelspitz drangen Zähne in Haut und Fleisch und Kyla zuckte erschrocken zurück. Der Biss war weder aggressiv gewesen noch besonders tief ausgefallen. Trotzdem rannen aus winzigen Löchern dünne Rinnsale Blut. Kyla ließ die Kugel fallen und kümmerte sich nicht darum, dass das Kätzchen sie mit Triumph ausdrückenden Bewegungen umfing und schließlich im Maul davon trug.

Die Fürstentochter gab keinen Laut von sich. Sie blieb in der Haltung erstarrt sitzen, in der der Biss sie erwischt hatte. Ihre Augen waren auf die roten Fäden gerichtet, die hell ihre Finger entlangliefen.

Drudwyn sah zuerst dem Kätzchen nach, dann erhob er sich und stupste seine junge Herrin mit der Schnauze an. Als sie nicht reagierte, setzte er sich neben sie und legte die Ohren an. Er spürte, dass sie irgendwie gefangen war, in etwas, das sein Verstand nicht erfassen, sein Herz aber fühlen konnte. Er legte die Ohren noch enger an und seine Lefzen zogen sich ein wenig zurück. Hilflos gab er ein leises Fiepen von sich. Als sich die Augen des Mädchens nach oben drehten und nur noch Weiß zu sehen war, verwandelte sich sein Fiepen zu angstvollem Knurren.

Das Bild, das Kyla so in Bann hielt, war ein Durcheinanderwirbeln von roten und weißen Fetzen. Zunächst konnte sie nichts erkennen, außer undeutlich sich bewegenden Schemen. Sie sah Formen, die sich weigerten, eine konkrete Gestalt anzunehmen. Dinge, von denen sie nicht ahnen konnte, waren sie Tier oder Mensch, real oder ein Traum.

Nur langsam schälte sich ein Ort hervor, den sie in vielen Nächten *besucht* hatte. Es war der Wald, von dem sie immer noch nicht wusste, welcher es war. Schweißtropfen traten ihr auf die Stirn, aber sie bemerkte sie nicht. Dann sah sie von einem Augenblick zum anderen Männer zwischen den fremden Bäumen hervortreten. Dieses Mal waren es Kelten, eindeutig. Sie waren ähnlich gekleidet wie die Männer von Menosgada, doch trugen fast alle zusätzlich weiße Felle und Stoffe am Leib. Ein in eine Ecke ihres Bewusstseins gedrängter Teil ihres Verstandes wunderte sich über das Fehlen gekalkten Haares. Trotzdem waren es Krieger, die ihre Äxte und Speere mit geübten Griffen schwangen. Sie schienen gegen jemanden vorzurücken, den Kyla nicht sehen konnte. Das *was* sie allerdings erkennen konnte, war die Verzweiflung in den Augen der Krieger.

Und dann *sah* auch sie den Feind, gegen den diese Kelten kämpften. Erst war er ein dunkler Schatten inmitten der weißen Bäume, die sie nur unterbewusst nun als Birken erkannte. Als hätte der Wald ein finsteres Loch, drohte dieser Schatten unbewegt aus der Ferne und schien doch von Augenblick zu Augenblick anzuschwellen wie eine Gasblase in einem stinkenden Moor. In ihrer Vision glaubte sie sogar den Gestank wahrzunehmen, der von dem Schemen ausging und rümpfte ihre Nase. Die Krieger standen steif und wirkten unschlüssig, was sie tun sollten.

Dann rückte die Finsternis auf sie zu.

Kyla hockte zur Statue erstarrt auf dem Boden, nur ihre weißen Augen rollten in den Höhlen und ihre Lippen zitterten, bedeckt von winzigen Schweißperlen.

Drudwyn erhob sich wieder auf alle Viere und tänzelte mit den Vorderbeinen hin und her. Er spürte, dass es seiner Herrin nicht gut ging, konnte aber niemanden entdecken, der für ihre Qual verantwortlich war. Sein Knurren wurde lauter und seine Augen suchten nach etwas, in das er seine gefletschten Zähne schlagen konnte. Aber da war nichts.

Die Krieger in Kylas Vision indes schienen sich

nun Worte zuzurufen, die sie nicht verstehen konnte. Sie rückten zusammen, um sich gegenseitig Deckung zu geben, denn der Schatten näherte sich ihnen nun rasch. Vage schälte sich ein Pferdekopf mit geblähten Nüstern aus der Dunkelheit hervor und gleich darauf der Schädel eines finsteren Reiters: ein Gesicht, als wäre es verbrannt, ein Helm, schwarz wie die Nacht, darin Flammen anstelle von Augen.

Kyla stöhnte auf und ihr Zittern erfasste nun ihren ganzen Körper.

Der dunkle Reiter jagte auf die Keltenkrieger zu und stieß dabei ein grässliches Lachen hervor. Er zog eine Klinge, wie sie Kyla noch nie zuvor gesehen hatte: lang, brennend, von Scharten übersät. Sie verfolgte die Schlacht, die nun entbrannte, zuckte bei jedem tödlichen Schlag zusammen, den der Reiter ausführte, als würde sie der Hieb selbst treffen. Ein Krieger nach dem anderen brach tödlich getroffen zu Boden, mit schrecklichen Wunden, die schwarz verbrannt waren.

Plötzlich wurde die Tür des Hauses aufgestoßen und Brianna, zwei Krieger und Feidlim stürmten nacheinander herein. Der junge Drudwyn taumelte erschrocken zwei Schritte zurück, dann wollte er sich auf die Ankömmlinge stürzen. Er schnappte nach den Händen der Krieger, die ihn zur Seite drängen wollten. Dann erkannte er die Fürstin, die ihre Tochter zu umarmen suchte, aber von dem nun wild um sich schlagenden Kind weggestoßen wurde. Zögernd stellte Drudwyn sein Knurren und Fletschen ein, blieb aber nahe bei Mutter und Kind.

Kyla bot einen schrecklichen Anblick: schweißgebadet, die Haare wirr am Kopf klebend, die Augen zwei weiße Kugeln im totenblassen Gesicht. Sie wimmerte und stöhnte, schlug nach unsichtbaren Wesen

… und schrie unvermittelt auf. Von einem Moment zum anderen, sackte sie in sich zusammen und lag wie tot da.

»Kyla!«, schrie die Fürstin und war nicht weniger blass als ihr Kind. »Feidlim! Verdammt noch mal, hilf ihr!«

Der Druide warf einen vorsichtigen Blick auf den Hund, der immer noch mit angelegten Ohren dastand und seiner kleinen Herrin doch nicht helfen konnte. Mit langsamen Schritten und beschwichtigend erhobenen Händen näherte sich Feidlim dem Mädchen. Mann und Hund ließen sich gegenseitig nicht aus den Augen. Erst nachdem der Druide das Mädchen fast erreicht hatte und seine Mutter nichts dagegen unternahm, zog sich Drudwyn zurück. Einen Schritt.

Behutsam legte Feidlim dem Kind eine Hand auf die Mitte der Brust und fühlte nach Atmung und Herzschlag.

»Sehr schwach … aber sie lebt, Herrin.«

Brianna tauchte hastig ein Stück Tuch in eine Schale mit Wasser, die eigentlich Drudwyn gehörte. Vorsichtig tupfte sie ihrer Tochter erst die Stirn, dann Wangen und schließlich die nun geschlossenen Augen ab. Als sie das Tuch vom Gesicht nahm, starrte ihr Kyla entgegen.

»Meine Güte, Kyla, was ist nur mit dir?«

Doch die Angesprochene schien sie nicht wirklich wahrzunehmen. »Vater … ich habe Vater gesehen«, sagte sie tonlos in den Raum ohne jemanden anzusehen.

»Alaric? Was ist mit ihm? Kommt er bald zurück?«, wagte nun Feidlim zu fragen.

»Nein«, kam es mit unsäglicher Traurigkeit zurück. »Er wird nie wieder zurückkehren.«

»Um der Götter willen, Kind: warum sagst du so

etwas?« Brianna sah abwechselnd zu Kyla und den Druiden, der einen Ausdruck im Gesicht trug, den man nicht anders als neidisch hätte bezeichnen können. Doch die Fürstin nahm es in ihrer Verzweiflung nicht wahr.

»Weil er sterben wird … bald.«

Kapitel XVII
Eifersucht

Dieses kleine Miststück kann in die Zukunft sehen! Feidlim blickte auf die Tochter der Fürstin herab, die von ihrer Mutter in den Armen gehalten wurde und zur Freude Briannas wieder zunehmend zu Bewusstsein gelangte. *Sie hat die Visionen, die eigentlich ich haben müsste. Was für ein närrisches Spiel treiben die Götter mit mir?*

Der Druide stand unbeholfen neben dem Paar und warf immer wieder einen Blick auf den Hund der Fürstenfamilie. *Und auch dieser Köter passt mir nicht. Er ist zwar noch jung, aber er lässt mich nicht aus den Augen.*

Warum ihm der Hund misstraute, konnte er nicht sagen. Tatsächlich stand Drudwyn mit aufgestellten Ohren halb vor seinen beiden Schutzbefohlenen und hatte den Mann vor ihm als neues Ziel für seine Aufmerksamkeit erkoren. Die beiden Krieger hatten unmittelbar nach den schrecklichen Worten Kylas das Haus verlassen. Mit dem Befehl der Fürstin, niemandem gegenüber auch nur ein Wort zu verlieren, was vorgefallen war und was sie gehört hatten. Als Brianna sich sanft von ihrer Tochter löste, nach der Schüssel mit Wasser griff und anschließend Kyla das Kleid auszog, rückte Drudwyn einen Schritt näher an die Kleine heran. Brianna missverstand die Bewegung, die Feidlims gierigem Blick geschuldet war. Doch das sah Brianna nicht, da sie sich auf Kyla konzentrierte.

»Ist schon gut, Drudwyn. Ich will sie nur waschen.« Dann hob sie ihren Kopf zu Feidlim. »Ihre Albträume sind also keine. Sondern eher wie deine Visionen?«

Von denen ich noch nie eine erlebt habe, kochte Feidlim innerlich und mühte sich, das nackte Mädchen vor sich nicht weiter anzustarren. »Das kann ich nicht sagen, Herrin«, sagte er stattdessen Mitgefühl heuchelnd. »Die Botschaften der Götter sind mitunter schwer zu verstehen. Kyla ist vielleicht eine zukünftige Seherin, in keinem Fall gar eine Druidin. Außerdem fehlt ihr natürlich jegliche Ausbildung«, schob er nach. *Die aber mir auch nichts geholfen hat.* »Sie ist einfach noch viel zu jung.«

Dabei fiel sein Blick auf den schlanken Körper Kylas, der mit seinen acht Jahren noch nicht einmal Ansätze von Weiblichkeit zeigte. In Feidlims Augen war dies völlig anders. Er sah Rundungen dort, wo sie einst entstehen mochten, Schamhaare, die noch in ferner Zukunft lagen, Brüste dort, wo Kylas Körper flach wie der ihres kleinen Bruders war.

So jung ... perfekt für meinen Meister.

»Wie kann ich sie vor weiteren … Visionen schützen, Druide?« Briannas Stimme war klar anzuhören, dass sie von Angst erfüllt war. Alles schien zusammenzubrechen.

Feidlim löste sich von der Vorstellung, die er zwar gerne erfüllt hätte, von der er aber wusste, dass sie momentan unerreichbar für ihn war. Also verlegte er sich auf das Naheliegende.

»Die Götter geben sich nicht mit Tieropfern zufrieden, Herrin. Ich habe das schon oft genug gesagt. Eure … Zurückhaltung könnte sie verärgert haben. Vielleicht strafen Euch die Götter mit dem Leid Eurer Tochter.«

Brianna unterbrach das Waschen und sah ihn entsetzt an. »Könnte … vielleicht … das ist doch nicht euer Ernst, Druide. Wenn die Götter mich strafen wollten, dann könnten sie mich selbst mit - was-auchimmer - quälen.«

Feidlim überlegte, ob er weiter in der Wunde stochern sollte und hätte am liebsten laut aufgelacht. »Die Götter wissen genau, wie sie einen Menschen am schmerzhaftesten treffen können. Sie wissen, Herrin, dass ihr Eure Tochter liebt … und Euren Gemahl.«

Mitten in der Bewegung erstarrte Brianna und Wasser tropfte von dem Tuch auf den Boden. Die Augen der Fürstin hingen an denen des Druiden und in ihrem Kopf schienen die letzten drei Worte Feidlims nachzuhallen.

... und Euren Gemahl ... und Euren Gemahl ...

Feidlim beobachtete mit nicht geringer Schadenfreude, wie die Mutter ihren Kopf quälend langsam zu ihrer Tochter drehte. Kyla lag da wie der Tod selbst. Bleich, mit dunklen Augenhöhlen und aufgerissenen Pupillen.

»Weißt du noch, was du eben gesagt hast, Tochter?« Briannas Stimme zitterte und es war Feidlim klar, dass sich die Fürstin vor der Antwort fürchtete. Er nahm sich vor, diese Angst zu stärken, sollte Kyla sie in irgendeiner Weise abschwächen oder gar widerlegen. Doch die Kleine sprach das Wort, das er am liebsten selbst ausgesprochen hätte.

»Ja.« Es war ein leises, fast unhörbares Hauchen.

»Und es war wirklich Alaric, dein Vater, den du in … den du gesehen hast?«

»Ja.« Tränen kullerten aus den Augen des Kindes und rannen seine bleichen Wangen hinab. »Es war so als stünde ich genau neben ihm, Mama.«

Feidlim musste sich anstrengen, die geflüsterten Worte zu hören und genoss dabei jede Silbe. Sein Verstand war längst so vom Einfluss Mahimans vernebelt, dass er nicht erkannte, dass er sich auf einen Pfad des Todes begeben hatte. Auch seines eigenen.

»Und welcher Feind streckte deinen Vater nieder, Kind?«, warf er ein und wusste doch genau, wer es war, sein musste.

»Es war ein Schwarzer Reiter.«

Jedes einzelne Wort schien wie ekliger Schleim von den Lippen des Kindes zu tropfen. Brianna ließ das Tuch fallen und riss ihre Tochter an sich. Ihre Tränen mischten sich mit denen Kylas und selbst Drudwyn winselte und drückte seinen Kopf an die umschlungenen Körper.

»Herrin … wir *müssen* den Göttern ein Opfer bringen!« Für eine ihm unerträglich lange Zeit reagierte die Fürstin nicht. »Es muss sein. Niemand anderer als die Götter können uns retten.«

Die Stimme Briannas klang wie splitterndes Glas, als sie antwortete: »Dann nehmt einen der Sklaven … einen alten Mann … den ältesten, den ihr finden könnt.«

Arwed unterbrach sein Verkaufsgespräch und musterte die beiden Krieger, die im Schlepptau des Druiden in seine Richtung marschierten. Für einen kurzen Moment wogte die Befürchtung in ihm auf, dass sie ihn – aus welchem Grund auch immer - aufsuchen könnten. Doch die Blicke der Männer zielten an ihm vorbei. Nichtsdestotrotz bekam er ein ungutes Gefühl.

Irgendetwas ist im Gange.

Und er hatte keinen blassen Schimmer, was. Auch die Bewohner Menosgadas hatten das Trio bemerkt und bildeten eine mehr oder weniger große Gasse. Jeglicher Handel und auch alle anderen Aktivitäten in der Mitte der Siedlung erstarben binnen Augenblicken. Das verhalten frohe Treiben wich fast schlagartig einer Beklemmung, die Arwed umfing wie ein schwerer Mantel. Mit wenigen Handgriffen verstaute

Arwed seine Auslagen in einem Ledersack und erhob sich. Die Krieger und der – nach seinem Empfinden mehr als seltsame - Druide passierten ihn wortlos. Feidlim warf ihm einen flüchtigen Blick zu, der eine merkwürdige Mischung aus Drohung und Befriedigung ausdrückte.

Was geht hier vor?

Die Krieger erreichten schließlich nahe den letzten Häusern am Rand der Siedlung eine größere Gruppe von Sklaven, die große Bruchsteine in kleinere Brocken zerschlugen und in Körbe füllten. Eine zweite Gruppe dahinter befreite dicke Baumstämme von Ästen und Rinde.

Neues Material für die Wälle. Diese Kelten halten ihre Anlagen in Schuss, dachte Arwed und sah, dass nun auch diese Sklaven ihre Arbeit einstellten. Der Druide und die Krieger bauten sich vor ihnen auf und musterten einen nach dem anderen.

»Den da!«, presste der Druide schließlich hervor und deutete auf einen alten Mann, der fast nur noch aus Sehnen und Knochen zu bestehen schien. »Fesselt ihn und kettet ihn an einen Pfahl, bis es soweit ist.«

Obwohl er der Menge und Arwed den Rücken zuwandte, hatte jeder die Worte vernommen. Ohne einen weiteren Blick an den Alten zu verschwenden, drehte sich Feidlim um und stapfte wieder auf die gaffende Menge zu. Dann erreichte er eine Gruppe von Sklavinnen, die mit beladenen Körben wohl schon auf dem Weg zu ihren Besitzern gewesen sein mochte.

»Ihr da, sammelt Stroh und Holz und bringt es zum Hinrichtungsplatz!« Feidlim wartete nicht auf eine Antwort oder Bestätigung, sondern ging mit festen Schritten an Arwed vorbei und auf sein eigenes Haus zu.

Hinrichtungsplatz?

Arwed konnte sich nur wenige Dinge vorstellen, die dazu geführt hätten, den Alten mit dem Tod zu bestrafen. Als dieser gebunden an ihm vorbeigeführt wurde, verwarf er all diese Gründe. Er glaubte nicht, dass der Mann sich irgendetwas hatte zuschulden kommen lassen.

»Was wirft man ihm vor?«, rief er den Wachen hinterher, die aber nicht reagierten und den Mann mehr schleiften als führten.

»Er hat nichts getan, Fremder«, klang eine Stimme hinter ihm auf und Arwed erkannte den Schmied, vom dem er mittlerweile wusste, dass man ihn Cualan nannte.

Mit einer Mischung aus Respekt und Spott, was einerseits dessen Schmiedekunst, andererseits dessen Schüchternheit zu verdanken war, fragte Arwed: »Warum will man ihn dann töten?«

»Ich denke, Feidlim hat endlich das bekommen, was er schon lange gefordert hat.« Die Stimme des wuchtigen Mannes klang dabei so dünn, dass sich Arwed wunderte. »Nach den Vorhersagen unseres Druiden war es abzusehen, dass sich die Götter nicht mit Hühnern, Ziegen oder Schweinen zufrieden geben würden. Ihr Unwillen kann nur durch ein Menschenopfer besänftigt werden … sagt Feidlim.«

Arwed nickte, aber die Geste sollte in keinem Fall seine Zustimmung ausdrücken. Man kannte auch bei den Germanen Menschenopfer. So mancher war dabei in einem Moor gelandet. Doch die Anweisungen Feidlims ließen ihn Schlimmeres erahnen. Er rückte näher an den Schmied heran und bemühte sich, leise zu sprechen. Eigentlich wusste er gar nicht warum, denn die Reaktionen all der Menschen um ihn herum musste bedeuten, dass sie Bescheid wussten.

»Ihr richtet ihn weder mit Axt noch Schwert, richtig?«

Arwed empfing ein stummes Nicken.

»Ihr sammelt Stroh und Holz …«

»Er wird verbrannt«, kürzte Cualan ab. »Unser Fürst hätte schon längst den Forderungen Feidlims entsprochen«, fuhr er fort. »Aber Fürstin Brianna hat es untersagt … bis heute.«

»Sie glaubte bisher nicht an die Wirkung eines Brandopfers?«, fragte Arwed und fühlte seinen eigenen Unglauben dazu aufwallen. »Und nun schon?«

»Nein, sie glaubt nicht, dass man durch Folter und Mord einen verärgerten Gott zufriedenstellen kann. Sie denkt eher, dass solche Taten das Böse auf Erden und im Himmel stärken.«

Wieder nickte Arwed, dieses Mal *mit* innerer Zustimmung. »Und doch lässt sie es nun zu, dass ein Mensch dem Feuer übergeben wird.«

»Ein alter Mann«, erwiderte Cualan. »Er wäre ohnehin bald gestorben.«

»Nichtsdestotrotz ist er ein Mensch«, ereiferte sich Arwed und dachte an die germanischen Opfer. »Wir gönnen unseren Opfern einen schnellen Tod durch eine scharfe Klinge.« Er hatte kaum ausgesprochen, als er an der Miene des Schmieds erkannte, dass man hier anders verfahren wollte.

»Wir nicht. Feidlim wird auf ein lebendes Opfer bestehen.« Er konnte nicht ahnen, dass die Gründe dafür ganz andere waren.

Kapitel XVIII
Brandopfer

Es dämmerte bereits, als sich die Menschen wie auf ein geheimes Zeichen hin auf dem großen Platz versammelten. Eine Arwed bis dahin nicht als bemerkenswert erscheinende Stelle am Rande des Platzes zog nun seine und die Aufmerksamkeit aller Anwesenden auf sich. Zwar hatte er bei seinen *Spaziergängen* und Verkaufstätigkeiten diesen Ort gesehen, die Asche darauf aber so interpretiert, als dass man hier Abfälle und andere unnütze Dinge verbrannt hatte. Er hatte dies sogar als ein sehr umsichtiges Vorgehen betrachtet, weil auf dem Plateau keine Abfallgruben existierten und er auch niemanden dabei beobachtet hatte, wie er Abfälle über die Wälle geworfen hätte.

Jetzt erschien ihm die Stelle in einem ganz anderen Licht. Sie war eine von mehreren Erhöhungen auf der Hochebene. Wie er nun meinte, die höchste von allen. Ein ansehnlicher Haufen Holz war aufgeschichtet worden und in dessen Mitte ragte ein kräftiger Stamm in die Höhe. Verkohlte Stellen kündeten davon, dass er wohl schon mehrfach für Brandopfer als Marterpfahl herhalten musste. Ein eiserner Ring war an einem massiven Nagel weit über Kopfhöhe am Holz befestigt worden. Ein weiterer Ring – fast verborgen zwischen den Holzstücken – diente sicher als Fessel für die Füße des Delinquenten. Ein seltsam geformter Stein ragte nur ein Dutzend Schritte davon entfernt aus dem Boden. Arwed trat näher und erkannte, dass der Stein fünf Spitzen hatte und eine relativ flache Oberfläche. Er ging einmal um ihn herum, konnte sich aber keinen Reim darauf machen.

Die Sonne versank mit einem letzten Schimmer hinter dem Horizont, als Feidlim an der Spitze einer

Prozession heranschritt, die nichts Feierliches an sich hatte. Die nachmittägliche Beklemmung der Bewohner von Menosgada hatte sich mit dem Sinken der Sonne in ein dumpfes Brüten gewandelt, von dem Arwed den Brodem aus Angst und Faszination gleichermaßen zu riechen glaubte.

Hinter Feidlim folgte ein Krieger, der eine Kette trug, an die der alte Mann gefesselt war und erstaunlich gefasst seinem Schicksal entgegenschritt. Ein zweiter Krieger trug eine entzündete Fackel bei sich.

Mit deutlichem Abstand – so als wäre jeder einzelne Schritt eine Qual für sie – folgte die Fürstin dem Druiden mit einigen Sklavinnen und vier eigenen Kriegern, die wohl ihre Schutzgarde darstellten. Arwed versuchte einen Blick von ihr zu erhaschen, aber Brianna starrte mit eiserner Miene geradeaus auf den Scheiterhaufen.

Selbst so ist sie wunderschön, schoss es dem vermeintlichen Bernsteinhändler durch den Kopf. Arwed zwang sich, seinen Blick wieder auf das Geschehen zu richten. Schließlich war er beauftragt worden, alles über die Kelten – und ganz besonders über die auf dieser Befestigung – in Erfahrung zu bringen. Jede einzelne Information war wichtig. Und wenn Angst und Uneinigkeit diesen Stamm schwächten, ersparte das seinen Kriegern viel Mühe und sicher auch etliche Leben.

Ich sorge dafür, dass Brianna und ihre Kinder am Leben bleiben, dachte er unwillkürlich und schämte sich nicht dafür, dass er Alaric in seine undefinierten Pläne nicht mit einschloss. *Mein Fürst Thoralf muss unbedingt auch von diesen geheimnisvollen Schwarzen Reitern erfahren*, dachte Arwed. *Zumindest sie scheint es wirklich zu geben,* überlegte er. *An diesen ... Seelenfresser ... diesen Schwarzen Druiden kann ich noch nicht so recht glauben.*

Gespannt beobachtete er, wie das Opfer, seine Bewacher und Feidlim nun einige Schritte vor dem Scheiterhaufen anhielten. Dann stieg Feidlim auf den gezackten Stein und wandte sich der Menge und der Fürstin zu. Als Brianna fast augenblicklich in noch sehr deutlichem Abstand stehenblieb, verzog Feidlim für einen Moment unwillig den Mund. Dann erhob er seine Stimme.

»Fürstin Brianna …« Die Verneigung Feidlims war kaum zu sehen und mit einem schnellen Blick sah Arwed, dass die Fürstin es mit steinerner Miene hinnahm. »… ihr Edlen und Bewohner von Menosgada«, fuhr der Druide fort und hob nun beide Arme mitsamt Druidenstab zum Himmel empor. »Die Götter legen uns seit langer Zeit schwere Bürden auf: Unwetter, scheues Wild, schlechte Ernten … und fremde Krieger, die mordend, brandschatzend und vergewaltigend aus dem Norden heranrücken.«

Arwed hatte das sichere Gefühl, dass Feidlim damit ganz konkret auch ihn meinte, doch der Druide hielt den Blick gen Himmel gerichtet. Dafür nahm Arwed wahr, dass sich ihm einige Gesichter zuwandten und ihn misstrauisch beäugten.

»Unser Fürst Alaric ist tapfer, mutig und weitsichtig …«, fuhr Feidlim fort. »Doch ob er Beistand finden wird, steht in den Sternen.« Die Visionen der Fürstentochter ließ er unerwähnt.

Dann ließ er seine Arme sinken und warf einen Blick in die Runde. Jeden, der es wagte, ihm entgegenzublicken, bedachte er mit einem finsteren Ausdruck, als solle auch er bald dem Opfer in den Tod folgen. Schließlich umfasste er mit beiden Händen seinen Druidenstab und zeichnete damit geheimnisvolle Gesten in die Luft.

»Unsere bisherigen Opfergaben konnten den Unwillen der Götter nicht besänftigen …« Wieder schaffte er es, die seiner Meinung nach dafür Verantwortliche nicht anzusehen. »Allein ein lebender Mensch … ein Brandopfer … ist dazu in der Lage. Hoffen wir, dass sich die Götter mit einem *einzigen* zufrieden geben werden …«

Die Betonung war von niemandem zu überhören gewesen. Arwed hatte dabei – schon wieder – seinen Blick auf Brianna gerichtet gehabt und ihr Erbleichen wahrgenommen, kaum dass das Wort ausgesprochen war. Jetzt zuckte sein Kopf zu Feidlim zurück, der von dem fünfzackigen Stein herabstieg und sich mit bedeutungsvollen Gesten magische Beschwörungen murmelnd dem Opfer näherte. Als er vor dem Alten stand, drückten Körperhaltung, Blick und Worte aus, dass er mit der *Qualität* des Opfers nicht zufrieden war.

»Ich hoffe sehr«, sprach er den Sklaven salbungsvoll - und vor allem laut - an, »dass dein Tod all dem Unbill ein Ende bereiten wird. Mögen dein Fleisch und Blut die Götter gnädig stimmen. Möge das Feuer die Frevel tilgen, die sie uns vorwerfen.«

Er machte eine winzige Pause und ließ sich zu sehr leisen Worten herab. Nur der Krieger, der den Alten immer noch an der Kette hielt, konnte sie hören.

»Dein Fleisch ist alt, dein Blut fließt träge, Sklave. Das einzige, was mich an deinem Tod erfreut, ist, dass du kein Kelte bist.«

Er rückte ein paar Schritte zurück und winkte mehreren Kriegern zu, die daraufhin ein seltsames Objekt herantrugen. Arwed sah auf den ersten Blick nur eine Menge Stroh und wunderte sich, weil rund um das Holz schon genügend Stroh zum Entfachen aufgeschichtet war. Dann fiel ihm auf, dass das Stroh eine

Figur bildete. Übermannsgroß und ungestalt, aber zweifelsfrei eine Figur, die einem Menschen ähnlich kam. Und hohl war. Mit Erstaunen verfolgte Arwed, dass die Männer die Figur an den Stamm des Scheiterhaufens lehnten, auseinanderklappten und den alten Sklaven hineinzwangen. Sie verbanden seine Handfesseln mit dem oberen und seine Füße mit einer weiteren Kette am unteren Eisenring. Danach klappten sie den Vorderteil der Strohpuppe zu. Nur noch das Gesicht des Opfers war durch eine Lücke im *Hals* der Strohfigur zu sehen.

Ist das ein Akt der Gnade?, überlegte Arwed und spekulierte, dass all das Stroh rasend schnell auflodern würde und das Opfer vermutlich einen raschen Tod fände.

Unvermittelt erklangen Trommeln, die in Arweds Ohren einen seltsamen Rhythmus schlugen. Erst meinte er, er käme einem Herzschlag gleich, doch dann erkannte er, dass die Kelten den Donner – die Stimme von Taranis, ihrem Hauptgott – nachempfinden wollten.

Sie versuchen mit ihm auf gleiche Weise zu sprechen.

Dann trat ein Krieger – nicht Feidlim – an den Scheiterhaufen heran und wollte seine Fackel an das Stroh setzen.

»Halt!« Die Stimme Briannas durchschnitt die Trommeln mit Leichtigkeit, da die Menge völlig lautlos dastand und die Lücken zwischen *Donnergrollen* und erneutem Trommelschlag seltsam lang und unregelmäßig waren. Die Trommler hielten augenblicklich inne.

Feidlim fuhr herum und hatte einen Ausdruck im Gesicht, den man nicht anders als rebellisch bezeichnen konnte. Doch so dumm, sein Wort *gegen* die Fürstin zu erheben, war der Druide nicht. »Möchtet Ihr noch Eure Worte an die Götter richten, Fürstin?«, fragte er stattdessen und nicht nur Arwed fiel der lauernde Ausdruck darin auf.

»Nein, Druide«, seufzte Brianna auf und machte einige Schritte nach vorn. Ihre Leibgarde tat es ihr selbstverständlich nach und Feidlim zuckte unmerklich zusammen. »Wir mögen diesen Mann den Göttern opfern müssen. So schrecklich sein Tod für ihn ist, so mag er … vielleicht … für uns Gutes bewirken.«

Arwed hatte sich nach dem ersten Wort Briannas unmerklich so in der Menge platziert, dass er dem Gespräch folgen und dabei beiden ins Gesicht sehen konnte. Briannas Zweifel an diesem Brandopfer ließen im Gesicht Feidlims nur mühsam unterdrückte Regungen erkennen.

»Sein Opfer ist leider nur gering«, gab der Druide zu und ging damit der Fürstin in die Falle. »Er ist alt und von geringem Wert«, zählte Feidlim auf. »Die Götter könnten sich nicht ausreichend gewürdigt fühlen …«

Briannas Miene war kalt wie aus Granit gemeißelt. »Nun, dann können wir dem gnädigen Teil der Götterfamilie unseren guten Willen zeigen, indem wir dem Mann einen raschen Tod gönnen.« Noch bevor der Druide protestieren konnte, schritt einer ihrer Krieger an das Opfer heran. Eine frisch geschliffene Klinge blinkte im Licht der wenigen Fackeln auf, die die nun vorherrschende Dunkelheit spärlich erhellten.

Der Krieger war nur noch einen Schritt vom Opfer entfernt, als dieses nun seinerseits die Stimme erhob. Zu ihrer aller Überraschung mit kräftigen Worten.

»Endlich komme ich zu dir, Odin!«, schallte es aus

dem Inneren der Strohpuppe. »Ich danke dir, dass du mir den Tod durch eine Klinge gewährst.«

Zu mehr kam er nicht. Auf ein Nicken Briannas setzte der Krieger das Messer an den Hals des Mannes und machte einen raschen und kräftigen Schnitt. Ohne einen Laut des Bedauerns oder Schmerzes sackte der Alte in sich zusammen. Dann setzte der Krieger mit der Fackel Stroh und Holz in Brand.

Arwed war zu geschockt, um den wütenden Gesichtsausdrucks Feidlims zu bemerken. Seine Augen nahmen die gierigen Flammen zwar wahr, die nach dem Toten griffen. In seinem Verstand hallten aber nur die Worte des Opfers nach.

Odin!

Das Opfer war ein Germane.

Kapitel XIX
Das Bündnis

Yashar und Alaric waren verwundert, als sich am Tag nach ihrer *Befragung* durch Elfrun die Haltung der Tougener ihnen gegenüber schlagartig geändert hatte. Man gab ihnen ihre Kleidung zurück, die man gewaschen und deren Schäden man geflickt hatte. Mit großem Erstaunen nahmen sie ihre Waffen entgegen. Auch machte niemand weiter Anstalten, sie bewachen zu wollen. Man führte die beiden Männer in eine einfache, aber saubere Unterkunft, die mit ihrer Ausstattung auch auf Menosgada hätte stehen können. Für einen halben Tag ließ man sie in Ruhe, gab ihnen zu essen und zu trinken und Zeit für eine erleichterte, dennoch leise geführte Beratung.

Diese blieb allerdings ohne ein konkretes Ergebnis. Alaric hatte bis auf Yashar seine komplette Begleitmannschaft verloren und die Angehörigen daheim würden nach Vergeltung rufen. Es würde schwer sein, die Hinterbliebenen – und vor allem die anderen Krieger –, davon zu überzeugen, dass alles ein schreckliches Missverständnis gewesen war … und die Mörder der Gefallenen nun plötzlich zu ihren Verbündeten zählen sollten.

Neun Tote sind wahrlich ein hoher Preis für ein Bündnis, das ich noch nicht einmal geschlossen habe, dachte Alaric und betrachtete frustriert sein Schwert, dessen Klinge er seit über einer Stunde schliff und immer wieder begutachtete. *Die beste Klinge ist nichts wert, wenn man keine Gefährten hat, die einem die Flanke und den Rücken schützen.*

Yashar kümmerte sich ebenfalls um seine Waffe. Die doppelschneidige Axt mit der auffälligen Spitze zwischen den runden Klingen war ein Respekt gebietender Gegenstand. Und der junge Krieger konnte mit ihr umgehen wie kein Zweiter. Alaric hatte Yashar wegen dessen Mut und Treue schon vor einigen Jahren ein Schwert als Geschenk fertigen lassen. Doch dieser hatte dankend abgelehnt und betont, dass ihm die Axt mehr zusagt. Die Erhebung zum Edelmann und den Gegenwert des Schwertes in barer Münze hatte er allerdings gerne angenommen.

Als beide ihre Arbeit beendeten und mehr oder weniger spontan vor das kleine Haus traten, stand ihnen ein Sklave gegenüber, der nur auf ihr Erscheinen gewartet zu haben schien. Er war blass und schmächtig, sicher kein Kelte, trug aber eine Haltung zur Schau, die vermuten ließ, dass er eine wertvolle Geisel war, die man allerdings noch nicht eingelöst hatte. Alaric vermutete aufgrund des leicht rötlichen Haares einen Belger oder gar einen Briten. Dass man ihnen einen solchen Boten geschickt hatte, statt eines grobschlächtigen Schlägers, sprach Bände.

»Fürst Raik und Elfrun erwarten Euch. Wenn es beliebt, führe ich Euch zu ihnen.«

Seine vornehme Ausdrucksweise und ein leichter Akzent ließ Alaric sich für Belger entscheiden. Anstatt einer Antwort nickte er dem Boten nur zu und folgte mit Yashar dem Mann. Ihr Weg wurde von mehreren Tougenern beobachtet, darunter viele Bewaffnete. Nicht einer schien gewillt, sie aufzuhalten oder ihnen das Tragen ihrer Waffen übelzunehmen. Alaric nahm dies als weiteres gutes Zeichen und murmelte Yashar einen Laut zu, der ihn auf eine Gruppe jüngerer Krieger aufmerksam machen sollte, die in einiger Entfernung stand und ihren Weg verfolgte. Allesamt waren mit Kampfäxten ausgestattet und hatten Schweiß auf der Haut und verklebte Haare. Zweifellos hatten sie trainiert und die Übungen nur unterbrochen um die Fremden zu begutachten.

Streitaxtleute, kam es Alaric in den Sinn. Und augenblicklich fiel ihm auf, dass die Männer mehr Yashar – und vor allem seine ungewöhnliche Axt - ansahen als ihn, den Fürsten von Menosgada. *Es scheint sich herumgesprochen zu haben, dass Yashar mit dem Ding umzugehen versteht. Er muss damit mindestens vier oder fünf Tougener erschlagen haben,* fuhr ihm die Erinnerung an den Kampf durch den Kopf. *Auch sie haben vermeidbare Verluste erlitten.*

Entweder hatte man sie absichtlich am Rande der Tougener-Siedlung untergebracht oder der Bote ließ sich weisungsgemäß Zeit, um beiden einen Großteil der Siedlung sehen zu lassen.

Ist dies ein Zeichen für Vertrauen oder soll der Anblick von waffenstarrenden Männern uns einschüchtern? Alaric dachte daran, dass der rasche Tod seiner Begleiter ihm mehr als deutlich gezeigt hatte, dass die Tougener gefährliche Gegner waren … und daher umso wertvollere Verbündete sein könnten.

»Wir sind da, werte Herren«, klang es direkt vor ihm auf und beinahe hätte er den schlanken Belger angerempelt, der Halt gemacht hatte und mit einer eleganten Geste auf den Eingang eines großen Hauses wies. Zwei aufmerksame Wachen standen davor und deuteten stumm auf die beiden Klingen der Ankömmlinge. »Ihr werdet gebeten, Eure Waffen für die Dauer Eures Aufenthaltes im Haus des Fürsten abzulegen«, erklärte der Bote mit geschliffenen Worten. »Ihr erhaltet sie zurück, sobald Ihr die Schwelle wieder überschritten habt.«

Werte Herren ... ihr werdet gebeten. Alaric nickte wieder nur zustimmend und zog mit seiner Linken langsam sein Schwert aus der Scheide und überreichte die Waffe einer der Wachen. Yashar hob mit waagrechten und offenen Händen seine Axt dem anderen Mann entgegen. Der nahm sie und bedachte den jungen Krieger mit einem Blick, der Anerkennung und Vorsicht ausdrückte.

Dann gingen sie hinein.

Das erste, was Alaric und Yashar auffiel, war die Helligkeit im Inneren des Fürstensitzes. Die weißen Birkenstämme außerhalb von Elfruns Unterkunft schienen hier als erhellendes Gegenstück im Inneren dieses Gebäudes zu dienen. Viele schmale Fenster ließen Licht hereinfallen und wurden darin von etlichen brennenden Kerzen auf schlanken Haltern unterstützt.

Diese seltsamen Fenster könnte man auch als Schießscharten für Bogenschützen nutzen, fiel Alaric auf und prompt sah er in den Ecken mehrere fassähnliche Behältnisse stehen, die mit Pfeilen vollgestopft waren. An den Wänden darüber hingen mehrere Bogen, die einen brauchbaren Eindruck machten. *Die Streitaxtleute können also auch mit Pfeil und Bogen umgehen. Und Brandpfeile braucht dieses Gebäude auch nicht zu fürchten,* fuhr er in Gedanken fort und erkannte erst jetzt die Funktion des seltsamen Daches, das er beim Näherkommen nur mit einem flüchtigen Blick gewürdigt hatte. *Flache Steine als Bedachung habe ich noch nie gesehen!*

Dann wandte er sich der Schar Männer zu, die stumm und offenen Blickes die Seiten säumte. Es mussten etwas mehr als zwanzig Krieger sein, die wohl zum Schutz des Fürsten anwesend waren. Einige wirkten seltsam fremd und schienen anderen Völkern anzugehören.

»Es ist erstaunlich, was man von Fremden alles lernen kann, nicht wahr?«, klang die Stimme von Fürst Raik auf, und dieses Mal hatte sie nicht den beinharten

Unterton wie bei ihrer ersten Begegnung.

Alaric wandte sich seinem *Gastgeber* zu und deutete eine mehr bewundernde als unterwürfige Verbeugung an.

»Ja, neue Ideen sind mehr wert als alles Gold auf dieser Welt«, stimmte er fast schon philosophisch zu. Dankend folgten er und Yashar einer einladenden Geste Raiks und nahmen auf mit Fellen bespannten Stühlen Platz. »Ich … wir bedanken uns für Speise und Trank … und unser Leben«, fügte er hinzu und war fast versucht, Elfrun nicht wahrzunehmen. Doch ihre stumme, aber überragende Präsenz konnte er nicht ignorieren und blickte ihr – wie er hoffte ohne Scham oder Begierde – entgegen. »Ihr seid also zu dem Schluss gekommen, dass wir die Wahrheit bezüglich unserer Absichten sprachen.« Er machte eine kleine Pause. »Und dass wir für den Überfall auf euer Fischerdorf *nicht* verantwortlich sind.«

Raik nickte wortlos, warf einen Blick auf seine Seherin, die immer noch ohne Gefühl in den Augen dasaß und wandte sich dann wieder an seine *Gäste.*

»Ich entschuldige mich für jeden einzelnen Mann, den meine Männer und ich getötet haben, Fürst Alaric.“ Alaric hatte den Eindruck, dass Raik ehrlich zerknirscht war. Die Worte mochten banal sein, das Gefühl darin jedoch drückte echte Trauer aus. »Die Spuren in dem Dorf, an den Leichen und die Erkenntnisse unserer Seherin hier bestätigen eure Worte. Es tut uns aufrichtig leid, dass neun eurer tapferen Männer den Tod fanden. Und um der Gastfreundschaft endlich Rechnung zu tragen, begrüße ich euch in unserer Mitte. Selbstverständlich seid ihr keine Gefangenen mehr, sondern unsere Gäste.«

Der Fürst von Menosgada nickte nun seinerseits zustimmend und gleichzeitig bedauernd mit dem

Kopf. »Auch die Tougener müssen Opfer beklagen. Selbst wenn *wir* es waren, die angegriffen wurden, so entschuldige ich mich trotzdem für deren sinnlosen Tod. Sie *alle* werden uns bitter fehlen, wenn unser wahrer Feind sich uns entgegenstellt«, sagte er unheilschwanger und sah der Seherin nun direkt in die Augen. »Eure … Gastfreundschaft nehmen wir gerne an. Doch viel dringender ist unsere ursprüngliche Absicht: Euch um Beistand zu ersuchen.«

»Gegen unseren wahren Feind.«

Es waren die ersten Worte, die Elfrun sprach und die nicht von Kälte erfüllt waren. Sie klangen völlig neutral und wurden von allen als Feststellung und nicht als Frage verstanden. Trotzdem sah sich Alaric ermuntert, einen Punkt klarzustellen.

»Ich spreche nicht von den Barbaren aus dem Norden. Die Germanen sind sicher eine tödliche Gefahr, der wir uns ebenfalls stellen müssen. Doch ich spreche von dem einen, der eingeschlossen ist … oder war … tief im Berg. Und nun scheinen seine Diener wieder mit Feuer und Schwert unsere Völker heimzusuchen. Und das können sie nur, wenn er wieder erwacht ist. Wenn er sie wüten lässt, um sich am Leid und Tod der Niedergemetzelten zu nähren … und wenn er sich anschickt, seinem Verlies zu entrinnen, um tausendfachen Tod und Unheil zu verbreiten!«

»So kennt ihr also die Legende vom Schwarzen Druiden.« Elfrun musste die Antwort längst wissen.

Wieviel konnte sie aus meinem ... was konnte sie daraus *lesen?,* fragte sich Alaric stumm und entschloss sich sein Wissen preiszugeben.

Als er geendet hatte, erwartete er ungläubige Rufe der Umstehenden, aber niemand erhob ein Gegenwort. Niemand schalt ihn einen Lügner. Als er in einige der Gesichter sah, erkannte er, dass sie … enttäuscht waren. Auch Raik machte einen niedergeschlagenen Eindruck.

Yashar missverstand dies und wagte es, sein Wort an alle zu richten. »Ihr müsst uns doch glauben! Der Schwarze Druide ist erwacht. Der Seelenfresser schickt seine Diener aus.« Er wollte noch mehr sagen, wurde aber von einer Geste Raiks unterbrochen.

»Das alles wissen wir, Yashar. Und niemand zweifelt daran.« Seine Niedergeschlagenheit wurde nun abgelöst durch Hoffnungslosigkeit. »Wir hatten gehofft, dass ihr, als Nachfahren des Bezwingers des Alten vom Berg, einen Weg wissen würdet, wie man ihn vernichten kann … für alle Zeit vom Antlitz der Erde tilgen!«

»Ich wäre schon zufrieden, wenn wir ihn im Berg einschließen könnten«, unterbrach nun Alaric den Tougener-Fürsten. »Ist dies nicht genug?«

»Nein! Ist es nicht!« In diesen vier Worten lag so viel Verzweiflung, aber auch unbarmherzige Härte, dass nicht nur Alaric und Yashar überrascht wurden. Auch mehrere der Tougener hatten wohl noch nie zuvor ihre Seherin so leidenschaftliche Worte ausstoßen hören. »Der Seelenfresser *muss* vernichtet werden! Ich lasse es nicht zu, dass er noch einmal ein Volk fast ausrottet, das mir am Herzen liegt!«

Alaric fiel es wie Schuppen von den Augen. Elfrun war nicht eine Frau, die sich nur aufgrund ihres Standes exotisch kleidete. Sie war überhaupt keine Keltin.

»Du bist keine Tougenerin, nicht wahr, Elfrun? Es war *dein* Volk, das der Seelenfresser vernichtet hat.« Jetzt versuchte er in ihrer Erscheinung Einzelheiten zu erkennen, die von ihrer Abstammung kündeten und solchen, die sie sich später angeeignet hatte.

Ihre Haare sind nicht gefärbt und ihre Haut ist von

Natur aus hell, von der Sonne leicht gebräunt; trotzdem heller als die von Kelten oder Germanen. Das Blau ihrer Augen schimmert wie der Himmel an einem wolkenlosen Wintertag. Er schob die Mauer in seinen Erinnerungen beiseite, die er dort errichtet hatte um die Bilder, Gefühle und Berührungen seiner *Befragung* einzuschließen. Alaric fand, dass er dies Brianna schuldete. Doch jetzt zwang er sich, das Bild des sich aufbäumenden Körpers aufleben zu lassen. *Ja, es gibt auch schlanke Keltinnen. Aber Elfruns Körper ist anders ... wie ein Reh, dabei größer und sehniger. Ihre Muskeln wirken ... nein:* sind *härter als die unserer Frauen.*

»Du warst nicht immer eine Seherin«, stellte er fest und sah im Funkeln ihrer Augen eine stumme Bestätigung.

»Ich war noch ein halbes Kind, als der Seelenfresser und seine Schwarzen Krieger ein Dorf der Svear nach dem anderen heimsuchten.« Plötzlich spuckte sie aus, und abgrundtiefer Hass färbte ihre nächsten Worte. »Ich stürzte mich in einen Fjord und schwamm um mein Leben. Die Schwarzen Reiter konnten oder wollten mir nicht folgen. Doch es gab einige Svear, die glaubten, als Diener des Schwarzen Druiden ihr Leben retten zu können. Zwei sprangen mir nach und folgten mir an das andere Ufer. Dort vergewaltigten sie mich und ließen mich liegen in der Gewissheit, dass ich in der Wildnis erfrieren oder verhungern würde, daher töteten sie mich nicht sofort. Je länger mein Überlebenskampf und meine Qualen andauern würden, desto mehr würde ihr neuer Herr wohl geneigt sein, sie am Leben zu lassen.«

Ihre Augen blitzten nun wie eisiger Fels und Alaric fragte sich, warum sie dies alles erzählte. Die Tougener im Raum schienen die Geschichte schon zu kennen. Keiner verzog eine Miene.

»Bei jedem ihrer Stöße betete ich zu den Göttern, sie mögen mir die Kraft geben, dies zu überleben«, fuhr sie nun kalt lächelnd fort und Alaric schauderte bei der Frage, was an dieser Schandtat dazu geeignet schien, sie lächeln zu lassen. »Bei jedem Schub ihres Samens flehte ich Odin an, er möge mir die Chance geben, mich an ihnen zu rächen …«

Odin? Das ist der oberste Germanengott, durchzuckte es Alaric und Yashar reagierte gleichermaßen. *Ebenso der Gott dieser Svear? Könnte sein,* dachte Alaric. Er wusste so gut wie nichts über die Völker des Nordens, schon gar nicht über die, die man nur per Schiff erreichen konnte. Doch beide hatten keine Zeit, diese Erkenntnis weiter zu verfolgen. Elfrun hatte sich erhoben und stand wie die sprichwörtliche Rachegöttin im Raum und niemand, weder Krieger noch Fürst, wagte es, sie zu unterbrechen.

»Und Odin erhörte mich! Er verlieh mir die Macht, aus dem Samen eines Mannes die Wahrheit zu lesen. Aber ich war immer noch mehr Kind als Frau. Es gelang mir zu überleben und bei einem fernen Stamm unterzuschlüpfen. Ich hatte das Glück, Männer zu finden, die mich im Kriegshandwerk ausbildeten. Sie fickten mich … aber *ich* war es, die *sie* ausnützte.« Zu ihrem Hass, der förmlich aus den Augen sprühte, gesellte sich das frostige Klirren ihrer Stimme. »Als ich 15 Sommer zählte, verließ ich den Stamm und machte mich auf die Suche nach meinen Vergewaltigern. Einen hatte der Seelenfresser foltern und töten lassen, weil sie mich nicht zu ihm gebracht hatten. Den zweiten fand ich, als er ein Dorf ausspionierte, nicht weit von dem Ufer, an dem er mich missbraucht hatte. Ich hackte ihn mit einem kleinen Beil in Stücke und nagelte diese an Bäume.« Sie hielt für einen Moment inne und schien den Nachhall ihrer Rache zu genießen. »Ich blieb in der Gegend, versteckte mich und erlebte, wie Mahiman und sein Gefolge fast mein ganzes Volk ausrotteten. Ich war nur eine junge Frau, allein, unerfahren im Kampf, dazu ohne nennenswerte Waffen. Als niemand mehr da war, den sie hätten foltern und töten können, verließen sie meine Heimat und setzten über das Wasser …«

Alaric ahnte, wo die Schilderung fortfahren würde, sagte aber nichts. Nach einem kurzen Moment fuhr Elfrun fort.

»Ich blieb ihm auf den Fersen, Monat um Monat. Ich hätte ihn zwei Mal beinahe verloren, weil ich großen Abstand halten musste. Seine Schwarzen Reiter schirmten ihn in weitem Umkreis ab.« Sie hielt kurz inne und ihre Nasenflügel bebten in der Erinnerung furchtbarer Gerüche. »Ich folgte seiner Todesspur aus stinkendem Rauch verbrannter Häuser … und Menschen. Ich folgte den Kadavern, die, schrecklich zugerichtet, den Weg wiesen. Manche waren so entstellt, dass man nur noch raten konnte, ob sie einst ein Mensch oder ein Tier gewesen waren.«

Alaric und Yashar hatten beide unwillkürlich die Opfer des Fischerdorfes vor Augen.

Plötzlich wechselte Elfruns schaurige Stimme zu ohnmächtiger Wut. »Und dann erkrankte ich an einem Fieber. Es schüttelte mich so arg, als hätte Mahiman mich gepackt und wolle meine Seele aus der Brust schleudern. Ich lag mehrere Tage allein in einem Wald, nährte mich mühsam von einer Handvoll Beeren, trank den Morgentau von Gräsern und Blättern … bis mich das Fieber endlich verließ.«

Die beiden Menosgader waren nicht wenig überrascht, als sich unvermittelt ein spöttisches Lächeln in Elfruns Gesicht stahl.

»Als ich mich wieder auf meine wackligen Beine erheben konnte, musste ich wohl ausgesehen haben wie die Göttin Nerthus, an der Moose und Ranken, Blätter und Algen klebten.« Das Lächeln verschwand. »Aber Mahiman und sein Pack waren verschwunden. Ich suchte Tage und Wochen die ganze Gegend ab. Fand weder Brand- noch Mordspuren. Ich achtete in dieser Zeit wenig auf meinen Körper und dessen Bedürfnisse. Kurz bevor ich verhungerte, erreichte ich einen Hain voller Birken. Ich war so blass und dürr wie deren Stämme. Aber sie ragten gerade empor, strebten zum Licht und schimmerten strahlend, wenn die Sonne durch ihr Blattwerk drang. Für mich war es ein Zeichen Odins und Hludanas, die mir sagen wollten, dass ich tot wohl niemals werde meine Rache erfüllen können. Also ging ich zur Jagd, pflegte mich und kam wieder zu Kräften …«

»Und irgendwann«, warf Raik leise ein, »fanden einige Krieger die *Weiße Frau,* das *Birkenweib,* wie sie sie damals nannten.«

Elfrun hatte sich wieder beruhigt und nahm mit einer geschmeidigen – und wie keiner der Männer im Raum verleugnen konnte: *anmutigen* – Selbstverständlichkeit direkt neben Raik Platz. Dieser sah die beiden Menosgader erneut mit Bedauern an.

»Es dauerte eine Weile, bis meine Vorgänger Elfruns … Gabe entdeckten und sich freuten, dass sie bei den Tougenern bleiben wollte. Vertriebene zweier Völker. Viel später berichtete sie von ihrem Schicksal. Zu diesem Zeitpunkt mussten *eure* Vorfahren Mahiman bezwungen haben. Elfruns Rache schienen andere vollzogen zu haben. Also blieb sie … bis heute.«

»Aber Mahiman wurde von unseren Vätern und Vorvätern nicht getötet, nur eingeschlossen«, ergänzte nun Alaric. »Sein Verlies wurde zum Geheimnis meines Volkes erklärt. Niemand sollte ihn versehentlich erwecken und so die Welt erneut seiner Grausamkeit aussetzen.« Alaric erhob sich und sah Raik, Elfrun und einigen Tougener-Kriegern offen in die Gesichter. »Meine Ahnen machten einen Fehler; einen *großen* Fehler: sie vernichteten Mahiman nicht!«

»Nun, Alaric, Fürst von Menosgada: dann werden dies wohl *wir* tun müssen. Gemeinsam!«

Kapitel XX
Der Seelenfresser: Erde

Zwei hinter einem eisernen Helm stetig glimmende Flammen verfolgten die zahlreichen Bewegungen am Boden der Höhle … und darunter. Die Schlangen hatten Platz gemacht für andere Vasallen Mahimans, die sich anschickten, aus den Tiefen der Höhle an die Oberfläche zu gelangen. Es knirschte leise und schabte, rumorte und raschelte. Jedes dieser Geräusche ließ den Schwarzen Druiden vor Befriedigung seinen wiedererlangten Mund stumm aber voller Freude verziehen. Ohne seinen flammenden Blick vom Geschehen zu wenden, streifte er die uralten Fetzen seines Umhanges ab und ließ sie achtlos zu Boden gleiten. Das löchrige und stinkende Überbleibsel einer einst prachtvollen Robe verbarg für wenige Augenblicke einen kleinen Teil der Bewegungen, die ungeachtet dessen weiter gingen. Als wäre das brüchige Tuch selbst zum Leben erwacht, begann es sich an vielen Stellen ein wenig zu heben und wieder niederzusinken. Wie von einem unsichtbaren Puppenspieler gezogen, streckte sich der Lumpen hin und her, füllte sich ein Ärmel scheinbar mit Leben, nur um gleich darauf zusammenzusacken, wenn die Ankömmlinge endlich eines der zahlreichen Löcher oder den Rand des Umhanges erreicht hatten.

Ein Heer aus fahlweißen und anderen, fast nachtschwarzen Kreaturen kroch daraus hervor, krabbelte über- und durcheinander, zunächst ziellos, doch stetig anwachsend: blinde Molche mit vibrierenden Fühlern und Mäulern suchten nach dem, der sie gerufen hatte. Würmer, Asseln und Käfer strebten nun den beiden Lichtquellen weit über ihnen entgegen. Der alte Fetzen war rasch überwunden. Die jetzt vollständige

Haut ihres Herrn bot ihnen einen hervorragenden Weg, seinen Körper zu erklimmen. Winzige Saugnäpfe oder Widerhaken erlaubten es den Tieren, sich senkrecht nach oben zu arbeiten, dorthin zu gelangen, wo sie ihre Aufgabe beginnen konnten.

Mahiman schloss Mund und Augen und genoss die hundert- und tausendfachen Berührungen. Unverzüglich leckten winzige Zungen über seinen Körper. Nagten noch kleinere Zähne und Mäuler an der Dreckschicht aus verrotteten Pflanzen und Erdreich, die ihn bedeckt hatte. An sich wäre es ihm egal gewesen, ob er sauber wäre oder irgendeinen Gestank verbreitet hätte. Doch der Modder verweigerte den neu entstandenen Muskeln und vor allem der Haut einen Schutz, den er unbedingt benötigte, wollte er endlich wieder an die Erdoberfläche treten.

Kaum hatte die wuselnde Armee auf seinem Körper ihre erste Aufgabe erfüllt, machte sie sich an die wesentlich wichtigere Arbeit. Aus tausenden kleinster Drüsen traten Säfte und Sekrete hervor, die sich miteinander mischten, ergänzten und zu einem dünnen, aber absolut dichten Schutz formten. Mahiman wusste, dass er sich damit völlig unbeeinträchtigt würde bewegen können, er vor lästigen Attacken der einzigen Waffe geschützt wäre, die ihm wirklich gefährlich werden konnte. Bedauerlicherweise würde er die Prozedur alle paar Tage wiederholen müssen. Denn so gut der Schutz auch war, dauerhaft war er nicht.

Er wartete noch einige Augenblicke, bis die Schicht getrocknet war und machte dann Streck- und Dehnbewegungen, um zu prüfen, ob sich nicht doch eine Einschränkung zeigen würde. Aber die dünne Membran hielt und er fühlte keinen Nachteil an ihr.

»Geht, meine Freunde und labt euch an den Kadavern dort in den Käfigen.«

Er grinste, als sein Chitin-bewehrtes Gefolge ihn verließ und seiner Belohnung entgegenstrebte. Augenblicklich fühlte er selbst Begierde nach neuem Fleisch und jungen Seelen in sich aufsteigen. Trotzdem blieb er dort stehen, wo er war. Er hatte nicht vor, nackt der Welt entgegenzutreten. Auch dies wäre für ihn an sich belanglos gewesen. Doch ein nackter Mann verbreitet nun mal keinen Schrecken, mochten die Augen züngelnde Fenster der Hölle sein oder nicht. Ihm ging es nicht allein um die Umhüllung seines Körpers mit bedrohlich wirkender Kleidung. Die darauf abgebildeten Symbole waren bei weitem nicht nur zur Einschüchterung oder Zierde gedacht. Er würde sie mit all der dunklen Macht füllen, die er Tag für Tag in sich anwachsen fühlte. Alles musste aufeinander abgestimmt sein um, letztendlich die vernichtenden Handlungen zu ermöglichen, mit der er die Menschen unterwerfen würde.

Er brauchte die zweite Schar diensteifriger Wesen nicht zu rufen. Kaum hatten sie bemerkt, dass ihr Herr und Meister bereit war, erklang aus Rissen und Spalten, aus Schächten und Tunneln ein vielfältiges leises Kratzen, Brummen, Zischen und Zirpen. Nur sehr wenige Menschen wären in der Lage gewesen, diese fast unhörbaren Töne zu vernehmen. Doch Mahiman *war* kein normaler Mensch, schon lange nicht mehr.

Und dann kamen sie.

Spinnen verschiedener Arten, große und kleine, haarige und nackte. Sie begrüßten ihn mit aufgerichteten Fühlern und Zangen. Er schenkte ihnen ein finsteres Zischen und sie erwiderten den Gruß mit tausenden Stimmen. Anders als ihre Vorgänger strebten sie aber nicht ihrem Herrn zu, sondern stürzten sich mit

Feuereifer auf die Überreste der uralten Kutte. Binnen weniger Augenblicke waren die kümmerlichen Reste vertilgt und ein seltsamer Tanz begann.

Seidene Fäden quollen aus den Unterleibern der größten Arten und bildeten ein grobes Netz, dass noch nicht zeigte, was es werden sollte. Mahiman dirigierte die Arachnen mit leichten, aber dennoch zwingenden Gesten. Gemeinsam woben sie mit ihm ein neues Gewand, das dem alten auf den Faden genau entsprechen würde. Nun, nicht ganz. Seine erste Kleidung hatte natürlich – wie die aller Druiden – aus einfacher Wolle bestanden und die geheimnisvollen Zeichen waren gestickt gewesen. *Diese* neue Druidenkutte würde in schrecklichem Glanz erstrahlen und in ihrer exakten Klarheit der Symbole eine ganz andere Art von Macht vermitteln … erfüllt mit der kraftstrotzenden Bosheit aus Jahrhunderten.

»Sie werden mich darin sehen und vor Bewunderung die Augen aufreißen«, murmelte er mit einem leisen Hauchen, dessen Kälte den Nordpol zu einem warmen Flecken degradierte. »Der Anblick machterfüllter Runen wird sie blenden und ablenken. Und dann werde ich sie niederwerfen und ihre Seelen nehmen.«

Die Sechsbeinigen wogten in einem verwirrenden Chaos durcheinander, umringten einander, stiegen übereinander und tanzten zu einer lautlosen Musik, die aus den Fingern und Augen ihres Meisters zu ihnen drang. Kein einziges Mal entstand eine Pause oder Lücke, nicht einmal passierte ein Fehler im Werk von Getier und Magier. Es dauerte lange, bis sich die Formen abzeichneten, bis Kapuze und Ärmel, bis Schultern und Säume entstanden. Wieder verließen Scharen die noch schmucklose Kutte, die fast schwarz darnieder lag und auf den nächsten Schritt ihrer Herstellung wartete.

Mahiman atmete erfreut auf, als eine gespenstische Prozession aus einem der tiefsten Schründe der Höhle emporkroch. Giftgelbe Beine an ebensolchen Körpern marschierten in dichten Horden heran. Es waren kleine, aber äußerst gefräßige Vertreter ihrer Art. All die anderen zogen sich mit raschen Schritten vor diesen gelben Monstern zurück. Ihr Herr beugte sich ihnen entgegen und flüsterte ihnen Worte zu, bei deren Klang einem Menschen der kalte Schweiß ausgebrochen wäre. Die Gelben empfingen stumm ihre Befehle und machten sich unverzüglich an die Arbeit, kaum dass sein letztes Wort verklungen war.

Jeder menschlicher Schneider hätte anfangs vielleicht noch fasziniert das Treiben verfolgt. Aber mit jeder Linie und jedem Bogen, die die Spinnen woben, mit jedem Zeichen und jeder Rune, die er hätte erkennen können, hätten sich sein Herzschlag beschleunigt, seine Augen in Panik geweitet und er hätte wählen müssen zwischen sofortigem Tod oder rasender Flucht.

»Hahaha«, lachte Mahiman und sah, dass das Werk sich seinem Ende näherte. »Wenn sie beim ersten Blick auf die Robe nicht sofort fliehen, gehören sie mir!«

Die gelbe Schar wandte sich von dem Gewand ab, ging aber nicht.

»Ah, ihr kleinen Biester«, sprach Mahiman und lächelte grausam. »Ihr wartet auf eure Belohnung.« Er griff nach dem Stoff und legte sich das Kleidungsstück mit einer geschmeidigen Bewegung an, die er vor wenigen Tagen noch nicht vollbracht hätte. Dann warf er einen Blick auf die Spinnen und Käfer, die sich an den Resten seiner Opfer vollgefressen hatten. »Na schön, geht, meine Lieben! Fresst euch satt an ihnen …« Und damit meinte er nicht die kümmerlichen Fleischreste an den Skeletten der Menschen, die wirr und in ungewöhnlichen Stellungen in den Käfigen lagen.

Die Gelben gaben ein scharfes Zischen von sich und eilten auf ihre Artgenossen zu. Diese hörten zwar die Angriffssignale, waren aber – entlassen aus der Führung ihres Meisters – zu dumm, sich zwischen dem Festmahl vor ihnen und der heranrasenden Gefahr in ihrem Rücken für die einzig richtige Reaktion zu entscheiden.

Mahiman kümmerte es nicht. Die Erde war überreich mit diesen Armeen gesegnet. Für einen Augenblick bedauerte er, dass er nicht in gleicher Weise über solche Massen an Schwarzen Reitern verfügen konnte.

Ein Schritt nach dem anderen. Bezwinge deine Ungeduld! Mach nicht noch einmal den gleichen Fehler, ermahnte er sich erneut.

Während hinter ihm die Schlacht zwischen den Spinnen tobte, schloss er die Augen und konzentrierte sich auf den letzten Akt. Zunächst leise formte er uralte Worte in einer Sprache, die noch nicht einmal einen Namen trug. Einzelne Worte wurden zu Versen, finsteren Formeln mit grausamen Silben. Mahiman spürte, wie seine wiederentstandenen Lippen, seine Zunge und Stimmbänder sich erinnerten, wie die Beschwörungen klingen mussten. Er erhob seine Stimme und sprach Zeile für Zeile die Sprüche aus, die aus einfachem Stoff und blassgelben Zeichen Werkzeuge der Finsternis erschufen, machtvolle Wirkungen in jedes einzelne Symbol einbrannten, als hätte ein glühendes Eisen grausige Narben im Fleisch hinterlassen. Die Zeichen auf dem Stoff schienen von einem Feuer zum Strahlen gebracht zu werden. Doch es war blanke Bosheit, die die Fäden mit giftiger Energie füllte. Mahiman kostete den Moment aus, legte all sein Wissen und seine Erfahrung in seine Beschwörung.

Als er die letzte Silbe aussprach, bedauerte er, dass es vorbei war. Zu lange war es her, dass er sich in dieser Weise erfüllt sah vom dunklen Glanz des Todes.

Er ging an den Käfigen vorbei, an den sich zurückziehenden gelben Monstern, den leergefressenen Panzern der Schalentiere und den Skeletten seiner Opfer. Der Gang, den er nahm, war eng und vielfach gekrümmt. In völliger Dunkelheit schritt er ihn entlang und blieb dann für einen Moment vor dem letzten Hindernis stehen. Doch nur kurz.

Der Schwarze Druide hob beide Arme, streckte seine klingenbewehrten Krallen nach vorn und flüsterte neue Worte in der von Menschen vergessenen Sprache.

Zunächst tat sich nichts und der Berg ragte stark und massiv vor ihm auf, lagen Gestein und kompakter Fels dicht beisammen und bildete eine für Menschen undurchdringliche Wand.

Für Menschen …

Mahiman schloss die flammenden Augen und konzentrierte sich auf die Beschwörungen, die er nun mit wieder erlangter Kraft formen konnte und spürte, dass sich der Berg regte. Ein leises Knirschen drang an seine Ohren, die seit vielen Jahren diesen süßen Klang nicht mehr vernommen hatten. Er intensivierte seine Worte, sprach sie nun laut und deutlich aus. Jede Silbe ein Schlag wie ein Rammbock, der auf ein Tor trifft. Jedes Wort wie ein Hammer, der auf einen Amboss schlägt. Dann sprangen kleine Blitze aus seinen Fingern, fügten sich zu einem zitternden Geflecht zusammen und ließen eine Kugel strahlender Energie vor sich anwachsen, größer … immer größer … bis sie beinahe die Wände des engen Ganges berührte.

Mahiman schleuderte Hände und Energiekugel

plötzlich nach vorn, schrie das letzte und finsterste Wort der Kugel hinterher und öffnete wieder seine Augen.

Der Berg schien aufzustöhnen, zu ächzen und zu leiden, als ihn die Kugel traf, in ihm verschwand und ihre Energie nach allen Seiten in feinste Risse und Spalten strömen ließ.

Mahiman grinste und unterstützte das Wirken bösartiger Macht mit weiteren Worten, die wie ein gnadenloser Meisel auf den geschwächten Stein einschlugen. Wieder knirschte es und ein fürchterliches Knacken erschütterte die Felswand vor ihm. Er hörte das Rückgrat des Berges brechen, lachte und ließ seine Hände sinken. Die feinen Äderchen zuckender Blitze erloschen und der Schwarze Druide hörte draußen Gestein und Geröll abgehen und zu Tal stürzen.

Endlich, dachte er, trat an die letzte Barriere und atmete tief ein.

Dann stieß seine Faust durch die dünne Schale aus zerbrochenem Fels und fester Erde, die die Höhle von der Außenwelt noch getrennt hatte. Mahiman sah Sterne durch die Lücke blinken. Mit festem Schritt ging er in die Nacht hinaus ...

Kapitel XXI
Arwed

Es klopfte zaghaft an der Tür zu Arweds Unterkunft und der Germane schrak aus dem leichten Schlummer auf, der ihn erst kurz zuvor erfasst hatte. Es war stockfinster im Raum, und so tastete Arwed zuerst nach dem kleinen Messer, das ihm die Sklavin mit den Grübchen in den Mundwinkeln dagelassen hatte. Ihm war klar, dass er damit wohl keine große Chance gegen einen entschlossenen und vor allem sicher besser bewaffneten Angreifer haben würde. Andererseits wollte er nicht ohne irgendeine Waffe – mochte sie noch so klein sein -, die Tür öffnen.

»Wer ist da?«, rief er ins Dunkel und schob mit einem Stiefelabsatz die Ascheschicht auf der Feuerstelle auseinander. Noch während er in die schwache Glut blies und die Kohle sich ein wenig erhellte, klang von draußen eine bekannte Stimme auf.

»Cualan, der Schmied.« Kurze Pause. »Ich bringe das … die bestellte Ware.«

Arwed blies noch einmal in die Glut und ein schwacher Lichtschein ermöglichte es ihm, sich im Raum zu bewegen, ohne über einen Gegenstand zu stolpern.

»Einen Augenblick, mein Freund«, antwortete er und postierte sich dann in einer dunklen Ecke neben der Tür. »Komm herein, die Tür ist nicht verriegelt.« Tatsächlich hatte er vor seiner unterbrochenen Nachtruhe einen leeren Krug so wackelig auf einen Schemel davor aufgestellt gehabt, dass dieser ihn vor einem Eindringling gewarnt hätte. Jetzt hielt er den Krug in der linken, das Messer in der rechten Hand und wartete darauf, dass sich die Tür öffnete.

Es knarzte verhalten, dann klang noch einmal Cualans Stimme auf. »Wenn du das Messer wegsteckst, das Evelyn dir gegeben hat, komme ich herein.«

Verblüfft ließ Arwed beide Arme sinken und trat aus der Ecke hervor. »Evelyn ist diejenige, der du das Halsband zugedacht hast«, schloss Arwed und steckte das Messer in eine lederne Scheide an seiner Hose. Den Krug behielt er in der Hand.

Cualans Kopf erschien hinter der Tür und der Schmied warf einen missbilligenden Blick auf Arweds Feuerstelle und den geschlossenen Rauchabzug.

»Du solltest nur völlig ausgetrocknetes Holz für ein Feuer innerhalb eines Raumes verwenden. Ein Rauch muss nicht immer deutlich zu sehen sein; trotzdem kann er dich töten.« Dann warf er einen Blick hinter sich und trat rasch herein. »Es sind viele Wachen unterwegs«, sagte er leise und schloss die Tür und öffnete sofort mit einer Stange die Klappe im Dach.

Arwed hatte den Krug nun auf dem einzigen Tisch abgestellt und legte kleine – und trockene – Holzscheite auf die wieder nachlassende Glut. Er kniete sich nieder und blies zwei, drei Mal hinein und erhob sich, als die dünnen Scheite kleine Flammen zeigten. Dann ging er in eine Ecke und ergriff einen zweiten Krug, der dort gerade und sicher stand.

Beide setzten sich auf den Boden, da nur ein Stuhl vorhanden war und keiner den anderen überragen wollte.

»Mehr Wachen als sonst?«, fragte Arwed und griff nach zwei kleinen Bechern, die er aus dem Krug mit Wein füllte, den er vom Fürstenpaar geschickt bekommen hatte.

»Drei Mal so viel«, antwortete Cualan und nahm dankend einen der Becher entgegen, trank aber noch nicht. »Die Fürstin ist in Sorge um Alaric. Er müsste schon längst zurück sein … wenn er Erfolg hatte.«

»Erfolg mit was?« Arwed erhob nun seinen Becher, stieß mit Cualan an und nahm einen kleinen Schluck. Der Schmied leerte seinen in einem Zug. »Gut!«, urteilte er und hielt Arwed den Becher entgegen. Der Germane grinste, füllte nach und wiederholte seine Frage: »Erfolg mit was?«

»Alaric hat sich vor einigen Tagen auf den Weg zu den Tougenern gemacht«, eröffnete ihm sein Gast und nippte an seinem Wein. Dann blickte er dem Bernsteinhändler in die Augen. »Er ersucht dort um Beistand gegen die Schwarzen Reiter … und euch: die Germanen.«

»Also rechnet Alaric mit einem Überfall, von wem auch immer.« Auch er nippte nur von seinem Becher. »Und warum erzählst du *mir* das, *Kelte?* Bin ich nicht auch ein Germane, ein Feind deines Volkes?« Arwed beobachtete genau den Ausdruck in Cualans Augen. Doch sein Gegenüber schüttelte den Kopf.

»Sicher bist du ein Germane«, antwortete der Schmied und stellte seinen Becher ab. »Aber genauso, wie weder jeder Kelte der Freund eines anderen Kelten ist, sind alle Germanen zwangsläufig Feinde der Kelten. Gerade *du* bist ein Beispiel dafür, Arwed.«

Er griff hinter sich und holte ein langes Bündel hervor und legte es zwischen ihnen beiden nieder. Mit langsamen Gesten wickelte er den Stoff auseinander und offenbarte das Schwert, das er Arwed schon einmal gezeigt hatte. Im Schein des nun munter flackernden Feuers betrachtete Arwed die Waffe und fast augenblicklich fielen ihm Gravierungen an der Klinge auf, die er auf dem Marktplatz noch nicht gesehen hatte. Einfach deswegen, weil sie zu diesem Zeitpunkt noch nicht existiert hatten: Zwei Krieger bekämpften einen Reiter, der nur schemenhaft auszumachen war. Der Germane war überrascht, wie es Cualan gelungen war, den Schwarzen Reiter so dazustellen, dass keine konkreten Konturen, aber eindeutig ein Pferd und ein Mann zu erkennen waren. Dann musterte er die beiden Krieger, die links und rechts davon ihre Schwerter erhoben hatten. Einer davon konnte nur Alaric sein. Denn dessen gekalkte Haarkrone und die Fürstenkette waren detailliert ausgearbeitet und ließen keinen Zweifel an dessen Identität. Die andere Gestalt war nicht weniger stattlich und Arwed musste nicht lange raten, um wen es sich dabei handeln sollte. Ihn selbst.

»Das … das ist eine wunderbare Arbeit, Cualan«, begann er und kämpfte mit seinem schlechten Gewissen. *Ich bin hier, um eure Stärken und Schwächen zu erfahren. Mein Fürst Thoralf hat mich beauftragt, euch auszuspionieren. Und dann treffe ich auf Menschen, die im Grunde nicht anders sind wie wir; die leben wollen, in Frieden und Freiheit.*

»Ich bin kein Krieger«, log er und deutete auf sein Abbild. »Ich weiß nicht, wie ich mich verhalten würde, stünde plötzlich einer dieser Schwarzen Reiter vor mir.«

»Du würdest um dein Leben kämpfen, Germane«, sagte Cualan und leerte seinen Becher zum zweiten Mal, bat aber nicht um eine erneute Füllung. »Wenn du wieder zu deinem Volk zurückkehrst, Arwed, so berichte ihm von uns und dem Bösen, dem wir gegenüberstehen. Ich bin davon überzeugt, dass wir *allein* es nicht schaffen werden, den Schwarzen Druiden und seine finstere Schar zu vernichten.« Er beugte sich nach vorn, sodass seine Bartspitzen dem Feuer nahe kamen und ein leichter Geruch nach versengtem Haar aufstieg. Es schien ihn nicht zu stören. »Hat der Schwarze Druide uns vernichtet, wird er sich den Tougenern zuwenden, und dann dem nächsten Keltenstamm … einem nach dem anderen. Und wen glaubst du, wird er dann heimsuchen?«

Arwed war völlig perplex. Niemals hätte er von einem einfachen Schmied solche Weitsicht erwartet. Niemals eine solche Aufgeschlossenheit gegenüber anderen Völkern. Für einen Augenblick fragte sich Arwed, ob Fürst Alaric in ähnlichen Bahnen dachte. Dessen Bündnisbegehren mit anderen Keltenstämmen könnte man so auffassen ... oder auch nur als Allianz gegen die anrückenden Germanenstämme ... die auch keine geschlossene Einheit bildeten. *Wir sind genauso zerstritten wie die Kelten untereinander ...* Rom *zeigt uns seit vielen Jahren, wie weit man kommen kann, wenn man zusammenhält.* Er schüttelte aus mehreren Gründen den Kopf und nahm das Schwert mit bedächtiger Geste an sich.

»Eine wunderbare Arbeit«, wiederholte Arwed sein Urteil über das Schwert. »Und eine noch wundervollere Idee«, fügte er an. Dann sah er Cualan in die Augen. »Ich bin nur ein einfacher Händler«, log er wieder notgedrungen und hasste jedes Wort, das er sprach. »Ich habe fast meinen ganzen Warenbestand verkauft und muss ohnehin wieder in den Norden.« Er erhob sich und holte aus einer Ecke den arg geschrumpften Schmuckbeutel. »Ich habe hier einige Stücke für dich zurückbehalten«, sagte er, griff hinein und legte dann drei Teile nebeneinander auf den Stoff des Schmieds. Ein daumengroßes Stück Bernstein, das wie ein Ei geschliffen war, daneben zwei tropfenförmige Exemplare, die in dünnen, silbernen Ringen, als Ohrenschmuck gedacht, gefasst waren. »Wenn du damit als Gegenwert zu diesem Schwert einverstanden bist, so lege dies deiner Evelyn an und sie wird dir viele Kinder schenken.«

»Das ist genau das, was sie in meine Arme treiben

wird«, schmunzelte Cualan und griff nach dem größeren Bernsteinstück. »Der Bruder meines Vaters wird diesen Stein in eine so feine Kette fassen, die selbst die Fürstin *noch* keine besitzt«.

Arwed vernahm die Betonung, sagte aber nichts.

Der Schmied grinste noch breiter. »Allerdings wird sie in wenigen Tagen ihren Geburtstag feiern, und eine ähnlich feine Kette in *sieben* Ringen erhalten, die Alaric in Auftrag gegeben hat. Somit hat sie keinen Grund, auf meine Evelyn eifersüchtig zu sein.« Plötzlich umwölkte sich seine Stirn und auch seine Stimme verlor jede Freude. »Es kann aber auch sein, dass sie ihren Geburtstag gar nicht feiern wird. Unser Fürst hätte schon längst zurück sein müssen.«

»Das sagtest du schon, mein Freund.«

»Brianna hat einen Suchtrupp ausgeschickt … mehr als 30 Mann. Die Fürstin hat befohlen, dass jeden Tag einer zurückkehrt und ihr Bericht erstattet. Heute kam der fünfte zurück …«

»Und? Haben sie Alaric gefunden?«

»Nein. Nur ein verlassenes und niedergebranntes Dorf der Tougener und ein provisorisches Massengrab … und die Spuren von zwei nacheinander erfolgten Kämpfen. In dem Grab lagen nur Tougener.«

Arwed wusste zunächst nicht, was er darauf antworten sollte. Dann erwiderte er: »Die Tougener scheinen also nicht an einem Bündnis interessiert zu sein«, schloss er und fühlte dabei zwei Stimmen in seiner Brust miteinander streiten. »Und Alaric?«, hakte er noch einmal nach.

»Keine Spur von ihm und seinen Begleitern«, kam die erstaunlich leise Antwort Cualans. »Sagte ich vorhin nicht, dass Kelten nicht immer auf der gleichen Seite kämpfen? Entweder wurden sie gefangen genommen oder ihre Leichen liegen an einer anderen

Stelle.«

»Wenn es wirklich die Tougener waren, warum sollten sie dann ihre Gegner woanders töten? Nein, ich glaube, Alaric und seine Männer sind noch am Leben.« Gleichzeitig dachte er: *Ich muss meine Abreise noch ein wenig verschieben. Es macht für meinen Herrn Thoralf einen Unterschied, ob die Kelten uneins sind oder nicht. Für mich auch?* Dann blickte er auf die Gravur im Schwert. *Ein schöner Traum, Cualan. Wenn es nach mir ginge, würde ich ihn mit dir träumen.*

Sein Gast murmelte etwas von seinem Wunsch, der nächste Bote würde hoffentlich bessere Nachrichten bringen, nahm den Schmuck an sich und verabschiedete sich mit einem ehrlichen Händedruck von Arwed.

Dieser schloss die Tür und wandte sich dem ruhig brennenden Feuer zu. *Was ist, wenn Alaric doch tot ist ... oder es bald sein wird? Menosgada wäre sicher geschwächt. Eine leichte Beute für uns?* Und dann: *Wer würde an Alarics Stelle treten? Brianna? Wolfried?* Der Mann schien ihm zumindest Führungsqualitäten zu besitzen. Wolfried *und* Brianna? Bei diesem Gedanken fühlte er Eifersucht in sich aufsteigen.

Kapitel XXII
Hufspuren

Es war der siebte Bote, der endlich Nachrichten von Alaric brachte. Leider keine guten. Und er kam nicht allein. Der Rest des Suchtrupps ritt hinter ihm und führte Schleiftragen mit sich, auf denen zwei Körper lagen. Das Signalhorn am untersten Ring der Keltensiedlung klang auch anders als die Töne, die Arwed bei seiner Ankunft vernommen hatte. Lang gezogen, mehr Ankündigung als Warnung. Und trauriger.

Die Reiter machten einen niedergeschlagenen Eindruck. Selbst die Pferde ließen die Köpfe hängen. Mit jedem Schritt, den die Prozession nahm, mit jedem Erklimmen der Höhe bis in die eigentliche Stadt, schlossen sich den Reitern Menschen jeden Alters und Standes an, folgten zu beiden Seiten Kinder und Greise, Frauen und Männer und hatten keine Schwierigkeiten, den langsamen Schritten der Pferde folgen zu können.

Brianna war beim ersten dieser Hornklänge zusammengezuckt und hatte sofort *gewusst*, dass ihr Gemahl, Fürst Alaric von Menosgada, nicht mehr unter den Lebenden weilte. Sie hatte Kyla und Thorgert an sich gepresst, und deren verständnislose und fragende Gesichter mit Tränen übergossen. Drudwyn hatte vor dem Haus beim dritten Signal ein Geheul angestimmt, das noch trauriger klang als die langgezogenen Hörner. Die Bewohner Menosgadas in unmittelbaren Nähe des Hundes sahen zwar den Suchtrupp herankommen, verstanden aber erst die Signale und sein Heulen, als Wolfried, Feidlim und einige der Wachen dem Trupp eilig entgegenschritten.

Ohne Worte traten der Krieger und der Druide an die Tragen heran und musterten die auf ihnen liegenden Männer. Auf den ersten Blick schien es so, als würde ihr Fürst doch noch leben, denn seine Augen standen weit offen. Erst die Starre seines Blickes offenbarte allen, dass er tot war. Niemand aus der Suchmannschaft hatte es gewagt, ihrem Herrn die Augen zu schließen. Vielleicht wäre ja ihr Druide in der Lage, mit irgendeinem Zaubertrick Leben in die gebrochenen Pupillen zu bringen, die zerschlagenen Glieder zu heilen und dem blutleeren Körper die Farbe des Lebens zurückzugeben.

Doch diese winzige und auch unwahrscheinliche Hoffnung wurde zerstört, als Feidlim an die Leiche trat und deren Augenlider mit gemurmelten Worten verschloss. Für einige Momente verharrte Feidlim so und machte dann die paar Schritte zur zweiten Trage, auf der Yashar lag.

Dessen Augen waren ebenfalls offen, mehr oder weniger. Denn sie flatterten unstet, offensichtlich im Fieberwahn. Dicke Schweißperlen standen auf Stirn und Gesicht. Und hätte man seine Arme und Beine nicht mit Seilen fixiert, hätte er trotz seiner Verletzungen um sich geschlagen, so heftig zuckten Hände und Füße in den Fesseln. Dabei stöhnte er unentwegt schmerzerfüllt. Schreie unterließ er jedoch. Feidlim rückte ganz nah zu Yashar und hob die Decke, die dessen Körper ebenso bedeckte wie eine andere den Leichnam Alarics. Er warf nur einen kurzen Blick darunter und zog dann den Stoff über alle Körperteile des Kriegers. Nur den Kopf ließ er frei.

»Rasch! Holt frisches Wasser und saubere Tücher!«, befahl Feidlim über die Schulter und wandte keinen Blick vom letzten Begleiter Alarics. »Bringt diesen Mann und alles andere in mein Haus.« Dann wandte er sich eilig selbst in die Richtung dorthin und ließ alle anderen stehen.

Wolfried wandte sich an den Truppführer, der abgestiegen war und einem anderen Krieger die Zügel seines Pferdes überließ. »Wo habt ihr die beiden gefunden, Cedric? Und was ist mit den anderen Männern?«

Der Anführer des Suchtrupps machte ein verkniffenes Gesicht und schüttelte kurz und verneinend den Kopf. »Wir fanden von *unseren* Leuten nur die beiden. Von den anderen keine Spur.«

»Aber ihr habt noch weitere Leichen entdeckt.« Es war eher eine Feststellung als eine Frage und Wolfried machte ein lauerndes Gesicht. »Tougener?«

Cedric nickte. Doch bevor Wolfried reagieren konnte, wie er befürchtete, fügte er mit überzeugendem Ton hinzu: »Ihre Körper wiesen zwar Verletzungen auf, wie sie Schwerter und Äxte verursachen, doch alle – *alle* – waren schwarz versengt. Unsere Leute und die Tougener haben nicht gegeneinander, sondern *miteinander* gegen zwei Schwarze Reiter gekämpft!«

»Wie kommst du darauf, dass es zwei gewesen sein müssen und nicht nur einer oder mehrere?«, fragte Wolfried und versuchte sich ein Schlachtfeld mit mehreren Schwarzen Reitern vorzustellen. Er konnte es nicht. Er fühlte Kälte Nacken und Rücken herabkriechen, seine Glieder bis hinunter zu den Füßen eisig erstarren.

»Die Hufspuren waren unterscheidbar. Wir fanden einen linken gespaltenen Vorderhuf bei der einen Spur und bei einer anderen einen linken Hinterhuf, dem ein Stück fehlte. Es *waren* nur zwei!«, betonte er. »Aber sie genügten.«

»Wie konnte Yashar das nur überleben?«, warf Wolfried ein und sah gerade noch, wie der in Feidlims Haus gebracht wurde und der Druide wohl gleich mit der Behandlung der Wunden beginnen würde.

»Das würde mich auch interessieren!«, drang eine mühsam gefestigte Stimme zu ihnen und die Menschen machten augenblicklich Platz für Brianna, ihre Herrin, die inmitten einiger Zofen und Sklavinnen stand, Kyla und Thorgert an den Händen haltend. Drudwyn hatte sich an die Trage seines Herrn begeben und den Kopf auf dessen Brust gelegt.

Cedric verbeugte sich vor ihr und machte das Zeichen für Ehrerbietung, gefolgt von einer Geste des Bedauerns. »Mein tief empfundenes Beileid für Euren … unseren schweren Verlust, Herrin«, begann er. Dann deutete er vage in Richtung Feidlims Haus. »Wir fanden Yashar halb versunken in einem kleinen Teich, mehr ein stinkender Tümpel, mit Algen und Sumpfpflanzen bedeckt. Wir hätten ihn beinahe übersehen, hätte er nicht gerufen und einen schlingenbedeckten Arm gehoben.«

»Hoffen wir, dass Yashar überlebt und uns berichten kann«, murmelte Brianna und versuchte Cedric ein dankbares Lächeln zu schenken. Es gelang ihr nicht. Stattdessen nickte sie ihm zu. »Ich danke dir und deinen Männern, Cedric, dass du mir meinen Mann zurückgebracht hast.« Ihre Augen füllten sich mit Tränen und Kyla und Thorgert hatten ihre Gesichter im Kleid ihrer Mutter verborgen. »Geht nun und ruht. Überlasst Alaric mir und den Totenfrauen. Und Yashar Feidlims … Heilkünsten.«

Die Pause war nur kurz, aber Wolfried vernahm sie wohl und sah sich genötigt, seine Herrin aufzumuntern.

»Unser Druide wird mit Hilfe der Götter Yashar am Leben erhalten, meine Fürstin, da bin ich mir sicher.« Er verbeugte sich, allerdings ungewöhnlich sparsam und seine nächsten Worte ließen einen seltsamen Ton mitschwingen, den man so von ihm noch nicht gehört hatte. »Wir müssen nun alle zusammenstehen, unsere Kräfte bündeln, Brianna … Fürstin. Ich werde Boten ausschicken, die die umliegenden Dörfer und Höfe warnen. Sie sollen sich sofort mit all ihrem Hab und Gut und ihren Tieren hierher begeben. Wir brauchen jetzt jeden Mann und jedes Schwert. Sobald wir Alaric in die Anderswelt geleitet haben, müssen wir ein Heer aufstellen und diese Pestilenz angreifen.«

»All dies liegt in *meiner* Verantwortung, Wolfried. *Ich* bin die Fürstin von Menosgada.« Ihre Augen funkelten jetzt aufgrund der Anmaßung des Kriegers. »Auch wenn ich nun allein über mein Volk herrschen muss, so weiß ich doch genau, was zu tun ist.« Sie registrierte sein zustimmendes Nicken und fügte besänftigend hinzu: »Deine … Vorschläge werde ich überdenken und dann entscheiden, was *ich* befehlen werde. Du kannst dich inzwischen um den Zustand unserer Befestigungen kümmern, Wolfried. Lass mir Nachricht zukommen, sollte sich deiner Meinung nach eine Schwachstelle offenbaren.«

»Sehr wohl, Herrin«, presste er zwischen den Zähnen hervor und wandte sich von ihr ab. »Noch bist du allein …«, fügte er für alle Umstehenden unhörbar hinzu und machte sich davon.

Arwed war nicht weit davon entfernt gestanden und hatte die Unterhaltung Briannas mit Wolfried und Cedric verfolgt. Er näherte sich ihr langsam und der einen Wache, die sie begleitete und verbeugte sich vor ihr.

»Auch mein herzliches Beileid, Fürstin Brianna. Ihr und Euer Gatte waren mehr als gastfreundlich zu mir und ich bedaure, dass ich nicht zu seinem Begräbnis bleiben kann. Vielleicht würden es Eure Sitten ohnehin nicht gestatten, dass ein Fremder daran teilnimmt.«

Er sah ihr in die Augen und war überrascht, darin eine Mischung aus Schmerz und Enttäuschung wahrzunehmen. Vielleicht bildete er sich das auch nur ein. Aber das Gefühl, sie im Stich zu lassen, versetzte ihm selbst einen Stich ins Herz, den er so noch nie empfunden hatte.

Schlag dir das aus dem Kopf, Germane!, ermahnte er sich und konnte doch nicht verleugnen, dass alles in ihm danach schrie hierzubleiben … und sie in die Arme zu nehmen. *Es darf dich nicht kümmern, ob dieser Wolfried sich an sie heranmacht oder ein anderer. Du hast keine Chance. Also tue deine Pflicht und kehre endlich zu Thoralf zurück. Berichte ihm ... und kehre mit einer Streitmacht wieder.*

Brianna nickte nur und hatte Tränen in den Augen, von denen Arwed sich wünschte, sie wären seinem Fortgang geschuldet.

»Es wäre schön, wenn alle Germanen so wären wie Ihr, mein Herr«, antwortete sie und Arwed sah, wie sie sich zusammenriss und versuchte Haltung zu bewahren. Dann stahl sich ein winziges Lächeln auf ihr Gesicht. »Zumindest konnte Euer Schmuck meine Tochter mittlerweile ein wenig glücklicher stimmen. Mir ist dieser Trost wohl versagt.«

Wieder hatte Arwed das Gefühl, dass sich diese Worte auf ihn bezogen. *Kann es sein, dass sie zwar um Alaric trauert, ihn aber nie geliebt hat?*, dachte er und versuchte in ihren Augen eine Spur davon zu finden, was er sich erhoffte. *War ihre Ehe arrangiert? Eine Zweckgemeinschaft, in der sie ihre Pflicht erfüllte, ihm einen Erben schenkte ... aber ohne Liebe oder gar Leidenschaft?*

Aber ihr Gesichtsausdruck hatte sich wieder verändert und zeigte nun eine fast schon starre Maske und – zumindest empfand er es so – kühl blickende Augen. »Ich wünsche Euch eine gute Reise, wohin Euch Euer Weg auch führen mag. Vielleicht sehen wir uns einmal unter glücklicheren Umständen wieder …«

Arwed war immer noch viel zu verwirrt, um darauf eine sinnvolle Antwort geben zu können. Also verbeugte er sich ein weiteres Mal. Als er sich wieder erhob, hatte sie sich schon umgedreht und schritt mit ihrem Gefolge davon.

Nur wenig später hatte er sein Pferd gepackt, darin gut versteckt sein neues Schwert, sein altes von den Wachen zurückerhalten und ohne großes Aufsehen die Tore passieren dürfen.

Yashar lag nackt auf dem Bett Feidlims und nahm die nassen Tücher nicht wahr, mit der ihm der Druide den Körper wusch. Die Verletzungen, die er im Kampf gegen oder mit den Tougenern erlitten hatte, waren nicht schwer gewesen und zeugten von einer erst vor kurzem erfolgten Behandlung. Feidlim erkannte, dass hier jemand mit Geschick und Sorgfalt gearbeitet hatte und fühlte augenblicklich Eifersucht in sich aufsteigen. Den momentanen verwirrten Zustand des Kriegers führte er aber auf eine einzige frische und auffällige Wunde zurück, die mitten auf der Brust seines Patienten prangte wie ein dunkles Mahnmal.

Es war der schwarze Bogen eines Pferdehufes, der Yashars Haut und Fleisch verbrannt, dazu noch einen deutlichen Abdruck auf der Brust hinterlassen hatte. Wahrscheinlich würde er sich nie mehr zurückbilden und dem Krieger sein Leben lang erhalten bleiben.

Wenn ich ihn am Leben lasse, grummelte der Druide stumm und verwarf vorerst mit fiebrigen Schüben die Frage nach Leben oder Tod, ähnlich dem Fieber, das den Mann vor ihm auf dem Lager marterte. Feidlim war längst von Mahimans Wirken so gefangen, dass er nicht mehr wahrnahm, dass er im Grunde keinen eigenen Willen mehr besaß. Seine Gedanken bewegten sich in Bahnen, die ausschließlich dem Wohle seines nicht fernen Herrn und Meisters dienten. Sie galten nicht der Genesung seines Patienten, der Fürsorge für seine Schutzbefohlenen auf Menosgada, und schon gar nicht ihm selbst. Eigentlich wusste er gar nicht, warum er den Krieger wusch. Es wäre viel einfacher gewesen, ihn zu ersticken und allen gegenüber zu behaupten, Yashar sei seinen Verletzungen erlegen. Feidlim legte die verschmutzten Tücher zur Seite und musterte den noch jungen Krieger. Der Treffer musste Yashar die Luft aus den Lungen getrieben haben und Feidlim vermutete einen Bruch des Brustbeins oder zumindest eine heftige Prellung. Der blauviolette Fleck um das Mal auf der Brust Yashars konnte für beides stehen.

Er muss *einem Schwarzen Reiter begegnet sein, soviel steht fest. Damit wäre sein Schicksal eigentlich besiegelt gewesen.*

Feidlim fragte sich, ob die Wunde einem der Männer des Suchtrupps nicht ebenfalls aufgefallen war. Dann erinnerte er sich an die schmierige Schicht aus Algen und Pflanzen, die dies wohl verhindert hatten. Der Druide fuhr mit den Fingern sachte die Kontur des Males nach. Dann erhöhte er den Druck vorsichtig, um die Bruchstelle erfühlen zu können, was ihm auch gelang. Yashar stöhnte nur mäßig lauter. Das Fieber hatte ihn kräftig in seiner Gewalt, und der kurze Schmerz befreite ihn nicht aus dessen Fängen.

Yashar muss sich ihm von hinten genähert haben, um dem flammenden Schwert zu entgehen und selbst einen Streich ausführen zu können. Das schwarze Ross muss ihn erwischt haben, ohne ihn sogleich zu zerschmettern ...

»Ellic … Brus … Odhran … ich komme!«, rief Yashar plötzlich und wollte sich erheben, sackte aber wieder in sich zusammen und stammelte weitere Namen von Kelten, die nie wiederkehren würden.

Warum hat ihn dann der Schwarze Reiter nicht getötet? Hielt er ihn für bereits tot? Feidlim versuchte sich den Kampf vorzustellen und fand zunächst keine Erklärung dafür, dass die Schergen Mahimans nicht jede Beute zu ihrem Herrn und Meister gebracht hatten. Dann stahl sich ein böses Grinsen in sein Gesicht.

Man hat ihn als einzigen am Leben gelassen ... um Angst und Schrecken in der Stadt um sich greifen zu lassen. Jeder, der den toten Fürsten und seinen letzten Gefährten gesehen hat, wird sich in die Hosen scheißen. Und mir endlich den Weg zu einem Strohriesen erlauben ... viele Seelen für meinen Herrn!

Plötzlich klopfte es an der Tür und Feidlim warf blitzschnell ein großes weißes Tuch über Yashar. Hastig wandte er sich um, ging zur Tür und öffnete.

Brianna stand davor, gefolgt von Evelyn und einer anderen Sklavin. Beide trugen Schüsseln mit Suppe und Brei, dazu einen Krug Met, sicher für den Patienten gedacht.

»Nun, Druide, wie geht es Yashar?«

Feidlim hatte gewusst, dass die Frage unweigerlich kommen würde. Doch so bald hatte er nicht damit gerechnet. Er wusste ja selbst noch nicht, wie er mit dem Krieger, dem letzten und einzigen Zeugen des Überfalls, verfahren sollte.

»Dürfen wir nicht eintreten? Ist sein Zustand so schlimm?« Briannas Augen zeigten hinter der mühsam aufrecht erhaltenen Fassade der Fürstin – *Fürstinnenwitwe* – blanke Verzweiflung. Wenn Yashar stürbe, würde sie wahrscheinlich nie erfahren, wie ihr Mann zu Tode gekommen war.

Verdammt, was soll ich tun?, dachte Feidlim. *Ich muss ihn entweder töten oder fortschaffen.* Dann fasste er einen Entschluss. *Ich kann ihn nicht töten. Nicht nachdem seine Verletzungen so harmlos sind. Also bringe ich ihn weg ... zu ihm!*

Feidlims Verstand war nicht in der Lage zu erfassen, dass diese Entscheidung nicht auf seinem eigenen Willen beruhte.

Er trat zur Seite und wollte den Frauen nur einen Blick auf den unartikuliert vor sich hin brabbelnden Krieger werfen lassen, doch die Frauen fassten dies als Einladung auf und traten ein. Da es draußen noch taghell war und im Innern des Hauses nur einige Kerzen brannten, wirkte das Sonnenlicht wie ein Götterstrahl, der voll auf den Verletzten fiel. Und auf dessen unbedecktes Glied. Feidlim hatte in seiner Eile versäumt nachzusehen, ob das Tuch Yashars Körper wirklich vollständig bedeckte.

Die zweite Sklavin kicherte und hätte deswegen beinahe eine ihrer Schüsseln ausgekippt, doch Brianna und Evelyn waren nicht in der Stimmung, um die Blöße des Mannes belustigend zu empfinden. Brianna bedachte die Sklavin mit einem verweisenden Blick und trat als erste ins Haus. Evelyn folgte, stellte ihre Sachen ab und zog mit einer fast beiläufigen Geste das Tuch über Yashars Glied.

Brianna hatte indes auf dem einzigen Stuhl Platz genommen und warf Feidlim einen misstrauischen Blick zu.

»Muss ich meine Frage wiederholen, Feidlim?«

»Nein, nein, Herrin, ich war nur so in die Behandlung vertieft, dass mich Euer Klopfen überrascht hat.« Er schloss die Tür und nickte, als die beiden Sklavinnen fragend auf die Schüsseln deuteten. »Nur zu, versucht Euer Glück. Anständiges Essen trägt immer zur Genesung bei«, murmelte er uninteressiert und zermarterte sich dabei den Kopf, wie er Yashar an eindeutigen Aussagen hindern könnte, ohne in Verdacht zu geraten, ihm sei an dessen Gesundung nicht gelegen.

»Yashar muss mehrere Kämpfe ausgefochten haben, Herrin. Sicher an der Seite Eures Gemahls, unserem Fürsten. Einige seiner Wunden sind schon von jemand behandelt worden, andere erscheinen ganz frisch. Keine davon ist tödlich, den Göttern sei Dank.« Er hätte diese Tatsache ohnehin nicht verbergen können und schon eine oberflächliche Betrachtung des Verletzten hätte eine gegenteilige Behauptung seinerseits sofort Lügen gestraft. Also zuckte er mit den Schultern und wies auf den Krieger, der die Frauen an seiner Seite anstarrte und es sich gefallen ließ, dass ihm Schluck für Schluck Suppe eingeflößt wurde. Den verwirrten Ausdruck behielt er aber bei und jede zu rasche Bewegung der Sklavinnen quittierte er mit wild rollenden Augäpfeln.

Brianna kommentierte die gute Nachricht nur mit einem Nicken. »Hat er irgendetwas gesagt? Konnte er berichten, gegen wen sie gekämpft haben?«

»Nein, noch nicht, Herrin. Einzig ein paar Namen unserer noch vermissten Krieger stieß er hervor. Der Rest ist bisher unverständlich.«

Brianna bemerkte sehr wohl, dass Feidlim es vermied, ihr in die Augen zu blicken. Und erst recht registrierte sie, dass er die unzweifelhaften Wunden ihres Gatten nicht eindeutig Schwarzen Reitern zuordnete. Das kurze Gespräch zwischen Wolfried und Cedric hatte Feidlim nicht mehr mitbekommen, sie dafür schon.

Warum lügt er mich an? Wieso ignoriert er die augenfälligen Wunden meines Mannes? Dann warf sie einen Blick auf Yashar, der sich beruhigt hatte und nun widerstandslos füttern ließ. Brianna erhob sich und winkte Evelyn zu sich. An Feidlim gewandt, deutete sie auf die andere Sklavin, die Yashar gerade den restlichen Brei in den Mund schaufelte. Mit nicht wenig Erstaunen sah sie, dass der die Nahrung wie ein fast Verhungerter aufnahm.

»Ich lasse dir Alanna hier, Druide. Sie wird dir alles bringen, was du für Yashars Erholung und Pflege brauchst. Und sie kann ihn im Auge behalten, wenn du ruhen musst.«

Alanna drehte sich herum und nickte nur ergeben. Jetzt blickte Feidlim seiner Fürstin das erste Mal an diesem Tag direkt in die Augen. Beide erkannten im Ausdruck des anderen, dass Alannas Auftrag sich nicht nur allein auf die Betreuung des Patienten bezog.

Die beiden Frauen verließen das Haus des Druiden.

Dessen wütendes Funkeln nahmen sie nicht mehr wahr.

Kapitel XXIII
Anderswelt

Warum nur bestatten wir unsere Toten stets in der Nacht? Brianna, Fürstenwitwe von Menosgada, betrachtete die Szenerie vor sich mit tränenerfüllten Augen. *Soll dies unsere Trauer untermauern? Wäre ein Begräbnis am Tage, im Angesicht der Sonne – meinetwegen auch der Götter –, für die Hinterbliebenen nicht trostvoller?*

Sie verfolgte, wie auf ihrer linken Seite Cedric, auf der rechten Wolfried, die Reihen der Krieger abschritten und die Fackeln entzündeten, die jeder trug. Als sie am Ende des langen Spaliers angekommen waren und deren Abschluss - nur ein paar Schritte zur Höhle entfernt - bildeten, trat Feidlim vor sie und trug ein bedauerndes Gesicht zur Schau.

Du miese Ratte, fluchte Brianna innerlich. *Jetzt hast du deinen großen Auftritt, nicht wahr?*

Er musste den Ausdruck in ihrem Blick gesehen und auch verstanden haben, sagte aber kein Wort zu ihr, sondern fing an, das zeremonielle Bestattungslied anzustimmen, das den höchsten Edlen und natürlich den Fürsten und Königen vorbehalten war.

Brianna war sich sicher, in seinem Gesang den Hauch eines spöttischen Untertones zu hören, doch niemand außer ihr schien ihn wahrzunehmen oder sich daran zu stören. Zuerst sang der Druide alleine, nur unterstützt durch die lang gezogenen Klänge von Hörnern, die böse Geister vertreiben und die Götter rufen sollten, um den verstorbenen Fürsten Alaric in die Anderswelt zu geleiten. Nach der vorgeschriebenen Pause fiel die Menge in das Lied zunächst verhalten mit ein und Tausende Stimmen erhoben sich in die Nacht.

Als schließlich die Trommeln mit leisen Schlägen erklangen und einen getragenen Takt vorgaben, setzte sich die Prozession im gleichen Tempo in Bewegung: Vorne weg Feidlim, sein Haupt halb gesenkt. Danach der vierrädrige Wagen mit Alarics Leichnam, gezogen von zwei festlich geschmückten Pferden, flankiert von je zehn Männern seiner ehemaligen Leibgarde. Gefolgt von Brianna, Thorgert, Kyla und ihrem Tross aus eigenen Kriegern, Zofen und Sklaven. Letztere trugen die Grabbeigaben, die dem Fürsten in der Anderswelt zur Verfügung stehen sollten.

Jeder Krieger, den Brianna passierte, schwenkte nach links oder rechts aus und bildete mit den anderen vor und nach ihm einen wandernden Ring, der die Menge vom Vorfeld des Höhlengrabes trennte und genügend Licht verbreitete, damit jeder gut sehen konnte.

Das Lied allein war wunderschön und drückte die Hoffnung und vielleicht auch den Neid einiger aus, dass ihr Fürst nun in eine bessere Welt eintrat, um dort für alle Zeiten ein sorgenfreies und glücklicheres Leben zu führen. Die mittlerweile spürbare Inbrunst, mit der der Gesang anstieg, erwärmte Briannas Herz und neue Tränenströme entsprangen ihren Augen.

Als sie die Stelle vor dem Höhleneingang erreicht hatten, verstummten die Trommeln, die Menge verharrte, doch der Gesang hielt an. Da Brianna jetzt direkt hinter Feidlim stand, vermeinte sie, in dessen Singstimme wieder höhnische Färbungen wahrzunehmen, doch keiner der anderen erhob seine Stimme zum Protest.

Ich bilde mir das ein, rief sie sich zur Ordnung. *Selbst er kann es sich nicht erlauben, vor aller Ohren Alaric zu verspotten. Zu viele würden ihm dafür sofort die Kehle durchschneiden ... ich eingeschlossen.*

Dann verebbte auch der Gesang und eine andächtige Ruhe trat ein, in die sich nur das leise Prasseln der Fackeln fügte.

Feidlim erhob sein geneigtes Haupt und drehte sich allen zu. Mit langsamer Geste schob er seine Kapuze zurück und blickte ohne jemanden konkret anzusehen – und schon gar nicht die Fürstin – in die Menge.

»Heute ist ein trauriger Tag«, begann er. »Heute tragen wir unseren geliebten Herrn, Alaric, Fürst von Menosgada, zu Grabe.«

Die Menge stieß einen überraschend geschlossenen Wehlaut aus.

»Er hat uns geführt mit Güte und Stärke, unsere Stadt befestigt und vielen Widerständen zum Trotz viele Jahre bewahrt und ausgebaut. Er hat uns gegen Feinde verteidigt und trotzdem dafür gesorgt, dass unsere Stadt auch Kelten anderer Stämme als Zuflucht dienen konnte.«

Wieder erhob sich zustimmendes Brausen, als würde der Gott des Windes selbst seinen Worten Beifall leisten.

»Doch nun hat ihn ein Feind erschlagen, der nur mit Hilfe der Götter besiegt werden kann«, fuhr Feidlim fort und seine Stimme hatte nun einen bedrohlichen, ja ärgerlichen Ton angenommen. Allgemeines Stöhnen kommentierte den Satz.

Brianna fühlte, wie sie sich innerlich anspannte, als würde sie die nächsten Worte als Faustschläge erwarten.

»Fremde Krieger fallen in unser Land ein«, sagte Feidlim anstatt der Worte, die Brianna befürchtet hatte. »Blonde Hünen mit langen Schwertern und wildem Gehabe. Sie kommen nicht, um mit uns Handel zu treiben oder mit uns zu leben, nein: sie kommen, um uns zu ermorden und abzuschlachten.«

Brianna fühlte sich völlig überrumpelt. Anstatt auch nur ein Wort über den Schwarzen Druiden oder dessen Vasallen zu verlieren, beschränkte sich Feidlim auf die greifbare Gefahr und ignorierte dabei völlig, dass zumindest *ein* Germane nicht seiner Beschreibung entsprach.

»Und weil wir die Götter in letzter Zeit nicht mit dem ihnen gebührenden Respekt *und auch nicht mit wirklichen Opfern* bedacht haben, zürnen sie uns nun und nahmen uns den geliebten Herrn … Alaric.«

Der Schrei, der sich erhob, war eine Mischung aus Zustimmung und blanker Angst … und erstickte Briannas Laut, der selbst aus Angst und Protest geformt war, im Lärm aber unterging.

»Nun ist unsere geliebte Fürstin Brianna *allein* mit ihren Kindern … ihre Tochter wird von Visionen geplagt, mit denen uns die Göttern fast jede Nacht sagen wollen, wer der Feind ist und wie wir ihm entgegentreten sollen!«

Brianna stockte der Atem, ob der Unverschämtheit, mit der Feidlim sie und Kyla benutzte und die Wahrheit verdrehte. Wieder wollte sie ihm entgegenbrüllen, dass er alles falsch darstellte, doch nun fiel Wolfried mit starker Stimme in die vielfältigen Rufe ein, der sich sofort seine Krieger anschlossen.

»Taranis, Teutates und Esus wurden von uns so beleidigt, dass sie selbst das Bündnis, das unser Fürst Alaric mit den Tougenern eingehen wollte, nicht gestattet haben. Nun sind wir allein, umgeben von Feinden und erbosten Göttern«, donnerte er und jetzt hielt die Menge den Atem an. »Tragen wir also wenigstens Alaric zu Grabe, lassen wir ihn eintreten in die Anderswelt … und hoffen, dass er dort das Leben führen kann, das uns hier verwehrt ist.«

Jetzt richtete er seinen Blick auf Brianna, die entsetzt dastand und bedauerte, dass ihr ihre Eltern - oder die Götter – die Schlagfertigkeit versagt hatten, die sie nun so dringend gebraucht hätte. Mit Verzweiflung blickte sie um sich, um auch nur ein Gesicht zu finden, das ihr Zuspruch und Beistand vermittelte … und fand es bei Cedric, der mit steinerner Miene neben Wolfried stand.

Doch Cedric verkniff nur den Mund und bedachte Wolfried und Feidlim mit einem finsteren Blick, der beiden völlig entging.

Ich bin allein ... allein, wirbelte es ihr immer und immer wieder durch den Kopf. Und zum zweiten Mal schob sich ihr das Gesicht Arweds wie aus dem Nichts hervor.

Kapitel XXIV
Mahimans Boten

Zwei Jungen im gleichen Alter wie Thorgert tobten mit diesem am Rande der untersten Stufe Menosgadas auf einer Wiese, deren Gras erst kürzlich gemäht worden war. Es war für die Kinder immer eine Freude, auf dem relativ ebenen Boden mit Kugeln aus Holz oder Ton zu spielen und dabei niemandem im Weg zu sein. Es gab sicher viele Plätze die geeigneter, weil glatter gestampft und damit für Kugeln vorteilhafter wären. Doch diese Plätze beanspruchten die Erwachsenen für sich und ihre vielfältigen Beschäftigungen. Also zogen sich die Knaben gerne auf solche Wiesen zurück, weil sie hier auch kein Vieh störten, das an anderen Stellen momentan besseres Futter fand.

Evelyn saß nicht weit davon, beschäftigte sich mit kleineren Näharbeiten und warf ab und zu einen Blick auf die drei, die mal hierhin, mal dorthin ihren Kugeln nachrannten und sich lauthals den Verlauf ihres Spieles zuriefen. Die Sklavin war froh darum, dass Thorgert sich auf das Spiel eingelassen und nicht in seiner Ecke im Fürstenhaus verkrochen hatte. Die Beerdigung Alarics, seines Vaters, lag nur wenige Monate zurück, doch jetzt schien der Knabe seinen Kummer endlich abgelegt zu haben.

Die Jungen beschränkten sich mit den Kugeln nicht nur auf Wettkämpfe, wessen Spielzeug am weitesten rollte, oder einem bestimmten Ziel am nächsten kam. Sie spielten auch Varianten, bei denen irgendwelche Hindernisse aus Holz, Stein oder anderen Dingen überwunden oder umgangen werden mussten. Die genauen Regeln kannte Evelyn nicht, vielleicht – den immer wieder mal aufflackernden Disputen nach zu schließen – wahrscheinlich die Kinder selbst nicht so genau. Oder sie gingen mit den selbst auferlegten Regeln nicht ganz so konsequent um; das ließ ihnen die *Freiheit*, die über Sieg oder Niederlage entscheiden konnte. Im Grunde war es egal und es gab auch keine Schätze zu gewinnen, sondern nur die Gewissheit, heute mal besser als die anderen gewesen zu sein.

Die kleine Eidechse, die sich auf einem flachen Stein die morgendliche Kälte von der aufsteigenden Sonne vertreiben ließ, nahmen sie nicht wahr. Die Schlange, die nur wenige Schritte von der Eidechse entfernt durch eine Bodenwelle herankroch, witterte ihren kleinen Vetter aber sehr wohl. Die Schlange war nicht besonders groß und man hätte sie wahrscheinlich auch nicht sofort bemerkt, wenn man drei, vier Schritte vor ihr gestanden hätte oder gelaufen wäre. Ihre Schuppenhaut passte farblich perfekt zu den Erdtönen und Pflanzen. Aber sie war nicht allein. Nur wenige Mannslängen hinter ihr befanden sich weitere Artgenossen.

Viele Artgenossen.

Die erste näherte sich lautlos der Eidechse, die noch ein wenig steif und reglos auf ihrem Stein hockte und ab und an in die Sonne blinzelte. Die Schlange züngelte und nahm eine winzige Korrektur ihrer Jagdroute vor und hielt kurz danach an. Sie befand sich genau im Rücken der Eidechse, dazu entgegen der Windrichtung und züngelte ein weiteres Mal. Dann zog sie Kopf und den Vorderteil ihres Körpers mäan derartig zurück und wartete für die Dauer eines menschlichen Herzschlages. Dann schoss ihr Kopf wie von einer Sehne geschnellt nach vorn.

Vielleicht hatte ein Grashalm geraschelt oder die Schlange beim Vorschnellen ein leises Knirschen von Erde verursacht, denn die Eidechse zuckte herum und wollte davonspringen. Aber es war zu spät. Der weit aufgerissene Rachen der Schlange erfasste sie mitten im Leib und die Zähne schlugen augenblicklich durch die relativ weiche Haut. Eine normale Schlange hätte nun ihr Opfer erstickt oder abgewartet, bis das Gift die Beute lähmte oder tötete. Doch diese Schlange und ihre zahlreichen Begleiter waren schon lange nicht mehr herkömmliche Vertreter ihrer Art.

Mahiman hatte sich ihrer *angenommen* und ihnen eine Mordlust eingeimpft, die weit über das übliche Verhalten zur Nahrungsbeschaffung ging. Darüber hinaus hatte er ihre Giftdrüsen durch bösartige Magie wuchern lassen, dass *ein* Biss nicht genügte, um ihre Giftpotentiale in nur einem Opfer zu vergeuden. Im Ausgleich dafür hatte er ihre Fresslust massiv gezügelt. Keine sollte sich mit dem ersten Körper zufrieden geben, den sie mit sich verkrampfenden Muskeln und schreckgeweiteten Augen seinem Todeskampf überließ. Die Schlange entließ die Eidechse aus ihrem Maul und näherte sich behände ihrem nächsten Ziel.

Eine tönerne Kugel, nicht viel größer als ein Schlangenkopf, rollte heran, dicht gefolgt von einem der Jungen, der sich beeilte, die Kugel noch zu erwischen, bevor sie außerhalb des gemähten Bereiches in tieferem Gras verschwinden könnte. Er lachte, als er die Kugel gerade noch greifen konnte, bis sie in einem Mauseloch wohl für immer verloren gewesen wäre. Sein Lachen wandelte sich aber augenblicklich in einen schmerzvollen und zunehmend entsetzt klingenden Laut, als eine andere Schlange ihre Zähne in seinen Unterarm schlug.

Evelyn hörte den Schrei und hielt ihn zunächst für einen Bestandteil einer neuerlichen Auseinandersetzung zwischen den Jungen. Doch dann sah sie auf und erkannte sofort die Schlange, die sich in den Arm verbissen hatte. Der Knabe schrie und wirbelte Arm und

Reptil herum. Und plötzlich schossen zwei weitere Kriechtiere in die Höhe – ihre Bezeichnung scheinbar verspottend – und bissen ebenfalls den Jungen. Der Sklavin stockte der Atem. Sie holte tief Luft, um die anderen Kinder vor der Gefahr zu warnen, riss aber entsetzt die Augen auf, als sich am Rand des bewachsenen Bereiches plötzlich Dutzende Schlangen zeigten.

Und immer mehr aus dem Gras- und Pflanzengeflecht hervorkrochen.

»Thooorgeeert!«, schrie sie auf und ließ Stoff und Nähzeug fallen. Der Sohn der Fürstin hatte sie gehört und blickte zu ihr, verstand aber ihre Aufregung nicht. Er strahlte und hielt seine Hand hoch, in der seine Holzkugel lag. Den Schrei seines Spielgefährten hatte er im Eifer des Spieles überhört. Der dritte Junge stand nah bei ihm und hatte seine eigene Kugel noch gar nicht ins Spiel gebracht. Beide nahmen die flinken Bewegungen zu ihren Füßen nicht wahr und Evelyn rannte auf sie zu, ständig ihre Namen rufend. Aber die Jungen blieben stehen und blickten der heranstürmenden Frau verständnislos entgegen.

Mit einem Mal drangen auch aus anderen Richtungen Warnrufe und Schmerzensschreie zu ihnen. Aber kein Hornsignal kündete Feinde an, kein Brausen der Luft oder Donner ließ ein Unwetter erkennen. Es war helllichter Tag und die Sonne stand freundlich lächelnd am Himmel. Nur die zunehmend zahlreicher werdenden und grausamen Schreie rings um sie passten nicht zu ihrem friedlichen Spiel.

Endlich setzten sich die Jungen in Bewegung, auch weil sie ihren Freund nicht mehr sahen, der zusammengebrochen war und in höherem Gras lag. Sie riefen seinen Namen und entgingen zwei Mal nur knapp zuschnappenden Schlangenkiefern ohne es auch nur zu bemerken, wie nahe der Tod an ihnen vorbeizischte. Dann begannen sie, Evelyn entgegenzurennen, da deren panikerfülltes Gesicht ihnen Angst machte. Vor allem Thorgert ließ die spielerische Freude schlagartig fallen und hatte plötzlich Tränen in den Augen.

Evelyn war vielleicht noch zehn Schritte von den beiden entfernt, als sich direkt vor Thorgert eine große Schlange aus dem Gras erhob und jeden Augenblick zustoßen würde. Thorgert blieb wie angewurzelt stehen und sein Freund krachte ihm in den Rücken. Der Sohn der Fürstin stolperte nach vorn, der Kopf der Schlange zuckte ihm entgegen …

… und Drudwyns Zähne schnappten im allerletzten Moment knapp hinter dem Kopf der Schlange zu. Mit einem Knurren, das einem ausgewachsenen Wolf zur Ehre gereicht hätte, schlossen sich die Kiefer des Jagdhundes und trennten den Kopf vom Leib. Das Stück, das er herausgerissen hatte, spuckte Drudwyn aus und sprang sofort seinem kleinen Herrn zur Seite. Evelyn riss beide Jungen an sich und trat nach auftauchenden Köpfen und zischenden Kiefern. Drudwyn biss noch zwei weiteren Schlangen die Häupter ab, dann war ein Krieger mit seinem Schwert zu ihnen geeilt und hielt reiche Ernte unter den Reptilien.

Die Sklavin packte beide Jungen an den Händen und rannte mit ihnen auf das Tor zur nächsten Ebene zu. Viele Menosgader taten es ihr gleich. Eine Handvoll Krieger schlug mit Schwertern und Äxten nach immer zahlreicher angreifenden Schlangen. Jedes Mal, wenn sich Evelyn angstvoll umdrehte, sah sie einen weiteren Körper zu Boden sinken. Schließlich war sie nur noch zwanzig Schritte vom Tor entfernt und viele Menschen drängten sich davor zusammen. Frauen hielten ihre Kinder in den Armen oder hatten sie dicht an sich gepresst. Bauern und Handwerker riefen nach den Torwachen, die aber unschlüssig herunterglotzten und wohl überlegten, ob sie die Brut auf die nächste Ebene gelangen lassen sollten. Ihre Pfeile und Speere erschienen ihnen wenig nützlich gegen diese kleinen Ziele.

»Öffnet das Tor, verdammt noch mal!«, schrie einer der Männer und deutete auf die unzähligen Bewegungen auf der Erde, die immer näher heranwogten.

»Nein, sonst kommt das Gewürm auch noch hier herauf«, kam sofort die Antwort. Dann schien einer eine Idee zu haben. »Wir werfen euch Fackeln zu. Verbrennt die Mistviecher!«

»Das dauert zu lange«, knurrte ein Bauer und packte seinen Holzspaten und stellte sich zwischen die Frauen und Kinder und die sich zurückziehenden Krieger, die der Masse kriechenden Todes einfach nicht Herr wurden.

»Bildet eine Linie!«, brüllte einer von ihnen und dirigierte mit Gesten die paar bewaffneten Männer, die sich um ihn scharten. »Hey, ihr Bauern: helft uns! Packt eure Gabeln, Spaten oder was auch immer ihr tragt und stellt euch zwischen uns! Schlagt auf alles ein, was sich bewegt!«

Es dauerte nur wenige Augenblicke, bis sich eine leidlich geschlossene Linie aus Kriegern und Bauern gebildet hatte. Dann waren die Schlangen heran.

Schwerter hackten und stachen in Reptilien, so verschieden, wie man sie auf Menosgada und in der ganzen Gegend noch nie gesehen hatte. Spaten und Heugabeln zerschlugen Schädel und brachen Wirbelsäulen zu Dutzenden. Stiefel traten nach schnappenden Mäulern mit geifernden Giftzähnen. Und nach einer Weile schien es tatsächlich so, als würden die Männer damit den Ansturm stoppen können. Es waren Mahimans Boten, doch das wusste niemand auf dem Tafelberg. Aus der Kampflinie von etwas mehr als 30 Kriegern und Bauern waren zwei zu langsame Männer das Opfer von Bissen geworden. Sie krümmten sich am Boden und hatten Schaum vor dem Mund. Es dauerte nicht lange, bis sie zuckend und von weiteren Schlangen bedeckt liegen blieben und schließlich stocksteif und mit starren Augen in den Himmel blickten.

Noch immer blieb das Tor verschlossen und die Frauen davor weinten und pressten ihre Kinder an sich.

Evelyn hatte Thorgert und seinen Freund direkt hinter sich an die Mauer gedrückt und überlegte verzweifelt, was sie tun könnte. Da tauchte der Kopf einer riesigen Schlange nur wenige Schritte vor ihr aus einem Kaninchen- oder Rattenloch auf. Evelyn schrie und wollte einen der Männer um Hilfe bitten, da fiel plötzlich eine brennende Fackel herab, die sie augenblicklich ergriff und vor sich hin- und herschwenkte. Die Schlange zischte und zog sich für einen Moment halb in den Eingang des Lochs zurück. Doch nur, um sofort danach hervorzuschnellen und auf die Frau zuzufliegen. Evelyn stieß dem Biest die brennende, mit Pech beschmierte und dunklen Rauch von sich gebende Fackel in den Rachen und hörte einen Zahn brechen.

Weitere Fackeln landeten am Boden und eine hätte beinahe das Kleid einer Frau in Brand gesetzt. Und als wäre Evelyns Beispiel eine stumme Aufforderung gewesen, griffen mehr Frauen als Männer nach den Fackeln und setzten sie sofort ein. Der Kampf dauerte noch lange und eine Frau und ein weiterer Krieger wurden Opfer der Schlangen. Doch den Göttern sei Dank kein einziges Kind.

Endlich öffnete sich das Tor und alle strömten hindurch … nur um festzustellen, dass auch dahinter viele Schlangen einen Weg durch Gänge gefunden hatten und zur oberen Stadt strebten …

Kapitel XXV
Thoralf

Der Mann saß wie ein Berg auf einem Felsen und rührte sich nicht. Seit mehr als einer Stunde hockte er dort und beobachtete das Treiben in seinem Feldlager. Seine langen Zöpfe hingen reglos die mächtige Brust hinab und endeten in seinem Schoß, auf dem er sein Schwert quer liegen hatte. Aber Thoralf verspürte wenig Lust, sich an den Kampfübungen seiner Männer zu beteiligen, die nur einen Steinwurf entfernt in Dutzenden Paaren mit Äxten, Schwertern und Speeren versuchten, ihre Technik zu verbessern. Einige waren übereifrig und hatten schon zwei Schilde ihrer Trainingspartner zerschlagen, Odin sei Dank ohne die Träger zu verletzen.

Thoralf hatte sein rotbärtiges Kinn in die Linke gestützt und seine Augen brannten fast in gleicher Farbe. Er hasste es, seinen engsten Vertrauten und auch seinen Kriegern, die Wahrheit verschweigen zu müssen. Es wäre nach Meinung seiner Berater und den wenigen Eingeweihten auch zu früh, jedem einzelnen seines Stammes zu offenbaren, dass sie nicht allein auf Gold und andere Schätze aus waren oder auf die Eroberung neuer Gebiete. Selbst Arwed, seinen zuverlässigsten Kundschafter, hatte er nur bruchstückhaft informiert. Arwed wusste nur, dass er nach allem Ungewöhnlichen Ausschau halten sollte, weit über Angaben zur Stärke feindlicher Völker und deren Niederlassungen, Bewaffnung und ähnlichen Fakten hinaus. Und Arwed war seit mehreren Monaten unterwegs, eigentlich längst überfällig. Vielleicht war er sogar tot. Auch dies drückte Thoralfs Stimmung. Zwei andere Kundschafter waren längst zurück und hatten nichts Besonderes zu berichten gehabt.

Wie werden sie reagieren, wenn ich ihnen eröffne, dass wir gegen die Dunkelheit selbst zu Felde ziehen wollen? Die vagen Hinweise, die ihn vor Monaten erreicht hatten, waren mehr als dürftig gewesen. Aber alles deutete darauf hin, dass Schwarze Reiter die Keltenstämme weit südlich der von den Germanen bewohnten Gebiete heimsuchten. *Und wenn* sie *wieder über das Land ziehen, kann ihr Meister nicht weit sein.*

Thoralf ließ die Linke sinken und reckte Schultern und Nacken und vernahm das leise Knacken verspannter Knochen und Muskeln. *Und keine Nachricht von Sven und Gutbert. Auch sie hätten schon längst zurück sein müssen.* Er konnte nicht ahnen, dass sie seit langem tot waren und nun am Fuße eines Tafelberges namens Menosgada verrotteten.

Er erhob sich, um sich in sein Zelt zurückzuziehen, als der Ruf eines Wächters zu ihm drang. Thoralf hob eine Hand und hielt sie schützend über seine Augen, weil die Sonne hoch am Himmel stand und ihm genau ins Gesicht schien. Die Männer stellten ihre Übungen ein und blickten ebenfalls auf den Ankömmling, der ruhigen Schrittes sein Pferd in das Lager führte.

Arwed ... endlich!, dachte Thoralf, als er den hochgewachsenen Germanen erkannte, der auch ihn gesehen hatte und ihm zuwinkte.

»Ulf«, rief er seinem besten Krieger zu, »lass einen der Männer sich um Arweds Pferd kümmern und komm mit ihm in mein Zelt.«

Der Angesprochene nickte gehorsam und ging dem *Bernsteinhändler* entgegen. Die anderen Männer wechselten ein paar Worte im Vorbeigehen mit Arwed und nahmen dann ihr Waffentraining wieder auf.

»Ich grüße dich, Thoralf, mein König«, sagte Arwed nur wenig später, als er mit Ulf in das große Zelt seines Herrn trat und dieser ihm beide Arme zur Begrüßung entgegenstreckte. Sie tauschten den Druck ihre Hände an den Unterarmen aus und sahen in den Augen des Gegenübers die ehrlich empfundene Freude. »Ich hätte mich gerne ein wenig … vorzeigbarer gemacht, mein Fürst. Aber Ulf sagte *unverzüglich*, also bitte ich dich um Verzeihung für meinen Aufzug.«

Thoralf grinste und winkte ab. »Wir sind hier in einem Feldlager, Arwed, und nicht Zuhause. Wir sind Krieger und keine Höflinge«, fügte er stolz hinzu und deutete auf ein paar Holzstümpfe, die als einfache Sitzgelegenheiten in einem Kreis aufgestellt waren. Zu einem der wenigen Diener, die er mit sich führte, sagte Thoralf: »Bring einen Krug Met, wenn noch welcher da ist, ansonsten frisches Wasser und ausreichend Speisen; wir haben Hunger.« Dann drehte er sich seinem Knappen und einem weiteren Diener zu. »Ihr beide: geht hinaus und bereitet ein Zelt für Arwed vor … und bringt ihm seine Waffen und Kleidung dorthin.«

Die noch jungen Männer verschwanden und Thoralf, Ulf und Arwed setzten sich.

»Was hast du zu berichten, *Bernsteinhändler*«, begann Thoralf und grinste breit, weil er es immer noch als gelungenen Scherz empfand, einen seiner besten Krieger in die Kleidung eines Händlers gezwungen zu haben. »Wie liefen die *Geschäfte?*«

Die beiden anderen grinsten und Arwed legte zwei Bündel vor sich, ein sehr langes und ein ziemlich geschrumpft wirkendes.

»Überraschend gut, mein König. Ich kam zu einem Keltenstamm, der sich auf einem dreistufigen Tafelberg eine hübsche Stadt errichtet hat, samt starken Wällen und wenigen Toren …«

Er unterbrach sich, weil der Diener mit einem Krug und einer großen Holzschale voller Brot, Käse und Salzfleisch das Zelt betrat und alles vor ihnen ausbreitete. Dann holte er aus einer Ecke des Zeltes drei Trinkhörner, füllte diese und reichte sie den Sitzenden. »Habt Ihr noch weitere Wünsche, mein Herr und König?«, fragte er. Er verneigte sich und verließ wortlos das Zelt, als Thoralf den Kopf schüttelte.

»So, wenig Tore …«, nahm Thoralf den Faden auf und hob sein Horn. Die anderen taten es ihm nach, stießen miteinander an und alle tranken einen kräftigen Schluck.

»Dafür umso mehr Bewaffnete, mein König.«

»Lass das mit dem König hier im Zelt, mein Freund. Halte uns nicht mit diesem höfischen Getue auf. Wir stehen bald im Kampf, wie ich hoffe.«

Arwed stellte sein Horn ab und wartete, bis sich Thoralf aus den Speisen bedient hatte, dann griff auch er zu, biss aber noch nicht in das Brot.

»Die Stadt liegt nahe eines Flusses. Sie wird von ihren Bewohnern Menosgada genannt und hat etwa 3500 ständige Bewohner, Herr. Wenn ich richtig liege mit meiner Schätzung, dürften davon 300 ausgebildete Krieger sein. Allerdings haben sie gerade während meiner Anwesenheit ein Zehntel davon verloren …«

»Sie stehen also im Krieg mit jemandem?«, warf Ulf ein und kaute an einem ansehnlichen Stück Salzfleisch. »Schön, wenn sich die Kelten uneins sind. Das macht es uns leichter.«

»Jaaa...«, kam es langgezogen von Arwed und er biss endlich in sein Stück Brot und legte dabei einen fragenden Ausdruck in seinen Blick, den er auf Thoralf richtete.

»Sprich nur, Arwed. Ich habe Ulf nicht hinzugezogen, um ihn in Ungewissheit zu lassen. Sprich frei weg!«

Arwed schluckte hinunter und spülte mit Met nach. »Es scheint mir nicht ganz sicher zu sein, ob Fürst Alaric mit seinen Nachbarn - den Tougenern - in Fehde steht oder ob eine dritte Partei für seinen Tod verantwortlich ist …«

»Der Keltenfürst ist tot?«

»Ja, und seine Wunden werden von den Menosgadern nicht Menschen angelastet …«

Es dauerte mehr als eine Stunde, bis Arwed mit seinem Bericht geendet hatte und ein leerer Krug und eine ebensolche Speisenschale zwischen ihnen stand. Ulf und Arwed machten unterschiedliche Mienen, weil jeder das Geschilderte anders betrachtete. Mit jedem Wort Arweds hatte sich das Gesicht Thoralfs von anfänglicher Neugier in dunkles Brüten gewandelt. Ulf und Arwed sahen dies, konnten aber die Reaktion ihres Königs nicht verstehen. Dann richtete sich der während des Zuhörens ein wenig gebeugte Thoralf auf und machte ein Gesicht, das an Härte nur mit geschmiedetem Stahl vergleichbar war.

»Also stimmen die Gerüchte, die mich vor vielen Monaten erreichten«, begann er. »Es sind keine Ammenmärchen, meine Freunde: es *gibt* diese Schwarzen Reiter wirklich«, fuhr er fort. »… und ihren Herrn, den Schwarzen Druiden. Meine Ahnen haben mir davon erzählt, als ich dafür alt genug war. Es ist lange her, dass er unser Land und unsere nördlichen Nachbarn, die Svear, verheert hatte. Deren damaliger König und mein Großvater schlossen ein Bündnis gegen ihn, den man auch den Seelenfresser nennt. Doch sie konnten ihn nicht finden und so überließen sie ihren Söhnen und Enkeln die Aufgabe, vor der *wir* nun stehen.«

Ulf stand auf und wischte sich ein wenig Fett vom

Mund. »Ob gegen verfeindete Germanen oder Kelten, ob gegen finstere Reiter oder diesen Druiden: Ich folge dir in jeden Kampf, mein König.« Dann lachte er und klopfte auf sein Schwert an seiner Seite. »Ich warte schon lange darauf, mir meinen Platz in Walhall zu verdienen. Da kommt mir ein mächtiger Gegner nur recht.«

»Sei nicht so siegesgewiss, Ulf, Schädelspalter«, warnte Arwed den Krieger und nannte dessen Beinamen mit allem Ernst und nicht im Spott. »Das, was mir Alaric vor seinem Tod berichtet hatte, lässt mich vermuten, dass es auch die stärksten Krieger nicht vollbrachten, diesen Druiden und sein Geschmeiß zu besiegen …«

»Aber sie hatten ihn doch schon besiegt«, protestierte Ulf.

»Aber nicht *vernichtet*. Es scheint, als wäre er wieder auferstanden«, mahnte Arwed und konnte sich ein so langes Leben nicht vorstellen.

Thoralf war nur wenig verwundert, warum niemand der beiden ihn fragte, was sie dieser Druide – fern von der Heimat – heute noch anginge. Für Ulf schien die Sache einfach die Chance auf einen richtigen Kampf darzustellen, samt Erringung von Ruhm und einem Platz in Walhall. Arwed aber war seiner Meinung nach zu intelligent, um nicht auch mit der Möglichkeit zu rechnen, dass sich der Schwarze Druide irgendwann wieder nördlicheren Gefilden zuwenden könnte. Aber etwas an dessen Gesichtsausdruck ließ ihn darauf schließen, dass da noch eine andere Sache mit im Spiel war.

»Wenn dieser Keltenfürst …«

»Alaric.«

»Wenn also dieser Alaric jetzt tot ist: Wer führt nun

diesen Stamm an?«, fragte Thoralf. »Hatte er erwachsene Söhne?«

»Nein, einen Knaben namens Thorgert und eine Tochter … Kyla, beide noch Kinder. Brianna … die Fürstin ist allein.«

Thoralf war nicht dumm und hörte sofort heraus, dass Arwed Gefühle für sie empfand. »Du hast Interesse an ihr«, stellte er nüchtern fest und nickte. »Das könnte uns einen weiteren Vorteil verschaffen. Ich habe keine große Lust, mich mit einigen Hundert Keltenkriegern herumzuschlagen, wenn ich meine eigene Streitmacht eigentlich gegen den Seelenfresser führen will, Arwed.« Dann fiel ihm noch ein Punkt aus dessen Bericht ein. »Dieser Kelten-Druide …«

»Feidlim.«

»Ein seltsamer Name …«, warf Ulf ein und leerte sein Trinkhorn.

»Und ein seltsamer Mann, mein Herr. Er wirkte auf mich verschlagen, irgendwie nicht als fester Bestandteil dieses Stammes. Ich hatte immer das Gefühl, dass er eigene Ziele verfolgt, die nicht zum Wohle der Menosgader zu führen schienen.«

»Wie kommst du darauf?«

»Er ist recht schnell mit Opfern bei der Hand. Kurz vor meiner Abreise hat er einen Mann auf den Scheiterhaufen gebracht und allen verkündet, die Götter verlangten nach einem Brandopfer.«

»Sie verbrannten ihn bei lebendigem Leib?« Ulf schüttelte den Kopf und goss allen die Hörner nach. »Ein Verbrecher?«

»Nein, ein alter Sklave … und Germane.«

»Was?« Ulf erhob sich und verschüttete dabei fast den ganzen Inhalt seines Trinkhorns. »Dann wird seine Seele nicht nach Walhall finden«, grummelte er und packte sein Schwert fester. Bevor er jedoch die

Forderung ausstoßen konnte, die ihm wohl auf der Zunge lag, fuhr Arwed fort.

»Doch, mein Freund. Brianna … die Fürstin befahl einem ihrer Krieger, dem Alten die Kehle durchzuschneiden, bevor Feidlim das Feuer entfachen ließ.«

»So ist sie also barmherzig … trotzdem konnte sie den Tod des Mannes nicht verhindern. Sie scheint sich nicht recht gegen diesen Feidlim durchsetzen zu können«, knurrte Thoralf. »Und wie reagierte dieser Kelten-Druide darauf?«

»Er sagte nichts. Allerdings konnte ich sehen, dass er innerlich brodelte, wie ein Vulkan kurz vor dem Ausbruch. Wie ich vorhin schon gesagt habe: Meiner Meinung nach kocht er sein eigenes Süppchen.«

Thoralf nickte und schüttelte gleich darauf verneinend den Kopf. »Nein, meine Freunde, ich weiß, was da los ist. Dieser Kerl steht unter fremdem Einfluss.« Mit jedem Wort war sein Ton nach unten gesunken und beide – Ulf wie auch Arwed – spürten die dunkle Drohung, die darin steckte. »Wir machen uns auf den Weg nach Menosgada. Dieser Feidlim ist ein Knecht des Schwarzen Druiden geworden.«

Kapitel XXVI
Der Korbriese

»21 Tote und vier weitere, von denen wir nur hoffen können, dass sie überleben werden«, zählte Wolfried auf und sah dabei Feidlim an, der ebenfalls finster dreinblickte und seinerseits der Fürstin voller Vorwurf in Gestik und Haltung gegenüberstand.

»Ich tue mein Bestes, um wenigstens *sie* noch retten zu können«, fügte der Druide den Worten des Kriegers hinzu. »Sie erhielten von mir eine Medizin, die eigentlich helfen sollte«, log er und verschwieg natürlich, dass er ihnen tatsächlich nur etwas warme Brühe eingeflößt hatte. Und *hoffte*, sie würden einer nach dem anderen – wenn möglich unter langen Qualen – sterben. »Aber Taranis, Teutates und Esus sind mehr als erzürnt darüber, dass wir ihnen so ein *mickriges* Opfer gegeben haben«, führte er aus und konnte sich augenscheinlich vor Zorn kaum zügeln. »Der Sklave war alt! Und er starb nicht durch die Flammen! Die Götter sind der Meinung, dass wir sie verspottet haben.«

»Haben sie *dir* das eröffnet, Druide?«, schoss Brianna zurück und konnte nicht glauben, dass Feidlim plötzlich einen so guten Kontakt zu ihnen haben wollte.

»Warum sonst, glaubst du, Fürstin, haben sie uns diese Brut geschickt?« Dabei ärgerte er sich, dass die Krieger, selbst Bauern und Handwerker die meisten Schlangen erschlagen hatten, bevor sie in die eigentliche Stadt eindringen konnten. Für sein eigenes Schicksal hatte er ohnehin nichts zu befürchten gehabt, da er wusste, dass er als Vasall des Schwarzen Druiden kein Ziel dargestellt hatte. »Es war ihre Strafe für unseren Frevel!« Seine Stimme war nicht wenig davon entfernt überzuschnappen.

Wolfried war längst nicht der Meinung des Druiden, doch er witterte eine Chance, seinen Einfluss zu erweitern, wenn er ihm Beistand zollte. *Dafür* hatte er ein Gespür, und ihm war jedes Mittel recht, die Lücke auszufüllen, die Alarics Tod gerissen hatte. Und es war ihm dabei egal, ob Brianna ihn mochte oder nicht. In seinen Augen *musste* der Stamm von einem Mann geführt werden. Wenn sie also seine bisher noch zaghaften, dafür aber stümperhaften Andeutungen ignoriert hatte: sei´s drum! Er wollte sie zur Frau haben … und damit die Macht über ganz Menosgada erringen. Und das beste Mittel, sie in eine Ehe und in sein Bett zu zwingen, war es, die wichtigen – und natürlich nach *seiner* Meinung nach richtigen - Entscheidungen zu fällen. Er lauerte nur darauf, dass jemand, am besten aus den Reihen *seiner* Krieger, den Vorschlag machte, man müsse einen neuen Fürsten wählen. Auch ein paar Edelleute hatte er schon auf seiner Seite. Innerlich lachte er über die paar Goldstücke, die ihn das gekostet hatte. Wäre er erst einmal an der Macht, würde er viel mehr Reichtum an sich bringen können … und sich gegebenenfalls das Geld von ihnen zurückholen. Ein paar … unschöne Ideen dazu hatte er schon.

»Ich stimme Feidlim zu, Brianna … Fürstin«, sagte er und übersah geflissentlich ihre Verärgerung hinsichtlich der verzögerten Nennung ihres Titels. »Die Götter sind unsere einzige Hoffnung gegen die Germanen. Das Bündnis mit den Tougenern – wenn es denn überhaupt wirklich besteht – wurde von Eurem Mann geschlossen. Nun ist er tot. Werden sich die Tougener noch daran gebunden fühlen? Und was tun wir? Wir beleidigen die Götter mit einem alten Trottel, der ohnehin bald ins Gras gebissen hätte.«

»Er war ein Mensch!«, erwiderte sie mit Nachdruck und wusste augenblicklich, welche Antwort sie erhalten würde.

»Ein Germane!«, kam es sofort von Feidlim. »Das war ohnehin kein Opfer, das uns am Herzen lag. Die Götter wissen genau, ob eine Gabe wirklich einen Verlust für uns darstellt oder nur die Erfüllung einer ungeliebten Pflicht.«

»Ich sage es wirklich nicht gerne, Fürstin«, schlug Wolfried in die gleiche Kerbe. »Aber ein echtes Opfer *muss* ein Kelte sein. Sonst stellt es eben kein Opfer dar.« Er überlegte einen Moment, ob er das sagen sollte, was ihm noch auf der Zunge lag. Dann tat er es: »Alaric hätte das verstanden …«

Feidlim hätte beinahe gegrinst, als er Wolfried das aussprechen hörte, was er sich bisher verkniffen hatte.

»Und der Angriff der Schlangen wäre uns erspart geblieben!« Feidlims Stimme drückte all die Gnadenlosigkeit aus, die er aus anderen Gründen empfand. Gleichwohl war er schlau genug, um zu erkennen, dass sich Wolfried nicht ohne Grund auf seine Seite schlug.

Er hat früher nie gezeigt, dass er auf das Wohl der Götter besonderen Wert legt. Ich nehme es ihm aber auch jetzt nicht ab. Ich habe ihn immer als einen hervorragenden, aber auch brutalen Schläger betrachtet, dem sein Schwert wichtiger war als alles andere. Aber er scheint Potential zu haben, der kleine Mann. Und Ambitionen, dachte er und überlegte in einem Winkel seines Gehirns schon, wie er Wolfried in die Arme Mahimans treiben könnte.

»Alaric hat Wert auf meine Meinung gelegt«, versuchte Brianna das Bild ihres ermordeten Mannes zurechtzurücken. »Nicht umsonst haben wir auf Menosgada so gut wie nie einen Menschen den Flammen übergeben. Und die Götter schienen damit *zufrieden* gewesen zu sein«, betonte sie.

»Richtig, meine Fürstin.«, antwortete Wolfried. »Sie *schienen* zufrieden zu sein. Den aktuellen Geschehnissen nach zu urteilen sind sie es aber jetzt nicht mehr!«

Brianna hatte den Eindruck, dass er das Wörtchen *meine* in einer Art und Weise hervorhob, die ihr gar nicht schmeckte. *Spürt er denn nicht, dass ich seine plumpen Annäherungsversuche nicht erwidern werde? Ist er so dumm oder so skrupellos, dass er meine noch dezent gezeigte Ablehnung nicht wahrnehmen kann? Oder will?* Unwillkürlich schob sich das Gesicht des Bernsteinhändlers vor ihre Augen und sie stellte verblüfft fest, dass sie sich wünschte, Arwed wäre hier. *Um was zu tun?*

»Früher hatten wir auch keine Germanen praktisch vor der Tür stehen und auch keine Schwarzen Reiter«, griff Feidlim ihr Argument auf – und legte seine bisherige Verharmlosung eindeutiger Hinweise einfach ab. Gleichzeitig formulierte er im Geiste schon genüsslich seine nächsten Worte vor. »Euer verstorbener Mann …«

»Mein *ermordeter* Mann!«, unterbrach sie ihn brutal und warf ihm einen Blick zu, der ihn wohl einschüchtern sollte.

Mit einer Geste, die nicht anders als unverschämt zu bezeichnen und von ihm auch so gedacht war, verbeugte sich Feidlim knapp, nahm aber trotzdem ihre Korrektur auf.

»Euer *ermordeter* Mann würde sicher auf ein so starkes Zeichen der Götter wie diese Schlangen *richtig* reagiert haben … Fürstin.«

Plötzlich wurde an die Tür geklopft und eine Wache öffnete. Der Krieger wechselte ein paar Worte mit einer Frau, die ein entsetztes Gesicht machte und auf einen Wink der Wache wieder verschwand. Der Krieger trat ein paar Schritte näher und machte eine Miene wie hundert Tage Regenwetter.

»Herrin, die Frau kam aus Feidlims Haus«, begann er und alle wussten, was nun folgen würde. »Die Verletzen sind gestorben … alle.«

Feidlim frohlockte stumm. *Die Nachricht kommt zum perfekten Zeitpunkt ... ihr Tod leider viel zu früh.* Er wartete, ob von Wolfried dazu ein Einwand kam, fuhr dann aber dort fort, wo er unterbrochen worden war, als Wolfried ihm nur unmerklich zunickte.

»Wir brauchen einen Korbriesen, und zwar sofort! Die 25 Toten schreien geradezu danach, dass wir den Göttern ebenso viele Opfer darbieten müssen. *Echte* Opfer«, betonte er und sah an Briannas Ausdruck, dass er dieses Mal seinen Willen würde durchsetzen können.

Die Nachricht hatte Brianna sichtlich getroffen. Sie schien die Schreie der Gebissenen noch genauso in ihren Ohren zu hören, wie Feidlim, Wolfried und jeder andere Mensch auf Menosgada. Sie mahlte mit den Kieferknochen und beide Männer konnten ihre Zähne knirschen hören. Mit unübersehbar nur mühsam unterdrückter Wut und mit einem Blick, der Angst, Verzweiflung und Resignation gleichermaßen ausdrückte, würgte sie ein paar Worte hervor, die tonloser nicht hätten klingen können.

»Sucht 25 Opfer aus … Sklaven.«

Dann erhob sie sich und hatte nur Granit im Blick. »Ich will jeden einzelnen zuvor sehen! Sagt mir eure Auswahl nicht zu, werde ich andere benennen. Ist das klar?«

Feidlim und Wolfried nickten nur. Jeder für sich drückte durch seine Bewegungen und vor allem durch seine Miene Befriedigung aus. Dann gingen sie ohne ein Wort des Grußes aus dem Fürstensitz.

Die letzten Tage waren für Brianna die bisher schlimmste Zeit ihres Lebens gewesen. Schrecklicher noch als der Moment, als man ihr Alarics Leichnam gebracht hatte. Und sie wusste, dass der Schrecken sich mit dem Feuerritual noch steigern würde.

Mögen die Götter geben, dass ich nicht vor aller Augen zusammenbreche!, betete sie stumm und wusste in diesem Moment gar nicht, zu welchem Gott sie betete. *Was könnte ich tun, um die Leben dieser Menschen noch retten zu können? Oder muss ich es tun ... zulassen, um die Leben aller anderen zu retten? Thorgert ... Kyla ... mein eigenes?*

Sie stand umgeben von einer Handvoll Wachen, Evelyn und einigen anderen Zofen und Sklavinnen am Rande des Platzes, der ein Gebilde beherbergte, wie sie es nie in ihrem Leben hatte sehen wollen. Schon die brennende Strohhülle des germanischen Sklaven und natürlich sein Tod hatten ihr größte Übelkeit verursacht

Es war später Nachmittag und immer noch hantierten Handwerker und Krieger gleichermaßen unter den wachsamen Blicken des Druiden Feidlim und Wolfried an dem riesigen Ding herum, das man harmlos Korbriese nannte.

In einer Mitleid erregenden Reihe hatte man die 25

Menschen angekettet, die die beiden ausgewählt hatten und die sie, Brianna, mit ausdrucksloser Miene inspiziert … und akzeptiert hatte. Sie kannte die meisten nur vom Sehen her und die beiden Sklaven, deren Namen sie kannte, waren eine genauso gute oder schlechte Wahl wie jeder andere Mensch. Sie dankte den Göttern, dass es ihr erspart geblieben war, ein näher bekanntes oder gar geschätztes Gesicht darunter finden zu müssen … und dann vor dem Problem gestanden hätte, *selbst* jemand anderen dem Tod zuführen zu müssen.

Nun bete ich schon wieder zu Göttern, dachte sie verzweifelt, die ich noch nie gesehen, gehört oder ihr Wirken erkannt habe. Wenn es euch gibt, dann helft uns!

Sie hatte überlegt, ob sie erst im allerletzten Moment zum Ritual erscheinen sollte. Doch dann fand sie es den Opfern – und sich selbst – gegenüber gerechter, wenn sie einerseits deren letzte Stunde in allen Einzelheiten miterlebte und damit kundtat, dass ihr das Schicksal der Opfer nicht egal war. Andererseits sah sie es als persönliche Strafe an, die sie in ihren Augen deswegen verdient hatte, weil sie in der Vergangenheit die vielen Tier- und die wenigen Menschenopfer nicht kategorisch unterbunden hatte.

Liegt es etwa daran, dass ich in Wahrheit an gar keine Götter glaube? Warum erflehe ich dann ihren Schutz, ihren Trost, ihre Gunst?

Sie beobachtete, wie die Vorbereitungen zu Ende kamen und fühlte plötzlich eine harte Faust in ihrem Magen.

Wenn es diesen Schwarzen Druiden also wirklich gibt und er die Seite der Finsternis darstellt, ist dies dann auch ein Beweis für die Existenz unserer Götter? Ist ihre Forderung nach solch grausamen Opfergaben ein Beleg dafür, dass sie für das Licht stehen? Sollten nicht Liebe, Treue, Vertrauen und gute Werke sie besänftigen können, anstelle des brutalen Mordes an Unschuldigen?

Die Faust in ihrem Leib schien sich geöffnet zu haben, nur um die unsichtbaren Krallen gleich danach in ihre Eingeweide zu drängen und wieder zu ballen. Ein unvorsichtiger Laut entfuhr ihrem Mund und Evelyn fasste sie vorsichtig am Arm.

»Geht es Euch gut, Herrin?«

Natürlich nicht!, dachte sie und winkte nur ab und hoffte niemand anderes hatte den Laut gehört.

Dann erklangen Trommeln in einem tragenden und - wie sie zu hören glaubte – tödlichen Ton. Drei Dutzend Krieger aus Wolfrieds Trupp packten die Angeketteten und führten sie im Takt der Trommeln dem massiven Weidengeflecht zu, dem Feidlim höchstpersönlich einen Kopf verpasst hatte, der wohl seinem Bild von Taranis entsprechen sollte. Doch Brianna fand, dass er eher eine Fratze geformt hatte. Ob dies seinem künstlerischen Unvermögen oder einer Absicht geschuldet war, konnte sie natürlich nicht sagen. Der Schädel war seltsam gestaltet und hatte vorne zwei Schlitze, die ein gerades Kreuz bildeten. Am Ende des waagrechten und kürzeren Schlitzes erlaubten runde Löcher einen Blick ins Innere. Für einen Moment glaubte Brianna darin eine Bewegung wahrzunehmen.

Ein Aufstöhnen eines der Opfer lenkte sie ab und ihr Blick fiel auf die traurige Prozession. Die Opfer wirkten apathisch und Brianna betete nun wirklich zu den Göttern, dass weder Feidlim, noch Wolfried mitbekommen hatten, dass zwei ihrer Sklavinnen den Opfern vor Stunden ein Betäubungsmittel im letzten

Trunk ihres Lebens verabreicht hatten. Die Schwierigkeit dabei war gewesen, dies ohne Wissen und schon gar nicht ohne Mithilfe des einzigen offiziellen Heilkundigen auf Menosgada bewerkstelligen zu können.

Brianna hatte sich an das Wissen erinnert, das sie als junges Mädchen von ihrer Mutter erfahren hatte. Diese war darin bewandert gewesen, Heilsäfte und Salben herstellen zu können, vielleicht auch Gifte. Doch darüber hatte sie ihrer Tochter Brianna natürlich nichts verraten. Die Sklavinnen, die Brianna auf die unterste Ebene Menosgadas geschickt hatte, hatten sich gefürchtet, ausgerechnet dorthin zu müssen, wo vor kurzem noch der kriechende Tod sich schlängelnd bewegt hatte. Aber nur dort, wusste Brianna, standen einige Eiben und andere Pflanzen, die sie benötigte, um in aller Eile genügend von einem Trank herzustellen, von dem sie hoffte, er möge auch genau so wirken, wie er sollte.

Alle anderen Menschen um sie herum schienen die abwesenden Blicke der Opfer als in ihr Schicksal ergeben zu betrachten … einschließlich des Druiden, der mit neuem Selbstbewusstsein vor dem Korbriesen stand und nun die Aufteilung der Opfer in dem Gestell befehligte. Es dauerte eine Weile, bis die kleinsten Menschen – Taranis, Teutates und Esus sei Dank keine Kinder – ganz nach oben verfrachtet und auch die Schichten darunter mit Körpern vollgestopft und verschlossen waren.

Brianna stellte fest, dass die Innenräume des Korbriesen so gefertigt waren, dass keines der Opfer auch nur einen Arm oder ein Bein bewegen konnte. Lediglich die Hände und Finger ragten durch das schreckliche Geflecht und kündeten mit verhaltenen Bewegungen davon, dass sie noch am Leben waren.

Noch.

Dann verstummten die Trommeln.

Feidlim stand inmitten des Platzes und drehte sich zu allen Anwesenden einmal im Kreis, die Hände mit Druidenstab und noch nicht entzündeter Fackel zum Himmel erhoben. Als er seiner Fürstin wieder gegenüberstand, senkte er die Arme und begann einen Singsang, den er noch nie gesungen hatte, auch nicht bei der Verbrennung des germanischen Sklaven. Er bediente sich dabei einer uralten Frühform des Keltischen, das niemand mehr auf Menosgada verstand, vermutlich nur noch Druiden und die Götter.

Brianna meinte dazwischen einige der Wörter verstehen zu können, doch jedes einzelne schickte ihr klirrende Schauer über den Körper.

Der ohnehin nicht sonderlich sonnige Tag näherte sich schon der Dämmerung und die graue Wolkendecke verdeckte mittlerweile den ganzen Himmel.

Verbergen die Götter ihr Antlitz, weil sie das Drama noch nicht einmal selbst sehen wollen? Der Gedanke ließ sie unweigerlich nach oben blicken. *Wozu dann diese Grausamkeit?*

Sie senkte ihren Kopf und sah an Feidlim vorbei auf die *Beine* des Korbriesen, in dem die kräftigsten Sklaven eingezwängt waren und mit abwesenden Blicken dem Treiben des Druiden leidlich folgten. Als dieser aber mitten in seinem Gesang seine Fackel von Wolfried entzündet bekam und langsam an das monströse Geflecht herantrat, schien entweder die Wirkung des Betäubungsmittels nachzulassen oder der Anblick der züngelnden Flammen weckte in ihnen endlich die Furcht. Gleichzeitig mit den erneut im Takt des Singsangs schlagenden Trommeln fingen einige der Sklaven zu rufen an. Erst ein wenig ungläubig, so als würden sie tatsächlich aus einem Schlaf erwachen und nicht wissen, wo sie waren und wie sie dort hingekommen sind. Dann jedoch mit deutlichem Entsetzen in den Lauten, die mit jedem Schritt des Druiden anschwollen und binnen Augenblicken sich von Angst in blanke Panik steigerten.

Verdammt, fluchte Brianna und konnte den Blick von den Gesichtern im Korb nicht abwenden. *Das Mittel war entweder zu schwach oder ich habe es ihnen zu früh verabreichen lassen.* Dabei meldete sich eine leise Stimme in ihr, die ihr darlegte, dass sie zu einem späteren Zeitpunkt niemals ungesehen dies hätte vollbringen können.

Der Gesang Feidlims steigerte sich in beinahe kreischende Töne, die in Briannas Ohren wie eine Vorwegnahme der Leidensschreie der Opfer klangen; vielleicht sollten sie das sogar. Die Trommeln dröhnten nicht weniger in ihr wider, so als würden die rasenden Herzschläge der zum Tode Verurteilten ihr eigenes so pochen lassen, als würde es gleich aus ihrer Brust springen. Als sie meinte, beides nicht mehr länger ertragen zu können, brachen der Gesang und das Trommeln abrupt ab.

Ein vielfacher Seufzer verriet, dass nicht nur Brianna so gefühlt hatte. Doch rasche Blicke in die Gesichter der Menge offenbarte ihr auch, dass die meisten kein Mitleid empfanden, sondern Angst und Hoffnung zugleich erkennen ließen.

Sie glauben tatsächlich, dass diese Armen dort dazu dienen, ihr Leben zu retten. Und wahrscheinlich danken sie den Göttern, dass sie nicht selbst dort eingepfercht sind.

»So setze ich nun unser bescheidenes Abbild unseres obersten Gottes Taranis in Brand«, erhob Feidlim seine Stimme in einem Ton, der wohl feierlich klingen sollte, doch nichts anderes als grausam klang. »Mögen die Opfer, die wir dir, oh unser Herr und Gebieter, darbringen, deinen Zorn besänftigen. Möge das Fleisch dieser Menschen deinen Hunger nach Anerkennung stillen, ihr Blut deinen Durst nach Gehorsam löschen und ihre Seelen deinen Zorn beschwichtigen … auf dass wir wieder in deiner Gunst stehen und du uns vor den Gefahren schützt, die vor unseren Toren lauern.«

Mit einem letzten entschlossenen Schritt trat er an den Korbriesen heran und setzte die Fackel an eines der Reisigbündel, die die Figur komplett zu dessen *Füßen* umgaben. Augenblicklich loderten kleine Flammen auf, die sich rasch ausbreiteten und einen Feuerring schufen, der die Menschen auf dem Platz einige Schritte zurückweichen ließ. Nachdem der Scheiterhaufen aus gut getrocknetem Holz bestand, fraßen sich die Flammen rasch voran und flackerten mit gierigen Zungen an den Weidenstämmen und Zweigen der Figur empor. Kleine Rauchschwaden stiegen dort auf, wo die Flammen das noch grüne und elastische Geflecht erreichten.

Brianna sah dies – wie sicher auch viele der Anwesenden –, und fragte sich, ob die Feuchtigkeit in den Weiden der Herstellung geschuldet war oder der jetzt offen zu Tage tretenden Gefühllosigkeit des Druiden, der ebenfalls zurückgetreten war und mit nicht weniger brennendem Ausdruck den Fortschritt des Rituals beobachtete. Für einige Augenblicke hoffte die Fürstin, der Qualm aus den Weiden könnte die Opfer ersticken, bevor die Flammen in ihre Körper bissen. Doch dann hatte das Feuer die Kraft erlangt, in der es auch das Geflecht in Brand setzen konnte. Grässliche Schreie wetteiferten mit dem Prasseln und Knistern der Flammen und den harten Schlägen der Trommeln, die nicht in der Lage waren, die Schreie zu übertönen. Unartikulierte Wörter, schaurig von Schmerz und Pein verzerrt, drangen aus den orange und rot flackernden Lohen, die erste Glutpartikel in den Himmel steigen ließen.

Brianna empfand die nun geschlossene Wand aus Flammen als Gnade – ob nun von den Göttern erschaffen oder nicht. Man konnte die Opfer dahinter nicht mehr sehen. Ihre Schreie aber marterten die Fürstin fast so, als leckten die Flammen auch über ihren Körper.

Urplötzlich kam Wind auf und fachte die riesige Fackel an, als hätte Taranis persönlich in das Feuer geblasen.

Feidlim strahlte sichtlich begeistert auf, wie Brianna und auch andere sehen konnten. Einige stießen verhaltene Freudenrufe aus, da sie wohl wie er der Meinung waren, Taranis hätte durch diese Geste ein Zeichen geschickt, dass er das Opfer annahm. Dass Feidlims Begeisterung einem anderen Herrn zukam, ahnte natürlich niemand auf dem Plateau. Brianna hingegen war nun völlig überzeugt, das Feidlim wahnsinnig geworden oder schon immer gewesen war. Sie kochte innerlich vor Wut und Frustration, dass sie dies nicht eher erkannt und noch zu Lebzeiten Alarics den Druiden gemeinsam davongejagt hatten. Jetzt schien sie nicht mehr über diese Macht zu verfügen.

Innerhalb von Augenblicken verstummten die Schreie und nur das helle Lodern der Flammen in der hereinbrechenden Nacht erzeugte Geräusche, die nichts mit einem gemütlichen und wärmenden Feuer an kalten Abenden zu tun hatten. Jedes Knistern und Prasseln der Flammen grub sich in Herz und Gehirn der Umstehenden. Und der Gestank nach verbranntem Fleisch zog mit jeder Böe über alle hinweg und biss scharf und ekelhaft in Nasen und offen stehende Münder.

Brianna verharrte unter Aufbringung ihrer letzten Kraft und eisernen Beherrschung so lange – und gezwungenermaßen alle anderen ebenso –, bis der Korbriese in sich zusammensackte. Dann drehte sie sich wortlos um und schritt ihrem Fürstensitz entgegen. Erst jetzt legte sie die unsichtbare Mauer ab, die sie nicht viel länger hätte aufrechterhalten können. Tränen schossen ihr aus den Augen und hätte Evelyn sie nicht geführt, hätte sie den Weg in ihr Haus wohl verfehlt. Dort angekommen, warf sie sich auf ihr Bett und wehrte die zaghaften Versuche ihrer Zofen ab, die ihr Trost spenden wollten.

»Geht … geht alle! Lasst mich allein!« Das Wort hallte in ihr nach und Alarics Gesicht verschwamm vor ihren nassen Augen. Sie versuchte es deutlicher werden zu lassen und wischte sich eine Träne nach der anderen ab. Doch immer dann, wenn sie glaubte, ihn besser sehen zu können, verschwand er wieder in neuen salzigen Strömen. So lag sie lange auf ihrem Lager und beinahe wäre sie eingeschlafen, da schob sich wieder ein anderes Gesicht hervor; ein wenig jünger als Alaric …

Arwed.

Kapitel XXVII
Diener ihres Herrn

»Wie weit ist es noch, Druide?« Wolfried musterte unwillig das Dickicht des Waldes, den sie durchquerten und sah hinter jedem Baum den Schatten eines Feindes.

»Nicht mehr weit, mein Freund«, antwortete ihm Feidlim und mühte sich, seinem Pferd die Richtung vorzugeben. Entweder spürte es die vor ihnen liegende Gefahr oder die ungeschickten und wenig rücksichtsvollen Hackentritte des Druiden waren nicht dazu angetan, es den beinahe unsichtbaren Pfad nehmen zu lassen, den er selbst nur wenige Male beschritten hatte.

»Das hast du schon drei Mal behauptet«, protestierte der Krieger und legte seine Hand erneut auf den Knauf seines Schwertes. »Ich kann nicht zu lange fernbleiben. Brianna wünscht sich von mir den Ausbau der Mauern, wie du weißt. Ich kann diese Aufgabe nicht allein Cedric überlassen. Er hat ohnehin gestaunt, als ich ihm eröffnete, mit dir die Stadt und den Berg zu verlassen.« Innerlich musste er zugeben, dass er selbst auch noch darüber verwundert war. »Und du brauchst dieses Zeug …«

»Misteln und Eibenrinde«, warf Feidlim ein.

»… wirklich, um Yashar zu heilen?«

»Ja.«

»Und warum hast du davon keinen Vorrat in deinem Haus?«

»Weil diese Zutaten frisch sein müssen, sonst wirken sie nicht«, antwortete Feidlim und gab seinem Pferd einen kräftigen Schlag auf den Hals, als es nicht dorthin ging, wohin er wollte. »Auch das sagte ich dir bereits, Wolfried.« Der Druide drehte sich halb herum und warf seinem einzigen Begleitschutz einen Blick zu, der diesen noch misstrauischer werden ließ.

»Wir hätten doch ein paar Männer mitnehmen sollen«, sagte Wolfried und musterte den immer dichter werdenden Wald, der wohl noch nie das Schlagen einer Axt gehört hatte. »Die Gegend hier gefällt mir nicht. Und sollten wir auf Germanen … oder Schlimmeres stoßen, haben wir keine Chance.«

Feidlim drehte sich vollends herum.

»Du hast Angst.«

Ja, vielleicht habe ich die, dachte Wolfried und blickte wieder abwechselnd nach links und rechts.

»*Du* wolltest doch keine Männer mitnehmen, Krieger«, entgegnete Feidlim und wandte sich wieder in ihre Marschrichtung.

»Wie hätte ich es denn der Fürstin oder Cedric erklären sollen, dass wir mit einem Trupp ausreiten, nur um ein paar Zutaten für deinen Heiltrank zu holen? Außerdem dachte ich nicht, dass wir weit reiten müssten.«

Feidlim antwortete nicht, sondern sah, dass ihr Weg nun bald so schmal sein würde, dass sie mit der Schlepptrage und dem darauf festgeschnallten Yashar nicht mehr weiterkommen würden.

»Wir müssen ihn auf sein Pferd binden und die Trage zurücklassen«, sprach er, nur wenig den Kopf zur Seite gedreht, dann hielt er an. »Am besten zurren wir ihn gleich hier fest, wo wir uns noch bewegen können. Weiter vorn wird der Weg zu verschlungen.« Sein spöttischer Blick auf Wolfrieds Körpermasse ließ diesen wütend erröten.

»Und ausgerechnet dort müssen wir hin?«

»Die Götter verstecken mitunter ihre Gaben«, antwortete Feidlim ohne große Überzeugung. Mittlerweile waren sie dem Ziel schon so nahe, dass der Druide selbst seine innere Anspannung nur noch schwer verbergen konnte.

Wortlos wuchtete sich Wolfried von seinem Reittier und ging auf Yashars Pferd zu, das zwischen ihren eigenen die Trage zog. Mit raschen Griffen löste er die Seile, die den wachen, aber immer noch verwirrt blickenden Krieger an die Trage gefesselt hatten und sprach auf den Liegenden ein.

»Ich verstehe zwar nicht, warum wir dich in diese Wildnis mitschleppen müssen. Aber alles, was dich wieder gesunden lässt, soll mir recht sein, mein Freund.«

Wolfried wartete einen Moment, bevor er dem Verletzten aufhalf, so als würde er mit Yashars Widerstand rechnen, doch der ließ alles apathisch über sich ergehen.

»Komm, steig auf dein Pferd, Krieger!«, sagte Wolfried und nahm eine Hand Yashars und führte diese an die Mähne des Pferdes. Kaum hatte Yashar sich dort verkrallt, schienen alte Gepflogenheiten in ihm zu erwachen und mit einer überraschend flüssigen Bewegung saß der Krieger auf.

»Gut, mein Freund. Du erinnerst dich«, freute sich Wolfried und blickte Yashar in die Augen. Dort allerdings war kein Gefühl zu erkennen, kein Wahrnehmen der Umgebung oder seiner Begleiter. Wolfried klopfte Yashar auf einen Schenkel. »Wird schon werden … Feidlim hilft dir ins Leben zurück.«

Er konnte nicht ahnen, dass die Pläne des Druiden ganz anders aussahen … auch für ihn.

»Ich glaube, es ist nicht nötig, Yashar anzubinden. Er scheint sich an sein Pferd und das Reiten zu erinnern«, rief Wolfried dem ein wenig vorausreitenden

Druiden hinterher. Dabei warf er einen Blick auf die doppelschneidige Axt, die er an einer Schlaufe an Yashars Pferd befestigt hatte.

Vielleicht erinnerst du dich auch an den Gebrauch deiner Lieblingswaffe, dachte er und saß dann auf seinem Tier auf. *Es könnte nicht schaden, sollten wir auf Feinde stoßen.*

Und wieder ahnte Wolfried nicht, dass der Feind, auf den sie treffen würden, nicht an ihrem Tod interessiert war. Ganz im Gegenteil …

Sie waren fast eine Stunde in einem verwirrenden Zickzack durch einen Wald geritten, der Wolfried wie ein Irrgarten vorkam. Alles war miteinander verwoben und verschachtelt: umgestürzte Bäume, halb vermodert und von Moosen und schmierigen Schwämmen bedeckt, bildeten ein Chaos, das zunehmend düsterer wurde. Blumen oder farbig leuchtende Blüten hatte er schon lange nicht mehr gesehen, geschweige denn Tiere. Kein Laut war zu hören, außer den dumpfen Schritten ihrer Reittiere und ihrem eigenen Schnaufen. Alle drei hoben und senkten heftig ihre Oberkörper, so als würde die Luft in diesem Wald dicker und schlechter werden. Ihre Pferde schnaubten und gaben immer öfter ein leises und ängstliches Wiehern von sich. Weder Feidlim noch Wolfried hatten Bedarf an einer Unterhaltung, wenn auch aus unterschiedlichen Gründen. Jeder war mit seinen Gedanken beschäftigt und Wolfried wagte nicht daran zu denken, was in Yashars Kopf vorging.

Als hinter einer besonders engen Kurve ihres Pfades, der längst einem überwachsenen Tunnel glich, sich das Geflecht aus herabhängenden Ästen, Zweigen und bräunlich wirkendem Blattwerk öffnete, atmeten Mensch und Tier auf.

Feidlim ritt einige Pferdelängen vor Wolfried, der natürlich den Abschluss bildete. Als der Druide anhielt und Yashars Pferd – aus welchem Grund auch immer – auf dessen linke Seite schwenkte, sah Wolfried, dass sich der Körper Yashars in ein Stück Holz zu verwandeln schien. Er selbst hatte schon längst seine Hand wieder auf den Schwertknauf gelegt und zog nun die Klinge mit rascher Bewegung heraus. Dann ritt er auf die rechte Seite des Druiden …

… und sah am gegenüberliegenden Ende der Lichtung eine Gestalt stehen.

Kein Germane.

Kein Tougener.

Kein Schwarzer Reiter.

»Meister!«, sagte Feidlim und Wolfried gefror das Blut in den Adern.

Der Keltenkrieger wusste sofort, mit wem er es zu tun hatte und mit raschen Blicken suchte er die Lichtung nach Schwarzen Reitern ab. Aber da waren nur sie drei und die Gestalt.

Mahiman.

Wolfrieds Blick saugte sich förmlich am Anblick des Schwarzen Druiden fest. Dass er damit schon verloren hatte, fühlte er vielleicht tief in seinen Eingeweiden, wissen konnte er es nicht. Noch nicht. Mit aller Kraft versuchte er sich vom Anblick der züngelnden Flammenaugen zu lösen und schaffte es sogar. Vielleicht war die Entfernung schuld daran. Doch dann fiel sein Blick auf das Gewand des Finsteren und dessen geheimnisvolle Symbole und Runen. Sie schienen ihn zu rufen, ihn mit klebrigen Fingern zu berühren, ihn in ein Gespinst zu weben, wie eine Spinne die Fliege in ihrem Netz.

Aus den Augenwinkeln glaubte Wolfried zu erkennen, wie Yashar zitterte … und Feidlim frohlockte!

Noch einmal hörte er dessen Begrüßung:

»Meister!«

»Verräter«, stieß dafür er hervor und konnte nicht wissen, dass dies das letzte Wort war, das er für alle Zeiten sprechen würde. Er dachte in diesem Moment aber nicht an eine Zukunft, sondern an seinen Tod. Vorbei mit den hochfliegenden Plänen Brianna in eine Ehe zu zwingen, Fürst zu werden und alle Feinde zu vernichten.

Nun stand ihm der Schlimmste von allen gegenüber und hatte ein süffisantes Lächeln im Gesicht, das strahlend und ohne Makel unter der Kapuze hervorleuchtete, als wäre er ein Gott und nicht der Schwarze Druide. Überhaupt verblüffte Wolfried die Schönheit des Gesichtes und die dunkle Eleganz der blauschwarzen Kutte, die flammendgelbe Zeichen trug. Augenblicklich unterlag er ihrem dunklen Zauber, ohne es zu bemerken. Je länger er sie betrachtete, desto mehr war er davon überzeugt, dass sie nicht fest aufgenäht oder sonstwie dort aufgetragen waren, sondern sich bewegten, veränderten, sich hierhin und dorthin schlängelten wie das giftige Gewürm, das Menosgada vor kurzem heimgesucht hatte.

Dann fiel es ihm wie Schuppen von den Augen. Die Schlangen waren keine Strafe der Götter gewesen, sondern ein Angriff Mahimans. Und dass Feidlim ihn in die Arme des Seelenfressers getrieben hatte, ließ in innerlich aufbrodeln wie ein heißer Geysir. Wieder wollte er den Druiden des Verrates bezichtigen, doch seine Lippen und Stimmbänder versagten ihm den Dienst.

Verräter!

Nur zu diesem Gedanken war er noch fähig. Eine unsichtbare Decke aus Blei schien auf seinem Körper und seiner Seele zu lasten, schwerer werdend mit jedem Schritt, den Mahiman nun langsam auf ihn zuging.

Kapitel XXVIII
Raiks Karte

Die Stimmung in der Tougener-Siedlung unterschied sich nur wenig von der auf Menosgada, aber das wussten weder die einen noch die anderen.

Der Trupp, der Alaric und Yashar hätte zurück nach Menosgada begleiten sollen, war irgendwo in der Wildnis dem Ansturm zweier Schwarzer Reiter erlegen. Der einzige Krieger, der es zurückgeschafft hatte, starb an seinen Verletzungen, kurz nach den wenigen Sätzen, die er noch hatte berichten können. Demnach war Alaric an der Seite seines letzten Gefolgsmannes Yashar und allen Tougenern gefallen. Dass dies nicht ganz der Wahrheit entsprach, konnte niemand ahnen. Leider funktionierte die spezielle *Befragung* der Weißen Druidin nicht bei einem Mann, der tot war.

Raik und Elfrun waren sich fast sicher, dass auch dieser Mann den Reitern nicht entkommen wäre, hätten sie darauf Wert gelegt. Angst und Schrecken unter den Tougenern zu verbreiten, war ihrer Meinung nach der einzige Grund, warum der Krieger sich hatte nach Hause schleppen dürfen.

Und es funktionierte.

Das vernichtete Fischerdorf, die abgeschlachteten Menschen und dieser letzte Überfall hatten die meisten Tougener förmlich gelähmt. Der Fürst und seine Druidin überlegten seit vielen Wochen, was sie tun konnten. Die Handlanger Mahimans drangen offensichtlich immer öfter und vor allem immer tiefer ins Gebiet der Tougener ein. Ein erneuter Kontaktversuch zu den Menosgadern erschien daher den beiden im Augenblick als wenig sinnvoll.

»Wir müssen zunächst wissen, wo sich dieses finstere Pack versteckt hält, Elfrun«, sagte Raik nicht zum ersten Mal und beugte sich über eine Landkarte, die zum Wertvollsten zählte, was er und sein Stamm besaßen. »Nur ein massiver Angriff auf das Loch, in dem der Schwarze Druide haust, kann dieser Pein ein Ende setzen«, fuhr er fort.

Dass Mahiman sein Verlies längst verlassen hatte, entzog sich natürlich ihrer Kenntnis.

»Leider wissen wir noch nicht, wie wir ihn vernichten können, mein Fürst«, gab Elfrun zu bedenken. »Wüsste ich es, hätte ich ihn schon damals angegriffen.« Sie machte ein mehr als säuerliches Gesicht. »Auch wenn du … wir ihn mit allen verfügbaren Kriegern – meinetwegen auch mit Hilfe der Menosgader – angreifen, so ist dies keine Garantie dafür, dass wir ihn besiegen können. Eher unser aller Untergang.«

»Also meinst du, wir sollten nichts unternehmen?«

»Doch … seinen Unterschlupf in Erfahrung bringen, alle Menschen von dort in Sicherheit schaffen. Und in der Zwischenzeit überlegen, welche Falle wir ihm stellen könnten.«

»Eine Falle?« Elfrun sah ihrem Fürsten an, dass ihm die Idee nicht schmeckte. »Ich bin für einen offenen Kampf …«, erwiderte er und wollte ausführen, wie er sich diesen vorstellte, stockte aber, als ihm klar wurde, dass er eben noch keine Ahnung hatte, wie er ihn führen sollte. Raik machte ein so frustriertes Gesicht, dass sich Elfrun die Frage schenkte und sich beide wieder über die Karte beugten.

Sie bestand aus einer alten Rinderhaut, die sorgfältig gegerbt und geglättet worden war, zu einer Zeit, als er noch nicht einmal geboren war. Die Zeichnungen und wenigen Wörter darauf waren so fein ausgeführt worden, dass Raik sich fragte, wer heute aus seinem Stamm auch nur annähernd dazu in der Lage wäre, so eine Arbeit zu vollbringen. Von ihm selbst völlig abgesehen. Mit Ehrfurcht und Staunen fuhr er immer wieder die Linien nach. Dann tippte er auf eine Stelle, die eindeutig die Stadt auf den Berg kennzeichnete.

»Menosgada …«, sagte er grübelnd und betrachtete den Fluss zu Füßen der Stadt. »Wenn Alaric die Überlieferung richtig geschildert hat, müssen seine Vorfahren die Stadt nicht nur aus strategischen Gründen oder wegen des Flusses als Wasserversorgung und Transportweg dort errichtet haben. Auch andere Erhebungen in der Gegend und entlang des Flusses hätten sich dafür angeboten. Es muss einen besonderen Grund gegeben haben, sie ausgerechnet dort zu errichten.«

»Er sagte etwas davon«, erinnerte Elfrun sich, »dass sich die Menosgader als Wächter über den Hort des Schwarzen Druiden verstehen. Sie konnten ihn nicht töten, doch einsperren. Aber wo?« Sie beugte sich tiefer über die Karte und konzentrierte sich auf die Berge. »Alaric sprach weder von einer Burg oder einem von Menschen erbauten Gefängnis, sondern davon, dass einer seiner Ahnen den Seelenfresser *in* einem Berg eingeschlossen hätte. Also fallen Gebäude auf den Bergen und kleinere Hügel schon mal weg. Es muss ein Berg sein, der groß genug für Höhlen ist, die als Verlies dienen können … und der genügend bewegbares Material besaß, um es zu verschließen.«

Raik nickte und konnte Elfruns Gedankenkette nur zustimmen. »Seine Schilderung berichtete auch davon, dass die Schwarzen Reiter dann auftauchen, wenn Mahiman wieder erwacht ist, aus welchem Schlaf auch immer.«

Der Tougener-Fürst wusste natürlich von Bären und anderen Tieren, die Winterschlaf hielten. Aber einen Menschen, der Jahrzehnte oder gar ein ganzes Jahrhundert schlafen konnte, ohne zu verrotten, wollte sein Verstand nicht akzeptieren. Dass vor ihm eine Frau stand, die zwar nicht ganz so lange wie der Seelenfresser lebte, aber doch deutlich länger als jeder andere Mensch, den er kannte, klammerte er unbewusst aus.

Mahiman ist kein Mensch. Vielleicht war er auch nie einer, durchfuhr ihn eine Ermahnung, die er immer wieder zu vergessen schien. *Ich darf ihn nicht als Mensch betrachten. Er ist ein Wesen der Finsternis, die Dunkelheit selbst.*

Er richtete seine Aufmerksamkeit wieder auf die Eintragungen und blieb an den Windungen des Flusses Menos hängen, die das Tal durchzogen.

»Alaric hatte, wenn ich mich recht entsinne, beiläufig erwähnt, dass es auch weit flussauf- und -abwärts keine einzige Brücke gibt. Sehr ungewöhnlich. Irgendwie müssen die Bauern, Holzfäller, Köhler und Händler ihre Waren doch über den Fluss bringen. Und für einen Sprung, selbst mit dem stärksten Pferd, ist der Fluss zu breit …«, grübelte er und hatte plötzlich einen Schwarzen Reiter vor Augen, der am Fluss stand. Raik spürte, dass er einer wichtigen Sache auf der Spur war, konnte aber nicht erkennen, was sie sein sollte.

»Es gibt sicherlich einige Furten, durch die Wagen fahren und Pferde, ohne schwimmen zu müssen, übersetzen können«, erwiderte Elfrun und suchte auf der Karte nach entsprechenden Markierungen. Tatsächlich fand sie sehr rasch eine, die nicht weit entfernt lag.

Raik hörte ihr nur mit halber Aufmerksamkeit zu. Er marterte sein Gehirn immer wieder mit den gleichen Wörtern.

Der Fluss ... keine Brücken ... Schwarze Reiter ...

Dann schien sein Geist wieder in die Realität zurückzufinden. »Kann es so einfach sein?«, fragte er, mehr zu sich selbst.

»Was sollte einfach sein?«

»Das Wasser.« Raiks Miene war eine Mischung aus Erstaunen und Ärger. Denn wenn seine Vermutung zutraf, fielen ihm mehr als genug Dinge ein, die ihnen Chancen ermöglichten, Mahiman zu vernichten. Sein Ärger erwuchs aus der Frage, warum noch kein anderer auf die Idee gekommen war. *Nein, so einfach wird es nicht sein,* dachte er. Trotzdem sprach er die Frage aus.

»Kann es sein, dass die Schwarzen Reiter Wasser meiden? Dass sie den Fluss, selbst bei niedrigstem Stand, nicht durchreiten *können?*« Sein Gesicht trug plötzlich eine Hoffnung, die er lange vermisst hatte. »Und kann es sein, dass auch der Seelenfresser Wasser verabscheut? Es ihm womöglich … zusetzen kann?« Das Wort *vernichten* traute er sich nicht auszusprechen, so als könne es dann seine erhoffte Wirkung verlieren.

»Einfach nur *Wasser*?« Elfrun richtete sich auf und sah Raik an. Doch ihr Blick schien durch ihn hindurch zu gehen, unsichtbare Dinge, ferne Orte und andere Zeiten zu erfassen. »Ich entkam damals einem Schwarzen Reiter, weil ich mich in einen Fjord gestürzt hatte«, erinnerte sie sich. »Aber zwei Männer verfolgten mich …«

»Ich kenne deine Geschichte, Elfrun. Doch diese beiden waren keine Schwarzen Reiter, wie du sehr wohl weißt. Sie mögen sich dem Seelenfresser unterworfen haben, *aber sie waren keine* Schwarzen Reiter.«

»Das ist noch kein Beweis, dass deine Vermutung der Wahrheit entspricht, mein Fürst. Der Schwarze Reiter damals wusste wohl, dass ich den beiden nicht entkommen konnte.«

»Womit sich noch eine Frage ergibt: Woher kommen diese Reiter? Erschafft er sie einfach durch finsteren Zauber? Dann könnte er vielleicht eine Vielzahl von ihnen erschaffen.«

»Aber wir kennen nur Berichte von einem oder nun zweien …«, grübelte Elfrun und wieder tauchten ihr Blick und Verstand in die Vergangenheit. Ihre blauen Augen nahmen das kalte Glitzern ferner eisbedeckter Berge an und Raik glaubte für einen Moment einen frostigen Hauch zu spüren. Dann fand sie zu ihm zurück und blickte ihn geradewegs an. »Auch damals gab es nur wenige von ihnen. Wie viele kann ich nicht sagen. Aber den Berichten nach können es nicht Massen gewesen sein. Also braucht er irgendein … Rohmaterial, um sie zu formen.«

»Gefolgsleute … besonderer Art. Denn menschliche Anhänger scheinen nicht sein Problem zu sein. Er muss bestimmte Qualitäten bei ihnen finden, vermute ich.«

Elfrun nickte.

»Schlechte Charaktere … Brutalität … krankhaften Ehrgeiz … Rücksichtslosigkeit.«

»All das gibt es bei vielen Männern«, warf Raik ein und schüttelte den Kopf. »Das allein ergäbe schon Kandidaten für eine ganze Armee.«

»Blanke Bosheit und mehr als einen Hang zur Grausamkeit.«

Nun nickte Raik und beide ahnten nicht, dass sie die Beschreibung eines Mannes gefunden hatten, der sich damit als idealer Anwärter für Mahiman darstellte.

»Also wäre das Gefolge aus Schwarzen Reitern immer eine … überschaubare Anzahl«, brachte Fürst Raik das Thema wieder in konkretere Bahnen. »Vielleicht gelingt es uns, einen einzelnen von ihnen dorthin zu locken, wo wir ihn mit Wasser konfrontieren könnten. Allerdings müssten wir dazu einen erst Mal finden.«

Elfrun trug plötzlich ein seltsames Lächeln im Gesicht. »Ich weiß, wie ich einen finden kann, ohne auch nur einen einzigen unserer Krieger auszusenden oder in Gefahr zu bringen, mein Fürst. Ich bereite mich vor und würde vorschlagen, dass du inzwischen mit unseren Kriegern einen Ort aussuchst, der für einen Versuch geeignet wäre. Einen nassen Ort.«

Dann trat sie durch die Tür des Fürstensitzes und ließ Raik mit seiner Karte allein.

Kapitel XXIX
Der Seelenfresser: Luft

Elfrun wusste, dass ihr Körper sich noch in ihrem Haus in der Tougener-Siedlung befand, bewacht von zweien der zuverlässigsten Krieger Raiks. Doch das Gefühl, tatsächlich selbst zu fliegen und nicht nur als Geist und Gast eines Falken, war überwältigend und ließ sie den Körper des Tieres wie ihren eigenen erachten.

Ich würde das nur zu gerne öfter tun, wenn es nur nicht so anstrengend wäre, dachte sie und genoss das federleichte Gleiten in der klaren Luft. *Und wenn der Trunk aus Bilsenkraut, Mandragora und anderen ekelhaften Zutaten nicht so fürchterlich schmecken würde.*

Sie *freute* sich schon jetzt auf den Moment, wenn sie ihren Geist von dem des Tieres lösen und ihn wieder in ihren eigenen Körper zurückfinden ließ. Sie würde sich minutenlang in Krämpfen winden und natürlich erbrechen müssen. Auch wenn sie vorher wenig oder nichts gegessen hatte, genügten allein der Würgereiz und die Krämpfe, um aus ihrem Magen einen schmerzenden Knoten zu formen, der sich erst Stunden danach wieder erholen würde. Anschließend würde sie essen, als hätte sie mehrere Tage nichts zu sich genommen. Das war wenigstens noch der angenehme Teil daran.

Die Druidin konnte dem Tier leider nur so viel Freiheit lassen, wie es zum Fliegen benötigte. Sicher wäre der Falke nicht dorthin geflogen, wohin sie wollte. Elfrun bewunderte das Tier dafür, dass es sich in die Luft erheben konnte. Und dass es dabei auch in großen Höhen einen scharfen Blick besaß, der sie jeden Grashalm überdeutlich wahrnehmen ließ.

Ein weiterer Grund, auf diese Weise nach dem zu suchen, was sich am Boden nur schwer entdecken lässt, dachte sie und richtete die Augen des Falken auf den Teil des Flusses Menos, der an das Tougener-Gebiet grenzte. Sein ruhig fließendes Wasser blitzte immer wieder aus dem Wald hervor, durch den er floss. *An dicht bewachsenen Stellen werden auch die Falkenaugen versagen. Aber irgendwo muss ich ja beginnen ...*

Elfrun wusste nicht, wie viele Stunden sie bereits im Körper des Falken verbracht hatte. Anhand des Sonnenstandes musste es aber fast die Hälfte des Tages gewesen sein. Natürlich konnte sie nicht die ganze Zeit mit dem Tier in der Luft verbringen. Sie war gezwungen gewesen, seinen Bedürfnissen Rechnung zu tragen. Also hatte sie den Falken auch jagen und danach ein wenig ruhen lassen.

Es war ein seltsames Gefühl, mit ihm die Krallen in einen Hasen zu schlagen, mit der Last nach oben zu steigen und an einer sicheren Stelle zu landen, nur um sofort den Körper mit dem Schnabel aufzureißen ... und zu fressen. Sie hatte versucht, sich ein wenig zurückzuziehen und teilweise war es ihr auch gelungen. Doch es verhinderte nicht, dass sie mit dem Falken rohes Fleisch und Blut roch, Organe zerriss und hinunterschlang. Das eigentlich befremdliche daran war, dass es ihr wirklich *schmeckte.* Sie hatte die Befürchtung, dass, je länger sie in seinem Körper verblieb, sein Geist mit ihrem Verschmelzen würde und sie bei noch längerem Aufenthalt Schwierigkeiten bekommen würde, sich wieder von ihm lösen zu können.

Also zwang sie ihn in die Luft, kaum dass er seine – *ihre* – Mahlzeit beendet und sich kurz ausgeruht hatte. Ein wenig kam es ihr vor, als würde er mit weniger Ansporn und Eleganz in die Höhe steigen. *Du bist satt und würdest jetzt wohl lieber in deinen Horst fliegen,* schickte sie ihm einen verständnisvollen Gedanken und erntete dafür nur dumpfen Widerstand, den sie aber mit Leichtigkeit zurückdrängen konnte. *Noch nicht, mein Guter, ich brauche dich noch.*

Sie überwanden rasch die Höhe der umliegenden Hügel und einiger kleinerer Berge und zunächst wusste Elfrun nicht, wo sie mit ihrer Suche fortfahren sollte. Auch die Stunden zuvor hatten eher dem Stochern im Heuhaufen geglichen. *Ich muss planvoller vorgehen,* ermahnte sie sich und ließ den Falken in großer Höhe kreisen. Natürlich kannte sie die ganze Gegend mehr oder minder gut und auch die Route ihrer Flucht aus dem Land ihres Stammes bis hierher hatte sie noch deutlich in Erinnerung. Das alles half ihr aber bei der Suche nach den Schwarzen Reitern nicht im Geringsten.

Was hatte Alaric berichtet? Seine Ahnen haben Menosgada auch deswegen genau auf dem Tafelberg errichtet, um über Mahimans Verlies zu wachen? Kurz entschlossen *lenkte* sie den Falken in die Richtung und warf dabei einen Blick auf die Sonne. *Kurz nach Mittag ...*

Nur wenig später sah sie Menosgada unter ihr aufragen. Sie hielt sich nicht lange mit einer Betrachtung der befestigten Stadt auf, obwohl es sie reizte, mehr über deren Bewohner herauszufinden. Sie ließ den Falken in größere Höhe steigen und erneut kreisen. Der Menos schlängelte sich in leichten Windungen durch das Tal und etliche Hügel in unmittelbarer Nähe flog sie ab, nur um sie gleich wieder als mögliche Ziele zu verwerfen.

Zu flach ... zu sanft in ihren Ausformungen ... zu weit entfernt ...

Gerade als ihr dieser Gedanke kam, fiel ihr geschärfter Blick auf den Berg fast genau gegenüber Menosgadas. Auf der anderen Seite des Flusses. Sie kannte den Namen der Erhebung nicht, aber sie hatte sofort das Gefühl, auf der richtigen Spur zu sein.

Direkt gegenüber ... also immer im Blick der Menosgader. Ein wenig niedriger als der Tafelberg, aber mit tiefen Einschnitten ein einigen Stellen. Als hätte ein Gott den Berg zusammenbrechen lassen ... mit Mahiman darunter?

Sie zwang den Falken in eine weite Kurve, um den Berg von allen Seiten in Augenschein nehmen zu können. Aber schon nach einem Drittel der Umkreisung sah sie etwas, was zu den jüngsten Ereignissen zu passen schien. An einer steileren Flanke des Berges war Geröll abgegangen und hatte eine große Halde gebildet. Dem fehlenden Gras und Bewuchs nach zu schließen auch erst vor kurzer Zeit.

Das allein ist noch lange kein Beweis. Aber es könnte ein Hinweis sein, dass er dort gewesen war*! Denn die Schwarzen Reiter sind nur dann eine Plage, wenn er erwacht ist ... und wenn er erwacht ist, dürfte er kaum dort drin bleiben wollen.*

Sie besah sich die Halde genau und ließ den Falken enge Kreise ziehen und dabei langsam sinken.

Verdorbenes Gras und Büsche rund um die Halde. Kein einziges grünes Blatt mehr an den Bäumen, nur noch graue Erde und tote Tiere. Das ist sein Werk, nicht das der Natur!

Sie stieg wieder höher und versuchte sich nicht von Einzelheiten ablenken zu lassen. Die Geröllhalde fächerte in einem großen Bogen aus und die verseuchte

Landschaft bildete einen schrecklichen Saum aus toten Pflanzen und Getier. Doch dann fiel ihr auf, dass sich das dreckig graue Land an einer Stelle fortsetzte, in einem unnatürlichen Winkel abzweigte und sich in einer leicht gewundenen Bahn aus Tod und Verderben in eine Richtung erstreckte, die niemals mit der Sturzbewegung von Geröll erklärt werden könnte.

Der Weg des Seelenfressers, dachte sie und spürte göttliche Energie durch den Leib des Falken vibrieren und sie mit hellwachen Sinnen der Spur folgen. *Er wendet sich nicht in Richtung des Flusses. Menosgada scheint zumindest heute nicht sein Ziel zu sein. Wohin – im Namen der Götter – will er?*

Die Sonne stand schon deutlich niedriger und es würde nur noch wenige Stunden Tageslicht herrschen.

Tut mir leid, mein gefiederter Freund, ich brauche dich noch ein wenig.

Das Licht würde in weniger als einer Stunde schwinden und dunkle Wolken am Horizont kündeten von nächtlichem Regen. Elfrun wollte schon enttäuscht aufgeben, als sie eine Bewegung am Boden wahrnahm, die ein Mensch aus der gleichen Position wohl niemals bemerkt hätte. Und auch sie hätte sie wohl ohne die Augen des Falken nicht entdeckt.

Sie ließ den Raubvogel eine Kehre machen und verringerte die Geschwindigkeit soweit es ging. Dunkle Schatten bewegten sich am Boden und unwillkürlich misstraute sie dem Bild, das sich ihr bot.

Aber deine Augen lügen nicht, mein Freund, dachte sie und konzentrierte sich auf die Gruppe von dunklen Schemen, die in einer geraden Reihe voran glitten. Denn anders konnte sie die Art der Fortbewegung nicht benennen. Elfrun ließ den Falken ein wenig niedriger fliegen, bereute es aber sofort, als sie in den

Schatten der Hügel geriet, deren schwarz wirkende Bäume das abnehmende Licht aufzusaugen schienen, wie ein Ertrinkender den letzten Tropfen Wasser. Trotzdem konnte sie nun erkennen, was sich dort mit allen Anzeichen von Stärke und Macht bewegte.

Sieben dunkle Schatten, dachte sie.

Sie ließ ihren Falken noch tiefer sinken. Und bekam die dumpfe Ahnung, was sich da unter ihr vorarbeitete, bestätigt.

Sechs Schwarze Reiter ... und er, der Seelenfresser! Der in der Mitte muss *Mahiman sein. Sein Gewand ist zwar dunkel, aber keine wandelnde Finsternis wie seine Begleiter.*

Kaum hatte sie den Gedanken gefasst, spürte sie, wie der Falke in seinen Bewegungen Fehler erkennen ließ.

Bist du zu müde, mein Freund? Habe ich dich zu lange in Anspruch genommen?

Doch dann fühlte sie die Flügel zittern, als wären sie ihre eigenen Muskeln. Der innere Widerstand des Tieres, den sie bisher so leicht hatte eindämmen können, schien aufzulodern, wie ein Feuer, in das man staubtrockenes Reisig warf. Gleichzeitig griff eine unsichtbare Hand nach ihr, versuchte ihre Seele zu packen und in eiserne Klauen zu zwingen. Elfrun erschrak und hätte beinahe die Kontrolle über den Falken verloren. Im allerletzten Moment konnte sie den Raubvogel beruhigen und steil in die Höhe steigen lassen. Sie wusste, dass sie damit seine schwindenden Kräfte unverantwortlich verbrauchte. Doch sie fühlte auch, dass sie am Rande des Unterganges flog, sowohl des Tieres, als auch ihres eigenen.

Mahiman hat mich entdeckt! Sein dunkler Verstand hat sich nicht vom Anblick eines scheinbar harmlosen Vogels täuschen lassen.

Sie atmete auf, als sich das Tier wieder sicher und elegant, aber erkennbar geschwächt, in die Lüfte erhob und sie es Kurs auf die Tougener-Siedlung nehmen ließ.

Das war knapp. So einen Fehler darf ich mir nie wieder erlauben!

»Und du bist dir sicher, dass *er* es war?« Raik schauderte, als er ein stummes Nicken von Elfrun als Antwort erhielt und ballte die Fäuste. »Deine Künste sind erstaunlich, weiße Frau«, sagte er bewundernd und hatte doch den Klang von kommendem Leid in seiner Stimme. »Nun hast du die Chance auf deine so lang entbehrte Rache. Ich werde alles dafür tun, um dir danach ein erfreulicheres Leben zu ermöglichen.«

Elfrun lächelte und wusste längst, dass Raik sie heimlich liebte. Doch genauso wusste sie, dass sie ihn nicht liebte und die Götter für sie ohnehin andere Pläne hatten.

»Odin gewährte mir nicht nur diese besondere Gabe, mein Fürst. Er gab mir auch die Zeit, so lange zu leben, bis ich Mahiman zur Strecke gebracht habe.«

»Und dann?«, fragte Raik und ahnte, dass ihm die Antwort nicht gefallen würde.

»Dann muss ich der Zeit, die ich erhielt, meinen Tribut zollen. Wenn Mahiman tot ist … sterbe ich … endlich.«

Kapitel XXX
Berserker

»Du bist so still, mein Freund«, sagte Thoralf und musterte den neben ihm reitenden Arwed, der seit Stunden nur dann spärliche Worte von sich gegeben hatte, wenn es darum ging, ihnen den Weg zu weisen. »Du denkst an diese Keltenfürstin.«

Arwed, nun wieder in seiner gewohnten Kleidung, samt Harnisch, Schild und Schwert der Krieger, der er in Wahrheit war, antwortete nicht sofort, nickte zunächst nur. Dann schüttelte er den Kopf.

»Ja und nein, mein König.« Er blickte zu Thoralf und deutete dann mit einem Daumen auf die Schar Krieger, die ihnen in Zweierreihen folgten und aufmerksam die Umgebung beobachteten, obwohl sie mehr als ein halbes Dutzend Späher weit um sich herum ausgeschickt hatten. »Was erhoffst du dir mit dieser kleinen Truppe? Wir sind – die Kundschafter eingeschlossen – keine 50 Mann. Ich hatte dir berichtet, dass die Menosgader fast 300 Männer unter Waffen halten …«

Nun war es Thoralf, der nickte. »Das habe ich nicht vergessen, mein Freund. Aber ich werde meine Männer nicht gegen einen Gegner führen, der vielleicht gar kein Gegner ist. Sondern mich auf den konzentrieren, der weitaus gefährlicher ist.«

»Du meinst den Schwarzen Druiden.«

»Ja, *er* ist das Hauptziel … aber er ist nicht mein *erstes* Ziel, Arwed. Dieser keltische Druide könnte eine Schlüsselfigur sein. Wenn wir ihn zur Strecke bringen, wird das deiner Keltenfürstin sicher nicht unangenehm sein, nach allem, was du mir von ihr und ihm berichtet hast.«

»Du hoffst auf ein Bündnis mit den Menosgadern?

Ich dachte, dir wäre an der Eroberung der Stadt gelegen, mein König.«

»Hmm… dann hast du mich nicht verstanden, als ich dir von meinem Großvater und den Svear erzählt habe, Arwed. Sie gingen zwar ein Bündnis ein, aber sie konnten den Seelenfresser nicht vernichten. Der Svear-König … und mein Großvater starben durch die Hand Mahimans. Und diese Schande will und darf ich nicht an meinen Sohn weiterreichen. Es ist *meine* Aufgabe, diesen Makel von meiner Familie und meinem Volk zu nehmen. Dies ist *mein* Weg nach Walhall. Ich würde mich schämen, ohne den Kopf Mahimans in den Händen vor Odins Tür zu treten.«

Arwed spürte die tief sitzende Wut des Mannes neben ihm. Er mochte Thoralf, da dieser nicht der brutale Schläger war, wie andere Könige und Fürsten, die er kannte. Was nicht bedeuten sollte, dass Thoralf im Kampf kein tödlicher Gegner wäre. Arwed hatte seinen König oft genug in der Schlacht erlebt und konnte sich keinen besseren Mann an seiner Seite vorstellen. Vielleicht noch Ulf, den Schädelspalter. Doch der neigte dazu, rücksichtslos vorzugehen und achtete mitunter zu wenig auf seine Mitkämpfer. Thoralf war hier umsichtiger.

»Der Druide Feidlim hat sich während meines Aufenthaltes oft aus der Stadt entfernt«, überlegte Arwed. »Angeblich auf der Suche nach Heilkräutern, die er ständig frisch benötigte, um wirkungsvolle Tränke und Salben zu mischen.« Er sah Thoralf nicht an, sondern deutete vage in den Wald, der sich vor ihnen erfreulich licht bewachsen erstreckte. »Wenn wir ein wenig Glück haben und dazu Geduld zeigen - was nicht unbedingt unsere größte Stärke ist, wie du weißt, mein König -, dann könnten wir ihn irgendwo dort in der Nähe des Flusses Menos schnappen.«

Thoralf lächelte. »Das war auch mein Gedanke.« Er hob die linke Hand und klopfte damit Arwed auf die Schulter. »Wir müssen diesem Druiden ja nicht gleich den Hals durchschneiden, auch wenn dich das genauso zu reizen scheint, wie mich. Aber vielleicht kann er uns auf die Spur dieser Schwarzen Reiter führen.«

»Die somit dein *zweites* Ziel darstellen«, stellte Arwed fest. »Du willst den Schwarzen Druiden am Ende ohne einen Schutzwall aus Kriegern bekämpfen.«

»So ist mein Plan.«

Arwed verkniff sich die Frage, ob Thoralf auch eine Vorstellung davon hatte, *wie* er den Seelenfresser vernichten wollte. Nach all dem, was er vernommen hatte, war dies bisher Vertretern und Heeren aus drei Völkern nicht gelungen. Wieder verfiel er in wortloses Brüten und achtete nur wenig auf ihren Weg.

Zwei Mal waren Kundschafter fast pünktlich zu den vereinbarten Zeitpunkten aus ihren Flanken erschienen und hatten keine besonderen Vorkommnisse oder Entdeckungen melden können. Thoralf dankte ihnen und schickte sie jeweils mit einem weiteren Mann, und dem Befehl als Paare die Sicherung zu übernehmen, wieder aus. Bei einem Kontakt sollte einer der Späher möglichst ungesehen den Feind im Auge behalten und der zweite dem Haupttrupp Bericht erstatten.

»Der Späher vor uns hätte eigentlich längst auftauchen sollen.« Arwed blickte sorgenvoll nach vorne.

Vor über einer Stunde hatten sie den Fluss erreicht und waren ihm mehr oder weniger im Lauf gefolgt. Sie befanden sich auf der nordwestlichen Seite des Menos und Arwed versuchte die Landmarken zu finden, die er sich eingeprägt hatte. Er wollte die einzige

Furt nicht verpassen, die in seinen Augen die Grenze zwischen dem Gebiet der Tougener und dem südlicher gelegenen der Menosgader bildete. Ob diese Grenze von beiden Keltenstämmen gleichermaßen gezogen und beachtet wurde, konnte er natürlich nur vermuten.

»Wir sollten zwei Männer nach dem Späher aussenden«, begann er und seine bisherige Nachdenklichkeit schien sich verflüchtigt zu haben, wie Nebel bei aufkommendem Wind. Arwed wollte noch etwas hinzufügen und warf einen Blick auf die Krieger hinter sich, als Thoralf auflachte und nach vorn deutete.

»Nicht nötig, mein Freund, hier ist …« Die Stimme des Königs brach unvermittelt ab und Arwed drehte sich sofort wieder nach vorne.

Der Wald war auch an dieser Stelle von hellen Lichtstrahlen durchflutet, weil die Bäume wenig dicht beieinander standen und auch der Bewuchs am Boden spärlich war. Ein sicheres Zeichen für viel Wild in diesem Teil, das sich an den Sprösslingen schadlos hielt. Doch trotz der guten Sichtverhältnisse sahen sie den Späher wie durch einen Schleier auf sie zureiten. Als hätte ihn eine Aschewolke eingehüllt, die durch die seltsam verlangsamten Bewegungen von Mann und Pferd wie zäher Brei aufquoll und nur ab und zu einen klareren Blick auf den Krieger erlaubten.

Arwed und Thoralf sahen gleichermaßen das entsetzte Gesicht des Spähers, der sich bemühte, sein Reittier noch mehr anzutreiben, dabei aber selbst in seinen Bewegungen gehemmt war, so als würde er unter einer schweren Last leiden.

Beide stießen einen Warnruf aus und das hässliche Schleifen aus Scheiden gezogener Schwerter kündete vom sofortigen Reagieren ihres Gefolges. Auch ohne dass Thoralf einen Befehl geben musste, schwenkten die Germanen nach beiden Seiten aus und bildeten eine Angriffslinie. Doch noch zeigte sich kein Feind.

»Es ist Gunnar«, stieß Arwed hervor und kniff die Augen zusammen. »Was ist das für ein Rauch hinter ihm … über ihm …?«

»Er brennt!«, meinte Thoralf, konnte aber keine Flammen entdecken.

Plötzlich bäumte sich Gunnar auf, als hätte ihn ein Schlag in den Rücken getroffen und alle Germanen sahen mit Entsetzen, wie die Augen des Spähers aus dem Schädel zu springen drohten. Der Mann öffnete den Mund zu einem Schrei, doch anstelle eines Lautes schoss Blut hervor und besudelte den Kopf des Pferdes, dessen Augen wild rollende Kugeln waren. Jetzt sahen die Krieger, dass dem Tier Schaum aus dem Maul troff, schleimige Spritzer mit roten Sprenkeln durchsetzt nach beiden Seiten davonflogen und beinahe augenblicklich von dem dunkler werdenden Qualm verschluckt wurden, der direkt hinter Ross und Reiter wogte.

Gunnar sackte nach vorn, stetig Blut aus dem Mund verlierend, beide Hände im Todeskampf in die Mähne seines Pferdes gekrallt. Der Braune machte noch drei, vier Sprünge, dann brach auch er zusammen.

Und gab den Blick frei auf das, was Tier und Mann getötet hatte.

Schwarze Reiter.

Die Germanen strengten ihre Augen an und konnten trotz des hellen Tageslichtes anfangs nur eine Masse aus wirbelnden Schwaden, fliegenden Hufen und dunklen Wesen wahrnehmen, die in vollem Galopp auf sie zustürmten. Erst als die schwarzen Rösser über den Späher und sein Pferd sprangen, löste sich die Wolke in einzelne Reiter auf.

Es waren sechs.

Arwed hielt, wie alle Germanen, längst Schild und

Schwert bereit und versuchte, den schweren Stein auf seiner Brust zu ignorieren, der ihn zu erdrücken drohte.

»Haltet die Reihe!«, rief Thoralf neben ihm und schien unter keinem Berg zu leiden. »Vorwärts!«

Die Germanen stießen die Hacken in die Seiten ihrer Tiere, die wie von einer Sehne geschnellt nach vorn schossen. Allem Anschein nach war es auch ihnen lieber, die Hufe zu heben, als dem Schrecken stehend zu begegnen. Beide Seiten rasten nun aufeinander zu, die Germanen mit lauten Kriegsrufen. Die Schwarzen Reiter stumm und finster.

Plötzlich flammten die Waffen der dunklen Horde auf wie lodernde Fackeln. Arwed sah Schwerter und Äxte züngelndes Feuer verbreiten und glaubte schon die Hitze zu spüren, obwohl noch mehrere Pferdelängen Abstand zwischen den Gegnern waren.

Doch dann waren sie heran. Klingen stießen auf Feuer, Äxte auf glühende Eisen, blonde Recken auf schwarze Krieger.

Arwed stieg Brandgeruch in die Nase, beißend und ekelerregend. Augenblicklich tränten ihm die Augen und seine Zunge meldete die Geschmäcker von verkohltem Fleisch, Leder und Haar. Er blinzelte und spukte aus, doch sein Mund war von einem Moment zum anderen trocken wie die Wüste. Er hob seinen Schild, als eine Lohe auf ihn herabstürzte, so dicht und heiß, dass er nicht erkennen konnte, welche Waffe sie verbarg. Sein Schildarm erhielt einen Schlag, als würde Odin selbst gegen ihn kämpfen. Mit aller Kraft stieß er sein Schwert nach vorn und spürte, dass er einen Körper getroffen hatte. Er riss die Klinge zurück und drängte sein Pferd vorwärts und hoffte dabei, dass das Tier dem Druck seiner Schenkel folgte, anstelle zu fliehen. Ohne einen Augenblick zu zögern, holte er aus und senkte im letzten Augenblick nur wenig seinen Schild, um die Spitze seiner Klinge knapp darüber dem Feind entgegen zu stoßen. Wieder fühlte er, dass er nicht ins Leere gezielt hatte. Doch immer noch zeigte sich sein Gegner unbeeindruckt gegenüber der Treffer, die einen normalen Mann getötet oder zumindest schwer verletzt hätten.

Sein Pferd schnaubte heftig, als es mit dem schwarzen Ross zusammenstieß, neuer Geruch nach verbranntem Haar die Luft erfüllte und Mensch und Tier fast den Atem raubten.

So halten wir nicht lange durch, dachte Arwed und wehrte mit seinem Schwert den feurigen Schlag eines anderen Feindes ab, der sich herangedrängt hatte, ungeachtet der Tatsache, dass Arwed mit dem Schwarzen Reiter vor sich mehr als genug zu tun hatte. Einem inneren Warnsignal folgend, riss Arwed ruckartig an den Zügeln seines Pferdes, das sich sofort aufbäumte und mit den Vorderhufen in der rauchgeschwängerten Luft blind um sich schlug. Arwed hatte Mühe sich im Sattel zu halten, vor allem deswegen, weil die Hufe mit dumpfen Schlägen auf Schädel und Hals des Tieres vor und unter ihm trafen. Der Germane glaubte Wirbel und Knochen brechen zu hören, doch der Feind wich nicht zurück.

Unmöglich!, schoss es ihm durch den Kopf. *Selbst der mächtigste Zauber muss doch an nicht mehr funktionierenden Gliedern und Knochen versagen.*

Um sich herum hörte er von Schmerz erfüllte Schreie, wiehernde Pferde und splitternde Schilde den Wald erfüllen. Das Knistern brennender Bäume und Büsche mischte sich mit dem grässlichen Klang auf Fleisch und Knochen treffender Äxte und Schwerter. Arwed hob Schild und Waffe, trieb Schneide und

Spitze in alles, was schwarz war und stank. Hackte auf Schädel ein, die aus nichts anderem als finsterer Bosheit zu bestehen schienen …

... und dann nahm er nichts mehr wahr.

Arwed war nur noch ein Bündel aus blanker Kraft, ohne Sinn und Verstand. Ein mordendes Wesen, dem sein eigenes Leben egal zu sein schien. Seine Muskeln taten ihre Arbeit, seine Sehnen spannten sich und ließen Arm und Waffe wild zuckend Tod verbreiten. Sein Hals war wund von den Schreien, die er ausstieß und selbst nicht hören konnte. Seine Kehle schien mit Sand gefüllt zu sein und seine Augen brannten nicht weniger als die flammenden Klingen seiner Gegner. Die anderen Germanen taten es ihm gleich, einer wie der andere. Es war ein fürchterliches Gemetzel und der Boden des Waldes färbte sich rot …

Mitten im Kampf traf Arwed ein fürchterlicher Schlag, der ihm den Schild aus der Linken riss. Ohne zu zögern packte er seine Klinge mit beiden Händen und drosch sie dem Schwarzen Reiter auf den Kopf. Er *sah*, dass sein Schwert den Schädel des Gegners spaltete und hob die Klinge wieder an. Doch dann schloss sich die tiefe Wunde wie von Zauberhand und glühende Augen - mit schrecklichem Leben erfüllt - schienen ihn zu verspotten.

Arwed tauchte wie aus einem Traum auf und konnte den Anblick nicht begreifen. Stattdessen vernahmen seine Ohren, dass der Kampflärm nachgelassen hatte. Nur noch wenige Klingen schienen sich zu kreuzen. Dafür hörte er umso mehr Stöhnen und Ächzen verletzter und sterbender Männer und Tiere.

Wieder parierte er einen Hieb mit seinem Schwert und beinahe hätte ihm die Wucht des Schlages den Arm taub werden lassen. Der Schwarze Krieger fegte mit seiner doppelschneidigen Axt, die eine auffällige

Spitze zwischen den Schneiden besaß, so knapp über Arweds Kopf, dass es ihm den Helm herabriss.

Ich habe diese Axt schon einmal gesehen, dachte er und taumelte zurück, da sich sein Pferd plötzlich drehte und aufbäumte. Der Schwarze Krieger nutzte seine Chance und trieb seine Axt mit mörderischem Schwung und knisterndem Feuer tief in die Brust des Tieres. Es schrie auf und machte einen letzten unkontrollierten Sprung, der aber noch im Ansatz steckenblieb und es zusammenbrechen ließ.

Arwed stürzte rücklings vom Pferd und klatschte in die ruhigen Fluten des Flusses, von dem er gar nicht gewusst hatte, dass er diesem so nahe gekommen war. Wasser spritzte auf und traf das Pferd des Schwarzen Reiters und dessen Beine. Zischend stoben weiße Schwaden auf und zum ersten Mal in der Schlacht schrie ein Vertreter der dunklen Seite vor Schmerzen auf. Doch Arwed hörte den Schrei nicht, da er mit dem Kopf unter Wasser geraten war und damit zu kämpfen hatte, mit Harnisch und seinem Schwert, das er immer noch in der verkrampften Rechten hielt, nicht unterzugehen. Plötzlich schienen Tonnengewichte an ihm zu zerren. Seine Beine fühlten sich an als hätte man ihm zwei Ambosse an die Füße gebunden. Sein Brustpanzer und die nasse Kleidung zogen ihn unerbittlich in die Tiefe. Dabei war der Fluss, so viel er von den Menosgadern gehört hatte, weder besonders tief, noch an dieser Stelle auch nur annähernd reißend. Trotzdem sah er sich schon als seltsam geformten Flusskiesel am Grund liegen und den Fischen als Strömungsschutz und Nahrung dienen.

Als sein Rücken tatsächlich auf dem Grund aufschlug, war dies ein Signal an seine letzten Kraftreserven. Er ließ das Schwert sinken und fingerte im trüben Halbdunkel des Wassers mit klammen Händen an den

Verschlüssen seines Harnischs.

Ich muss nach oben! Wenn ich zu lange brauche, ertrinke ich.

Eine Schließe nach der anderen ließ sich öffnen. Doch die letzte weigerte sich oder seine zunehmend steifer werdenden Finger waren zu ungeschickt, den Verschluss zu öffnen. Seine Lunge schrie nach Luft, seine Muskeln brannten vor Anstrengung. Erschöpfung und die Kälte des Wassers setzten ihm genauso zu, als wären es Schläge eines Schwarzen Reiters. Dann endlich löste sich der Harnisch und Arwed drehte sich im Wasser. Mit beiden Händen tastete er im aufgewühlten Schlamm und fand sein Schwert gerade dann, als er glaubte, er könne keinen einzigen Augenblick mehr unter Wasser bleiben. Er stieß sich mit beiden Beinen am Grund ab und ruderte mit der freien Hand im Wasser. Die Gewichte an seinen Beinen erschienen ihm wie böse Geister, die ihn in ihr Reich ziehen wollten …

Dann brach sein Kopf durch die Wellen und er riss den Mund auf. Er sog die Luft ein wie Götternektar. Alles in ihm schrie nach Ruhe und Entspannung.

Die Schwarzen Reiter ... sie werden mich töten, während ich versuche mich ans Ufer zu schleppen ...

Entweder war es die mittlerweile tiefer stehende Sonne, die ihm ihr Licht verweigerte oder die Erschöpfung, die ihn nahe an der Bewusstlosigkeit im Wasser zittern ließ und ihm den Blick trübte. Mit vorsichtigen Bewegungen arbeitete er sich an das Ufer heran, das leider nur wenige Pflanzen hatte, die ihm als Deckung dienen konnten. Arwed wagte es, den Kopf ganz aus dem Wasser zu heben, was ihm schwer fiel, weil das Schwert ihn behinderte und er seine Kräfte rapide schwinden fühlte.

Es ist niemand zu sehen ... weder Freund noch

Feind. Bin ich zu weit abgetrieben worden?

Er verhielt einen Moment im Wasser und lauschte.

Nichts außer dem ein wenig entfernt klingenden Knistern brennender Bäume drang an seine Ohren. Er griff mit der freien Hand nach der Wurzel eines kleinen Strauches und zog sich vorsichtig aus dem Wasser. Der Strauch trug fleischige Blätter und ihm unbekannte Beeren. Allerdings besaß er auch spitze Stacheln, die ihn ins Fleisch stachen, als er sich an einem der Zweige vollends aus dem Wasser ziehen wollte. Der Schmerz verschaffte ihm kurzzeitig einen Schub an neuer Energie, es musste der letzte spärliche Rest sein, über den sein Körper noch verfügte. Also schleppte er sich aus dem Wasser, blieb nach Luft ringend liegen und hoffte, dass sein lautes Atmen keinen Feind herbeirief.

Dann schob er den Zweig beiseite, der ihm die Sicht auf das Schlachtfeld versperrte …

Erst glaubte er seinen Augen nicht, dann verstand er.

Ich bin am östlichen Ufer ...

Als sein Verstand endlich erfasste, dass ihm keine unmittelbare Gefahr drohte, fiel sein Körper in sich zusammen wie ein nasser Sack. Nur einen Wimpernschlag später umfing Arwed die Nacht, die sich auch über den Wald senkte.

Kapitel XXXI
Einer von 50

Eine feuchte Nase und ein neugieriges Schnüffeln dicht vor seinem Gesicht weckten Arwed. Dünne Lichtstrahlen fielen wie lautlose Speere durch das Blattwerk der Bäume und verkündeten den neuen Tag. All seine Instinkte rieten ihm, sich aufzurichten und davonzulaufen. Doch seine Glieder beharrten darauf, sich wie dicke Stangen aus Blei zu verhalten. Er öffnete ein Auge und sah gerade noch einen stacheligen Panzer davonhuschen.

»Īgull, mein Freund«, murmelte er und hatte augenblicklich das trügerische Gefühl, in Sicherheit zu sein. Arwed mochte die kleinen Kerle, auch wenn er ihr Verhalten, sich bei der geringsten Bedrohung in eine Kugel zu verwandeln, nicht begrüßte. Aber ihr beständiger Hunger, ganz besonders nach Insekten, Würmern und kleinen Schlangen, machten sie ihm einfach sympathisch. Er konnte nicht ahnen, dass sie damit auf seiner Seite standen, wenn auch als die kleinsten Verbündeten. »Wenn du hier so sorglos herumspazierst«, stöhnte er rau, »dann kann ich es wohl wagen, mich aufzurichten.« Er zog Glied um Glied an und schaffte es schließlich in eine kniende Haltung.

»Ich bin am östlichen Ufer des Menos«, wiederholte er krächzend seinen letzten Gedanken, so als bräuchte sein Gehirn einen Punkt, an dem es fortfahren konnte.

Mit seiner Linken stützte er seinen Oberkörper ab, während die andere nach seiner Klinge fingerte, die direkt neben ihm lag. Dabei wandte er Kopf und Blick so weit im Halbkreis, wie es ihm seine verspannten Nackenmuskeln erlaubten. Nichts regte sich im Wald außer dem kleinen Igel, der offensichtlich etwas Nahrhaftes gefunden hatte und etwa zwanzig Schritte von ihm entfernt genüsslich schmatzte.

Arwed richtete sich vollends auf, drehte sich um und spähte in den Wald. Aber weder dort noch am anderen Ufer des Flusses zeigte sich eine Gefahr, weder menschlich, tierisch noch … finster. Er sah an sich herab und konnte nicht glauben, dass er völlig unverletzt war. Erschöpft, aber ohne Wunden. Dann blickte er zum Menos.

Wir kamen von flussaufwärts und ich bin sicher ein Stück abgetrieben worden. Wenn ich noch Kameraden finden will, muss ich zurückgehen, auch wenn ich am anderen Ufer bin. Und vorerst bleibe …

Irgendwie hatte er die vage Empfindung, auf dieser Seite geschützter zu sein. Trotzdem ging er die paar Schritte zurück ans Ufer, legte sich nieder und schöpfte mit der freien Hand Wasser. Er trank mehrmals und jeder einzelne Tropfen erschien ihm wie göttlicher Met. Das Kratzen im Hals nahm ab und auch der Schmerz ließ nach einigem vorsichtigen Räuspern nach. Dann machte er sich mit wachen Augen und Ohren auf den Weg. Mit jedem Schritt hatte er das Gefühl, dass ihm seine Muskeln mehr und mehr gehorchten, auch wenn alles in ihm nach einer längeren Erholung schrie.

Es kann nicht weit sein, denn sonst wäre ich ertrunken

Bald darauf sah er auf der anderen Flussseite das erste Anzeichen der Schlacht. Es war ein totes Pferd, dessen Kopf nahe dem Ufer nur zwei Schritte vom Körper entfernt im Moos lag. Eine Wolke aus Fliegen stimmte an den beiden Wundflächen ein hässliches Gesumme an, das ihn anwiderte. Die Augen des Tieres waren geplatzt, möglicherweise aufgrund des verbrannten Kopfes, der nur noch an der Form als der eines Pferdes zu erkennen war. Arwed blieb stehen und musterte den angrenzenden Ufersaum. Er sah menschliche Leichen und schrecklich zugerichtete Kadaver von Pferden.

Keine Schwarzen Reiter, weder tot noch lebendig.

Wir haben die Schlacht verloren, gab er die unvermeidliche Wahrheit vor sich selbst zu. *Nicht einen Gegner konnten wir vernichten.*

Das Bild des halbierten Schädels des Schwarzen Reiters stand deutlicher vor ihm, als während der Schlacht. Der Rauch und seine rot verschleierte Raserei hatten seine Sicht beeinträchtigt. Womöglich hatte ihn nur seine ungezügelte Wut überleben lassen.

Berserker nennen uns andere Völker, dachte er frustriert und voller Selbstironie. *Und trotzdem liegt dort drüben kein einziger toter Feind.*

Arweds Blick schweifte über die Walstatt, soweit es ihm von dieser Seite aus möglich war und suchte gleichermaßen nach Anzeichen von Gegnern wie nach Verwundeten. Ihm fuhr ein Schauer über den Rücken, als ihm der Gedanke kam, er könnte der einzige Überlebende sein.

Seine schmerzenden Muskeln ignorierend, schob er sein Schwert auf den Rücken zwischen Körper und Kleidung, weil er seine Schwertscheide im Kampf verloren hatte. Dann tastete er sich mit den Füßen vorsichtig ins Wasser und registrierte nur beiläufig, dass der Fluss aufgrund einer Biegung nur behäbig floss. Das kalte Wasser kühlte seinen Körper auf angenehme Weise, erinnerte ihn aber auch deutlich daran, dass er keine Zeit verlieren durfte, wollte er einen Wadenkrampf oder ähnliche Reaktionen vermeiden. Mit raschen und kontrollierten Zügen schwamm er schräg hinüber und versuchte erst gar nicht, gegen die mäßige Strömung anzukämpfen.

Er war ungefähr in der Mitte des Flusses angelangt, als er ein nicht weit entferntes Stöhnen zu hören glaubte. Arwed schwamm schneller, und zog sich nach wenigen Zügen ächzend aus dem Wasser und ergriff sofort sein Schwert.

»Heiaah!«, rief er. »Wo bist du, Freund?«

»Hier …«, kam es halb links von ihm.

Arwed schritt eilends in die Richtung, nicht jedoch ohne den Wald im Auge zu behalten. Nach wenigen Schritten fand er Ulf, der rücklings auf dem Boden lag und sich nicht mehr aufrichten zu können schien. Das Schwert des Schädelspalters lag außerhalb dessen Reichweite, trotzdem versuchte Ulf es mit ausgestrecktem Arm zu erreichen. Jedes Mal, wenn er seine Hand näher an die Klinge bringen wollte, und seinen Oberkörper anspannte, entrang sich dem riesigen Mann das Stöhnen, das Arwed gehört hatte. Arwed vermutete sofort, dass Ulf sich das Rückgrat gebrochen hatte. Noch einmal blickte er sich um, dann kniete er nieder und legte seine freie Hand auf die tastenden Finger seines Stammesbruders.

»Lass es sein, mein Freund«, sagte er ruhig und suchte den Blick des unheilbar Verletzten. »Es ist kein Feind mehr da, der deine Klinge schmecken könnte.« Arwed vermied zu erwähnen, dass Ulf die Waffe nie wieder schwingen würde.

Plötzlich ruckte Ulfs Kopf zu ihm herum und der Krieger stieß ein abgehacktes Lachen hervor. »Das Pack ist weg und ich habe mindestens zweien davon die Gedärme aus den Bäuchen geschnitten, Arwed. Aber das dreckige Mistzeug schloss sich wieder, kaum dass ich meine Klinge aus ihren Leibern zog.«

Er hustete Blut und schien auch fürchterliche Schmerzen zu haben, trotzdem verzog sich sein Mund zu einem grauenvollen Lächeln. »Es war ein guter Kampf. Wir brauchen uns dessen nicht zu schämen.« Dann hörte er auf, nach seinem Schwert zu tasten. »Nimm es, mein Freund!«, forderte er Arwed auf.

Der nickte nur, erhob sich und nahm es in die Linke. Als er es Ulf reichen wollte, schüttelte dieser den Kopf. »Nein, leg es mir auf den Leib … nachdem du mich getötet hast.«

Arwed öffnete den Mund zu einem Protest. Doch seine Vernunft, noch mehr der Ausdruck in Ulfs Gesicht, verrieten ihm, dass sie beide keine andere Wahl hatten, wollten sie Ulf nicht einen langsamen Tod erleiden lassen oder wehrlos dem Wild des Waldes aussetzen. An einen Transport – an welchen Ort auch immer – oder gar eine Heilung war ohnehin nicht zu denken. Beide wussten dies.

»Wie …?«

»Ins Herz, mein Freund«, sagte Ulf sofort. »Weder eine zerschnittene Kehle noch ein abgetrennter Kopf sollen meine Ankunft in Walhall beflecken«, fuhr er fort. »Außerdem sollen die Walküren gleich sehen, was ich für ein hübscher Kerl bin.« Sein Versuch zu lachen, endete in einem angestrengten Husten und dunkles Blut tropfte von seinen Lippen. »Mach schon, mein Freund!«, stieß er mit kaum noch hörbarer Stimme hervor.

Arwed nickte und steckte sein eigenes Schwert leicht in den Waldboden. Dann setzte er die Spitze von Ulfs Schwert an dessen Herz. »Es tut mir leid, mein Freund. Möge Odin dich mit einem vollen Horn Met begrüßen.« Er hielt inne und sah, wie direkt unter der Spitze sich Ulfs Herz heftig bewegte. »Möchtest du noch etwas sagen?«

»Nur, dass ich dir zu Dank verpflichtet bin, Arwed. Das erste Horn werde ich auf dein Wohl leeren. Mögen noch viele Jahre vergehen, bis ich dich in Walhall begrüßen kann.« Dann nickte er und Arwed stieß mit Kraft die Klinge ins Herz seines Freundes.

»Halt mir einen Platz an deiner Seite frei, Ulf, Schädelspalter«, sagte er leise. Dann legte er Ulfs Schwert auf dessen Brust und führte beide Hände des Toten an den Griff. Er warf noch einen Blick auf ihn, dann nahm er sein Schwert und begann, den Kampfplatz nach weiteren Verletzten abzusuchen. Arwed war sich allerdings so gut wie sicher, dass er keinen mehr finden würde.

Kapitel XXXII
Der Schlund

Mit stiller Genugtuung beobachtete Mahiman, wie sich das Laub der Bäume verfärbte, während er und seine Begleiter an ihnen vorbeiritten. Auch die Gräser und Moose zu ihren Füßen ringelten sich ein und gaben nach kürzester Zeit ein kränkliches Bild ab. Die Finsternis, die sein Herz erfüllte und in Gestalt seiner Schwarzen Reiter ein martialisches Pendant gefunden hatte, wälzte sich wie ein vernichtender Lavastrom über die Landschaft. Es war dem dunklen Druiden egal, dass diese Schneise auch eine Spur darstellte und seinen Feinden den Weg zu ihm weisen konnte.

Sollen sie doch kommen, grinste er in sich hinein und sog den aufkommenden Geruch nach abgestorbenen Pflanzen in sich auf, als gäbe es nicht Besseres auf der Welt. *Je mehr sich mir stellen, desto mehr Seelen kann ich in mich aufnehmen. Je mehr Blut fließt und schmerzerfüllte Schreie an meine Ohren dringen, desto stärker wird meine Macht werden.*

Er hob eine Hand und sandte eine Kostprobe seiner Kräfte an eine eng beieinander stehende Gruppe von Fichten. Augenblicklich knarrten und ächzten die Stämme, als hätte sie ein riesiger Schraubstock umfangen. Gnadenlos ließ Mahiman unsichtbare Energie aus seiner Hand strömen und grinste noch breiter, als immer mehr Nadeln herabrieselten, als wären ihre Besitzer ausgetrocknete morsche Ruinen und keine noch jungen Bäume. Wahre Schauer von Nadeln regneten herab und waren schon braun, bevor sie den Boden berührten. Mahiman lächelte und zog die Hand zurück. Zwei der Stämme waren so geschwächt, dass sie umstürzten, kaum dass die unsichtbare Klammer seiner Macht sie aus seinem Griff entließ.

Dann erinnerte er sich an den Vogel, der ihm vor kurzem aufgefallen war. Nicht das Tier an sich, sondern die Anwesenheit einer anderen Stärke, einer hellen Kraft, die vage von dem Falken ausgegangen war, hatte seine Aufmerksamkeit erregt. Mehr aus Neugier als aus Vorsicht, hatte er nach dem Vogel gegriffen und sofort Gegenwehr erfahren, was ihn mehr als überrascht hatte.

Ich kenne nur noch eine Macht, die über solche Künste verfügt, sann er vor sich hin und warf einen Blick über sich. *Nein, nicht ihr Versager dort oben im Himmel,* spottete er und lachte verhalten auf, als er an die Menschen dachte, die zu Göttern beteten, die seiner Meinung nach schwach und unentschlossen waren.

Ich hingegen weiß, was ich will. Und vor allem weiß ich, wie ich es mir holen kann.

Trotzdem klang in ihm das Echo dieses Kontaktes nach, der eine Schwingung getragen hatte, an die er sich zu erinnern glaubte. Er grübelte darüber nach, konnte aber den Fetzen nicht fassen, der tief in seinem Gedächtnis ein Katz- und Mausspiel mit ihm zu treiben schien.

Feidlim hat zwar von anderen Druiden in der Gegend berichtet, doch keiner von ihnen scheint von mir zu wissen oder damit zu rechnen, dass ich wieder erwacht bin ... Gut so!

Wieder lachte er und hielt sich einen seiner makellosen Arme vor Augen, die noch vor einigen Monaten nur aus Knochen und verdorrten Sehnen bestanden hatten.

Jetzt ziert frisches Fleisch und neue Kraft meinen Körper. Noch zwei, drei vernichtete Dörfer und Siedlungen und ich verfüge wieder über meine alten

Kräfte. Noch so eine Schlacht wie mit diesen germanischen Dummköpfen und ich bin in der Lage, die weiche Schutzschicht auf meiner Haut in einen undurchdringlichen Panzer zu verwandeln.

Als er den Ort sah, der ihr Ziel darstellte, zügelte er sein Pferd und augenblicklich folgten die Schwarzen Reiter seinem Beispiel. *Einen Panzer, wie du einen besitzt, mein Freund ...*

Mahiman saß ab und ging mit langsamen Schritten auf eine markante Stelle zu. Eine Gruppe von Felsen bildete einen lückenlosen Kreis, der auf den ersten Blick wie zufällig angeordnet wirkte. Doch der Schwarze Druide wusste es besser. Auch Menschen hätten diesen Kreis formen können. Doch die hätten Lücken dazwischen gelassen, um in die Mitte des Ringes treten und dort Versammlungen und heilige Rituale abhalten zu können.

Ich werde auch ein Ritual veranstalten, dachte er. Seine Augen funkelten dabei böse und die nur wenig glimmenden Flammen darin loderten ein wenig auf. Nur werde ich niemanden begraben und in diesen geheimen Schlund werfen. Ganz im Gegenteil ...

Der Kreis hatte einen Durchmesser von etwas mehr als drei Pferdelängen. Mahiman ging auf den Steinwall zu und registrierte nur nebenbei, dass der Bewuchs darum verdorrte und zusammenschrumpfte. Mit einer lässigen Bewegung seiner Rechten zog er einen Halbkreis in die Luft und die ärmlichen Reste der verdorbenen Pflanzen zerfielen zu kleinen Krümeln und grauer Asche.

Gerade groß genug für dich, mein Freund, dachte der Schwarze Druide und schritt einen kaum wahrnehmbaren Pfad empor, der einem Menschen auch dann nicht aufgefallen wäre, hätte er direkt davor gestanden. Als er den höchsten Punkt des Steinwalls erreicht hatte, zögerte er einen Moment, als er sah, was sich im Inneren des Walls angesammelt hatte. Aber nur einen Moment.

Wasser.

Mahiman verzog angewidert den Mund und verzichtete auf einen suchenden Blick in die Umgebung. Er wusste, dass sich weder ein Bach noch ein Fluss in der Nähe befanden. Es konnte nur Regenwasser sein, das mit der Zeit einen Tümpel gebildet hatte, der abgestanden und faulig roch. Die Oberfläche war mit allerlei Pflanzenresten bedeckt, die der Wind oder Tiere hierher gebracht haben mochten, denn auch die Kadaver von Nagern und eines jungen Rehes ragten aus der verrottenden Schicht heraus. Offensichtlich hatten sie die glatteren Innenwände des Steinwalls nicht mehr überwinden können und waren schließlich an Hunger und Entkräftung verendet.

Der Seelenfresser schlug die Säume seines Umhanges zurück und streckte beide Hände zu einer Stelle auf der anderen Seite des Walls. Mit halb geschlossenen Augen murmelte er eine ähnliche Beschwörung wie die, mit der er seine Gruft gesprengt hatte. Es dauerte nicht lange und einer der Felsen auf der gegenüberliegenden Seite knirschte vernehmlich. Mahiman brauchte sich nicht besonders anzustrengen. Der Stein war deutlich kleiner als der Fels vor seinem ehemaligen Verlies. Mit einem wohl dosierten Stoß ruckte der Fels eine Handbreit nach hinten und augenblicklich senkte sich der Wasserspiegel.

Zwei der sechs Schwarzen Reiter wichen nach links und rechts aus, als sich die trübe Brühe aus dem Kreis in die Freiheit ergoss und nur wenige Schritte weiter an mehreren Stellen im Boden versickerte.

Dich hätte diese Pfütze nicht gestört, mein Freund,

grummelte Mahiman stumm und wartete ungeduldig ab, bis nur noch nasser Algenschleim am Grund des Steinkreises zu sehen war. *Aber ich will nicht, dass du in deiner Wiedersehensfreude uns versehentlich bespritzt.*

Dann konzentrierte er sich auf die Bodenschichten unter dem Rest des Tümpels und schickte einen winzigen Teil seiner dunklen Energie hinein. Weiter, immer weiter.

Deine Gruft liegt viel tiefer als meine. Dein Schlaf währt nun tausend Jahre und niemand wird sich noch deiner erinnern ... außer mir. Mahimans geistige Fühler erstreckten sich wie Spinnenfäden durch Erdreich und Gestein, durch Spalten dünner als ein Haar und verschlungener als die filigransten Triebe winziger Flechten. *Wie tief unter der Erde hast du dich niedergelegt?,* drängte sich ihm gerade dann die Frage auf, als er auf einen wohlbekannten Geist stieß. Fast nicht wahrnehmbar, weil Körper und Geist in einem so tiefen Schlummer lagen, der den Winterschlaf von Bären wie ein nervöses Zucken erscheinen ließ.

»Die Zeit des Ruhens ist vorbei, mein Freund. Ich brauche dich hier oben«, murmelte Mahiman und ließ noch mehr dunkle Kräfte in die Tiefe strömen.

Wie dünne Adern, die sich aufblähen, wenn frisches Blut durch sie pulst, verstärkte der Schwarze Druide die Fäden seiner unsichtbaren Fühler. Erdreich wurde verdrängt und kleinere Steine wichen auseinander, als seine dunkle Macht sie zur Seite presste. Fingerdicke Spalten wurden zu gekrümmten Schächten und enge Hohlräume weiteten sich zu offenen Kammern, durch die ein Kind hätte kriechen können. Doch dieser Erfolg war nur der Anfang. Mahiman schloss nun seine Augen und sprach eine Formel, die kein Mensch je zuvor vernommen und auch seine Lippen nur einmal verlassen hatte. Er konzentrierte sich auf den genauen Wortlaut und fühlte, dass es unter ihm rumorte und bebte. Er spreizte ein wenig seine Beine um einen sicheren Stand zu bekommen, doch gleichzeitig wusste er, dass die Erde sich noch viel heftiger aufbäumen würde, wenn *er* beginnen würde, nach oben zu kriechen.

Mahimans Energieströme waren nun die Verlängerung seiner Arme und Hände. Er krallte seine magischen Finger nahe der Kammer seines Freundes in den Fels und spürte augenblicklich dahinter den extrem verlangsamten Schlag des mächtigen Herzens der Kreatur. Der Schwarze Druide dagegen fühlte sein eigenes Herz heftig schlagen und atmete mehrmals tief ein und aus. Er sammelte seine Kräfte und ließ sie in die verkrümmten Fäuste fließen. Mit jedem Wort, das er sprach, übertrug sich sein Herzschlag auf die Krallen im Stein, zuckten Muskeln aus dunkler Energie und ließen den Schlund erbeben.

Dann endlich hatte seine Kraft ein Maß erlangt, das ihm ausreichend erschien. Er stieß den letzten Satz der Beschwörung hervor und der Boden unter ihm antwortete mit einem Laut, als würde er Schmerzen empfinden. Mahiman grinste und spannte seine Fäuste und Arme an. Er spürte, wie eine Macht aus uralter Zeit seine unsichtbaren Glieder entlangfuhr und die Erde in Schrecken zu versetzen schien.

Mit einem plötzlichen Ruck riss er seine Fänge zurück und eine Fontäne aus Gestein und Erz, Getier und altem Wurzelwerk schoss aus dem Steinkreis hervor, als erbräche sich die Welt. Die Säule schleuderte nach oben, kerzengerade und schien nicht enden zu wollen. Mahiman verfolgte sie mit seinen Blicken und hoch erhobenen Händen. Immer mehr und mehr entlud sich der Inhalt des Schlundes in die Höhe, stieg auf wie der

Auswurf eines Vulkans. Doch kein Feuer begleitete die Eruption, nur Krachen und Bersten zerschmetterten Gesteins. Zerfetzte Glieder in der Erde lebender Tiere mischten sich mit längst zu Stein gewordenen Resten urtümlicher Pflanzen. Staubige Wolken umhüllten die Massen, als müssten sie sie vor Beobachtern verbergen. Doch kein Mensch außer Mahiman und seinen Schwarzen Reitern war zu dieser Stunde in Sichtweite des Ereignisses.

Als Mahiman seinen Kopf in den Nacken legen musste, um die Säule noch verfolgen zu können, riss der Mahlstrom der Vernichtung ab. Seine vor Kraft zitternden Arme hielten für mehrere Herzschläge die Säule hoch in der Luft und er weidete sich am Anblick seines Werkes.

»Die Macht der Finsternis ist unbesiegbar«, rief er aus. Dann schlug er seine echten und imaginären Fäuste heftig zusammen und die Säule zerstob in einem gigantischen Pilz, der sich ausbreitete wie eine schwärende Wunde, den Himmel an dieser Stelle verdeckte und der Sonne ihre Kraft nahm.

Mahiman senkte befriedigt die Arme, atmete aus und spürte die Wellen der Macht in sich nachhallen. Der Himmel über ihm erhellte sich wieder, als die zu Staub zerschlagene Materie auseinandertrieb und weit entfernt zu Boden fiel. Wie ein erstickendes Tuch aus blanker Bosheit legte sich der Niederschlag auf das Land.

Mahimans Schwarze Reiter hatten alles ohne jegliche Regung verfolgt. Sie saßen stumm und abwartend auf ihren Rössern und nahmen kaum teil an dem, was ihren Meister so begeisterte.

»Nun ist deine Zeit gekommen, mein Freund«, sprach der Schwarze Druide und ging ein paar Schritte näher an das dunkle Loch heran, das er geschaffen hatte. Er hielt die Augen geöffnet, doch seine nächsten Worte fielen wie Opfergaben in den Schlund. »Erwache nun, Sohn des Hreidmar und steige herauf aus deiner Höhle. Du hast lange geruht und es ist Zeit, deinen Magen mit Menschenfleisch zu füllen …«

Seine tastenden Sinne folgten seinen Worten in den Schlund hinab, fielen wie Steine und brauchten doch viele Herzschläge, bis sie am Ziel ankamen. Mahiman lachte auf, als zuerst ein Schnaufen nach oben drang, dann ein Schaben als würde eine schwere Last über sandigen Boden geschleift. Schließlich erklangen kratzende Geräusche, die langsam näher kamen.

Kapitel XXXIII
Das falsche Gesicht

Arwed hatte sich während der letzten beiden Tage verlaufen und wusste dabei, dass dies nur an seiner Erschöpfung lag. Sein Schwert war nicht dazu angetan, Beute zu jagen. Also hatte er nur ein paar Beeren zu sich genommen und ein winziges Vogelei. Er spürte, dass er jeden Moment zusammenbrechen würde.

Trotzdem blieb er sofort stehen, als er die Gestalt zwischen den Bäumen auftauchen sah und hob sein Schwert, auch wenn ihm die Bewegung schwer fiel. Er wusste, dass er am Ende seiner Kräfte war und einen Waffengang gegen einen ausgeruhten Gegner nur mit wenig Aussicht auf Erfolg würde bestreiten können; wenn überhaupt. An einen Kampf - allein - gegen Schwarze Reiter wagte er gar nicht erst zu denken.

Allerdings schien die Gestalt, die er nur ganz kurz hatte aus den Augenwinkeln wahrnehmen können, nicht an einer Auseinandersetzung interessiert zu sein. Sie blieb auf Abstand und mehr oder weniger in der Deckung der Bäume, egal wie er sich bewegte. Aus den kurzen Momenten, die er sie sah, schloss er überrascht, dass es sich um eine Frau handeln musste.

Um eine sehr seltsame Frau.

Alles an ihr strahlte hell, fast weiß und Erinnerungen an Erzählungen von Elfen und Geisterwesen schossen ihm durch den Kopf. Einer inneren Eingebung folgend, rief er in den Wald.

»Wer immer du auch bist: ich tue dir nichts.«

Keine Antwort.

»Mein Name ist Arwed und ich bin allein.«

Stille.

»Ich bin ein Germane und suche den Weg nach Menosgada.« Die Behauptung ein Bernsteinhändler zu sein, verkniff er sich, da er mangels Ware, dafür aber abgerissen und mit einem Schwert bewaffnet, nicht dem Bild eines Händlers entsprach. Er wusste selbst nicht, warum er sein Ziel erwähnte, aber es entsprach der Wahrheit. Er erhoffte sich die dringend benötigte Ruhe innerhalb der keltischen Befestigung. Und ein Wiedersehen mit Brianna.

»Das sehe ich«, kam unvermittelt die Antwort in einem guten Germanisch mit fremdem Akzent. »Du wirkst geschwächt, Germane.«

»Ich habe einen Kampf hinter mir … mit Schwarzen Reitern.«

»Du lügst«, kam es sofort von einer anderen Stelle. »Niemand überlebt eine Schlacht mit ihnen.«

Er hatte nicht bemerkt, dass sie sich bewegt hatte. »Ich schon …«, sagte er matt und ließ Hand und Schwert sinken. »Kennst du den Weg zu den Menosgadern?«, fragte er und konnte sich kaum noch auf den Beinen halten.

»Ja.«

»Dann hilf mir dorthin …«, konnte er noch hervorbringen, dann sackte er in sich zusammen.

Vogelgezwitscher und leises Plätschern ließen Arwed erwachen. Als seine Rechte nach seinem Schwert tasten wollte, bemerkte er, dass er flach am Boden lag und gefesselt war. Er wandte den Blick nach beiden Seiten, sah aber niemanden. Sein Versuch sich aufzurichten, scheiterte zum einen daran, dass die Fesseln an seinen Füßen mit einem kräftig aussehenden Wurzelwerk eines Baumes verbunden waren und zum anderen, dass eine ähnliche Vorrichtung um seine Achseln und Schultern ihn an etwas band, das er nicht sehen konnte.

»Wir sollten von hier verschwinden, Germane«, erklang eine weibliche Stimme hinter ihm und er fühlte eine Schale mit Wasser an seinen Lippen. Er trank und verschluckte sich dabei, genoss aber jeden Tropfen.

»Dann binde mich los, Weib!«, forderte er und prüfte die Festigkeit seiner Fesseln.

»Gib dir keine Mühe. Ich weiß, wie man einen Mann gefangen hält«, sagte die Stimme. »Iss das hier, du musst zu Kräften kommen. Ich kann dich nicht tragen und ich habe kein Pferd dabei.«

Eine Hand kam in sein Blickfeld und bot ihm unmittelbar vor seinem Mund einen Bissen an, den er nicht identifizieren konnte. Natürlich hatte er Hunger. Und da er immer noch am Leben war, schien die Gefahr, dass sie ihn vergiften wollte, eher gering zu sein. Arwed öffnete den Mund und der Bissen wurde ihm hineingeschoben. Er kaute und hatte den Eindruck Käse zu schmecken, allerdings von einem Geschmack, den er noch nie auf seiner Zunge erlebt hatte.

»Iss das *ganze* Stück, Germane.«

Irgendwie schien die Betonung nicht darauf zu liegen, dass er möglichst viel essen sollte, sondern nur dieses bestimmte Stück. Er schluckte und fand den Geschmack durchaus annehmbar, wenn auch irgendwie sonderlich.

»Nun, wie ist das?«

Er wollte antworten, konnte es aber nicht. Gaumen und Zunge fühlten sich an, als hätte er Blei gegessen. Außerdem schien der Wald plötzlich von Nebel erfüllt zu sein, der aufwogte und immer näher an ihn herandrängte.

»Gift«, murmelte er undeutlich und erschrak über den Klang seiner eigenen Stimme.

»Nein, kein Gift, nur ein wenig Betäubung«, kam

ihre Antwort. »Wir sollten zwar von hier verschwinden«, wiederholte sie ihre ursprüngliche Absicht, der er nur zu gerne zustimmen wollte. »Doch ich traue dir nicht, Germane. Du bist zwar geschwächt, aber vielleicht immer noch stärker als ich.« Plötzlich fühlte er, wie sie sich an seiner Kleidung zu schaffen machte. »Ich habe aber die Möglichkeit, die Wahrheit herauszufinden.«

Ihre Worte schienen sich vor seinen Augen in kleine Nebelfetzen zu verwandeln, die langsam auf ihn zu schwebten und in seinen Kopf eindrangen, ohne dabei den Weg über die Ohren zu nehmen. Wort für Wort sickerte durch seinen Schädel und erreichte endlich sein Gehirn. »Ich … habe … dir … die … Wahrheit … gesagt«, hauchte er und konnte nicht verstehen, warum er so langsam sprach. Dann fühlte er ein kaltes und nasses Tuch seinen Körper entlang gleiten.

Sie wäscht mich?! Er wollte sie genau das fragen, brachte aber kein einziges Wort mehr hervor. Stattdessen spürte er, wie das Tuch ihn gründlich säuberte … überall. Das nasse Tuch wurde schließlich gegen ein trockenes getauscht, das ihn nun weich abtupfte, behutsam, aber bestimmt. Die Nebel hatten ihn mittlerweile so umfangen, dass er sich dessen nicht sicher war. Von einem Moment zum anderen formte sich einer dieser Fetzen zu einem Gesicht, einem weiblichen Gesicht.

»Brianna …«, brachte er hervor und spürte warme Hände auf seiner Haut.

»Ja, ich bin es«, kam sofort die Antwort, aber die Stimme klang gar nicht nach der Keltenfürstin. Das Nebelgesicht zeigte für die Dauer eines sehr seltsamen und sehr langsamen Herzschlages das Gesicht Briannas. Arwed fühlte zwischen seinen Beinen eine Berührung, auf die er sofort - wie es schien, zur Zufriedenheit des Nebelbildes – reagierte. Er fühlte einen weiblichen Schoss sich auf sein Glied senken und es ohne Widerstand tief aufnehmen.

»Brianna«, kam es ihm noch einmal über die Lippen und er schüttelte den Kopf um die Nebel zu vertreiben, die ihm ihr Bild nur schemenhaft zeigten. Er hatte tatsächlich ein wenig Erfolg damit. Doch anstelle Brianna deutlicher zu sehen, verwandelten sich ihre kastanienbraunen Locken in silberhelle Haare, die ein sandbraunes Gesicht umgaben. »Du bist nicht Brianna«, gelang ihm ein mehr oder minder klarer Satz.

»Nein, ich bin Elfrun, die weiße Druidin«, antwortete sie mit dunkler Stimme und schien dabei ihre Pupillen so erweitern zu können, dass er nur noch diese sah. Sie bewegte dabei ihr Becken auf ihm vor und zurück, sodass er sich wie ein Stück Teig vorkam, das kräftige Hände in die gewünschte Form kneteten. »Wenn ich mit dir fertig bin«, fuhr sie fort, ohne in ihrem Tun innezuhalten, »weiß ich, was die Wahrheit ist und was nicht. Bete, dass ich nicht etwas finde, was dich deinen Kopf kosten könnte.«

Als es vorbei war, waren die Nebel in Arweds Kopf verschwunden. Sein Körper fühlte sich immer noch schwach an, auf eine merkwürdige Weise aber auch ein wenig erholt.

»Habe ich geschlafen?«, fragte er in die Stille hinein, obwohl ihm die vorherrschende Dunkelheit die Antwort von selbst gab.

»Ja, fast die ganze Nacht«, kam es gerade dann zurück, als er noch einmal fragen wollte.

»Warum hast du kein Feuer gemacht, Weib?«

»Elfrun.«

»Es ist kalt«, fügte er an und ignorierte ihren Namen.

»Auch wenn die Schwarzen Reiter längst neuen Zielen zustreben, erscheint mir ein Feuer doch ein wenig zu auffällig, Germane.«

Es klang ein wenig schnippisch. Trotzdem glaubte er noch eine andere Empfindung herauszuhören. »Du glaubst mir also … Hexe?«

»Ja, auch wenn es mir schwer fällt. Wie konntest du überleben?«

Arwed zuckte in der Dunkelheit mit den Achseln und bemerkte dabei, dass er nicht mehr gefesselt war. Auch seine Kleidung hatte er wieder an und ein wenig war er erstaunt darüber, dass sie die nicht unerhebliche Arbeit, ihn anzuziehen, auf sich genommen hatte.

»Ich bin mir nicht sicher … Elfrun. Ich stürzte während des Kampfes in den Fluss und wurde ein Stück abgetrieben. Entweder hat dies keiner der Schwarzen Reiter bemerkt oder sie dachten, ich würde ertrinken … beinahe wäre ich das ja auch. Ich konnte mich mit letzter Kraft noch …« Er unterbrach sich und versuchte sie im spärlichen Sternenlicht, das die Bäume übrig ließen, zu entdecken. »Aber das scheinst du ja längst zu wissen.« Wieder machte er eine Pause, dann stahl sich ein verunglücktes Lächeln auf sein Gesicht. »Eine seltsame Methode, um jemanden zu befragen.«

»Aber eine zuverlässige, Arwed«, entgegnete sie und trat zwischen einigen Bäumen hervor.

Ihre helle Kleidung, ihr Haar und die nur wenig gebräunte Haut entsprachen im kalten Licht der Sterne noch mehr dem Bild, das er sich von Elfen gemacht hatte. Arwed musste es zugeben: Elfrun war eine faszinierende Frau und er grollte ihr nicht wegen der *Methode*, mit der sie ihn befragt hatte. Trotzdem meinte er es todernst, als er die nächsten Worte an sie richtete:

»Mach das nie wieder mit mir, weiße Hexe. Wäre ich nicht am Ende meiner Kräfte gewesen und auch nicht gefesselt, hätte ich dir widerstanden.«

Zu seinem Erstaunen nickte sie. »Ja, ich weiß. Du liebst eine andere Frau und hast mich für einen Augenblick mit ihr verwechselt.« Dann waren ihre Worte nur noch blanke Kraft: »Aber es war notwendig!«

Sie ging in die Hocke und griff nach einem Beutel. Dann machte sie ein paar Schritte auf ihn zu und hielt ihm etwas entgegen. »Iss das! Und nein: Es ist kein Schlafmittel. Es ist dieses Mal wirklich nur zu deiner Stärkung.«

Arwed hörte wie auf ein Kommando seinen Magen knurren, zögerte aber zuzugreifen.

Elfrun deutete auf seinen Bauch. »Es ist zwar mühsam, einen Schlafenden anzuziehen, aber es geht. Ihn zu füttern, ohne ihn dabei zu ersticken, aber nicht. Also iss! Wir müssen bei Tagesanbruch wirklich weg.«

»Und du willst mit mir zu den Menosgadern? Warum?«, fragte er und griff sich die Nahrung. Er schnupperte kurz daran und der verführerische Duft von Pilzen und Beeren stieg ihm in die Nase. Er brach ein winziges Stück von dem Brocken ab und prüfte mit der Zunge den Geschmack. Entweder war es sein bohrender Hunger oder die ihm unbekannte Mischung, die alle seine Geschmackssinne ansprach. Er aß das Stückchen und schob gleich noch ein weiteres nach, als seine Zunge eine Köstlichkeit attestierte.

Sie hatte mit der Antwort abgewartet. Vielleicht um zu sehen, ob er ihr nun vertraute oder auch nur, ob es ihm schmeckte; er wusste es nicht.

»Ich bin die Druidin eines Tougener-Stammes. Und mein Fürst Raik hatte ein Bündnis mit Alaric, dem Fürsten von Menosgada geschlossen. Ich bin der

Meinung, dass *alle* Menschen dieser dunklen Pest geeint entgegentreten sollten … Kelten *und* Germanen.« Ihre Augen funkelten im Sternenlicht. »Du hast erlebt, was es bedeutet, ihnen zu begegnen. Was glaubst du, wird passieren, wenn *er selbst* seine Schwarze Schar anführt?«

»Du meinst diesen ominösen dunklen Druiden?« Arwed sah die Schwarzen Reiter vor seinem geistigen Auge und musste zugeben, dass es Dinge gab, die er nie für möglich gehalten hätte. Aber der Glaube an eine Gestalt, die möglicherweise Jahrhunderte in einem Berg eingeschlossen gewesen sein sollte und nun wieder lebte, überstieg nun doch seine Vorstellungskraft. Andererseits …

»Mein König und meine Freunde sind tot, weiße Druidin. Ich persönlich stimme einem Bündnis gegen diese Schwarzen Reiter zu.« Ein wenig fröstelte ihn bei dem Gedanken, was sie noch alles von ihm erfahren hatte. Daher war er selbst erstaunt über die Wahrheit, die in seinen nächsten Worten lag. »Ich mag aus anderen Gründen in dieses Land gekommen sein, Elfrun, weiße Druidin der Tougener. Aber jetzt habe ich neue Ziele.«

»Die Fürstin von Menosgada …«

»Ja.«

»Rache für deinen getöteten König und deine Freunde.«

»Ja!«

»Du wirst beides niemals erreichen, solange Mahiman auf dieser Erde wandelt.«

»Dann ist er mein erstes Ziel«, grollte er und wusste sogleich, dass er damit falsch lag. »Nun, die Reihenfolge meiner Ziele ist mir egal; Hauptsache ich erreiche sie alle.«

Nun musste Elfrun zum ersten Mal wirklich lächeln. »Wie schön, dass du wenigstens das einsiehst, mein Berserker-Freund.« Sie warf einen Blick zum Himmel, der eine Spur von Schwarzgrau angenommen hatte. »Es dämmert bald. Machen wir uns auf den Weg.«

Kapitel XXXIV
Verräter

Vor drei Tagen hatten Elfrun und Arwed den Menos erneut Richtung Osten überquert und waren danach seinem Verlauf gefolgt, der in Windungen grob nach Süden verlief. Sie waren niemandem begegnet, wofür beide aus beinahe ähnlichen Gründen dankbar waren.

Arwed wollte nicht völlig abgerissen und erschöpft bei den Kelten, vor allem nicht bei Brianna auftauchen, während Elfrun die Zeit zu nutzen schien, ihr Zusammentreffen mit der Keltenfürstin zu durchdenken. Arwed sah ihr förmlich an, wie sie wohl darüber grübelte, aus zwei angeschlagenen Keltenstämmen und einem einzelnen Germanen eine Einheit zu formen, die es mit dem Bösen an sich aufnehmen konnte.

Die Tatsache, dass ein Trupp der gefürchteten Germanen so mir nichts dir nichts von den Schwarzen Reitern aufgerieben worden war, drückte die Hoffnungen beider, ohne dass sie voneinander wussten. Trotzdem blieb ihnen keine andere Wahl.

Einmal sahen sie aus der Ferne ein seltsames Phänomen. Eine Säule aus Erde und Gestein stieg unter Krachen und Tosen in den Himmel. Doch es war kein Vulkanausbruch, weil erstens kein Vulkan auch nur in annähernder Entfernung stand und zweitens keine flammende Hitze diese Eruption begleitet hatte. Elfrun machte fortan ein finsteres Gesicht, verflogen war ihre ohnehin spärliche Zuversicht und Arweds drängende Fragen kommentierte sie nur mit einem Wort:

Mahiman.

Arwed schwieg danach seinerseits und grübelte über die Mächte, die dieser Schwarze Druide wohl besaß … und Tag für Tag steigerte, wollte er Elfruns dunklen Äußerungen diesbezüglich auch nur ein wenig Glauben schenken.

Als hätte das Land um sie herum ihrer düsteren Stimmung Gestalt verleihen wollen, wich von einem Schritt zum anderen die Vegetation am gegenüberliegenden Ufer einer verbrannten Schneise, ähnlich dem Schauplatz der Schlacht zwischen den Germanen und den Schwarzen Reitern.

»Sie waren also auch schon an dieser Stelle des Flusses«, resümierte Arwed und folgte mit den Augen der verbrannten Erde, bis sie in einiger Entfernung hinter einem Hügel abbog. Die betreffende Stelle erschien ihm wie ein Pfad der Finsternis, der in schreckliche Abgründe zu führen schien. Er konnte nicht ahnen, dass er mit diesem Bild nur unzureichend der Wahrheit nahe kam.

»Aber sie haben den Fluss nicht überquert«, warf Elfrun ein und kaute unübersehbar an Worten, die ihr auf der Zunge lagen.

Arwed deutete ihr Verhalten falsch und trat an das Ufer heran. »Vielleicht dachten sie, der Fluss sei zu tief für eine Überquerung. Oder sie hatten vorerst ein anderes Ziel als Menosgada.«

Dann fiel sein Blick auf die Wellen des Flusses und er stutzte. Arwed schlug mit dem Schwert einen dünnen aber mannslangen Zweig von einem Busch ab, der in der Nähe stand. Er stocherte damit im Uferschlamm und stieß nach wenigen Schritten an einer Stelle auf Widerstand. Mit vorsichtigen Bewegungen stieg er ins Wasser und tastete sich mit dem Stecken immer weiter hinein. Er hatte etwa ein Drittel der Flussbreite erreicht und stand dabei immer noch nur bis zu den Oberschenkeln im Wasser, als er sich umdrehte und Elfrun einen verwunderten Blick zuwarf.

»Mir scheint hier das Wasser nicht mehr tiefer zu

werden. Sowohl zu Fuß, mit einem Karren und erst recht zu Pferd könnte man wohl übersetzen. Soll ich es probieren?« Arwed wusste selbst nicht, warum er sie dies fragte und nicht einfach weiterging. Schwimmen konnte er ja und außerdem hatte er sich – dank ihrer Fähigkeiten Tiere herbeizulocken und zuzubereiten – in den vergangenen Tagen gut erholt. Aber ein Kribbeln im Magen und der dunkle Fleck, in dem die verbrannte Schneise mündete, ließen ihn im Wasser verharren.

»Nein, bleib hier«, antwortete Elfrun und glaubte an beiden Ufern alte und fast überwachsene Abdrücke von Rädern und Hufen zu erkennen. Je länger sie die schwachen Spuren betrachtete, desto sicherer war sie sich, dass diese Stelle sehr wohl eine Furt darstellte. Und vor einiger Zeit noch genutzt worden war. Sie wollte Arwed gerade auf die Zeichen hinweisen, als ihr Herz schneller zu schlagen begann und ihr ein Schwall Brandgeruch in die Nase stieg. Doch es rührte sich kein Luftzug. Überhaupt war es verdächtig still.

Arwed drehte sich plötzlich wieder dem verbrannten Ufer zu. Wahrscheinlich hatte auch er etwas bemerkt.

»Komm heraus! Rasch!«, rief sie ihm verhalten zu und versuchte mit allen Sinnen über den Fluss zu lauschen.

Der Germane ließ den Stecken ins Wasser fallen und davontreiben. Mit rudernden Armen unterstütze er sein Vorankommen und war kurz darauf neben ihr angelangt. Ohne ein Worte zu verlieren packte er sie an einer Hand und rannte mit ihr tiefer in den unversehrten Wald hinein. Nach etwa zwanzig Schritten fanden sie Deckung in einer dichten Buschgruppe, die abseits eines schmalen Tierpfades stand, den möglicherweise auch andere Lebewesen nutzten.

Er wollte ihr etwas zuraunen, als sie ihm einen Finger auf die Lippen legte und mit der anderen Hand auf eine kleine Lücke in den Blättern vor ihm zeigte. Arwed nickte verstehend und wagte es nicht, die Lücke auch nur ein bisschen zu erweitern. Beide spähten auf die dunkle Stelle am Ende des verbrannten Weges und glaubten eine Bewegung im Schatten wahrzunehmen, wie die Druidin an Arweds Reaktion erkannte.

Plötzlich erschien Elfrun ihr eigener Atem übermäßig laut. Doch es war nur das Verstummen der Vogelstimmen und das Fehlen des immerwährenden Rauschens der Blätter, die sie zu diesem Gefühl brachte.

Elfrun atmete tief ein, als ein Reiter erschien, der seine Kapuze tief ins Gesicht gezogen hatte. Sein Gewand zeigte aber weder die tiefe Schwärze und den wabernden Rauch eines Schwarzen Reiters, noch drückte seine Gestalt die erdrückende Macht des Seelenfressers wie eine Waffe vor sich her. Lediglich ein schwacher Abklatsch dessen erreichte die Sinne der weißen Druidin. Elfrun schüttelte verwundert den Kopf und wagte ein paar gehauchte Worte.

»Das ist nicht Mahiman … und auch kein …«

Die Gestalt auf der anderen Seite ritt langsam an den Fluss heran und stoppte genau gegenüber der Stelle, an der Arwed die Furt entdeckt hatte.

»Feidlim! Er muss es sein«, kam fast unhörbar Arweds Antwort. »Er ist der Druide der Menosgader.«

Elfrun wollte noch etwas sagen, doch Arwed schüttelte nun seinerseits den Kopf. Sie beobachteten, dass Feidlim sein Pferd langsam an das Wasser führte und es bedächtig die Furt durchschreiten ließ. Als er das diesseitige Ufer erreichte und sein Pferd einen letzten

Sprung tat um die niedrige Böschung zu überwinden, rutschte ihm die Kapuze in den Nacken.

Arwed stockte der Atem. Das war nicht mehr der feige wirkende Feidlim, den er kennengelernt hatte. Verschwunden war die verstohlene Art und Weise, mit der sich Feidlim auf Menosgada bewegt hatte. Wie weggewischt die leicht geduckte Haltung und die nur mühsam verborgene Unsicherheit. Dieser Mann hier hatte neue Kräfte erhalten. Böse Kräfte. Zwar fehlte ihm die blanke Finsternis, die Arwed an den Schwarzen Reitern nur zu deutlich bemerkt hatte. Trotzdem umgab Feidlim ein unsichtbarer Schatten, der nichts Gutes verhieß.

Auch Elfrun schien dies zu spüren. Arwed sah, wie sich ihr die silbernen und feinen Haare an den Unterarmen aufrichteten, als würde ein unsichtbarer Sog sie in die Höhe zerren. Beide hielten den Atem an, als er an ihrem Ufer innehielt und sich misstrauisch umblickte. Mit geradezu quälender Langsamkeit hob er beide Hände und zog sich die Kapuze seiner dreckigen Druidenkutte wieder über den Kopf.

Sein Brauner schnaubte und stieß mit einem Huf in die kleine Pfütze, die Arwed hinterlassen hatte, als er ans Ufer gelangt war. Doch Feidlim schien die winzige Lache nicht zu interessieren. Er gab seinem Pferd einen Tritt in die Seite und ließ es langsam in Richtung des Tierpfades gehen. Er hatte sich ihnen auf dem Pfad soweit genähert, dass Arwed glaubte, seine Augen unter der Kapuze sehen zu können. Doch eigentlich war dies im Schatten der Bäume und unter dem Stoff nicht möglich. Gleichwohl hatte Arwed das Gefühl, zwei Augen würden ihn und Elfrun mustern, als Mann und Pferd sie passierten.

Elfrun schüttelte den Kopf, als sich Arwed nach einer Weile wieder erheben wollte und deutete auf ihre Ohren. Arwed verstand und spähte den Tierwechsel entlang, den Feidlim genommen hatte. Er sah einige Vögel auf Zweigen und Ästen sitzen und keinen Laut von sich geben. Selbst Jungvögel in einem Nest ignorierten ein Elterntier, das sogar einen fetten Wurm im Schnabel hielt und in die gleiche Richtung blickte. Es dauerte lange, bis sich die Tiere beruhigten und ihr natürliches Verhalten wieder aufnahmen.

Als die Druidin sich endlich erhob und aus ihrer Deckung schritt, folgte ihr Arwed.

»Ich hätte ihn töten sollen«, knurrte er und betrachtete sein Schwert. Erst jetzt fiel ihm auf, dass es kein germanisches Schwert war, sondern die Waffe, die ihm der Schmied Cualan auf Menosgada verkauft hatte.

Elfrun deutete auf die verzierte Klinge und sah ihn mit neuem Misstrauen an. »Ich habe zwar in deinen Gedanken gelesen, aber nicht besonders tief. Die Zeit, die ich … war zu kurz dafür. Wieso trägst du ein keltisches Schwert? Bist du ein Verräter an deinem eigenen Volk? Oder wolltest du die Menosgader an deinen König verraten? Er ist tot, wie du sagtest.«

Arwed sah sie an und es war ihm sofort klar, dass er hier nur mit der vollen Wahrheit Bestand haben würde. »Ich weiß nicht, wie viel du aus mir gelesen hast, weiße Hexe«, begann er, »aber du hast ja schon erkannt, dass sich meine Ziele geändert haben. Ja, ich war ein Spion im Auftrag meines Königs Thoralf. Doch sein Ziel war niemals die Vernichtung der Kelten oder auch nur der Menosgader. Sein Ziel war es, die Spur des Seelenfressers aufzunehmen, nachdem ihn Kunde von Schwarzen Reitern erreicht hatte. Seine Vorfahren kämpften vor vielen Jahren gegen den Schwarzen Druiden …«

Elfruns Miene erstarrte und schien in ferne Gegenden zu schweifen. »Und der Ahne deines Königs ging ein Bündnis mit den Svear ein …?«

»Ja.« Arwed war überrascht. »So hat er es uns kurz vor unserem Aufbruch berichtet. Woher weißt du von den Svear?«, fragte er, sah sie mit plötzlichem Erkennen an und wusste die Antwort schon, als er das letzte Wort ausgesprochen hatte. »Du bist keine Keltin, nicht wahr? Du bist eine Svear-Frau.«

Elfrun nickte nur und richtete ihren Blick auf den Tierwechsel. »So sind wir beide Fremde in diesem Land, Germane. Und trotzdem müssen wir die Kelten als unsere Brüder betrachten … Brüder im Kampf gegen Mahiman.«

»… und seine Vasallen!«

Elfrun nickte wieder. »Wenn deine Schilderung von Feidlims gewandeltem Verhalten richtig ist, dann bin ich sicher, dass er sich dem Schwarzen Druiden angeschlossen hat.« Sie deutete in den Wald. »Und dieser Weg führt geradewegs nach Menosgada.«

»*Er* ist ein Verräter!«, stieß Arwed hervor und packte sein Schwert mit neuer Kraft.

»Ja«, bestätigte Elfrun. »Ein Verräter an seinem eigenen Volk … an den Druiden … an allen Menschen!«

Kapitel XXXV
Nebelbilder

Feidlim erfüllte ein Gefühl, wie er es noch nie in seinem Leben so intensiv – oder überhaupt – verspürt hatte: Stolz. Er war stolz darauf, etwas vollbracht zu haben. Und das ohne die Hilfe der Götter. Er war stolz darauf, weitaus stärkere Männer als ihn zu gehorsamen Dienern verwandelt zu haben. Er ignorierte dabei die Tatsache, dass nicht er selbst den Wandel vollzogen hatte, sondern sein neuer Herr, Mahiman. Doch in Feidlims Vorstellung war er es gewesen, der Yashar und Wolfried zu Schwarzen Reitern mutieren ließ. Das Lob des Seelenfressers hallte in ihm nach und beflügelte seine Haltung. Leider nicht seinen Verstand. Denn der unterlag dem Befehl des Schwarzen Druiden, ohne dass dies Feidlim auch nur im Ansatz bewusst war.

Und eine neue Aufgabe schwellte seine Brust mit trügerischem Stolz.

Töte die Keltenfürstin!, lautete Mahimans Befehl.

Feidlims Geist war bereits so von Dunkelheit umfangen, dass er nicht erkannte, dass er damit zu einem Mörder wurde und alles vergessen hatte, was das Leben und Wirken eines wahren Druiden ausmachen sollte. Und vor allem, was er mit dieser Tat bewirken würde.

Fürst Alaric ist tot. Die besten Krieger Menosgadas, Yashar und Wolfried, in die Reihen Mahimans geführt. Eine große Zahl Krieger vernichtet. Das Volk durch den Angriff der Schlangen in Angst und Schrecken versetzt. Die Brandopfer waren nur der Anfang. Ihr *Tod wird dem Stamm den Rest geben,* dachte er und rief sich das Bild seiner Belohnung vor Augen:

Kyla. *Sie wird mein sein. Meine blutjunge Sklavin. Sowohl im Haus als auch in meinem Bett.*

Das Mahiman sie ihm überlassen wollte, rechnete er sich als besonderes Verdienst an. Die Gier des Seelenfressers gerade nach jungen Opfern war groß.

Feidlim wandte seine Aufmerksamkeit wieder der Umgebung zu, durch die er ritt. Allerdings tat er dies ohne große Anstrengung, weil sein neues Pferd den Weg auch von allein gefunden hätte. Er hatte es von einem der Schwarzen Reiter erhalten. Es schien den Wandel zu einem Streitross der Finsternis noch nicht vollzogen zuhaben, weil es völlig normal aussah, wenn auch irgendwie benommen. Mit Schritten, die wie von einer unsichtbaren Hand geführt schienen, trug es ihn durch den dichten Nebel, der sie seit dem Verlassen des Waldes umgab.

Der Druide grinste unter seiner Kapuze, als er sich der ersten Mauer näherte und in Rufweite der Wachen am Tor kam. Er setzte ein sorgenvolles Gesicht auf und schob dabei seine Kapuze in den Nacken.

»Hey, ihr da oben, öffnet! Ich bringe schlechte Nachrichten für unsere Fürstin.«

Natürlich hatten ihn die Wachen längst an seiner Kutte erkannt. Trotzdem zögerten sie, als sie ihn auf einem Braunen sitzen sahen und in sein Gesicht blickten.

»Du siehst mitgenommen aus, Druide«, rief einer der Männer herunter und musterte Feidlims verschmutzte Kutte, das Pferd und die ungewohnte Haltung des Reiters. Jeder auf Menosgada kannte einen anderen Feidlim und die letzten Ereignisse waren nicht dazu angetan, ihr Misstrauen zu besänftigen.

»So kannst du ihr nicht vor die Augen treten«, urteilte ein anderer Krieger und deutete auf Mann und Pferd, die mit Schlamm und anderem Dreck besudelt vor dem Tor standen. «Wasch dich und geh zuerst zu Cedric. Die Fürstin ist in Trauer, wie du sehr wohl weißt. Da braucht sie nicht noch den Anblick eines zerlumpten Druiden zu ertragen.«

Feidlim kochte innerlich vor Wut, konnte aber seine Züge unter Kontrolle halten. *Eure Frechheiten werden euch noch teuer zu stehen kommen,* fluchte er innerlich und hielt seine Hände an den Zügeln fest, damit ihr wütendes Zittern nicht auffiel. Zu einer Antwort jedoch war er nicht in der Lage. Seine Stimme hätte ihn ganz sicher verraten. Also nickte er nur bejahend und trieb sein Pferd an, als die Flügel des Tores auseinander schwangen.

Dahinter zeigte sich ihm beinahe das gewohnte Bild. Männer und Frauen arbeiteten auf den Feldern oder kümmerten sich um das Vieh. Aber es erschienen ihm viel mehr zu sein als bei seinem letzten Aufenthalt.

Es sind Flüchtlinge, erkannte er und musterte im Vorbeireiten deren Gesichter. *Fremde aus der weiteren Umgebung. Sie haben ihre Dörfer verlassen und hier Schutz gesucht. Mehr als genug Futter für Mahiman und seine Schlangen. Da kann er mir ruhig die Kleine überlassen.* Der Gedanke besänftigte seine Wut und das Zittern seiner Hände hörte auf.

Dann fiel ihm ein weiterer Unterschied zu früheren und friedlicheren Zeiten auf. Es waren so gut wie keine Kinder auf dieser ersten Ebene des Tafelberges zu sehen. Dafür mehr Bewaffnete, die zwischen den Bauern und den Tieren patrouillierten.

Sie haben sogar eine Handvoll Handwerker mit Waffen ausgerüstet, stellte er fest und musste innerlich lachen, als er sah, wie ungeschickt diese damit umgingen und erbärmliche Übungen vollführten. Den Gesichtern der richtigen Krieger, die ihr bestes versuchten, war die Verzweiflung anzusehen, mit der sie Töpfer, Weber und Bäcker in Soldaten zu verwandeln suchten.

Die zweite Mauer passierte er ohne Wortwechsel, nur mit einem beiläufigen Winken zu den Wachen, die ihn schon von weitem gesehen hatten und sich nicht an seinem Zustand zu stören schienen, wie ihre Kameraden zuvor. Hinter dem Tor stieß Feidlim direkt auf eine Gruppe von drei Kriegern, die gerade Waffen an weitere Männer verteilten. Sie machten einen etwas fähigeren Eindruck, als die Tölpel auf der untersten Ebene und hoben ihre Köpfe, als er nur wenige Schritte an ihnen vorbeireiten wollte.

Feidlim erkannte seinen Fehler nicht, da er in seiner neuen Stärke und Verblendung nicht verstand, dass Mahimans Einfluss ihn wie eine dunkle Wolke umgab. Man konnte sie zwar nicht sehen, dafür aber spüren, sobald er jemandem näher als zwanzig Schritte kam.

»Halt … Druide!«, befahl einer der Soldaten und trat zwei Schritte zurück. Vielleicht tat er dies unbewusst, um aus einer möglichen Gefahrenzone zu kommen, vielleicht auch nur, um mehr Platz für seinen Speer zu haben, mit dem er auf den Ankömmling zielte. »Wer bist du und warum siehst du so erbärmlich aus?«

Die Worte offenbarten, dass der Mann ihn nicht kannte und somit kein Menosgader sein konnte. Dass er trotzdem Befehlsgewalt erhalten hatte, zeigte Feidlim, für wie angespannt die Fürstin die Lage hielt.

»Ich bin der Druide der Fürstin«, begann Feidlim und freute sich über die Sicherheit in seiner Stimme. Er senkte Kopf und Tonlage. »Und sie schätzt es sicher nicht, wenn die Kunde, die ich ihr bringen muss, verspätet zu ihr gelangt.«

»Lass ihn durch, Gerres«, sagte ein anderer und klopfte dem Speerträger beruhigend auf die Schulter. »Das ist Feidlim ... *unser* Druide.«

Plötzlich erklang hinter ihnen der dröhnende Ton eines Hornes. Feidlim hatte keine Ahnung, vor wem oder was das Horn warnte. Doch eines wusste er: Der Anführer der Wachen würde dem Ruf folgen und mit einer Truppe herunterreiten und die Gefahr in Augenschein nehmen wollen. Und dabei zwangsläufig an ihm vorbeikommen. Nachdem sowohl Yashar als auch Wolfried dafür nicht mehr zur Verfügung standen, konnte das nur Cedric sein.

Und der konnte mich noch nie leiden, grummelte Feidlim stumm und gab seinem Pferd die Hacken zu spüren. Seine plötzliche Reaktion und ein zweiter Hornstoß verhinderten, dass sich die Wachen es noch einmal anders überlegen konnten. Mit einem raschen Blick über die Schulter sah Feidlim, dass sich alles auf die unterste Mauer konzentrierte und er so gut wie keine Beachtung mehr fand.

Feidlim trieb sein Pferd zur Eile an und stob mit zunehmendem Tempo an Mensch und Tier vorbei, die neugierig und ängstlich zugleich den Berg hinab blickten. Beinahe hätte er einen Karren mit Früchten gerammt und konnte ihm im allerletzten Augenblick noch ausweichen. Dann erreichte er das dritte und letzte Tor vor der Stadt. Einer Eingebung folgend, ritt er ein Dutzend Schritte zur Seite und stellte sich eng an die Mauer. Kaum hatte er dies getan, flogen die Flügel des Tores auseinander und der erwartete Reitertrupp fegte in einer Staubwolke an ihm vorbei. Es mussten etwa dreißig Reiter sein, die Cedric folgten, der an der Spitze ritt und den Feidlim nur durch dessen Helm erkannt hatte.

Reite nur, Cedric. Damit steht mir der Weg zur Fürstin so gut wie offen. Dieses Mal konnte er ein finsteres Lachen nicht unterdrücken und ritt durch das offene Tor, das sich hinter ihm wieder schloss. *Gut so!*

Arwed und Elfrun waren nach einer halben Stunde vorsichtigen Marschierens in ein kräftesparendes Rennen verfallen. Die Hufspuren von Feidlims Pferd verrieten ihnen, dass auch er relativ langsam ritt. Warum dies so war, konnten sie nur raten. Aber sie beschwerten sich nicht, denn mit jeder Meile, die sie Menosgada näher kamen, drängte sich ihnen eine Frage immer unheilverkündender auf:

Was wollte er in der Stadt?

Sie hatten diesbezüglich einige Sätze gewechselt und kamen rasch zu dem Ergebnis, dass, egal, was er vorhatte, es nicht zum Wohl der Menosgader sein würde. Und auch in einem weiteren Punkt waren sie sich einig: Seine dunkle Aura konnte auch einfachen Menschen nicht lange verborgen bleiben. Somit ging Feidlim ganz bewusst das Risiko ein, dass man ihn als Feind betrachten könnte. Somit musste seine Absicht so bedeutend sein, dass ihn eine Enttarnung wenig scherte … oder daran hindern könnte.

»Nimm keine Rücksicht auf mich, weiße Druidin«, rief Arwed der vor ihm rennenden Frau zu, die mit ihren Sinnen eher Gefahren spüren würde als er. »Lauf schneller, ich kann dir folgen.«

Anstatt einer Antwort, steigerte sie einfach ihr Tempo.

Sie hatten bald darauf eine Stelle im Wald erreicht, an der die Bäume weniger eng beieinander standen. Leider verbesserte sich dadurch ihre Sicht nicht, weil dichter Nebel wogte und ihnen die Büsche und Bäume wie stumme Krieger in Lauerstellung erscheinen ließen. Arwed glaubte sich daran zu erinnern, dass auf den Waldrand eine relativ große Fläche folgte, die frei von Bewuchs war. Als Krieger erschien ihm dies von Vorteil, wenn man sich *innerhalb* einer Umfriedung befand und anrückende Feinde frühzeitig sehen konnte. Vielleicht diente die Fläche aber auch nur als nahe Weide für das Vieh der Menosgader.

Sie hielten an und beide registrierten das nur wenig angestrengte Atmen des anderen.

»Der Nebel könnte für uns zu einer Falle werden, wenn er uns bemerkt hat«, sagte Arwed nüchtern. »Wie weit reichen deine Druidensinne … weiße … Frau?« Beinahe hätte er sie wieder Hexe genannt, doch mittlerweile hatte er Vertrauen in sie gefasst, obwohl er immer noch ein mulmiges Gefühl bekam, wenn er an ihre Fähigkeiten dachte.

Sie lächelte, weil sie wohl sein Zögern richtig gedeutet hatte, doch gleich darauf wurde ihr Ausdruck wieder ernst. »Dann lasse ich den Nebel einfach verschwinden, mein Freund.« Sie machten einige Schritte, um die letzten Bäume hinter sich zu lassen, dann wandte sich Elfrun Arwed mit besorgter Miene zu. »Er hat sein Pferd wohl auch außerhalb des Waldes nicht zu höherem Tempo angetrieben. Es könnte sich bei diesem Nebel in einem Erdloch einen Fuß brechen und er müsste danach laufen. Nein, dieses Risiko geht er nicht ein. Er glaubt, er hat Zeit genug … *er fühlt sich sicher!«*

Arwed aber brannte innerlich vor Ungeduld. Er spürte, dass im Gegensatz zu Feidlim für sie die Zeit sehr wohl eine Rolle spielte. Außerdem behagte ihm der Gedanke nicht, sich als einzelner Germane einer keltischen Befestigung ungesehen zu nähern. Die Wachen würden ihn mit Recht als Gefahr einstufen und nicht als Rettung für …

Plötzlich hatte er das Bild Briannas vor Augen. Und Feidlim schritt mit drohendem Blick auf sie zu. Anstelle eines Druidenstabes hielt er ein Schwert zum Schlag erhoben. Mit entsetztem Gesicht wandte Arwed sich Elfrun zu, die seinen Gefühlsausbruch gespürt hatte und nun ebenfalls erkannte, welches Ziel Feidlim anstrebte.

Brianna.

Ohne zu zögern schloss Elfrun ihre Augen, zog die angewinkelten Arme soweit zurück, dass ihre Hände ihre schlanke Taille erreichten und ballte ihre Finger zu Fäusten. Dabei rief sie magische Worte und Arwed glaubte in der Luft ein Vibrieren zu spüren, als hätte der Nebel eine feste Masse gebildet, die unter Elfruns Worten erzitterte. Gleichzeitig hatte er den Eindruck, schwerer atmen zu können. Seine Brust hob und senkte sich im Takt der druidischen Silben, doch es gelangte keine Luft in seine Lungen. Arwed wollte Elfrun mit einem Ruf darauf hinweisen, doch die stieß mit der letzten Silbe ihre Fäuste und Arme blitzschnell nach vorn und der Nebel zerstob auf einer Breite von fünf Pferdelängen und gab eine Schneise frei, die bis hinauf zum ersten Mauerring Menosgadas reichte.

Arwed blickte entgeistert auf die Nebelbänke, die links und rechts der freien Bahn verharrten, als würde eine unsichtbare Mauer sie daran hindern in die Lücke hineinzufließen.

»Los jetzt!«, befahl Elfrun und rannte mitten durch die Schneise dem Weg zum ersten Tor entgegen, der am Ende der Grasfläche seinen Anfang nahm.

Arwed überlegte nicht lange und sprang ihr nach, das Keltenschwert in der Rechten.

Sie mussten einen seltsamen Anblick für die Wachen bieten, denen natürlich das Phänomen nicht entgangen war, obwohl Elfruns Kräfte nicht den geringsten Laut verursacht hatten. Ein einzelner Krieger, der sicher kein Kelte war, sein Schwert schwingend und einer weißen Frau nachhetzend. Die Frau selbst entsprach so gar nicht dem Bild der Kelten von einem Weib. Gerade deswegen dauerte es eine Weile, bis sich einer der Krieger seiner Aufgabe besann und tief in sein Horn stieß.

»Lass mich mit ihnen reden, Germane«, rief Elfrun Arwed in vollem Lauf über die Schulter zu. »Wir haben keine Zeit für lange Diskussionen.« Sie deutete mit einer Hand nach oben und Arwed folgte der Richtung aus der gerade ein weiterer Hornstoß erklang.

»Er hat das zweite Tor passiert!«

Kapitel XXXVI
Hreidmars Sohn

»Shhhsss…« Der langgezogene Laut aus dem tiefen Loch ließ die Pferde der Schwarzen Reiter scheuen. In Mahimans Ohren jedoch klang das Fauchen wie Musik. Mit einer lässigen Geste sandte er beruhigende Wellen den Rössern entgegen und sah, wie sie aufhörten mit den Nüstern zu zittern oder nervös hin und her zu tänzeln. Er trat von dem Steinring herab und entfernte sich aus dessen unmittelbarer Nähe. Hinter ihm knirschte und kratzte es vernehmlich und mit jedem Augenblick höher steigend.

Staub wogte hervor und trug den Gestank von zerriebenem Horn und bitterem Gift mit an die Oberfläche. Mahiman schmatzte genüsslich und sog den Geruch tief in sich hinein als wäre er eine Köstlichkeit.

Die Staubwolke fiel in sich zusammen und für einen Moment erstarben die Geräusche aus dem Schlund. Dann hörte man ein starkes Einatmen und gleich darauf …

»Pffffff!« Wie aus einem Geysir schossen zwei Fontänen stinkenden Atems in die Höhe und rissen neue Staubwolken mit sich. Ein riesiger Kopf erhob sich darin und ließ dunkle Konturen dort sichtbar werden, wo der Staub weniger dicht wogte. Zwei mächtige Nüstern und ein Maul erschienen und öffneten sich erneut. Wieder war das heftige Einatmen zu hören und ein zweites Mal endete es mit einem Ausstoß von scheußlichen Schwaden. Eine schwarze, gespaltene Zunge glitt aus dem Maul und stieg so weit heraus, dass zwei Männer aufeinander stehend nicht ausgereicht hätten, die gleiche Höhe zu erlangen.

»Nur zu, mein Freund. Nimm den Geschmack ruhig auf. Ich habe dir ein Begrüßungsgeschenk mitgebracht, Sohn des Hreidmar.«

Als hätte das Untier die Worte verstanden, schob es sich in Wellen weiter aus dem Loch und drehte dabei Kopf und Hals zu einem halben Kreis und blickte den so unterschiedlichen Lebewesen auf dem Boden aus goldgelben Pupillen entgegen. Es züngelte und schraubte sich dabei höher und höher, bis es den vorderen Teil herabsinken ließ und einen Wall aus Schuppen und Muskeln bildete, der schon vorwärts kroch, während sich das Ende immer noch im Schlund befand.

»Du bist ein wenig schmal geworden, mein Freund«, schmunzelte der Schwarze Druide und winkte mit einer Hand nach hinten. »Dort kommt dein erstes Mahl …«

Ein Schwarzer Reiter kam hinter einer Baumgruppe hervor, die nur noch aus verkohlten Stämmen und brüchigen Ästen bestand. Eine Kette schleifte ihm nach, an der ein Knäuel aus nackten Leibern hing wie ein Netz voller Fische, das an Land gezerrt wurde. Es waren Frauen verschiedenen Alters. Es mochten vier oder fünf sein. So genau konnte man es nicht erkennen, weil sie ineinander verwunden waren und niemand hätte sagen können, dieser Arm oder dieses Bein gehöre zu einem bestimmten Körper. Sie mussten bewusstlos oder betäubt sein, denn sie regten sich nicht, als der Reiter die Kette löste, sie auseinanderfielen und wie tot am Boden liegen blieben.

Das Monster züngelte wieder und glitt mit schabenden Schuppen auf die Körper zu. Jetzt erst erschien der Schwanz des Lindwurms aus dem Loch.

»Weckt sie auf!«, befahl Mahiman und beobachtete, wie einer der Schwarzen Reiter sein Schwert zog und es augenblicklich in Flammen stand. »Sie schmecken ihm sicher besser, wenn sie zappeln und ihr Blut heiß durch ihre Adern schießt.«

Der dunkle Druide sah, wie der Reiter eine Frau nach der anderen – jetzt konnte man sehen, dass es fünf waren – mit der Spitze seines Schwertes an einer beliebigen Stelle ihrer Körper berührte und die Unglücklichen jählings vor Schmerz erwachten und ihre Pein und Angst hinausschrien.

Für einige Augenblicke waren sie in völliger Panik gefangen, hielten sich aneinander fest oder drückten die Hände auf ihre neuen Wunden. Dann sahen sie das Monster auf sich zu kriechen …

Mahiman sah, dass eine der Frauen Urin verlor, eine andere ihre Finger so fest in den Arm der neben ihr stehenden bohrte, dass deren Blut hervortrat und eine Dritte so heftig hechelte, als würde sie die stärksten Wehen haben. Doch keine war in der Lage, auch nur einen Schritt zu tun. Sie schoben sich zu einem Bündel zusammen und starrten dabei auf die riesige Schlange, die nun ihr Maul öffnete, von dem zäher Geifer troff.

»Lass dir Zeit, mein Freund«, sagte Mahiman salbungsvoll. »Gönne mir das Vergnügen sie schreien zu hören, während du frisst. Du hast nur Interesse an ihrem Fleisch. Ich aber lechze nach ihrer Angst und ihren Seelen.«

Der Lindwurm schien die Worte zu hören, behielt aber sein Ziel fest vor Augen. Als er noch dreißig Schritte von den Frauen entfernt war, kippte eine besinnungslos zur Seite. Doch ihr Körper hatte keine Chance auf dem Boden aufzuschlagen, denn der Kopf der Bestie schoss nach vorn und schnappte die Frau mit aufgerissenem Maul.

Die vier anderen schrien aus vollem Hals und

wandten sich nun zu einer hoffnungslosen Flucht um. Zwei stürzten über ihre eigenen Füße und rappelten sich mühsam wieder auf, während die schrecklichen Laute von brechenden Knochen und zerreißendem Fleisch hoch über ihnen ertönten.

Die beiden anderen Frauen rannten ziellos hin und her, weil die Schwarzen Reiter ihnen keine Lücke ließen und stumm dem Schauspiel zusahen. Lediglich ihre finsteren Rösser zeigten Reaktionen auf das wirre Geschehen vor ihnen und machten nur wenige Schritte mal nach links oder rechts, um den Frauen den Weg in den verbrannten Wald zu versperren.

»Du kleiner Gierschlund«, tadelte Mahiman die Riesenschlange. »Sagte ich nicht, du sollst dir Zeit lassen?« Sein erbarmungsloses Lächeln jedoch zeigte, dass er sich köstlich amüsierte. »Also gut, die erste sollte wohl deinen schlimmsten Hunger stillen.«

Der Lindwurm schluckte und stieß aus seinen Nüstern verhalten neuen Brodem aus. Dann richtete er seinen Blick auf seinen Erwecker und neigte den Kopf um eine Handbreit.

»Gut, Sohn des Hreidmar, du weißt dich zu benehmen.« Wieder grinste der Seelenfresser und machte eine joviale Geste in Richtung der restlichen Opfer. »Nun friss mit Bedacht und Genuss, Fafnir.«

Kapitel XXXVII
Im Angesicht des Todes

Sie machen es mir leicht, frohlockte Feidlim und trieb sein Pferd durch die aufgeregte Menge, die ihm nur zu gern auswich, um ihren eigenen Zielen zuzustreben.

Alles lief durcheinander und angstvolle Rufe, die von anrückenden Feinden oder neuen Bosheiten kündeten, drangen an ihn heran wie beflügelnde Worte, die ihm Zuspruch vermittelten. Feidlim hatte nicht die geringste Ahnung, dass dies auf den Einfluss Mahimans zurückzuführen war, der ihn schon so weit erfasst hatte, sodass er ähnlich wie sein Meister auf das Leid anderer reagierte.

Er band sein Pferd an seinem eigenen Haus fest, da er mit diesem plötzlichen Neubesitz sicher den unvermeidlichen Wachen vor dem Sitz der Fürstin verdächtig vorkommen würde. Auch die Klinge unter seiner Kutte verbarg er so gut es ihm seine eiligen Schritte erlaubten. Das Zeichen seines Standes benutzte er als Wanderstab und zwei Mal stieß er damit Menschen rücksichtslos zur Seite, als sie ihm im Gedränge zu nahe kamen. Seine dunkle Aura trug in dem Gewirr aus Menschen, Pferden und Karren zur Beunruhigung bei, ohne dass jemand auf die Idee kam, er sei die Quelle dafür. Erst als er in die Mitte der Siedlung gelangte und die Aufregung dort geringer ausfiel, weil man sich im Zentrum Menosgadas wohl sicherer fühlte als auf den unteren Ebenen, bildete sich unwillkürlich eine Gasse, die sowohl seiner Ausstrahlung als auch seinem beherzten Schritt geschuldet war.

Die beiden Wachen vor dem Tor des Fürstendomizils schauten mehr als erstaunt, als sie ihren lange vermissten Druiden so plötzlich wieder auftauchen sahen.

»Macht Platz, ihr Tölpel!«, rief er ihnen zu und hob seinen Stab, als wolle er betonen, dass er immer noch der alte wäre. »Ich muss zur Fürstin … ich habe schlechte Nachrichten zu überbringen.«

Doch sein unverschämter Tonfall, sein finsterer Blick und seine verschmutzte Kutte ließ einen davon den Kopf schütteln.

»Die Fürstin ist beschäftigt, Feidlim. Sie wird eine Sklavin nach dir schicken, wenn sie Zeit für dich hat.«

»Dann kann es zu spät sein, Trottel«, sagte Feidlim und machte ein paar Schritte näher an die beiden heran.

»Du bist nicht nur dreckig, sondern auch noch taub«, stieß der zweite Krieger hervor und senkte seine Lanze dem Druiden entgegen. Dabei überkam ihn sichtlich ein kalter Schauer, als er in die Augen Feidlims blickte und darin blanke Mordlust erkannte.

Nahe genug, Idiot, dachte der Druide, machte blitzschnell einen letzten Schritt auf den Speerträger zu und zog zur Überraschung der beiden ein Schwert unter der Kutte hervor. Feidlim schlug dem verdutzten Mann die Waffe zur Seite … und trieb ihm die Spitze der Klinge in den Hals.

»Bist du des Wahnsinns, Druide?«, konnte der zweite Krieger noch brüllen, bevor sich Feidlim auch ihm zuwandte und mit seinem Schwert die Lanze parierte, die wenig kraftvoll, weil ungläubig geführt, ihn aufhalten sollte.

Feidlim verzichtete auf eine Antwort und blockierte den zweiten Stoß des Mannes mit seinem Druidenstab, während er mit dem Schwert dem Bauch des Kriegers einen Schnitt verpasste, der aber nur Wams und Hemd aufschlitzte. Doch dies genügte dem Mann, um endlich zu erkennen, dass er hier tatsächlich um sein Leben kämpfte. Er schlug die erneut auf ihn zu zuckende Klinge zur Seite und versetzte Feidlim mit dem stumpfen Ende der Lanze einen Schlag auf den Schwertarm, der diesen aufschreien und das Schwert fallen lassen ließ. Doch anstatt seinem Gegner nun die Spitze ins Herz oder die Brust zu stoßen, trat der Mann einen Schritt zurück und schien im Blick des augenscheinlich verrückt gewordenen Druiden seinen Mut zu verlieren. Feidlim nutzte den Moment, hob sein Schwert auf und trat einen Schritt auf den Mann zu.

»Halt ein!«, rief dieser. »Wenn deine Nachricht so wichtig ist, werde ich die Fürstin rufen.«

»*Ich* bin die schlechte Nachricht«, sagte Feidlim und stieß dem Krieger die Klinge in den offenen Mund.

Plötzlich öffnete sich die Tür des Fürstensitzes und Thorgert stand mit Drudwyn an seiner Seite dem bluttriefenden Schwert Feidlims gegenüber. Der junge Hund knurrte und sträubte das Fell, als Feidlim ihn anblickte und dabei das Schwert zum Schlag erhob. Es riss Thorgert zu Boden, der sich mit einer Hand im Fell des Hundes verkrallt hatte, als dieser auf den Druiden zusprang und dabei sein junges Gebiss zeigte.

Feidlim ließ das Schwert herabfallen wie ein Beil. Es trennte den Kopf Drudwyns vom Körper und ein Schwall Blut besudelte ihn und die ohnehin dreckige Kutte. Thorgert schrie auf und aus dem Innern des Hauses waren Rufe zu hören, die Feidlim verrieten, dass nur noch Frauen darin sein mussten. Mit einem rücksichtslosen Tritt stieß er den Jungen vom Kadaver des Hundes, auf den dieser sich geworfen hatte und bitterlich weinte. Gerade als im Türrahmen die Silhouette einer Frau vor einem Kerzenschein erschien, erklang hinter dem Druiden eine ihm fremde weibliche Stimme.

»Genug, Diener der Finsternis!«

Feidlim spürte augenblicklich, dass er keinen Schritt ins Haus der Fürstin würde tun können, bevor er nicht dieses neue Hindernis überwunden hätte. Mit seinen gestärkten Sinnen der Macht erkannte er, dass hinter ihm eine Vertreterin einer Seite stand, die auch er einmal eingenommen, aber nie zum Wohle aller genutzt hatte. Langsam drehte er sich herum und musterte erstaunt die weiß gekleidete Gestalt, die ihm gegenüberstand.

»Wer bist du, Weib?«

»Mein Name tut nichts zur Sache, Mörder. Lediglich der Umstand, dass ich dir Einhalt gebieten werde.«

»Dann versuch es!«, stieß Feidlim hervor und schleuderte ihr sein Schwert entgegen. Er hatte nicht erwartet, dass die Waffe sie wirklich erreichen würde und tatsächlich fegte die fremde Frau das Schwert mit einer Geste ihrer Linken weit zur Seite. Es blieb direkt vor den Füßen der gaffenden Menge im Boden stecken, die sich mittlerweile auf dem Platz angesammelt hatte. Doch seine Ablenkung hatte funktioniert. Elfrun traf der Stoß aus seinem Druidenstab mit der Wucht eines Rammbocks und ließ sie rückwärts taumeln.

»Dummes Weib!«, rief er ihr hinterher und konzentrierte sich darauf, dem nächsten Schlag eine Kraft zu verleihen, die ihre Knochen brechen lassen würde.

Aber zu seinem Erstaunen stand sie bereits wieder und schleuderte ihrerseits eine unsichtbare Faust aus ihrem Druidenstab auf seine Brust, dass er wie von einem Hammer getroffen in die Pfütze aus Drudwyns Blut und davon aufgeweichter Erde stürzte. Feidlim erkannte seinen Fehler und packte noch im Liegen den

Hals Thorgerts, der sich wieder auf den Körper seines Hundes geworfen hatte, anstatt sich ins Haus zu flüchten. Mit brutalem Griff riss er den Jungen in die Höhe, als er sich selbst aufrappelte und seinen Stab auf seine Gegnerin richtete. Thorgert reichte ihm mit seinen fünf Jahren gerade mal zur Kordel seiner Kutte.

»Der Junge stirbt, wenn du auch nur noch einmal deine Kräfte gegen ...«

Weiter kam er nicht mehr, da plötzlich die Spitze einer Klinge aus seiner Brust ragte und er ungläubig die Augen aufriss.

Es ließ Stab und Jungen los und wankte in den Knien. Thorgert drehte sich um und verschwand im Haus.

»Man sollte einer Fürstin niemals den Rücken kehren, Verräter! Vor allem dann nicht, wenn man ihre Kinder bedroht«, kam es mit bebendem Zorn aus dem Mund Briannas, die hinter ihm stand und immer noch ein Schwert mit beiden Händen hielt. Dann riss sie es heraus und Feidlim sackte auf die Knie.

Anstatt nun wie ein normaler Mensch zu sterben, fasste er sich an die Wunde auf seiner Brust und spürte, wie sie sich auf geheimnisvolle Weise schloss.

Mein Herr lässt mich nicht im Stich!, dachte er und sog vorsichtig neuen Atem in die Lungen. Er tat so, als würde ihn die Kraft verlassen und beugte sich weit hinunter. Doch nur, um das heftige Heben und Senken seiner Brust zu verbergen. Seine Rechte landete wie zufällig nur zwei Handbreit von seinem Druidenstab entfernt und Feidlim gelang es sogar das Geräusch seines neu erwachten Atems in ein Stöhnen zu verwandeln, das die Umstehenden täuschen sollte.

Doch nicht die weiße Frau vor ihm.

Seine Hand hatte blitzschnell nach seinem Stab gegriffen. Aber die ihm unbekannte Druidin hatte ihn im

Auge behalten und schleuderte ihm ihre Macht entgegen, sodass sein Stab plötzlich in Flammen stand und seine Hand verbrannte. Mit einem wütenden Aufschrei erhob er sich und wollte sich mit blanken Händen auf sie stürzen.

Er kam genau zwei Schritte weit.

Dann trennte ein Schwerthieb seinen Kopf vom Rumpf und er brach endgültig nieder.

»Ein gutes Schwert hast du dir da machen lassen, Germane«, sagte Cedric und reichte es Arwed, der es erleichtert entgegennahm und nachdenklich die Gravur betrachtete, die mit Blut gefüllt war und nun einen ganz anderen Eindruck auf ihn ausübte.

»Ja, es leistete mir bessere Dienste als mein altes Schwert«, antwortete er und dankte dem Keltenanführer für das Vertrauen, das er wohl damit gewonnen hatte. »Und ich bin froh, dass es mein Schwert war, das deiner Fürstin das Leben gerettet hat.« Dann lächelte er bedauernd und warf einen bewundernden Blick auf Brianna. Die Fürstin von Menosgada hielt in der Rechten ihr Schwert und an der linken Hand Thorgert, der nur Blicke für seinen toten Hund hatte. Kyla indes sah starr auf den Leichnam des Verräters und ahnte wohl, dass sie nur knapp dem Tod oder Schlimmerem entgangen war.

»Schade nur, dass ich es nicht selbst führen durfte«, fuhr Arwed fort und wandte sich wieder Cedric zu.

»Verzeih mir diese notwendige Vorsichtsmaßnahme, Germane«, sagte Cedric und drückte ihm eine Schulter. »Aber was sollte ich von dir denken, als du mit diesem Schwert die weiße Frau verfolgt hast? Wäre sie nicht bei dir gewesen und nicht auch noch eine Druidin der Tougener und vor allem: hätte sie nicht für dich gesprochen, hätte ich dich niemals wieder in unsere Stadt gelassen. Von nun an darfst du es offen führen. Ich bin sicher, dass meine Fürstin meiner Empfehlung nachkommen wird.«

»Wird sie, Cedric«, versprach Brianna mit fester Stimme und hatte dabei einen seltsamen Ausdruck im Gesicht, als sie Arwed ansah. Sie übergab Evelyn, die bleich und stumm aus dem Haus getreten war, ihr blutiges Schwert, dann schritt sie mit ihren Kindern an der Hand am Leichnam Feidlims vorbei auf Elfrun zu.

»Ich danke euch aufrichtig für eure Hilfe. Ohne euren Mut hätte sein Verrat wohl noch mehr Opfer verursacht. Wenn diese unschönen Körper entfernt sind, möchte ich dich, weiße Frau«, sie unterbrach sich um sich den beiden Männern zuzuwenden, »und euch beide in mein Haus einladen. Macht euch in der Zwischenzeit frisch.« Sie warf einen Blick auf Arweds und Elfruns in Mitleidenschaft gezogene Erscheinung. »Ich werde dafür Sorge tragen, dass man euch saubere Kleidung bringt. Es isst sich angenehmer, wenn man Blut und Schweiß von sich gewaschen hat. Außerdem dürften wir noch vieles anderes zu besprechen haben.«

Kapitel XXXVIII
Der Seelenfresser: Feuer

Mahimans Körper vibrierte vor Kraft und neuer Energie. Seine Haut glänzte vor Schweiß, doch es war nicht sein eigener. Es war der Angstschweiß der Männer, Frauen und Kinder, die seine Schwarzen Reiter in dieser Siedlung massakriert hatten und an deren Leibern sich Fafnir gerade satt fraß. Er selbst hatte sich an ein paar jungen Frauen schadlos gehalten, die dem Feuer entgangen waren, da sie in einem nahe gelegenen Teich gebadet hatten. Die Schreie ihrer Verwandten und das Prasseln des Feuers hatte sie aus dem Wasser und Mahiman direkt in die Arme getrieben.

Der Schwarze Druide musterte zufrieden die sichtbaren Stellen seiner Haut. Die vormals weiche Schicht darauf wurde mit jedem Tropfen dichter und fester, den er an sich riss, der durch uralte Magie zu einem undurchdringlichen Panzer verschmolz, der seinen ganzen Körper bedeckte und ihm trotzdem jegliche Bewegungsfreiheit gestattete.

Er stand auf einer Anhöhe und blickte auf die hell lodernden Flammen hinab, die die etwa fünfzig Hütten und Häuser rasch in Asche verwandeln würden. Zwischen den Rauchschwaden stiegen die Seelen der Getöteten auf und strebten dem Himmel zu. Doch eine nach der anderen wurde von seinen unsichtbaren Klauen erfasst und zu ihm gezogen. Er nahm sie in sich auf, vollständig, unentrinnbar und kostbarer, je jünger sie waren. Ihre nicht gelebten Jahre sammelten sich in seinem Leib wie Goldstücke in einer riesigen Schatztruhe, in die man ständig neue Münzen warf.

Ich habe bereits jetzt mehr Lebensjahre gewonnen, dachte er befriedigt, *als jemals zuvor in meinem langen Leben. Aber es kann nie genug sein!* Er grinste so gehässig, dass sich sein gottgleiches Gesicht zu einer grausamen Fratze verzog. *Sind die paar Jahre jedes einzelnen von euch bei mir nicht besser aufgehoben? In mir werden sie Teil eines vielleicht ewigen Lebens. Für euch minderwertige Kreaturen wären sie in wenigen Jahren oder Jahrzehnten verschwendet.* Ich *nutze eure Jahre für größere Dinge als Fischfang und Viehzucht, als armseliges Wälzen in Schweinescheiße und Angst vor den Launen der Götter.* Der letzte Gedanke brachte ein neues Lächeln auf seinem Gesicht hervor. *Was spricht dagegen, wenn ich diese Missgeburten in eurem Himmel herausfordere ... und einen nach dem anderen zerschmettere? Oder zu meinen Sklaven mache?*

Er lachte laut auf, als ein besonders großes Gebäude in sich zusammenbrach und Myriaden von Funken in den Himmel entließ. Mahiman wertete es als Bestätigung seiner dunklen Pläne und als Spottgruß an Odin und Thor, an Belenus und Taranis. *Ob germanisch, keltisch oder meinetwegen auch römisch: eure Zeit ist vorbei, ihr dekadenten Langweiler.* Meine *Ära bricht an und wird länger währen, als man sich euer je erinnern wird! Manche von euch sind längst tot, vergessen von allen Menschen. Eure Priester haben sich neuen Göttern zugewandt.*

Mich dagegen hat man nie wirklich vergessen. Ja, man hat mich gejagt, gedemütigt und schließlich eingeschlossen. Aber vernichtet hat man mich nie! Mahiman dachte an einen dieser Versuche, hoch im Norden, nahe der Region, in der das Land und das Meer nur wenige Monate frei von Eis und Schnee war. *Die Svear hatten sich mit den Germanen verbündet und fast alle meine Schwarzen Reiter vernichtet. Ich war geschwächt, ausgehungert durch Jahrzehnte magerster Nahrung. Ich musste mich zurückziehen.*

Schließlich kam ich in dieses Land und wollte mich an ihren Seelen und Leibern endlich satt fressen. Und beging einen Fehler ...

Er betrachtete noch einmal seinen beinahe vollkommenen Panzer, der ihn davor bewahren würde, wieder diesen Fehler zu begehen.

Nein, dieses Mal nicht!

Es gibt hier mehr als genug Fleisch und Seelen. Meine Schar Schwarzer Reiter wächst von Tag zu Tag. Sie und Hreidmars Sohn werden sie in Scharen vernichten, den Rest fressen und mich dabei von Stunde zu Stunde weiter stärken. Und Speichellecker wie Feidlim wird es überall und jederzeit geben. Die sich nur zu leicht verführen lassen und mir dienen, als hätten sie ihr ganzes Leben nur darauf gewartet.

Entweder war es sein Gedanke an Feidlim gewesen oder einfach nur blanker Zufall, dass er just in diesem Moment dessen Tod verspürte. Für die Dauer eines Wimpernschlages durchfuhr Mahiman ein Gefühl als würde man ihm einen Leckerbissen kurz vor dem Mund wieder entreißen; kein großer Verlust, aber ein bedauerlicher. Er nahm die Seele seines Dieners in sich auf, allerdings ohne besondere Freude.

Also hat er es nicht geschafft, die Fürstin zu töten, dachte der Schwarze Druide und betrachtete die langsam kleiner werdenden Flammen der Gebäude vor sich. *Wartet, ihr dort droben auf eurem Tafelberg. Noch ein paar Tage, noch einige kleine Drecksnester wie dieses hier und ich komme zu euch ...*

Dann lachte er und schritt gemächlich die Anhöhe hinab.

Kapitel XXXIX
Der zweite Versuch

Brianna saß an der Spitze ihrer Tafel und betrachtete nachdenklich die fast geleerten Teller, Schalen und Körbe, die vor ihr und ihren Gästen standen. Sie hatten im Beisein und mit den Kindern gegessen und viel über die Menosgader, Tougener und auch die Boier gesprochen. Als sich die Themen ernsthafteren Dingen zuzuwenden drohten, hatte Brianna die Kinder Evelyn übergeben und ihr aufgetragen, sie fern des Hauptraumes zur Ruhe zu legen und natürlich bei ihnen zu bleiben.

Danach hatten sie noch mehr als zwei Stunden diskutiert und ihre einzelnen Informationen verglichen, versucht Lücken in den Geschehnissen aufzuklären und aus Gerüchten und Bruchstücken ein Gesamtbild zu formen.

Mittlerweile wurde das ganze Gebäude - überhaupt alle Wachtürme, Tore und Mauern Menosgadas – durch drei Mal mehr Krieger gesichert, als vor Feidlims Angriff. Wer wusste denn schon, welche heimlichen Verbündeten der Schwarze Druide noch in Menosgada eingeschleust hatte? Cedric hatte dafür gesorgt, dass mehrere Spähtrupps in die Umgebung geschickt wurden und Verbindung zu möglichst jedem Dorf und Weiler suchen sollten, um sie vor den Schwarzen Reitern zu warnen und in die befestigte Stadt zu bringen. Elfrun wollte gleich nach dem Morgengrauen zu ihrem Fürst Raik aufbrechen und ihn von den Ereignissen berichten.

Die Fürstin ergriff ihr kostbares Glas und betrachtete den roten, mit ein wenig Honig gesüßten Wein darin, als wäre er Blut. Ihre nächsten Worte offenbarten, dass sie tatsächlich diesen Vergleich gezogen hatte.

»Es ist viel Blut geflossen in letzter Zeit«, begann sie, hob das Glas und Cedric, Arwed und Elfrun folgten ihrem Beispiel. »Trinken wir darauf, dass es von heute an deutlich seltener fließen wird.«

»Auf unser Blut!«, sagte Cedric und stieß mit seiner Fürstin an.

»Skål!«, rief Elfrun und tat es ihm gleich.

»Unser Blut«, wiederholte Arwed, stieß mit ihr an und leerte sein Glas in einem Zug. Entgegen seiner Germanenart setzte er es sehr vorsichtig ab. Ein germanisches Horn zerbrach nicht so leicht, wie dieses durchsichtige Material, das ihm ungewohnt in der Hand lag.

Brianna stellte ihres ab, stützte ihre Hände auf den Tisch und verschränkte ihre Finger ineinander. Nur die Daumen tippten unregelmäßig in einem Takt, dem kein Lied oder Brauch zugrunde lag, sondern lediglich ihr aufgewühltes Inneres.

»Dann darf ich für alle zusammenfassen«, begann sie und sah Arwed mit einer Mischung aus Erleichterung und Hoffnung an. »Die Germanen, vor denen wir uns also fürchteten, waren nicht auf Eroberung und Mord aus. Die zwei Späher aus Arweds Stamm handelten vermutlich … unbeherrscht und aus Notwehr.« Ihre Stimme hatte etwas unbestimmt Bedrohliches, als sie den nächsten Satz sprach: »Ihre Leichen sind verschwunden …«

Dann sah sie wieder zu den anderen. »Feidlim hat Überfälle anderer Germanenstämme aus der Vergangenheit uns so dargestellt, als wären sie nur die Vorboten eines feindlichen Heeres, das uns alle umbringen würde. Arweds Auftritt als Bernsteinhändler sollte für die Germanen in Erfahrung bringen, wie viel wir Menosgader über Mahiman wissen … oder ob wir schon unter dessen Einfluss stehen. Feidlims Lügen und Opfergier kann ich im Nachhinein nicht anders als schon beeinflusst oder besessen deuten. Alaric und ich waren völlig ahnungslos. Arweds König Thoralf und eine Schar seiner Krieger waren in Wahrheit auf der Jagd nach dem Seelenfresser und wurden in einer Schlacht aufgerieben; Arwed ist der einzig Überlebende.«

Sie konnte nicht verhindern, dass ihr bei den letzten Worten ein Leuchten in die Augen trat, das sowohl Elfrun als auch Cedric sehen konnten. Lediglich Arwed sah es nicht, da er den Kopf gesenkt hatte und der Gefallenen zu gedenken schien. Briannas Leuchten wandelte sich in einen warmen Ausdruck, der wiederum Cedric und Elfrun auffiel und Arwed entging. Erst als sie weitersprach, hob er den Kopf.

»Die Svear, sowie einige Germanenstämme hoch aus dem Norden und von der Küste, schlossen vor vielen Jahren ein Bündnis gegen den Seelenfresser, der ihr Land mit Feuer und Tod verheert hatte … wie jetzt unseres. Elfrun hatte sich auf seine Spur gesetzt, diese aber verloren. Seitdem lebt sie als Druidin bei unseren Nachbarn, den Tougenern, die von all dem bis dahin nichts wussten.«

Brianna schüttelte den Kopf und lächelte Elfrun an. »Irgendwann musst du mir verraten, wie du so alt werden und dabei deine Jugend und Schönheit behalten konntest.« Sie warf Arwed einen Blick zu, der nur wenig verbarg, dass sie gerade für ihn möglichst lange jung und schön bleiben wollte. Trotz ihres eigentlichen Gesprächsthemas stieg ihm eine leichte Röte ins Gesicht.

Dann fuhr Brianna fort. »Trotzdem gelang es Alaric ein Bündnis mit Fürst Raik zu schließen, das aber aufgrund … eines Gemetzels nie in Taten umgesetzt wurde.« Sie holte tief Atem und legte der Frau neben ihr die Linke auf deren rechte Hand. »Ich werde das Bündnis mit Leben erfüllen, weiße Druidin! Wenn dein Fürst Raik dazu noch bereit ist.«

»Ganz sicher, Fürstin«, warf Elfrun ein.

Brianna nickte. »Wenigstens das kann ich noch für Alaric, Yashar, Wolfried und all die anderen toten Krieger tun.«

Brianna schwieg für einen langen Moment und keiner der Anwesenden erhob sein Wort zu einem Widerspruch.

Als Arwed die Namen der getöteten Krieger hörte, tauchte unvermittelt ein Fragment der Schlacht in ihm auf und ließ ihn die Hand heben.

»Ich kannte Yashar und Wolfried nicht besonders gut, und ich sah sie bei meinem ersten Aufenthalt auf Menosgada auch nicht oft. Doch ihre so unterschiedliche Statur erscheint mir doch recht … auffällig. In Verbindung mit ihren Waffen ergeben sie ein einmaliges Bild. Ich bin soeben zu der Überzeugung gelangt, auch wenn ich nicht verstehe, wie dies sein kann …«, er hielt inne und blickte in die mehr als überraschten Gesichter seiner Zuhörer, »dass ich sie beide in der Schlacht gesehen habe!«

»Also haben sie mit dir gegen die Schwarzen Reiter gekämpft und sind dort in Ehren gefallen?«, fragte Cedric hoffnungsvoll und traurig zugleich.

»Nein, sie kämpften gegen uns … als Schwarze Reiter!«

Bevor Brianna und Cedric protestieren konnten, ergriff Elfrun mit Nachdruck das Wort. »Mahiman hat deine Krieger in seine Knechte verwandelt, Fürstin. Wahrscheinlich hat er sich auch die Leichen der beiden Germanenspäher geholt. Ich danke den Göttern, dass deinem Mann dieses Schicksal erspart geblieben ist. Seine Seele durfte in Walhall eintreten, die Seelen Yashars und Wolfrieds jedoch gehören für alle Zeiten Mahiman.«

»Wie kannst du dir dessen sicher sein, Arwed?« Cedric schien sich so einen Wandel nicht vorstellen zu können.

»Es mag viele Krieger mit Yashars Körperbau geben, aber nur einen, der seine doppelschneidige Axt so gekonnt geschwungen hat. Und Wolfrieds Statur gleicht eher einem Felsen. Ich habe noch nie in meinem Leben einen Mann mit solchem Format auf einem Pferd so wüten sehen. Es *war* Wolfried!«

»Also kann der Schwarze Druide seine Schar beständig vergrößern«, zog Cedric das militärische Fazit. »Ich dachte immer, er hätte nur eine Handvoll davon. Mir graut vor dem Gedanken, er könnte ein Heer von ihnen auf uns hetzen.«

»Ob eine Handvoll oder ein Heer: wir können sie alle vernichten«, warf Elfrun plötzlich in die düstere Stimmung und erntete dafür noch größeres Erstaunen, als Arweds Äußerung zuvor.

»Wie?«, fragte Brianna nur und hob gespannt ihre Augenbrauen.

Elfrun war sich anscheinend bewusst, dass ihre Zuversicht auf misstrauische Ohren stoßen würde. Also holte sie ein wenig aus. »Mein Fürst Raik und ich hatten diesen Punkt schon einmal besprochen und glaubten einen schlüssigen Fingerzeig gefunden zu haben, wie man die Schwarzen Reiter – vielleicht auch ihren Herrn und Meister – vernichten könnte. Herkömmliche Waffen, selbst Feuer ist hierfür ungeeignet, wie Arwed wohl bestätigen kann. Aber seine Schilderung, wie er die Schlacht überleben konnte, passt zu gut zu den Hinweisen, die Raik und mir aufgefallen sind.«

Sie sah zu Cedric hinüber und hatte ein entschuldigendes Lächeln für ihn. »Als Soldat wird dir die Waffe wenig bekannt sein, als Mensch dagegen schon …«

»Nun sprich schon!«, forderte er sie auf.

»Wasser«, sagte Elfrun einfach und beließ es vorläufig bei dem Wort.

»Du machst dich über uns lustig, weiße Druidin«, kam es sofort von Cedric und man sah seinem Gesicht an, dass er mit dem Gedanken spielte, sie könne womöglich nicht ganz bei Sinnen sein.

»Ganz bestimmt nicht, mein Freund«, antwortete sie und verzichtete auf ein Lächeln. »Ich meine es todernst!« Sie hob ihre Linke und fing zu zählen an: »Denkt doch einmal über folgende Punkte nach: Warum griff uns Mahiman nicht schon längst hier auf Menosgada an? Der Fluss liegt zwischen ihm und uns! Er und seine Schwarzen Reiter können das Wasser nicht überwinden. Selbst eine Furt, die Arwed und ich entdeckten, als wir Feidlim verfolgten, ist für sie ein Hindernis.«

»Für Feidlim aber war sie es nicht«, warf Brianna ein.

»Richtig.« Elfrun zuckte mit den Schultern. »Er war zwar ein Gefolgsmann des Seelenfressers, aber kein vollständiger Vertreter der Finsternis. Vielleicht wäre er noch zu einem geworden. Den Göttern sei Dank, konnten wir ihn vorher ausschalten.«

Dann fuhr sie mit ihrer Argumentation fort und hob dabei weitere Finger, um die Punkte anzuzeigen. »Alle Dörfer und Siedlungen, die er bisher niedergebrannt hat, liegen auf der anderen Flussseite. Arwed stürzte im Kampf in den Fluss und wurde fortgetrieben. Er gelangte mehr durch Zufall als durch Entscheidung an das diesseitige Ufer. *Das* rettete ihm das Leben, nicht sein Schwert.« Sie nickte ihm bedauernd zu und lächelte, dabei um Nachsicht bittend. »Du magst ein guter oder sogar großartiger Krieger sein, mit einem kleinen Hang zur Raserei, wie du selbst sagtest. Aber das hat dir nicht den Hals gerettet ... oder deine Seele.«

»Aber nur *Wasser*?« Brianna erschien diese Möglichkeit wie ein zu seltenes und tückisches Geschenk der Götter. »Wenn es denn stimmen sollte - wovon ich noch lange nicht überzeugt bin - bleibt die Frage: Warum ist darauf noch niemand gekommen in all den Jahren?«

»Vielleicht hat einfach niemand bisher überlebt. Vielleicht fanden seine Gräueltaten immer fern von Wasser statt, wer weiß?« Elfrun nickte noch einmal zu Arwed und hob den fünften Finger der Hand. »Es gibt noch einen Punkt, den unser Berserkerfreund hier noch nicht erwähnt hat: Als er in den Fluss fiel, traf ein kräftiger Spritzer eines der schwarzen Rösser. Es schrie vor Schmerzen auf und weiße Schwaden stiegen von den Stellen auf, an denen es das Wasser getroffen hatte.«

»Davon habe ich dir ...«, begann er und unterbrach sich aber sofort, als er bemerkte, wohin der Satz geführt hätte.

»Wie ich euch schon berichtet hatte«, fuhr Elfrun ungerührt fort, »fand ich Arwed, mehr tot als lebendig und pflegte ihn eine Weile. Er ... sprach im Fieberwahn und so erfuhr ich von der Wirkung auf die schwarzen Rösser. Wahrscheinlich hat er es in seiner Raserei gar nicht mitbekommen. Aber eine aufmerksame Druidin kann ... aus den Worten eines Mannes mehr herauslesen, als dieser zu sagen bereit ist.«

»Nun, jede Frau kann das«, fügte Brianna schmunzelnd hinzu, lag dabei falsch und richtig zugleich. Elfrun lächelte nur und nickte zustimmend.

»Das mag ja alles so sein, wie ihr es schildert«, warf Cedric mürrisch ein. »Aber ich gehe nicht zu meinen Kriegern und sage ihnen, sie sollen ihr Schwert gegen einen Eimer mit Wasser eintauschen, wenn Mahiman und seine Reiter Menosgada angreifen.«

»Wir werden uns andere Methoden als Eimer einfallen lassen, mein Freund«, sagte Arwed, um von der für ihn peinlichen Situation abzulenken. »Ich habe da schon ein paar Ideen. Wir könnten ...«

Ein lautes Klopfen am Eingang ließ ihn verstummen. Nur Augenblicke später trat einer der Wächter in das Haus und kam nach kurzen Worten mit seinem Kameraden, der von innen das Tor bewacht hatte, zu ihnen.

»Herrin, ein Mann aus einem der Dörfer am Fluss besteht darauf, sofort vorgelassen zu werden. Es wurde überfallen.«

»Von welcher Seite des Flusses stammt er?« Brianna sah den verständnislosen Blick des Kriegers, doch der antwortete ohne zu zögern.

»Von dieser Seite, Herrin.«

Nur Augenblicke später stand ein kräftiger, aber zitternder Mann vor ihnen, der nach Schweiß und Eisenerz roch.

»Herrin ... es war schrecklich ... ich bin der einzig Überlebende.«

»Nun mal langsam«, unterbrach Cedric und wies den Mann mit einer Geste an, an der Stelle zu bleiben, wo er stand. Dabei legte er seine Hand an den Knauf seines Schwertes. Aber die Augen des Mannes nahmen die Warnung gar nicht wahr. Stattdessen sprudelten seine nächsten Worte so rasch heraus, als hätte er Angst, die Botschaft nicht mehr loswerden zu können.

»Schwarze Reiter haben mein Dorf vernichtet«,

rief der Mann und stockte plötzlich. Seinem Gesicht war anzusehen, dass er fürchtete, niemand würde seinen nächsten Worten Glauben schenken. »Ich befand mich mit einigen anderen Männern im Erzstollen im Berg gegenüber. Als ich mit einem vollen Karren aus dem Stollen kam, sah ich die Feuer … und ihn, den Seelenfresser.«

Als hätte er die Szene so deutlich vor Augen, wie seine Zuhörer direkt vor sich, rollten seine Augäpfel wie Murmeln in einer Schüssel und er sah sich panisch nach einem Versteck um. Dann schluchzte er auf. »Ich ... wir … sind keine Krieger, nur einfache Bergleute. Wir sahen Menschen brennen und hörten ihre Schreie bis zu uns hinauf. Trotzdem packten einige ihre Schaufeln und wollten ins Tal rennen …« Wieder hielt er tränenerstickt inne und sah nun in die Gesichter seiner Zuhörer. »Der Schwarze Druide war mitten unter ihnen … und saß auf einem Monster.«

»Es gibt keine Monster«, warf Cedric ein und hielt die Behauptung des Mannes wohl für dessen Entschuldigung, warum er seinen Dorfangehörigen nicht zu Hilfe geeilt war.

»Was für ein Monster?«, fragte dagegen Elfrun todernst und Arwed liefen augenblicklich kleine Eiskristalle über die Haut.

»Es war eine riesige Schlange, länger als fünfzehn Pferde, ich schwöre es!« Die Stimme des Bergmannes war nur noch ein leises Beben.

»Und der Seelenfresser saß auf diesem Untier?« Elfruns Stimme klang wie brechendes Glas.

»Ja«, antwortete der Mann und vergrub sein Gesicht in den Händen.

»Mahiman hat seinen stärksten Verbündeten zu sich geholt«, sagte die weiße Druidin tonlos und die Hoffnungslosigkeit in ihren Worten schreckte Arwed mehr als die Vorstellung einer Bestie gegenübertreten zu müssen. Wie weggewischt war die Aussicht auf einen erfolgreichen Kampf.

»Ich kenne das Monster«, sagte sie unheilschwanger. »Es ist ein Lindwurm … Mahiman hat Fafnir geweckt!«

Kapitel XL
Ruhe vor dem Sturm

Arwed hatte mit Cedric mehrere Stunden lang Maßnahmen für den als sicher geltenden Angriff Mahimans besprochen und danach selbst mit Dutzenden Handwerkern einige außergewöhnliche Muster der Projektile für Schleudern hergestellt. Sie hatten sich darauf geeinigt, nur wenigen Hauptleuten die wahren Verwendungszwecke zu erläutern. Deren Reaktionen reichten von Ablehnung oder Erfüllung aus Gehorsam bis hin zu hoffnungsvoller Zustimmung aufgrund blanker Verzweiflung. Cedric hatte ihre Bedenken letztendlich mit der Behauptung beiseite gewischt, Elfrun hätte die Geschosse zu Lughs Waffe verzaubert.

»Wer ist Lugh?«, hatte Arwed gefragt, »und was hat es mit diesem …«

»Tathlum.«

»… Tathlum auf sich?«

»Es gab einst einen keltischen Helden namens Lugh«, erklärte Cedric und hatte einen Ausdruck im Gesicht, als wünsche er sich diesen jetzt an seine Seite, anstelle eines einzelnen Germanen. »Lugh kämpfte in einer Schlacht gegen den König der Fomori … Balor vom bösen Auge. Lugh zerschlug mit diesem Tathlum dieses Auge und die Schlacht war gewonnen.«

Arwed hatte nachdenklich dreingeschaut und stumm die Namen wiederholt, dann hatte er Cedric angesehen. »Das klingt nicht nach deinem Keltisch. Wo fand diese Schlacht statt?«

»Auf einer Insel weit im Norden, wir nennen sie Éire, die Römer Hibernia. Sie liegt neben Albion, wenn dir das weiterhilft.«

Natürlich kannte Arwed beide Inseln, aber unter ihren germanischen Namen. Er ging nicht weiter auf diese Geschichte ein, sondern war damit zufrieden, dass die Handwerker plötzlich mit wahrem Feuereifer an die Arbeit gingen. Nur einige stutzten, als sie die dünnwandigen Tongefäße und Schweineblasen mit Wasser füllen mussten. Die Krieger nahmen sie vorsichtig an und beeilten sich, sie nach Arweds und Cedrics Anweisungen an verschiedenen Orten zu platzieren.

Cedric hatte sich entgegen Arweds Erwartung am meisten bei den Hauptleuten an den Wällen und den brandneuen Geschossen ins Zeug gelegt. Die keltischen Krieger betrachteten alle Fernwaffen wie Pfeil und Bogen, erst recht diese Schleudern, als Waffen von Feiglingen. Schwerter und Lanzen als Hieb- und Stichwaffen waren nach ihrem Geschmack die einzig wahre Ausrüstung eines Kriegers in einem ehrlichen Kampf. Die Legende von Lughs Sieg gegen Balor hin oder her.

Arwed hatte versucht ihnen klarzumachen, dass weder dem Seelenfresser noch seinen Schwarzen Reitern an einem ehrlichen Kampf gelegen sei. Cedric schien hier pragmatischer als seine Stammesgenossen zu denken und war bereit alles anzunehmen, was seiner Meinung nach zumindest nicht schaden konnte. Allerdings hatte er darauf bestanden, dass ihre Zisterne völlig unberührt bleiben sollte. Alles Wasser für Arweds Ideen sollte aus den Quellen außerhalb der Mauern entnommen werden, an die man im Falle eines Angriffes oder einer Belagerung ohnehin nicht mehr herankam.

Elfrun hatte am Morgen nach ihrer Besprechung in Begleitung einiger Reiter auf den schnellsten Pferden Menosgada verlassen und geschworen, dass sie mit

Fürst Raik und einem möglichst großen Tougener-Heer bald zurückkehren würde. Ein kleiner Teil der Tougener-Krieger aber sollte mit den Frauen, Kindern und Alten des Stammes sich über den Menos absetzen, einige Meilen nach Norden ziehen und auf einer Insel inmitten eines kleinen Sees die Schlacht abwarten. Auch sie auf Menosgada aufzunehmen, würde den vorhandenen Platz sprengen und vor allem die Vorräte rasch schwinden lassen, die ohnehin aufgrund der ständig eintreffenden Flüchtlinge knapp bemessen waren.

Die zurückkehrenden Patrouillen hatten zumindest bestätigen können, dass das Dorf des Bergmannes völlig niedergemacht worden war. Aber weder hatten sie ein Monster noch Schwarze Reiter gesehen. Nur das fürchterliche Werk, das sie hinterlassen hatten. Für Arwed war dies allerdings der Grund, warum sie noch lebten und heimkehren konnten. Nachdem von einem Tag zum anderen der Flüchtlingsstrom abgerissen war, schickte Cedric keine weiteren Spähtrupps mehr aus.

Es war noch sehr früh am Morgen und die Nebel bildeten eine weiße Decke, die den Fluss und das Tal verbarg, während hier oben auf Menosgada die Sonne über die benachbarten Bergkuppen kam. Und nun hatte Arwed nichts mehr zu tun, als sich vom Fortschritt ihrer Vorbereitungen zu überzeugen. Aber immer, wenn er an eine Stelle kam, von der er der Meinung war, sie wäre besonders gefährdet, konnte er sich davon überzeugen, dass man seine – oder eher Cedrics und Briannas – Anweisungen befolgt hatte.

Mehr aus Zufall gelangte er an Cualans Schmiede und wollte ihm noch einmal für das prachtvolle Schwert danken. Aber Cualan und dessen Berufskollegen, Helfer und Sklaven hatten alle Hände voll zu tun. Ein kurzes freudiges Winken musste ihm genügen. Am breiten Grinsen des Schmiedes und eines Kusses, den Evelyn Cualan verstohlen gab, als sie ihm Speisen brachte, erkannte Arwed jedoch, dass sein Rat dem Schmied wohl tatsächlich zu seiner Angebeteten verholfen hatte.

Ganz plötzlich kam er sich einsam vor und wusste nicht, wohin er seine Füße lenken sollte. Dorthin, wohin er am liebsten gegangen wäre, wagte er nicht zu gehen.

»Es scheint, als würden wir beide das gleiche Schicksal tragen, Arwed«, erklang hinter ihm die Stimme, die er seit drei Tagen nicht mehr gehört hatte.

Er drehte sich um und sah Brianna in Begleitung zweier Krieger am Rande der Siedlung stehen. Das geschäftige Gewusel in der Stadt und die Tatsache, nichts mehr dazu beitragen zu können, hatte sie wohl genauso wie ihn hierher getrieben. Sie sah einfach umwerfend aus. Sie wirkte auf ihn wie ein Juwel vor dem dunklen Hintergrund kommenden Unheils.

»Nun, Euer Schicksal scheint mir schwerer zu wiegen, Fürstin. Ihr habt Euren Mann verloren.«

»Und du deinen König und all deine Freunde.« Sie nickte und für einen Moment war ihr Gesicht eine Maske aus Trauer und Erinnerung. »Ja, Alaric war ein guter Fürst und Krieger. Ich … mochte ihn sehr.«

Arwed wunderte sich, dass sie nicht die Begriffe Ehemann und Vater ihrer Kinder benutzte, geschweige denn das Wort Liebe. Bevor er darauf antworten konnte, bedeutete sie den Wachen zurückzubleiben und ging auf Arwed zu.

»Nicht allen politischen Ehen ist so ein Glück vergönnt«, schob sie nach und Arwed erschien es wie eine Entschuldigung für einen Umstand, der auch bei seinem Volk nicht unbekannt war. »Lass uns ein wenig die Ruhe genießen, *Bernsteinhändler*.«

Als sie ihn ausgerechnet jetzt an seine Rolle erinnerte, klang es in seinen Ohren wie ein milder Vorwurf und eine Neckerei zugleich. Aber er konnte sich auch täuschen. »Es tut mir leid, dass ich nicht vom ersten Blick in Eure Augen an die Wahrheit sagen durfte, Fürstin … Brianna«, wagte er einen zaghaften Vorstoß.

»Ich erinnere mich an diesen Blick, Germane. Sehr gut sogar.« Sie lächelte verhalten. »Du warst verwirrt.«

Dass sie ihn im Gegensatz zu damals nun mit einer vertraulicheren Anrede ansprach, rechnete er mehr den Umständen zu als einer – wie auch immer veränderten – Haltung ihm gegenüber.

»Ihr wart traurig … Eure Tochter, Kyla, war traurig.«

»Und nun sind wir es schon wieder«, fügte sie hinzu und sah ihn aus hilfesuchenden Augen an. Zumindest hatte er diesen Eindruck.

»Egal was passiert, Brianna, ob wir die Schlacht gewinnen oder verlieren: Ich bleibe an d… Eurer Seite!«

»Das hoffe ich sehr«, antwortete sie und ging ein paar Schritte weiter.

Arwed folgte ihr und sah, dass die Wachen sich bemühten so zu tun, als würden sie sie nicht beobachten. Ob sie dies von selbst oder aufgrund einer Anweisung taten, konnte er nur ahnen. Dann drehte er sich ihr zu und wusste nicht wohin mit seinen Händen. »Es ist bestimmt nicht der richtige Augenblick, Brianna«, begann er und sah über ihren Kopf hinweg auf die hektischen Aktivitäten in der Stadt und an den Wällen. »Aber ich möchte Euch etwas sagen, bevor die

Schlacht …«

Er kam nicht weiter, weil sie die zwei Schritte, die sie getrennt hatten, rasch überwunden hatte und nun ihre Lippen auf seine presste. Ihr Kuss war stark und zärtlich zugleich, der Druck ihrer Arme an seinem Körper verlangend und trotzdem von einer Anmut erfüllt, die sie ihre Stellung nicht verlieren ließ.

Als er es nicht wagte, sie mit seinen Armen zu umschließen, öffnete sie ihre Augen und löste ihren Mund von seinem. Über ihr duftendes Haar hinweg sah er zu den beiden Wachen, die sich herumgedreht hatten und den Eindruck erweckten, als sei der Stapel Geschosse am Fuße eines Walles der spannendste Anblick, den es hier zu begutachten gab. Vielleicht diskutierten sie ja wirklich darüber.

Brianna folgte seinem Blick. »Ich habe ihnen aufgetragen, dass sie dich nicht töten sollen, wenn du mir zu nahe kommst«, flüsterte sie und sah ihn dabei belustigt an.

»So, hast du das?«, antwortete er und nahm sie in seine Arme. »Es wäre auch zu schade, wenn ich auch noch meinen Kopf verlieren würde … denn mein Herz hast du schon.«

Dann umfing er sie und küsste sie leidenschaftlich, beinahe wie ein Ertrinkender, der nach Tagen endlich einen Becher Wasser bekommt. Doch ihr Kuss war tausendfach köstlicher und Arwed spürte den lange unterdrückten Hunger danach in sich aufwallen. Ihr Kuss dauerte lange, so als hätte das Schicksal ein Einsehen und ließe für die beiden die Zeit ein wenig stillstehen.

Sie wären sicherlich noch lange so gestanden, eng umschlungen im Schatten einiger Bäume, im Schutz zweier diskreter Wachen. Doch das Schicksal oder die Götter entschieden, dass es für den Moment genug war.

Ein Horn ließ seinen durchdringenden Ton erschallen, der in Briannas und Arweds Ohren nicht hätte schrecklicher klingen können.

»Es beginnt«, sagte er und fühlte die gleiche Empfindung seine Brust und sein Herz durchströmen wie bei ihrer ersten Begegnung.

Kapitel XLI
Lughs Waffe

Cedric stand auf dem Nordwestabschnitt des obersten Schutzwalles und spähte mit Arwed, Brianna und einigen Hauptleuten in das Tal hinunter. Sie warteten gespannt auf die Rückkehr des Reiters, der von dem Carnyxbläser den Grund für den Alarm in Erfahrung bringen sollte. Der Krieger fegte auf seinem Pferd gerade wieder durch das Tor der dritten Mauer, als Cedric auf eine Stelle im Tal deutete.

»Der Nebel löst sich auf … aber nur dort.« Sie folgten seiner Hand und sahen lediglich einen dunklen Fleck, der sich zu bewegen und auch zu wachsen schien, ohne dass man darin konkrete Dinge hätte erkennen können.

»Das ist Rauch«, sagte einer der Hauptleute. »Der Wald brennt!«

»Nein«, warf Arwed ein, »es sind Schwarze Reiter, die ihre Waffen noch nicht gezogen haben. Sie verbreiten eine Woge tiefster Finsternis … und Angst.« Arwed wollte noch etwas hinzufügen, als der Reiter bei ihnen ankam.

»Herrin«, rief er hinauf, »es ist nichts zu erkennen, als dieser schwarze Rauch. Er bewegt sich wie eine Walze langsam auf den Berg zu. Was sollen wir tun?« Man sah dem Mann an, dass er lieber ein festes Ziel gehabt hätte, gegen das er seine Waffe hätte richten können.

Brianna war zwar eine Fürstin, die mit dem Schwert umzugehen verstand, doch weder war sie eine Heerführerin, noch hatte sie strategische Erfahrung. Sie blickte abwechselnd zwischen Arwed und Cedric hin und her. Die beiden Männer tauschten ihrerseits Blicke und schließlich schüttelte Cedric den

Kopf.

»Fürst Alaric und Wolfried waren unsere Heerführer, ich nur einer der Hauptmänner. Und du, Germane, hast schon gegen die Schwarzen Reiter gekämpft, ich nicht. Außerdem solltest du derjenige sein, der entscheidet, wann wir deine … Ideen einsetzen sollten. Ich folge deinen Befehlen, wenn unsere Fürstin damit einverstanden ist.« Dann setzte er ein gequältes Lächeln auf. »Ich hoffe sehr, dass du dabei an ihrer Seite bleibst, anstatt dich in die vorderste Linie zu werfen und in Raserei zu verfallen.«

Brianna dankte Cedric mit einem Nicken und drehte sich dem Mann auf dem Pferd zu. »Cedric ist euer Befehlshaber, nicht ich. Und der Germane Arwed steht ihm in diesem Kampf an Rang und Befugnissen gleich. *Sein* Wort ist euer Befehl, so als käme er von Cedric oder mir! Hast du mich verstanden, Krieger?«

»Ja, Herrin.«

»Dann verbreite meine Anweisung an alle Hauptleute!«

Der Mann trug eine ausdruckslose Miene zur Schau, der man nicht ansah, ob sie dem Schrecken, der auf sie zukam geschuldet war oder der überraschenden Rolle, die dieser Fremde nun einnehmen sollte. Ihrer aller Leben hing von den Befehlen eines Germanen ab? Sein Pferd spürte dessen Unruhe und begann nervös zu tänzeln.

Arwed sah nacheinander zu Brianna und Cedric, dann holte er tief Atem, sah den Mann in die Augen und deutete in das Tal. »Dort kommt eine unbekannte Zahl Schwarzer Reiter auf uns zu. Sie werden an den ersten Wall heranrücken und dann ihre Waffen ziehen. Erschreckt nicht, wenn sie in Flammen stehen! Sie werden versuchen die Wälle anzustecken. Also verschwendet keine Pfeile und Speere darauf, sie töten zu wollen. *Die schärfste Klinge ist nicht dazu angetan, sie vernichten zu können!«*, betonte er und wusste im gleichen Augenblick, dass ihm der Mann nicht glauben würde; schon gar nicht die Männer am untersten Wall, die sich dem Gegner als erste würden stellen müssen. »Schleudert ihnen die Tongefäße entgegen, Lughs Waffe …« Dann hatte er eine plötzliche Eingebung. »Ich habe sie Elfrun mit Gift füllen lassen. *Nur das kann sie töten!«* Als hätte ihn die erste Lüge beflügelt, schob er eine zweite hinterher. »Achtet darauf, dass ihr die Gefäße nicht zerbrecht, wenn ihr damit hantiert! Es wäre euer sofortiger Tod.«

Der Mann wurde leichenblass und wagte einen Einwand. »Uns wurde gesagt, darin befände sich Wasser. Sollten wir damit nicht die Brände löschen, die du vorhersagst?« Offensichtlich war der Krieger kein Dummkopf.

»Das war nur die halbe Wahrheit, mein Freund. Konzentriert euch auf die Giftbehälter. Gebt sie nur euren besten Werfern! Je mehr Schwarze Reiter das Gift zu schmecken bekommen, desto besser sind unsere Chancen, die Stadt und alle darin zu retten.«

Arweds Augen wirkten nicht nur auf den Mann wie blauer Stahl. Ohne ein weiteres Wort hob der die Hand zum Gruß, gab seinem Pferd die Hacken zu spüren und stürmte davon.

»Gift? Hatten wir uns nicht darauf geeinigt, die Dinger als Lughs Waffe zu bezeichnen?«, flüsterte Cedric ihm zu und wusste, dass die Hauptleute in ihrer Nähe gesehen hatten, was die Handwerker in die Gefäße gefüllt hatten.

Arwed verzog den Mund und nickte Cedric unmerklich zu. Dann wandte er sich an die Krieger und Hauptleute in ihrer Nähe: »Elfrun hat das Wasser vergiftet«, wiederholte er. Seine Stimme war das stählerne Gegenstück zu seinen Augen. Einige der Keltenkrieger machten Zeichen gegen böse Geister und schluckten jedes seiner Worte. »Leider haben wir nur eine begrenzte Menge davon.«

Cedric sah ihn für einen Augenblick an, dann nickte er zustimmend. »Na schön, so werden wir es halten, Germane«, hauchte er und drehte sich anschließend ebenfalls den Hauptleuten zu. »Geht nun auf eure Posten Männer! Und seid vorsichtig mit dem Zeug.« Dann wandte er sich an Brianna. »Ich werde die Krieger an der zweiten Mauer kommandieren, Fürstin. Arwed soll hier oben den dritten Wall und die Stadt verteidigen. Mögen die Götter uns beistehen … auch deine, Germane!«

»Odin ist immer auf der Seite des Mannes, der sein Schwert gegen die Mächte der Dunkelheit ins Feld führt, Cedric.« Er drückte dem Mann mit beiden Händen die Unterarme und dieser erwiderte den Gruß.

»Heil Taranis!« Cedric hielt kurz inne; dann: »Heil Odin!« Seine Hauptleute wiederholten nur den ersten Teil des Rufes, aber Arwed nahm es ihnen nicht übel.

»Heil Odin! Heil Taranis!«, antwortete er und verfolgte wie Cedric und die meisten Anführer sich zu ihren Positionen aufmachten. Er sah zu Brianna, wie sie an die Brüstung des Walles trat, das Schwert ihres verstorbenen Mannes in der Rechten und fand, dass sie nie schöner ausgesehen hatte als jetzt. »Heute werden viele sterben, Brianna. Ich bete wirklich zu den Göttern, dass sie wenigstens dich und deine Kinder retten.«

Sie drehte sich erschrocken zu ihm um. »Und für dein Leben bittest du nicht?«

»*Du* bist mein Leben!«

Er sah, dass sie ihm noch etwas sagen wollte, doch

plötzlicher Lärm und Geschrei von der untersten Ebene zwang sie dazu, sich wieder der kalten Realität zu stellen.

Aus Nordwesten näherte sich die schwarze Woge in einer lang gestreckten Linie. Der Nebel war beinahe vollständig von unnatürlicher Dunkelheit verdrängt worden, obwohl die Sonne mittlerweile den Horizont überschritten hatte und goldene Strahlen auf das Land warf. Arwed ahnte, dass hier weit mehr als sechs Schwarze Reiter anrückten und sicher auch ihr Herr und Meister nicht weit sein dürfte. Nach allem, was er von Elfrun erfahren hatte, gierte Mahiman nach den Seelen der Toten. Diese Schlacht würde er sich niemals entgehen lassen.

Doch als Arwed sah, dass sich der dunkle Qualm im Tal in eine lange Reihe flammender Schwerter und Äxte verwandelte, stockte ihm der Atem. Ein entsetztes Schluchzen Briannas und eine Reihe keltischer Flüche von links und rechts des Walles drangen nur undeutlich an seine Ohren. Die Erkenntnis aber, wie viele Schwarze Reiter dort heranrückten, umfasste seine Brust für einen Moment wie ein kaltes Eisen.

Arwed zählte sie nicht.

Dafür war die Linie zu lang.

Es mussten über einhundert sein.

Das ist unser Untergang!, dachte er und sah dass die lodernden Klingen näher rückten, eingebettet in nachtschwarze Schwaden, die nichts erkennen ließen, was nach einem Mann oder Pferd aussah. Wie ein Lauffeuer fraß sich die Nachricht, wie der Feind beschaffen war, von Wall zu Wall, von Mensch zu Mensch. Arwed konnte förmlich sehen, wie die Welle aus Angst und Verzweiflung den Berg heraufraste und Krieger genauso erfasste wie Frauen, Kinder und Alte.

Plötzlich riss er sein Schwert in die Höhe und

schrie mit aller Kraft:

»Menosgader, bleibt standhaft!

Kämpft für eure Familien!

Kämpft für eure Fürstin!

Und kämpft für eure Seelen!«

Zu seiner Überraschung fielen die Krieger in seiner Nähe mit lautem Gebrüll in seinen Schlachtruf ein, nur Wimpernschläge darauf gefolgt von den Rufen der Menschen jedes Alters in der Stadt. Die Rufe setzten sich von Ebene zu Ebene nach unten fort … und verebbten, als die ersten Flammen an den Balken des untersten Ringwalles leckten.

Kapitel XLII
Menosgada brennt

»Sie konzentrieren ihren Angriff auf das Tor … was zu erwarten war«, rief Brianna und sah dass die Verteidiger am ersten Wall wahre Pfeilregen auf nicht sichtbare Gegner verschossen.

Auch Arwed sah es und knirschte mit den Zähnen. »Reine Verschwendung. Sie hören nicht auf mich, Fürstin.« Er beobachtete, dass einige der Krieger prall gefüllte Schweineblasen auf brennende Abschnitte schleuderten und damit so gut wie keine Wirkung erzielten. »Diese Narren. Sie vergeuden die einzige Waffe, die sie gegen diese schwarze Flut besitzen.«

»Wie konnten Mahiman und diese Brut überhaupt den Fluss überwinden?« Brianna lief wie ein gefangenes Tier hin und her.

»Ich habe keine Ahnung«, rief er ihr zu und hätte sich am liebsten auf ein Pferd geschwungen, um damit zur untersten Ebene zu reiten. »Wenn sich deine Krieger nicht auf meine Anweisung besinnen, wird der erste Wall nicht lange standhalten«, orakelte er und sah, dass dort an mehreren Stellen Lohen flackerten, die kein Mensch mehr würde löschen können.

Plötzlich war ein Horn vom zweiten Ringwall zu hören. Mit einem für Arwed seltsamen Auf und Ab dröhnte es den Berg hinab. Dann sah Arwed den Grund für das Signal, das nur auf Cedrics Befehl hin erklungen sein konnte.

Das erste Tor war durchbrochen.

Und jetzt konnte man zum ersten Mal Schwarze Reiter als einzelne und wabernde Dämonen daraus hervorstürmen sehen. Auch wenn man seine Augen anstrengte, sah man nur vage die Konturen von Ross und Reiter, gekrönt von einer flackernden Waffe, die zusätzlichen Rauch verbreitete. Pfeile flogen auf sie zu, in einer Zahl, die jeden Menschen sofort niedergemacht hätte. Arwed sah sogar Speere in die Leiber der Diener Mahimans eindringen. Doch die Reiter zogen sie heraus, warfen sie zur Seite und ritten ungehindert weiter den Berg hinauf, ohne sich um die Verteidiger in ihrem Rücken zu kümmern.

»Auch wenn es hier oben und auf der zweiten Ebene sehr eng geworden ist«, rief einer der Hauptmänner und machte ein entschlossenes Gesicht, »war es richtig, das Volk von der untersten Ebene heraufzubringen, Germane. Vielleicht sollten wir alle Krieger zu Cedrics Verstärkung schicken. Der zweite Ring darf nicht so dünn besetzt sein, wie der erste!«

Im Grunde hatte der Mann damit Recht. Doch Arwed hatte nie damit gerechnet, den Feind schon am ersten Ring abwehren zu können. Er konnte mit Grauen beobachten, wie sich nur zwei der Schwarzen Reiter nun doch den Männern des ersten Walles entgegenstellten … und sie ohne Mühe einen nach dem anderen niedermachten.

Der zweite Ring diente Arwed als dringende Verzögerung für den Ansturm. Die Schleuderer brauchten mehr oder weniger unbewegliche Ziele. Je länger Cedric dem Feind Widerstand leisten konnte, desto besser würden die Geschosse Wirkung zeigen. Hoffte er.

Wenn sie nur endlich das Wasser einsetzen würden, dachte er und nickte dem Mann zu. »Schick ein Viertel deiner Männer an den zweiten Wall!« Der Mann wollte schon losstürmen, als ihn Arwed am Ärmel packte und zu sich drehte. »Ignoriert die Feuer! Darum können sich die Unbewaffneten kümmern. Lasst die Giftbehälter auf die Reiter regnen! Sie sind unsere einzige Waffe!«

Der Mann nickte grimmig und machte den Eindruck als würde er den Befehl ernst nehmen, doch Arwed hatte das Gefühl, ihn in den Tod zu schicken. Nach wenigen Augenblicken sah er rund fünfzig Mann zu Fuß und zu Pferd durch die Menschenmassen drängen, die die zweite Ebene erfüllten, sodass es schwer war, rasch hindurch zu reiten.

Ein einzelner Schwarzer Reiter genügt schon, um sie abzuschlachten, dachte Arwed, drehte seinen Kopf und sah, dass der erste Ring auf fast der gesamten Seite zum Fluss hin in Flammen stand. Ob die Männer dort schon gefallen waren oder sich an den zweiten Wall zu Cedric retten konnten, war nicht zu erkennen. Dann sah er den Mann, den er mit der Verstärkung ausgeschickt hatte, den zweiten Ring erreichen und kurz darauf hektisch mit den dortigen Kriegern reden.

Auch Cedric schien Probleme zu haben seine Unterführer von seinen Absichten überzeugen zu können. Schließlich sah Arwed, wie Cedric selbst eines der Tongefäße ergriff, zielte und auf einen für Arwed nicht sichtbaren Gegner warf. Nur Augenblicke später drangen Beifallsrufe zu ihnen, die nur bedeuten konnten, dass das *Gift* seine Aufgabe erfüllte.

Auch wenn Arwed die unmittelbare Wirkung nicht gesehen hatte, so fiel ihm doch ein riesiger Stein vom Herzen.

Es funktioniert!

Andere Krieger folgten Cedrics Beispiel und warfen die Tongefäße und die kopfgroßen Schweinsblasen über den zweiten Wall. Jedes Mal konnten sie wohl Treffer landen, denn die Krieger neben ihnen brüllten ihre Begeisterung heraus und schienen sich am Anblick verletzter oder gar getöteter Feinde erfreuen zu können. In ihrem Jubel erhoben sie Schwerter und Speere steil nach oben und stimmten Hochrufe auf die Schleuderer an.

Das Freudengeheul von den Wällen sorgte sogar dafür, dass die einfachen Leute innerhalb der zweiten Ebene sich ein wenig beruhigten und nicht mehr wie aufgescheuchte Hühner mal hierhin, mal dorthin rannten. Trotzdem war es ein unheimlicher Anblick, den ersten Ring in Flammen stehen und eine Wand aus Rauch in den frühen Morgen aufsteigen zu sehen. Dann erschienen auch am zweiten Wall Brandherde.

Cedric schickte einen stummen Dank an Arwed und Elfrun für das Wasser. Mit grimmigem Gesicht warf er ein Gefäß auf den riesigen Schwarzen Krieger direkt unterhalb des Wallabschnittes auf dem er stand. Die Kugel traf den Reiter nicht selbst, sondern die Schulter des Rosses. Die dünne Schale aus Ton zerbrach sofort und das Wasser darin spritzte nach allen Seiten auf Mann und Pferd. Das Tier schrie gequält auf und stieg auf die Hinterbeine. Für einen langen Moment wirbelten seine Vorderhufe in der Luft und sein Wiehern wurde von Augenblick zu Augenblick schmerzerfüllter. Dann ließ es sich wieder herab und wollte sich zur Flucht wenden. Cedric sah, wie graue Schwaden schmal und beißend von den Stellen aufstiegen, wo das Wasser getroffen hatte. Mehrere Spritzer hatten auch das Bein des Schwarzen Reiters erreicht und dort wogte ebenfalls stinkender Qualm auf. Doch der Reiter gab keinen Ton von sich. Stattdessen zwang er sein Pferd näher an den Wall heran und stieß seine brennende Axt an einen schon schwelenden Balken. Mit jedem Wimpernschlag, den Cedric ungläubig auf seinen Gegner starrte, wurde das Holz heißer … und flackerte plötzlich mit hellen Flammen auf.

Mit einem wütenden Schrei griff Cedric eine prall gefüllte Schweinsblase und schleuderte sie dem Reiter mitten auf die Brust, da dieser im letzten Moment seinen Kopf zurückgerissen hatte. Der Anblick, der sich Cedric und den Kriegern in seiner Nähe bot, war erschreckend und hoffnungsvoll zugleich. Die Blase platzte und schickte ihren Inhalt wie eine Faust auf ihr Opfer. Das Wasser zerstob in dem Moment in eine dreckige und dampfende Wolke, als es den Körper des Schwarzen Reiters berührte. Die Kelten auf den Wällen mussten einen Schritt zurückweichen, da der aufsteigende Gestank ihnen den Atem raubte. Trotzdem konnten sie sehen, wie die kleine Wolke sich rasch verflüchtigte und den Blick auf die Brust des Feindes freigab. Es war ein riesiges Loch zu sehen, blutig und mit sich ausbreitenden Rändern, die zischend und ätzend die Wunde vergrößerten.

Doch augenscheinlich war dies noch nicht genug, den Mann in seinem Tun aufzuhalten. Cedric ahnte, dass Mahimans dunkle Macht den Körper am Leben erhielt. Der Schwarze Reiter brüllte einen finsteren Fluch nach oben, der die Männer einen weiteren Schritt nach hinten weichen ließ. Es war ihr Glück, denn der Knecht des Seelenfressers warf seine lodernde Axt wie eine Sichel zu ihnen und hätte wohl mindestens einem Mann den Kopf von den Schultern getrennt, stünde er noch da, wo er nur einen Augenblick zuvor gestanden hatte.

Cedric sah, wie sich das Wasser oder dessen Wirkung so tief in den Reiter hineinfraß, dass man dahinter das zerstampfte Gras des Bodens sehen konnte. Und erst jetzt, schien der dunkle Krieger so geschwächt, dass er sein Ross nicht mehr unter Kontrolle hatte. Es bäumte sich erneut auf, nur um sich sofort danach wieder sinken zu lassen und dafür zu bocken begann. Der Reiter wurde in einem hohen Bogen aus dem Sattel katapultiert und schlug mit einem dumpfen

Laut auf der Erde auf. Sofort raste das Pferd davon, selbst stinkende Fäden von sich stoßend und Wahnsinn in den rollenden Augen. Doch das konnte niemand der Kelten sehen.

Dafür hingen ihre Blicke wie gebannt am Körper des gestürzten Schwarzen Reiters. Seine dämonische Kraft schien nun endlich gebrochen zu sein, denn er rührte sich nicht mehr. Nur der andauernde Fraß an seinem Körper setzte sich fort und hatte nun das Herz des Mannes erreicht. Mit Staunen verfolgten die Verteidiger, wie die Schwärze dessen Körper und Kleidung verließ und sich wie ein schwebendes Tuch davonmachte und langsam zerstob.

Aber nur wenige sahen dies. Die meisten konnten ihren Blick nicht vom Gesicht des Toten wenden, das nun deutlich sichtbar zu ihnen emporstarrte.

»Yashar!«, stieß Cedric erschüttert hervor.

Arwed bemerkte mit Genugtuung, dass am Abschnitt, an dem Cedric stand, die Kelten Erfolge zu erzielen schienen. Die Feuer dort waren kleiner und einige konnten sogar gelöscht werden. Doch je weiter entfernt die Verteidiger von ihrem Anführer standen, desto schlechter sah dort die Lage aus. Arwed konnte weit mehr Männer mit ihren herkömmlichen Waffen kämpfen sehen als mit den Tonkugeln und Schweinsblasen, die ungenutzt zu ihren Füßen lagen oder sogar von ihnen unachtsam zertreten wurden.

Und er sah sie sterben.

Einen nach dem anderen.

Sie stürzten von dunklen Pfeilen und Speeren getroffen nieder, manche über die Wälle dem Feind entgegen. Andere wurden von den Flammen erfasst und ließen sie als brennende Fackeln rückwärts die Erdhügel hinabrollen, die von innen die Wälle stützten und gleichzeitig als Wehrgang dienten.

Die Menschen dahinter stoben auseinander und verloren die schwache Zuversicht, die sie kurz zuvor noch aufgesogen hatten wie ein trockener Mund den erlösenden Tropfen Wasser, als anfangs ihre Krieger den Feind zu widerstehen können schienen. Nun jedoch verbreitete sich neue Panik unter den Bewohnern und alles drängte nach oben, dem dritten Wall und der Stadt entgegen.

Es sind zu viele, dachte Arwed verzweifelt und meinte damit genauso die eingepferchten Menschen, wie die Zahl der Schwarzen Reiter. *Es ist einfach nicht genug Platz für alle da.*

Der Germane wusste nicht, was er daran ändern könnte. Trotzdem rief er Brianna zu: »Wir müssen das Tor öffnen, Fürstin und so viele aufnehmen wie wir nur können. Der zweite Wall wird bald fallen und die Schwarzen Krieger über sie hinwegbranden wie eine Flutwelle. Konzentrieren wir unsere Kräfte auf diesen Wall. Weniger lang, dafür dichter mit Kriegern besetzt. Und vor allem: Wir müssen sie dazu zwingen, das Wasser zu benutzen!«

Briannas Augen hatten ihre dunkelbraune Anmut verloren und starrten ihm kreisrund aus einem blassen Gesicht entgegen. Sie nickte nur und Arwed wandte sich an die Torwächter.

»Öffnet das Tor und lasst so viele herein, wie es nur geht! Die Krieger und jeder kampffähige Mann sollen sich auf den Wällen verteilen. Und … um der Götter willen und eurem Leben: Benutzt endlich das verdammte Wasser! Wir werden alle sterben, wenn ihr es nicht tut!«

Die Männer verzichteten darauf, sich von ihrer Fürstin eine Bestätigung zu holen und öffneten das

Tor. Einige Mutige gingen sogar hindurch und bildeten ein Spalier und feuerten die fliehenden Menschen zu noch mehr Eile an. Brianna indes dirigierte einige Hauptleute innerhalb des dritten Walles und gab ihnen Anweisungen, wohin sie die einströmenden Massen führen sollten. Doch dann versank alles in Geschrei und Kriegslärm, der aufbrandete, als würde Odins Donner über das Land rollen.

Arwed versuchte in dem Chaos zu erkennen, was passiert war und spähte den Berg hinab. Das zweite Tor wurde immer noch von Cedric und seinen Männern gehalten, doch flackerten auch hier jetzt neue Brände auf, für die niemand mehr Zeit übrig zu haben schien. Ungehindert leckten die Flammen an den Balken und Wänden der Mauer und nagten an den Bruchsteinen dazwischen. Der Germane sah, dass an drei, vier Stellen Breschen entstanden waren und dahinter Schwarze Reiter sich aufmachten, ihre Rösser über den Schutt zu führen. An anderen Stellen flohen die Krieger von den Wällen und rannten den Menschen hinterher, die jeden niedertrampelten, der ihnen im Weg stand.

Arwed hatte Tränen in den Augen, als er Alte und Kinder sah, die reglos am Boden liegen blieben und von niemandem beachtet wurden. Nur ein Krieger riss ein kleines Bündel an sich, das einen Arm erhoben hatte und so anzeigte, dass es noch lebte. Der Mann ließ sogar sein Schwert fallen, um schneller an das Tor zu gelangen. Er hatte es gerade erreicht, als ihm eine kreischende Frau das Kind entriss und an sich drückte. Der Krieger war der letzte, den man noch durch das Tor ließ. Die Menschen in der Stadt waren nun so dicht zusammengedrängt, dass die Männer am Tor Schwierigkeiten hatten, es zu schließen. Als es endlich gelang, ertönten dahinter die verzweifelten Rufe derjenigen, die keinen Einlass mehr gefunden hatten und mit blanken Fäusten an das massive Holz schlugen.

Aber Arwed hatte keine Zeit, sich um ihr Schicksal zu sorgen, denn jetzt sah er den Grund für die urplötzliche Steigerung des Kampflärmes.

Aus der größten Bresche des zweiten Walles wälzte sich ein Untier heran, wie es Arwed noch nie in seinem Leben oder schlimmsten Albträumen gesehen hatte. Er wusste sofort, dass dies der Lindwurm sein musste, der Mahimans Befehlen gehorchte.

Fafnir.

Und als wäre das noch nicht Schrecken genug, sah er den Seelenfresser selbst darauf reiten.

Kapitel XLIII
Tausend Seelen sind nicht genug

»Jetzt wissen wir, wie die Schwarzen Reiter und Mahiman den Fluss überwinden konnten«, rief Arwed und deutete auf die Bestie, die sich langsam über den Hügel aus verbranntem Holz, eingestürzten Steinen … und Leichen schob. »Dieses Monster hat ihnen als lebende Brücke gedient. Ganz offensichtlich kann *ihm* Wasser nichts anhaben.« Die schlussendliche Bedeutung dahinter ließ Arwed eisige Schauer über den Körper laufen.

Briannas Augen klebten förmlich an der Gestalt, die sich überlegen grinsend und mit Blut um den Mund auf dessen Rücken sichtlich wohlfühlte.

»Ich *muss* kämpfen, Brianna!«, rief Arwed durch den Lärm der Menge. »Du hingegen …«

»Und ich ebenso«, schnitt sie ihm die nächsten Worte ab und wandte sich ihm zu. »Ich bin die Fürstin von Menosgada. Und wenn ich fliehe, ist alles verloren. Evelyn ist bei Kyla und Thorgert. Viele Wachen schützen sie. Und es gibt noch einen Unterschlupf, den nur wenige kennen. Wenn … sie wird sie dort hinführen, bis wir …« Den Rest ihrer Worte ließen Tränen versiegen, die heiß ihre Wangen herabliefen.

»Na schön, Fürstin«, lenkte Arwed zähneknirschend ein und stellte sein Schwert vor sich an den Wall. »Dann gib zusammen mit mir ein gutes Beispiel ab: Nimm diese Dinger und wirf sie diesem Geschmeiß entgegen! Hoffen wir, dass wenigstens die Krieger an unserer Seite endlich begreifen.«

Beide nahmen sie Schilde in ihre linke und Tonkugeln in die rechte Hand. Einige der Krieger taten es ihnen zögerlich nach, viele andere dagegen packten mit einer Mischung aus Trotz und Furcht ihre Schilde und Schwerter.

Dann hatten die Schwarzen Reiter die ausgesperrten Menschen erreicht.

Das was nun folgte, war nichts anderes als die Hölle auf Erden. Überstrahlt vom Glanz der Sonne, die nun deutlich am Himmel stand und ihr Licht wie zum Trotz gegen die Finsternis auf das Geschehen zu ihren Füßen fallen ließ. Die Schwarzen Reiter zögerten keinen Augenblick. In dem Moment, in dem sie die ersten Menschen erreichten, hielten ihre Flammenschwerter und Äxte eine tödliche Ernte. Bauern standen den finsteren Rössern mit Dreschflegeln und Schaufeln gegenüber, Frauen flohen und wurden einfach niedergeritten. Die Handvoll Krieger, die noch darunter war, hackte mit allem auf die Reiter ein, was sie in den Händen hielt. Doch die wenigen Wunden, die die Krieger schlagen konnten, schlossen sich binnen weniger Lidschläge.

Die Krieger auf dem letzten Wall schossen mit Pfeilen und warfen Speere nach dem Feind. Und wie zuvor richteten sie damit so gut wie keinen Schaden an. Lediglich die wenigen Treffer der Schleuderer zeigten Wirkung. Einige der Schwarzen Reiter zogen sich zurück, als sie von den mit Wasser gefüllten Geschossen getroffen wurden. Ihr Zurückweichen verbarg die Wirkung und somit wechselten auch einige der Schleuderer wieder zu Schwertern, Pfeilen und Bogen.

»Ihr verdammten Ignoranten«, brüllte Arwed, packte einen dieser Krieger am Hemd und riss ihn zu sich. »Siehst du denn nicht, wie deine Kameraden sterben? Hast du nicht bemerkt, dass nur das Wasser den Feind dazu bringt, sich abzuwenden?«

Er ließ den Mann los, griff sich eine Tonkugel und donnerte sie dem nächsten Schwarzen Reiter an den

Kopf. Arwed landete mehr durch Zufall als durch Können einen perfekten Treffer. Der Effekt war nahezu atemberaubend. Der Kopf des Gegners zerlief wie Butter, die man in einen heißen Kessel wirft. Der Anblick des sich zersetzenden Schädels, das für Augenblicke sichtbar werdende und sich zu matschigem Brei auflösende Gehirn, waren ein Schock, der jeden ernüchterte, der es sehen konnte.

Noch einmal riss Arwed den Mann an sich und brüllte ihm ins von Grauen erfüllte Gesicht: »*Das* ist die Waffe, die uns Elfrun in die Hand gegeben hat! Nun benutzt sie endlich, ihr Narren!«

Der Mann nickte und hatte dabei Schweiß auf der Stirn, die verriet, dass dies ein Kampf war, den er nicht gewinnen zu können glaubte. Trotzdem nahm er nun zwei der Geschosse und trat an die Brüstung des Walles heran. Zitternd stand er dort und machte den Eindruck, als würde er erst jetzt das Geschehen vor sich in seiner ganzen Tragweite erkennen. Dann sah Arwed einen Schwarzen Reiter die stark geschrumpfte Menge noch lebender Kelten durchbrechen, die keinen Einlass mehr in die Stadt gefunden hatten. Mit jedem Herzschlag Arweds sank einer dieser Unglücklichen tödlich getroffen zu Boden. Der Knecht Mahimans ritt rücksichtslos alles nieder, was ihm im Weg stand und hielt geradewegs auf Arwed und den Krieger neben ihm zu, als hätte er erkannt, dass hier ein nennenswerter Widerstand drohte.

Von einem Moment zum anderen ergriff den Schleuderer an Arweds Seite eine gespenstische Ruhe. Sein Zittern verschwand. Stattdessen holte der Krieger mit der Rechten zum Wurf aus, zielte … und ließ die Tonkugel aus seiner Faust nach vorne schnellen. Mit erstaunlicher Geschwindigkeit wechselte er seine zweite Kugel von der Linken in seine bevorzugte

Wurfhand und ließ sie ebenfalls dem Gegner entgegenfliegen.

Der Schwarze Reiter riss seine Axt nach oben und schlug die erste Kugel zur Seite, die dabei in dutzende Stücke zerbrach und ihren Inhalt wie Regen auf Ross und Reiter versprühte. Ein dumpfes Grollen drang aus dem Schlund des Reiters und dessen Pferd wieherte leidvoll auf, doch beide hielten weiterhin auf den dritten Wall zu. Offenkundig war das Wasser in zu wenigen und zu kleinen Spritzern auf sie gefallen, um einen merklichen Schaden anzurichten. Doch die zweite Kugel konnte der Schwarze Reiter nicht abwehren. Sie schlug mitten auf seiner Brust auf, zerschellte und entließ ihre volle Ladung. Wie bei dem anderen Reiter zuvor war das Ergebnis einfach überwältigend. Als hätte Thors Hammer Ross und Reiter getroffen, stoppten sie und gingen in einer schwelenden und ätzenden Wolke aus Dreck, Rauch und giftigem Brodem zu Boden. Das Pferd knickte ein, sein Reiter wurde aus dem Sattel geschleudert und beide wanden sich in Qualen direkt vor der Mauer der Verteidiger.

Arwed wusste nicht, was schrecklicher in seinen Ohren klang: das schauerliche Stöhnen des Schwarzen Reiters, der sich wie eine Schlange auf der Erde krümmte, die man aufgespießt hatte und die um ihr Leben kämpfte. Oder das röchelnde Keuchen seines Rosses, das von Hals und Schultern an vom Wasser zerfressen wurde. Oder die begeisterten und wie befreit aufschreienden Kelten um sich herum, die sich an diesem Bild zu begeistern schienen.

»Menosgader!«, donnerte nun Arweds Stimme über ihr Geheul. »Hier habt ihr den Beweis, dass Elfruns giftiges Wasser mehr bewirkt als eure Schwerter und Speere! Kämpft nun endlich damit!« Er wartete ihre Reaktion nicht ab, sondern zielte auf die Reihe neuer Schwarzer Reiter, die nun die letzten Ausgesperrten getötet hatte und sich geschlossen dem Wall näherten.

Brianna fühlte sich wie in einem Albtraum. Die sterbenden Menschen außerhalb der letzten Mauer, fühlten sich wie Messerstiche an, die ihre Brust trafen. Der Anblick der finsteren Welle aus Schwarzen Reitern, des Lindwurms, der ohne Unterlass fraß, gleichermaßen tote wie lebende Kelten, lag auf ihr wie tonnenschwerer Fels. Und der Anblick des Seelenfressers, der über allem zu thronen schien und sich in ekstatischer Verzückung mal hierhin, mal dorthin wandte, schnürten ihr schier den Atem ab. Dann fiel ihr Blick erneut auf die Leichen, die vor dem Wall lagen, dicht an dicht. Blutüberströmt, von Hufen zerstampft, von Klingen in Stücke gehauen, eine Schicht aus Leibern und Körperteilen.

Sie sah Arwed wie durch einen dünnen Schleier, obwohl er nur wenige Schritte neben ihr kämpfte, Befehle schrie, bedeckt von Schweiß und Ruß aus den Bränden. Sie sah seinen Mut genauso wie seine Ohnmacht, als ihre Krieger nicht so kämpften, wie sie es sollten. Es machte ihr mehr Angst als Hoffnung. Und ihre Befangenheit, die sie abhielt, ihn zu unterstützen, seinen Befehlen mit wenigen Worten Nachdruck zu verleihen.

Als sie sah, dass Arwed und der Krieger endlich Erfolge erzielten, war es für sie als schöbe Taranis selbst die Last von ihrem Körper. Ihr Ringen nach Luft klang wie ein verzweifeltes Schluchzen. Vielleicht war es das sogar. Wieder schien Taranis sich ihrer zu erbarmen und lenkte ihren Blick auf den, der immer näher rückte. Dessen Stimme sie in all dem Lärm und Chaos heraushören konnte, mit jedem Schwung, den seine Riesenschlange sich näher an den Wall heranschob. Aber dann hielten der Lindwurm und sein Reiter unvermittelt in ihrem Vormarsch inne.

Von einem Moment zum anderen erstarb der Kampflärm und alle noch lebenden Schwarzen Reiter zogen sich so weit zurück, dass selbst der stärkste Schleuderer sie nicht mehr hätte erreichen können. Nur das Prasseln der Feuer, der keuchende Atem der erschöpften Krieger und angsterfüllte Stimmen hinter ihnen waren zu hören.

Brianna sah, wie Arwed und einige der Krieger näher an sie heranrückten und ihre Schilde - und Tongefäße – bereithielten. Sie atmete ein und erhob ihr Wort, bevor Mahiman es tun konnte.

»Wie du siehst, Seelenfresser, sind wir in der Lage, deine Schergen zu vernichten. Und auch dich und dein Gewürm erwartet der Tod, wenn du noch einen einzigen Schritt machen solltest.« Ihre Stimme klang zu ihrer eigenen Überraschung fest und, wie sie hoffte, auch zuversichtlich.

»Hahahahaha.« Das Lachen des Schwarzen Druiden brandete wie eine eiskalte Welle heran, als würden die Wasser von den Enden der Welt ihr Herz umschließen und es am Schlagen hindern wollen. »Glaubst du, ja?«, antwortete er langgezogen und tätschelte dabei Fafnir den Schädel, der sie aus engen Schlitzaugen beobachtete und immer wieder die gespaltene Zunge hervorzucken ließ. »Hreidmars Sohn hier hat viele deines Volkes gefressen, Fürstin. Aber sein Hunger ist noch lange nicht gestillt. Und auch meiner nicht.«

»Du hast mehr als Eintausend meines Volkes umgebracht«, entgegnete sie und wusste gar nicht, warum sie ihm diese Zahl nannte, von der sie im Stillen hoffte, sie möge weitaus niedriger sein.

»Eintausend sind nicht genug!«, grollte er und hob seine Rechte. Mit einer lässigen und arroganten Geste winkte er kurz … und die Reihen der Schwarzen Reiter und der Lindwurm setzten sich mit Urgewalt in Bewegung.

Kapitel XLIV
Eine Handvoll Kelten

Arwed spürte, dass der Berserker sich in ihm regte, lauerte, nur auf einen Moment seiner Unachtsamkeit wartete, um dann mit Brachialgewalt an die Oberfläche zu brechen … und ihn in eine menschliche Bestie zu verwandeln, die ohne Sinn und Verstand um sich hackte und alles tötete, was ihr vor die Klinge käme. Der Germane hatte zum ersten Mal in seinem Leben Angst vor diesem Wesen in ihm. Bei früheren Schlachten war es ihm egal gewesen, ja, er hatte sich sogar gut gefühlt, wenn seine Wut ihn scheinbar unbesiegbar werden und erlittene Wunden ignorieren ließ. Doch jetzt kämpfte eine Frau an seiner Seite, die er liebte und für deren Sicherheit ihm ein wacher Verstand hundertfach wertvoller erschien.

Wenn ich in Blutrausch verfalle, könnte mein Schwert auch sie niederstrecken. Wenn meine Augen voller Raserei sind, könnte es sein, dass ich in ihr einen Feind sehe und nicht die Liebe meines Lebens …

Dabei hatte der Kampf längst ein Stadium erreicht, in dem ihm blanker Zorn als einziger Garant für Briannas und sein eigenes Leben erschien. Der dritte Wall war in dem Moment vom Feind überwunden worden, als ihr Vorrat an Geschossen mit Wasser entweder verbraucht, unachtsam zertreten oder nicht mehr genutzt werden konnte, weil die Schwarzen Reiter sich gerade die wenigen Keltenkrieger vorgenommen hatten, die mit diesen unkonventionellen Waffen gekämpft hatten.

Arwed hatte trotz des unmittelbaren Kampfgeschehens vor und neben sich immer wieder mitansehen müssen, wie Kelten erschlagen, zerstückelt, verbrannt oder einfach niedergeritten worden waren. Krieger gleichermaßen wie Frauen, Kinder und Alte. Mahimans Schergen kümmerte es einen Dreck, ob ihnen Bewaffnete oder Wehrlose gegenüberstanden. Wie Wasser in ein Erdloch versickert, waren die Menosgader zurückgewichen, war die Zahl kämpfender Krieger geschwunden, waren die Verteidiger am äußeren Ring um ihre Schutzbefohlenen gefallen wie die vertrockneten Blätter eines Baumes im Sturm. Viele hatten versucht aus der Umklammerung der Schwarzen Reiter auszubrechen, sich in Häusern zu verstecken oder geheime Wege hinunter ins Tal des Menos zu nehmen. Sie alle waren Opfer brennender Klingen geworden, waren in Fafnirs gierigem Maul gelandet … ganz oder in Teilen.

Die Häuser der oberen Stadt hatten eine Zeit lang den Vormarsch der Schwarzen Reiter behindert. Eine kurze Zeit. Wenig später brannten auch sie, stießen Rauch aus und aus ihrem Innern erschallten die Schreie verbrennender Menschen. Dann war Fafnir auch dort eingebrochen, hatte die lodernden Hütten und Häuser niedergewalzt ohne auch nur die leiseste Hoffnung bei seinen Gegnern aufkommen zu lassen, dass ihn die Flammen selbst stören oder gar verletzen könnten.

Mahiman selbst aber war für Arwed und alle noch lebenden Kelten der schrecklichste Anblick. Sein überirdisch schönes Gesicht hatte in größter Verzückung die Schlacht verfolgt, sich am Leid dutzender, hunderter Menschen ergötzt, ihre Wunden mit sichtlicher Begeisterung betrachtet und das daraus fließende Blut offensichtlich wie munter sprudelnde Brunnen in römischen Lustgärten genossen. Wenn Fafnir ein Opfer verschlang, hatte der Seelenfresser laut aufgelacht und selbst die für immer verdammte Seele aufgesogen. Allein dieser Anblick hatte viele Kelten in den

Wahnsinn getrieben und sich schreiend zu Boden werfen oder sich selbst die Klinge ins Herz stoßen lassen.

Und jetzt war dieser Albtraum im Zentrum der Stadt angelangt und Arwed beinahe am Ende seiner Kräfte. Brianna hatte längst ihr Schwert vor Erschöpfung fallen lassen und gesehen, dass ein ihr unbekannter Kelte es aufgenommen hatte und damit den Rückzug von einigen Frauen und Kindern decken konnte, bevor er selbst seinen Kopf verlor.

»Es ist zu Ende, Arwed«, rief sie und hatte Tränen in den Augen. Vielleicht sollten wir uns ergeben …«

»Niemals, Fürstin!« Arwed hatte keine Zeit, sie anzusehen, weil ein Schwarzer Krieger auf ihn zumarschierte, dessen Pferd einem der wohl letzten Wassergeschosse zum Opfer gefallen war, sich hinter seinem Reiter am Boden wälzte und grässliche Schreie ausstieß. Den feindlichen Krieger aber kümmerte es nicht. Stur hielt er auf Arwed zu und fletschte nur die Zähne, als ein Pfeil nach dem anderen in seinen Körper drang und er aussah wie ein riesiger Igel, der aufrecht gehen konnte.

Der Germane stemmte beide Beine in den Boden und hielt sein Schild in der Linken so, dass er damit nicht nur sich selbst, sondern auch Brianna deckte, die hinter ihm stand. Als der Gegner sich ihm bis auf zehn Schritte genähert hatte, wurde es plötzlich dunkler. Zuerst glaubte Arwed, der Schwarze Reiter ohne Ross wäre dafür verantwortlich, doch dessen finstere Aura hätte niemals ausgereicht, um den Grad der Verdunkelung zu erklären. Arwed wagte einen raschen Blick zum Himmel und sah, dass sich dort graue Wolken auftürmten.

Brianna war entweder seinem Blick gefolgt oder war selbst darauf aufmerksam geworden. »So schnell habe ich noch nie Wolken aufziehen sehen«, sagte sie und beinahe hätten ihre Worte Arwed dazu verleitet, noch einmal nach oben zu schauen. Aber der Germane konnte sich beherrschen und umfasste mit der rechten Hand den Gegenstand, den er sich für genau diesen Moment aufgespart hatte.

Die letzte Kugel ... meine ... unsere letzte Waffe, dachte er und mahnte sich, sorgfältig zu zielen. *Wenn er sich duckt oder ich ihn verfehle, sind wir so gut wie tot.*

Der Feind war noch zwei Schwertlängen entfernt, als es unvermittelt am Himmel grummelte und ein erster Donner zögerliche Hoffnung in Arwed aufkeimen ließ.

Wenn das ein Gewitter mit anständigem Regen wird, könnten wir überleben ...

Doch seine Ohren signalisierten ihm, dass das Gewitter noch zu weit entfernt war.

Was Arwed nicht sehen konnte, Brianna aber sehr wohl, war, dass die Wolkenberge sich in unnatürlichem Tempo auftürmten und immer rascher dem Tafelberg näherten. Sie wollte ihm die gute Nachricht gerade zurufen, hielt aber inne, als sie sah, dass der Gegner nun zum Schlag mit seiner knisternden Waffe ausholte. Dabei ignorierte er einen weiteren Pfeil, der ihn in den Rücken getroffen hatte und dessen Spitze mehrere Finger breit aus seiner Brust ragte.

Brianna wusste nicht, welchem Geschehen sie folgen sollte: dem gespenstischen Grollen über ihr oder dem Kampf direkt vor ihr. Sie entschied sich für Letzteres.

Mahimans Vasall ließ seine Axt wie einen Blitz auf Arwed niederkrachen, der nur mühsam der gewaltigen Wucht Widerstand leisten konnte. Tatsächlich ging er in die Knie und Brianna schrie entsetzt auf, als die Axt den Schild augenblicklich in Brand setzte und mit einem hässlichen Schleifen daran zur Seite glitt. Aber zu ihrer Überraschung schien dies Arwed geahnt oder erwartet zu haben, denn er erhob sich und donnerte dem Feind seine letzte Tonkugel gegen die Pfeilspitze, die aus dessen Brust ragte. Die Kugel zerbrach sofort und verteilte ihren Inhalt über dessen Körper.

Der Schwarze Krieger ließ die brennende Axt fallen und fasste mit beiden Händen nach der sich rasch ausbreitenden Wunde. Doch das hätte er besser nicht getan. Denn so eilig, wie er in den Matsch aus sich zersetzendem Fleisch, Blut und offenen Gedärmen griff, so flink setzte sich die Auflösung an seinen Händen fort. Mit einem überraschten Ächzen hielt er beide Arme vor sich und verfolgte, wie Finger, Hände und Unterarme verschwanden. Das Wasser aus der Kugel hatte seine Brust in ein riesiges Loch verwandelt, gerade als es hoch über ihm krachte und Blitze zwischen der mittlerweile dichten Wolkendecke hin und her zuckten.

Zwei weitere Feinde – beide noch hoch zu Ross – drängten durch die Masse der panischen Kelten und hatten sich ganz klar Arwed als ihr nächstes Ziel auserkoren, als die ersten Tropfen fielen.

Brianna erschrak, als sie bemerkte, dass Arwed den neuen Gegnern regungslos entgegenstarrte.

Was soll er auch tun? Er hat keine Kugel mehr ...

Dann trafen auch sie schwere Tropfen und sie begriff.

Der Regen kämpft für uns ... Taranis kämpft für uns!

Fast wie ein Spiegelbild Arweds stand sie ruhig inmitten verwirrter Menosgader und anderer Kelten und sah, wie der Ansturm der Schwarzen Krieger von einem Moment zum anderen erstarb. Binnen Augenblicken verharrten Pferde und Reiter des Feindes an der Stelle, an der sie gerade standen und nahmen jeden Tropfen mit schmerzverzerrten Gesichtern hin. Schwarze Körper ließen Waffenarme und andere Glieder sinken, als hätte jeder Tropfen das Gewicht eines Mahlsteines. Die dunklen Rösser wieherten gepeinigt auf, als der Regen immer dichter fiel und die Luft mit köstlichem Rauschen erfüllte. Zumindest in Briannas Ohren klang der Regen wie Musik, die sich anschickte, das Grauen des erlittenen Gemetzels hinwegzufegen.

Ununterbrochen donnerte und grollte der Himmel und schickte seine Massen der blutüberströmten Erde entgegen. Die Menschen in der Stadt konnten ihr Glück noch gar nicht glauben. Mit einer Mischung aus Erleichterung und Entsetzen verfolgten sie die Vernichtung jedes einzelnen Schwarzen Reiters. Die flammenden Waffen waren längst erloschen und lagen kalt und herrenlos auf dem Boden. Die angsterfüllten Rufe der Überlebenden des Massakers wandelten sich zunächst in fassungsloses Staunen, dann in Freudenrufe, die aber gleich wieder erstarben, als das Stöhnen und die Rufe Verletzter endlich Gehör fanden. Die Menschen besannen sich auf die Versorgung der Verwundeten, warfen dabei aber immer wieder Blicke zum Himmel, als fürchteten sie, der segensreiche Strom könne versiegen.

Brianna fasste Arwed an der Schulter und er drehte sich ihr zu. »Welcher Gott das auch immer war, meine schöne Keltenfürstin: ich danke ihm … für dein und mein Leben … und das aller anderen.«

Sie lehnte sich erschöpft und glücklich zugleich an seine Brust und flüsterte ihm zu: »Wer auch immer für sein Eingreifen gebetet hat – denn ich war es nicht –, dem sei ebenso gedankt.«

Arwed ließ den längst nicht mehr brennenden Schild aus seiner Hand gleiten und legte beide Arme um sie. Der Regen hatte sie bis auf die Haut durchnässt, doch beide genossen jeden Tropfen, der sie traf. Brianna fühlte, dass sich ihrer beider Herzschlag beruhigte und sich dafür ihre Glieder immer schwerer anfühlten. Sie hätte gerne noch eine Weile an seiner Brust verbracht oder sich mit ihm in ihr Haus zurückgezogen, doch ihr Pflichtgefühl ließ das nicht zu.

»Komm, kümmern wir uns um die Verletzten … und Toten«, sagte sie und löste sich langsam von ihm.

»Du hast recht, Fürstin.« Er richtete seinen Blick auf die nach allen Seiten strebenden Menschen, die mehr Tote als Verletzte fanden. »Eine Handvoll Kelten … und ein Germane«, fasste er das Bild zusammen, das sie umgab. »Nachdem Feidlim – selbst mit seinen eher beschränkten Heilkünsten – nicht mehr zur Verfügung steht, musst du wohl selbst deine Kenntnisse zur Anwendung bringen.« Seine Worte waren von Bedauern und gleichzeitiger Bewunderung gefärbt.

»Ja, sehen wir nach, was Mahiman von meinem Volk und der Stadt übrig gelassen hat.«

»Mahiman!«, entfuhr es Arwed und augenblicklich zuckte sein suchender Blick nach allen Seiten. »Er ist verschwunden.«

»Leider nicht tot, wie es scheint«, fügte Brianna hinzu und sah eine Gestalt durch den Regen auf sie zuhalten. Nach wenigen Schritten erkannte sie den Mann und dankte stumm noch einmal den Göttern, an die sie bisher nicht so recht glauben konnte.

»Cedric«, rief sie erfreut. »Was sagst du nun zu Arweds nassen Waffen?« Dabei deutete sie auch in den anhaltenden Regen. »Selbst Taranis nutzt sie.«

Der Krieger grinste, obwohl sich eine Hand auf eine Wunde presste, aus der ein Rinnsal trat und seine Hüfte hellrot färbte. »Ja, ich gebe es zu: Hätten wir von Beginn der Schlacht an auf Arwed gehört, hätten wir die Schwarzen Reiter auch ohne Hilfe der Götter vernichten können.«

»Vielleicht, mein Freund«, entgegnete Arwed. »Doch dem Seelenfresser scheint das Wasser nichts anhaben zu können. Elfruns Vermutung stimmt also nicht …«

»Sag ihr das selbst, Germane«, kam die Antwort des Kriegers. »Aber vergiss nicht, ihr trotzdem zu danken.« Er wandte sich um und deutete den Berg hinab. Eine dunkle und langgezogene Masse hielt direkt auf Menosgada zu. »Dort unten kommt Fürst Raik mit etwa 200 Tougenern. Elfrun war bei ihm. Jetzt kümmert sie sich auf der ersten Ebene um Verletzte. Sie hat mir verraten, dass sie das Gewitter herbeigezaubert hat.« Er schüttelte den Kopf. »Diese Druiden sind schon eine seltsame Art Mensch. Der eine wird zum Mörder, die andere zu unserer aller Rettung … und ein dritter zum Bösen schlechthin.«

Arwed stimmte allen Aussagen mit einem Nicken zu. Dann verfinsterte sich sein Blick, drückte aber trotzdem verhaltene Zuversicht aus. »Auch für den Alten vom Berg wird uns etwas einfallen … mit oder ohne Hilfe der Götter.«

Kapitel XLV
Atempause

»Fafnir mag groß und scheinbar unbesiegbar sein. Sein Panzer ist mit keiner bekannten Klinge zu durchdringen. Aber er ist nur ein Tier. Riesig: ja, gefräßig: oh ja! Trotzdem nur ein Vieh mit wenig Verstand.«

Elfruns Worte fanden bei allen Zustimmung. Trotzdem schlug Fürst Raik mit seiner Faust auf den Tisch, an dem alle saßen. Die Krüge zitterten und einigc dcr Trinkhörner wackelten bedrohlich. Bevor sie umstürzen konnten, griffen Arwed und Cedric rasch nach ihren Trinkgefäßen und nahmen so eilig Schlucke daraus, als fürchteten sie, dazu keine Gelegenheit mehr zu bekommen. In stummer Übereinstimmung lächelten sie sich an und setzten ihre Krüge wieder ab.

Ich mag ihn, dachte Arwed. *Er ist ganz anders als Alaric oder Wolfried.* Nur beiläufig registrierte er, dass er Cedric nicht als Konkurrenten um die Gunst Briannas betrachtete. *Mag ich ihn nur deswegen? Nein, er ist ... aufrichtig. Ich vertraue ihm.* Noch einmal lächelte er dem Kelten zu und widmete dann seine Aufmerksamkeit wieder dem Fürsten der Tougener, der sich halb erhoben hatte und wütend in die Runde blickte.

»Dieses Mistvieh hat Tougener gefressen! Es hat mehrere Dörfer meines Volkes heimgesucht und sie niedergewalzt. Den Rest hat Mahiman verbrennen lassen. Es muss doch etwas geben, was diesem Untier den Garaus machen kann.« Er setzte sich wieder und blickte auf die weiße Frau. Er kannte sie sein halbes Leben lang. Doch jetzt hatte er Zweifel im Blick. »Du hast die Schwarzen Reiter auf einen Schlag vernichtet, Elfrun. Du konntest die Götter dazu bewegen, uns Regen zu schicken. Kennst du denn keinen Zauber gegen dieses Monstrum?« Sein letzter Satz klang schon fast verzweifelt.

»Fafnir hat auch Menosgader verschlungen, Fürst Raik«, erinnerte Brianna ihn und nickte ihm ernst zu. »Ich danke Euch für Euren Beistand … auch wenn Eure Äxte wohl genauso wenig bewirkt hätten wie unsere Schwerter.«

»Vielleicht, Fürstin. Trotz allem werden wir sie gegen den Lindwurm führen, sobald er sich wieder zeigt.«

»Was hoffentlich noch ein wenig auf sich warten lassen wird«, warf Cedric ein und schüttelte bedauernd den Kopf. »Die Schäden an den Wällen und in der Stadt sind erheblich. Sollte Mahiman uns noch einmal mit weiteren Schwarzen Kriegern angreifen, bieten ihm die Wälle so gut wie keinen Widerstand. Er könnte mehr oder weniger ungehindert in die Stadt eindringen.« Dann grinste er sardonisch. »Allerdings würde ich jedem Menosgader das Schwert aus der Hand schlagen, sollte er noch einmal auf die Wassergeschosse verzichten. Nur brauchen wir Zeit, um von ihnen neue herzustellen und die verbliebenen Männer darin zu bestärken, sie auch zu benutzen. Dieser Fehler passiert uns kein zweites Mal, das schwöre ich!«

»Gut, mein Freund.« Raik nickte, ließ aber gleichzeitig erkennen, dass er die Wirkung der Geschosse gerne selbst gesehen hätte. Auch die Vernichtung der Schwarzen Reiter durch den Regen war ihm und seinen Tougenern leider entgangen. Ihre Körper, die Kadaver ihrer Rösser, selbst ihre Kleidung und Waffen hatten sich vollständig zersetzt. »Das ändert immer noch nichts daran, dass der Seelenfresser und sein Untier entkommen konnten. Wasser ficht sie nicht an! Also: was können wir tun?«

Elfrun zuckte mit den Schultern und stand plötzlich

auf. »Jetzt? Gar nichts!«, sagte sie und machte Anstalten, den Raum zu verlassen. »Ich brauche Zeit. Vielleicht noch mehr als wir alle zusammen für die Pflege unserer Verletzten und die Instandsetzung der Schäden benötigen. Ich muss wieder zu Kräften kommen. Die Schleusen des Himmels zu öffnen, hat mich viel Kraft gekostet. Ich spüre, dass sich meine Gedanken verflüchtigen, wie Blätter im Herbstwind. Körperliche Gesundung wird auch meinen Geist wieder beflügeln. Es wird mir etwas einfallen. Es *muss* mir etwas einfallen«, schloss sie, nickte allen höflich und respektvoll zu und ging hinaus.

Fürst Raik blickte ihr nicht wenig entgeistert nach und ließ sich an die Lehne seines Stuhles sinken. Cedric sah Brianna an und erhob sich. Auch er nickte allen zu. »Ich kann ihr nur Recht geben. Es ist müßig, hier herumzusitzen und sinnlos zu grübeln. Manchmal kommt der rettende Einfall gerade dann, wenn man ihn nicht erwartet. Schon gar nicht, wenn man ihn herbei zu zwingen versucht.«

Seine beinahe schon philosophischen Gedanken überraschten sowohl Arwed als auch Brianna. Sie nahm ihr Trinkhorn und prostete Fürst Raik und Arwed zu. »Trinken wir darauf, dass uns Ruhe und Besonnenheit eine Idee bescheren. Oder zumindest der weißen Druidin. Ihr kennt sie weitaus besser als wir, Fürst Raik. *Wird* sie eine Lösung finden?«

Man sah dem Tougenerfürsten an, dass er sich unwohl fühlte. »Ich hoffe es.«

Brianna und Arwed waren – wie alle auf dem Tafelberg und in der Stadt – die folgenden Tage mehr als beschäftigt. Brianna und Fürst Raik teilten die verbliebenen Menosgader und die Tougener neu ein und einigten sich darauf, den untersten Ringwall vorerst aufzugeben. Sie wussten nicht, wieviel Zeit ihnen blieb. Also konzentrierten sich die Reparaturarbeiten auf den zweiten und den obersten Wall. Das frühere Misstrauen zwischen Tougenern und Menosgadern wandelte sich auf erfreuliche Weise in ernsthafte und fruchtbare Zusammenarbeit. Die Lücken in den Wällen schlossen sich von Tag zu Tag. Trotzdem vermissten sowohl Arwed als auch Cedric das Vertrauen, das solche Wehrbauten sie früher hatte empfinden lassen. Beide hatten gesehen, wie rasch sie überwunden worden waren. Dagegen schienen die Handwerker mit echtem Feuereifer bei der Sache zu sein. Die Herstellung von Wurfgeschossen aus Ton und Schweinsblasen machte gute Fortschritte. Die Zahl der leichteren Blasen war aber bald erschöpft, da niemand bereit war, kostbare Tiere nur aufgrund ihrer Blase zu schlachten. Und aus etlichen der während des Kampfes getöteten Tiere ließen sich nur wenige unbeschädigte Blasen gewinnen. So hatten also die Töpfer mehr als genug zu tun. Selbst Frauen und Kinder machten sich an die Arbeit und verteilten die Geschosse überall an den Wällen und Häusern.

Mehr als ein Dutzend Späh- und Jagdtrupps waren von Cedric in die nähere Umgebung geschickt worden. Sie sollten einerseits nach Spuren des Lindwurms und seines Herrn suchen, andererseits die ebenfalls mageren Vorräte durch frisches Wild wieder auffüllen.

Die Menosgader waren durch ihre vielfältigen Aufgaben so beschäftigt, dass sich niemand daran störte, dass ihre Fürstin sich einen Germanen als neuen Partner auserkoren hatte. Sein Mut im Kampf und die deutliche Verlegenheit, nicht auf ihn gehört zu haben, trugen ebenfalls dazu bei, ihn zu akzeptieren. Allerdings berichteten die Tuscheleien von Tag zu Tag nachdrücklicher von einer bevorstehenden Hochzeit. Selbst die Tatsache, dass die Menosgader keinen eigenen Druiden mehr hatten, schien die Leute nicht groß zu beschäftigen. Schließlich stand ja mit Elfrun eine Druidin zur Verfügung, die durch ihre Tat mehr als bewiesen hatte, dass sie mit den Göttern engen Kontakt pflegte. Mehr, als es Feidlim jemals hatte erkennen lassen.

Natürlich waren diese Gerüchte auch an Briannas und Arweds Ohren gelangt; dafür hatte schon Evelyn gesorgt. Überhaupt schien die Zofe Briannas allen Geschehnissen zum Trotz recht glücklich zu sein. Sie summte leise vor sich hin, als sie Brianna eines Abends das Haar bürstete.

»Hast du in den letzten Tagen an Kyla und Thorgert irgendwelche … Besonderheiten festgestellt?«, begann die Fürstin und ärgerte sich über sich selbst, dass ihr die Sorge um ihr Volk und die Stadt zu wenig Zeit für ihre eigenen Kinder gelassen hatte.

Evelyn stellte ihr Summen und Bürsten für einen Moment ein, dann widmete sie sich wieder dem Haar ihrer Herrin. »Nun, Sie vermissen Euch, Herrin. Aber es geht ihnen gut.« Sie ließ den Kamm zufrieden sinken und tauchte zwei Finger in ein kleines Töpfchen, aus dem es aromatisch duftete. Sie verteilte die Salbe auf beide Handflächen und begann dann, Briannas nackten Oberkörper damit einzureiben. »Kyla schläft wieder ruhiger. Ihre … Träume scheinen verschwunden zu sein.« Sie stockte und holte neue Salbe aus dem Gefäß. »Was mich eigentlich sehr wundert. Die letzten Ereignisse scheinen mir nicht dazu geeignet zu sein, ein verängstigtes Kind zu beruhigen.«

Brianna erhob sich und Evelyn verteilte die Salbe

nun auf Bauch, Hüften und Beinen ihrer Herrin. »Und Thorgert? Er hat seinen Vater verloren, seinen geliebten Drudwyn und viele seiner besten Freunde. Ich müsste bei ihm sein … ich bin eine schlechte Mutter.«

»Ihr tut, was Ihr tun müsst!«, betonte Evelyn. Dann lächelte sie und legte einen Finger auf ihre Lippen. Sie erhob sich aus ihrer knienden Haltung und schlich mit raschen Schritten zum Zimmer der Kinder. Mit einem sehr leisen Knirschen öffnete sie die Tür und vergewisserte sich, dass die beiden tief und fest schliefen. Mit eiligen Schritten kam sie zu ihrer Fürstin zurück und nahm ihre Tätigkeit wieder auf.

»Natürlich ist der Junge traurig. Er hat seinen Vater geliebt.« Brianna glaubte, in dem letzten Satz einen leichten Vorwurf zu hören. Doch sie verzichtete darauf, ihre Zofe zurechtzuweisen.

Schließlich hat sie damit ja nicht Unrecht. Geliebt habe ich Alaric nie, geschätzt schon. So sehr, dass ich ihm zwei Kinder schenkte.

»Er schleicht Arwed nach«, drangen die Worte Evelyns durch ihre Gedanken.

»Macht er etwa Arwed für den Tod seines Vaters verantwortlich?« Eine unsichtbare Schlinge legte sich um Briannas Hals und ihre Hände griffen nach denen Evelyns. Die riss verblüfft die Augen auf und schüttelte so heftig ihren Kopf, dass ihre eigenen Haare hin und her flogen.

»Nein, ganz im Gegenteil: er bewundert Arwed!« Brianna ließ sich erleichtert wieder auf den mit prachtvollen Fellen gepolsterten Sitz sinken und behielt dabei immer noch Evelyns Hände umklammert.

»Erzähl mir alles, was du beobachtet hast! Ich muss es genau wissen, bevor …«

»Ihr sprecht davon, den Germanen zu heiraten, Herrin. Ist es nicht so?«

Brianna suchte im Blick ihrer Zofe nach Anzeichen von Ablehnung, Misstrauen oder gar Widerstand. Doch sie fand nur ehrliche Freude darin. »Und die Menosgader … was halten sie davon, von einem Germanen geführt zu werden?« Mit bangen Blicken fieberte sie der Antwort Evelyns entgegen.

»Bis zu Thorgerts Volljährigkeit – so gehen zumindest die Gerüchte – hat niemand etwas dagegen, wenn Ihr mit Arwed an Eurer Seite Stadt und Volk anführt. Alle haben Arwed viel zu verdanken.« Plötzlich lächelte sie wieder. »Sie sehnen sich nach einem Fest, Herrin. Und da sind Hochzeiten wohl der willkommenste Anlass.«

»Hochzeiten? Wer will denn noch …?« Das breite Grinsen im Gesicht ihrer Zofe sprach Bände.

»Ich wollte Euch schon lange um Eure Erlaubnis bitten, den Schmied Cualan heiraten zu dürfen, Herrin.«

»Warum sollte ich dir das verwehren? Wir brauchen Kinder, wenn unser Volk wieder stark sein soll. Meinen Segen hast du.«

Ganz entgegen ihrer bisherigen Art, warf sich Evelyn an Briannas Brust und drückte ihre Herrin. »Habt Dank, Fürstin. Vielen Dank.« Dann zog sie sich mit einem ehrerbietigen Nicken zurück. »Soll ich den Sklaven sagen, dass sie den Badezuber holen und leeren sollen?«

Brianna lächelte und schüttelte den Kopf. »Nein, lass ihn da. Ich denke, er wird noch von Nutzen sein.«

Evelyn verstand sofort und zog sich in ihre Kammer neben dem der Kinder zurück.

Nur wenig später kam Arwed in das Fürstenhaus und ließ sich in einen Sitz mit Armlehnen sinken. Er sah verschwitzt und ein wenig müde aus. Als er sah, dass Brianna ein hauchdünnes Kleid trug, das ihre Figur mehr betonte statt zu verhüllen, grinste er. »Es ist doch erstaunlich, wie rasch einen Mann so ein Anblick die Anstrengungen des Tages vergessen lassen kann.«

»Ich hoffe es.« Brianna lächelte kokett und ging mit wiegenden Schritten auf ihn zu. Nur wenig außerhalb seiner Reichweite blieb sie stehen und rümpfte belustigt ihre Nase. »Du riechst nach Rauch und Schweiß. Warst du bei Cualan?«

»Ja, ich hatte mit ihm darüber diskutiert, ob er eine Klinge schmieden könnte, die es mit dem hornigen Panzer des Lindwurms aufnehmen könnte.«

»Und?«

»Leider nein. Das Schwert, das er mir – gegen einen im Vergleich dazu bescheidenen Lohn – verkauft hat, stellt seiner Meinung nach das Beste dar, was er zu schmieden im Stande ist.«

»Sehr schade«, antwortete Brianna und betrachtete kurz besagte Klinge, die Arwed beim Eintritt neben der Tür an eine Wand gelehnt hatte. Dann veränderte sich ihr Blick und sie deutete zur Seite. »Dort steht noch der Zuber, in dem Evelyn mich gebadet hat. Das Wasser dürfte noch warm genug für einen müden Krieger sein. Und wenn du danach nicht allzu erschöpft bist …« Sie hob beide Hände an die vorderen Säume ihres Kleides und zog sie so langsam auseinander, dass Arwed ein Gesicht machte, als würde die Zeit stehen bleiben. Brianna lachte aufreizend und ließ das Kleid herabfallen. Dann wandte sie ihm den Rücken zu und ging mit bedächtigen Schritten auf den großen Vorhang zu, der zu ihrem Schlafgemach führte.

Arwed war schon ausgezogen, als sie den Vorhang erreichte. Das laute Plätschern, als er in den Zuber stieg, verriet ihr, dass er wohl einige deutliche Pfützen verursacht hatte. Es dauerte nicht lange, bis er nackt und nur halbwegs abgetrocknet vor ihr stand.

Sie musterte seinen muskulösen aber schlanken Körper, die Narben von früheren Schlachten, von denen sie noch nicht einmal gehört hatte, sah die frischen der letzten Kämpfe und das rasche Heben und Senken seines Brustkorbes. »Vielleicht solltest du erst ein wenig verschnaufen oder dich mit Speis und Trank stärken, bevor du dich mir widmest«, schmunzelte sie und deutete auf eine Schale mit frisch gebackenem Brot, Salzfleisch, Käsestücken und Obst.

Er schüttelte den Kopf, sodass von seinen noch nassen Haaren Tropfen nach allen Seiten flogen. »Später«, sagte er nur und ließ sich zu ihr auf das Lager sinken.

Kapitel XLVI
Der Seelenfresser: Wasser

Mahiman kochte vor Wut. Und das lag nicht daran, dass die Regenschauer anhielten und ihn mit ungewohnter Nässe traktierten.

Mein Panzer ist längst geschlossen. Wasser kann mir nichts mehr anhaben!, dachte er und lenkte Fafnir wie zur Bestätigung in sumpfiges Gelände, durch große Wasserlachen und schließlich mit übermütigem Zorn sogar *durch* den Fluss, der ihm so lange eine unüberwindliche Grenze gewesen war, und nicht einfach darüber.

Seine Wut bezog sich allein auf den Umstand, dass ein lange gehütetes Geheimnis nun keines mehr war. Die Menschen hatten aus einer ihm unbekannten Quelle erfahren, dass seine Schwarzen Krieger nur eine Schwäche hatten. Und diese Schwäche im letzten Augenblick ausgenutzt. Die lächerlichen Wurfgeschosse aus Ton und Tierblasen hatte er sehr wohl bemerkt. Ihr allzu mangelhafter Einsatz in der Schlacht hatte ihn anfangs eher belustigt als beunruhigt. Bis ihm bei aller Freude um die zahlreichen Seelen, die er in sich aufsaugen konnte, klar geworden war, dass jemand um die Wirkung von Wasser auf ihn und seine Schergen wusste. Dass er mittlerweile ein Mittel hatte, um sich selbst trotzdem zu schützen, schien der Gegner bislang nicht zu wissen. Nachdem auch diese Erkenntnis im Schlachtgetümmel seinen rauschhaften Zustand durchdrungen hatte, beschloss er sich zurückzuziehen. Vorläufig.

Dann rief er sich den Moment ins Gedächtnis zurück, in dem ein weiteres Keltenheer aufgetaucht war. Noch fern dem Kampfgeschehen und auch sonst wäre es kein Grund gewesen, den nahen Sieg aufzugeben.

Doch die näher rückende Präsenz eines Geistes, der es begleitete, der seltsam vertraut und unbekannt zugleich auf ihn gewirkt hatte, ließ die Vorsicht in ihm die Überhand gewinnen. Jemand - mit aller Wahrscheinlichkeit ein anderer Druide -, hatte die Götter dazu gebracht, die fast vernichtete Stadt mit dichten Regenschauern vor seinen Schwarzen Reitern zu retten. Als der Rausch vereinnahmter Seelen verklungen war, wollte er sich auf diesen Geist konzentrieren, ihn ausfindig machen und untersuchen. Doch er konnte es nicht. Eine Barriere, unsichtbar und überraschend stark, stieß seine tastenden Fühler beiseite und hinterließ in ihm die dumpfe Ahnung, dass sich hier ein alter Gegner näherte, der ihm vielleicht gefährlich werden könnte.

Mahiman ließ Fafnir am Ufer haltmachen und warf einen Blick zurück über den Fluss. Er sah, dass die Feuer an den Wällen verloschen waren, ob nun von den Verteidigern gelöscht oder durch den Regen, der jetzt langsam nachließ und eine bessere Sicht ermöglichte. Das neue Heer schickte sich gerade an, die erste Mauer hinter sich zu lassen, als das Gefühl der fremden Macht eine Verbindung knüpfte und nicht mehr losließ. Im ersten Moment war Mahiman verblüfft, dass er den Kontakt nicht kappen konnte. Dann überwog die Neugier in ihm.

»Wer bist du?«, fragte er wortlos und erhielt als Antwort sofort das Geistbild seines Gegenübers: Eine schlanke und wohl noch junge Frau erschien in seinem Kopf und überstrahlte dabei beinahe das reale Bild des Flussufers und des angrenzenden Waldes. Sie war in weiße Gewänder gekleidet, die einer Druidenkutte nicht unähnlich waren. Doch Schnitt und Verzierungen waren außergewöhnlich und ihm völlig unbekannt. Die Frau trug einen Druidenstab und ein

Schwert an ihrer Seite. Dazu drückte ihr Blick eine Stärke aus, die auch ihm zeigte, dass diese Frau keine gewöhnliche Druidin war.

Wer bist du?, fragte er noch einmal.

Jemand, der dich seit über 100 Jahren jagt. Du hast dich in ein tiefes Loch vergraben. Du hättest lieber darin bleiben oder verrotten sollen ...

Ich kann nicht verrotten, dummes Weib!

Kein Lebewesen auf dieser Welt kann ewig leben.

Mahiman lachte und gab Fafnir einen leichten Stoß mit den Hacken. Folgsam setzte sich der Lindwurm in Bewegung. *Ich schon. Wenn ich diese lächerliche Stadt vernichtet habe und all ihre Bewohner den Leib meines Freundes und ihre Seelen meinen Körper füllen, dann steht mir ein ewiges Leben in Aussicht.*

Elfrun war bemüht, einerseits die Verbindung zu Mahiman nicht abreißen zu lassen, andererseits wollte sie den Kontakt auch nicht zu intensiv gestalten. Die Gefahr, dass er in ihr Inneres blicken könnte, war zu groß. Trotzdem stieß sie mit aller Entschlossenheit hervor: *Und der Welt grenzenloses Leid. Ich werde das nicht zulassen, Mahiman.* Kaum hatte Elfrun den Namen ausgesandt, wurde sie sich ihres Fehlers bewusst.

Ah, du scheinst mich wirklich gut zu kennen, Weib. Und ich dachte, mein wahrer Name sei längst in Vergessenheit geraten. Dann grinste sein Geistbild der Druidin sardonisch zu. *Ich werde dafür sorgen, dass die ganze Welt wieder diesen Namen kennt ... und fürchten lernt.*

Ich werde das zu verhindern wissen, du Abschaum unseres Standes, entgegnete Elfrun und ihr Geistbild zitterte vor Wut. *Ich habe all deine Schwarzen Reiter mit einem Schlag vernichtet. Und dich und dein Monster nehme ich mir als nächstes vor.* In Wahrheit hatte die Druidin keine Ahnung, wie sie das bewerkstelligen sollte. Doch sie hoffte, dass sich Mahiman zu einer unbedachten Äußerung hinreißen lassen würde, die ihr einen Hinweis gab.

Das Gespräch beginnt mich zu langweilen, Weib, schickte Mahiman dem Geistbild der Frau zu. *Ich werde mich für kurze Zeit zurückziehen. Nicht um mich eventuell auszuruhen; das habe ich gar nicht nötig,* fügte er hinzu und ließ sein Geistbild die Achseln zucken. *Sondern um euch Gelegenheit zu geben, euch in Sicherheit zu wiegen. Umso tiefer wird euer Fall in Verzweiflung und Todesfurcht sein. Ein wahrlich köstlicher Nektar, den ihr mir da bieten werdet.*

Elfrun wusste nicht, was sie hätte darauf erwidern können. Also versuchte sie erneut, ihn zu provozieren: *Solltest du noch einmal mit deinem Untier auftauchen, wird es dein Tod sein.*

Ich *bin der Tod*, lachte Mahiman eiskalt auf und sah das Bild der Frau langsam verschwinden. Elfruns Geistlächeln war nicht weniger kalt als seines.

Und ich ... bin dein *Tod, alter Mann!*

Etwa zehn Tage später war Elfrun immer noch bestrebt, den hauchdünnen Geistfaden, der sie weiterhin mit Mahiman verband, nicht zu verlieren. Sie hatte die Verbindung so stark verringert, dass sie hoffen konnte, ihm entginge die Verbindung. Die Druidin hatte sich geschworen, sich nicht von ihm überraschen zu lassen. Also hatte sie sich eines Nachts auf ihr Pferd gesetzt und ohne Wissen Briannas Menosgada verlassen. Natürlich stieß sie am untersten Tor auf Cedric, der sich dort eine provisorische Behausung eingerichtet hatte, bis sein eigenes Haus neu errichtet wurde.

Cedrics Forderung nach einem anständigen Begleitschutz hatte sie mit der Bemerkung abgetan, dass sie bei dem, was sie vorhatte, keine waffenklirrende Eskorte brauchen konnte. Zu ihrer Überraschung hatte er nur genickt und gemurmelt, dass er ihr Weggehen natürlich Brianna melden würde.

Daraufhin hatte sie ebenfalls genickt. »Ich komme bald wieder, keine Sorge.«

Den Weg zum Fluss fand ihr Pferd ganz von allein. Als es dort stehenblieb und ein paar Schlucke aus dem leise vor sich hinmurmelnden Wasser nahm, fand Elfrun aus ihrer fast gedankenlosen Ruhe wieder zu sich.

Wie weit kann ich mich ihm nähern, ohne dass er es mitbekommt? Fühlt er die Verbindung – so wie ich – oder lockt er mich gar in eine Falle? Beide Möglichkeiten ließen sie ihr schönes Gesicht verziehen. *Es hat keinen Sinn: ich muss ihn aufspüren. Wir dürfen nicht warten, bis er mit einer neuen Bosheit im Schlepptau auftaucht und uns den Rest gibt. Wir müssen den ersten Schritt machen!*

Sie wollte gerade ihr Pferd einen Schritt ins Wasser der Furt machen lassen, als ihr der Zustand des Ufers auffiel. Das helle Licht des Vollmondes wechselte sich mit träge am Himmel ziehenden Wolken ab. Sonst wäre ihr die breite Spur schon beim Heranreiten aufgefallen.

Das sieht nicht so aus, als hätte Mahiman den Lindwurm eine Brücke bilden lassen, über die er bequem und sicher hätte marschieren können. Er trieb das Vieh mit voller Absicht durch die Fluten ... also macht ihm tatsächlich das Wasser nichts mehr aus. Sie hob ihr Gesicht enttäuscht dem Mond entgegen, der sich just in diesem Moment durch eine neue Wolke verbarg. Elfrun nahm es als Zeichen der Götter. *Was wollt ihr mir damit sagen? Dass ich auf meine*

Hoffnung, den Seelenfresser irgendwie ersäufen, zersetzen oder sonst wie mit Wasser vernichten zu können, vergessen kann? Bei den Schwarzen Reitern hat es funktioniert. Wieso verwehrt ihr uns nun diese schöne Waffe?

Als die Wolke den Mond wieder frei gab, betrachtete sie den Ort mit neuer Aufmerksamkeit. *Das ist keine gerade und kurze Strecke. Das sieht so aus, als hätte er den Lindwurm dazu veranlasst, sich ihm Wasser zu wälzen. Das kann nicht ohne Spritzer vonstattengegangen sein. Er wähnt sich unangreifbar. Er wird übermütig!*

Dann kam ihr der Gedanke, warum er dann seinen Angriff abgebrochen hatte. Die 200 Tougener konnten dafür nicht verantwortlich sein.

Er will uns offenbar glauben machen, er sei unangreifbar! Also ist er es in Wahrheit gar nicht! Ich weiß nur noch nicht, was ihn töten könnte. Aber es scheint doch eine Möglichkeit zu geben.

Mit neuer Energie durchquerte sie die Furt und ritt in den folgenden Stunden der breiten Spur nach, sorgsam darauf bedacht, die Verbindung so minimal wie nur möglich zu halten. Als der Morgen graute, hatte sie den Berg erreicht, der ihr schon während des Fluges als Gast eines Vogels aufgefallen war. *Ein Teil des Hanges wurde erst vor kurzer Zeit zum Abrutsch gebracht. Das muss sein Versteck sein.*

Sie verschwendete keine Zeit mehr, sich darüber Gedanken zu machen, warum er nicht ein anderes Versteck aufgesucht hatte. *Er fühlt sich an einem bekannten Ort sicherer als an einem fremden. Das könnte man auch so auslegen, dass er doch ein wenig Furcht hegt.*

Für eine lange Zeit saß sie regungslos auf ihrem Pferd und musterte die Halde und den Teil des Berges, der sich ihr im ersten Licht des Tages zeigte.

Wir müssen angreifen ... wir dürfen ihn nicht schon wieder den nächsten Schritt machen lassen und nur reagieren! Sein nächster Angriff könnte die Menosgader und Tougener auslöschen. Und dann wäre niemand mehr da, der ihn aufhalten könnte.

Elfrun betrachtete die leichten Wellen des Bodens vor der Schutthalde. Sie erschienen ihr für eine Schlacht genauso geeignet zu sein, wie jede andere einigermaßen ebene Fläche.

Führe ich die Kelten in den Untergang, wenn ich sie zu einer Schlacht auffordere? Wird Mahiman uns nur wieder lachend die Seelen aus den Körpern saugen und Fafnir das Fleisch überlassen?

Fafnir ...

Fafnir.

Fafnir!

Plötzlich sah sie die kommende Schlacht vor sich und alles schien so, wie sie es befürchtete: der Seelenfresser genoss die von Augenblick zu Augenblick eintreffenden Seelen, der Lindwurm wütete schlimmer als ein Dutzend Berserker. Tougener und Menosgader fielen schneller nieder, als ihr pochendes Herz schlagen konnte.

… und doch: Da war etwas in ihrer Vision, das sie fühlen ließ, wie nahe sie der Lösung ihres Problems war. Doch immer, wenn sie tiefer in die Vision eintauchen wollte, um das Geheimnis zu erfahren, wogten Schleier auf, die alles wieder verbargen. Elfrun hatte sogar die Befürchtung, dass ihre jetzige Vision – so unvollkommen und frustrierend sie augenblicklich auch sein mochte – Mahiman ebenfalls erfassen könnte und ihm damit die Chance bot, der Offenlegung dieses Geheimnisses mit irgendeiner neuen Raffinesse zu begegnen. Sie seufzte und schüttelte den

Kopf. Mit aller Vorsicht ließ sie den hauchdünnen Geistfaden verblassen und sich gänzlich auflösen.

Ich kann nur zu den Göttern beten, dass er nichts davon bemerkt hat. Und ich kann außerdem die Götter darum bitten, sie mögen mir in der kommenden Schlacht das Geheimnis offenbaren. Wenn nicht ...

Mit zwiespältigen Gefühlen wendete die weiße Frau ihr Pferd und ritt in raschem Tempo den langen Weg nach Menosgada zurück. Als sie kurz nach der erneuten Flussüberquerung in Sichtweite der Stadt kam, blieb Elfrun das Herz stehen.

Vor der arg ramponierten untersten Mauer Menosgadas stand ein Heer.

Mindestens 500 Mann stark.

Kapitel XLVII
Eisenhand

Cedrics Gesicht war eine Mischung aus Enttäuschung und Furcht, als er sein Pferd vor Arwed und Brianna anhielt und mit erstaunlicher Eleganz herabsprang. Er beachtete nicht, dass ein Sklave sich der Zügel seines Pferdes annahm und es ein paar Schritte wegführte. Mit aufgeregten Schritten stapfte er auf Arwed zu und baute sich vor ihm auf. Allerdings hielt er seine Faust fern des Schwertknaufes.

»Hast du davon gewusst?«

»Ich weiß nicht, was du meinst, mein Freund«, entgegnete Arwed. »Beruhige dich, Cedric. Von was soll ich gewusst haben? Dass ein Heer auf uns zumarschiert? Neue Vasallen Mahimans?« Natürlich waren Brianna und er schon vor dem Eintreffen Cedrics durch die Wachen über das fremde Heer informiert worden. Doch hielt sich das Heer noch so weit entfernt, dass man von der Stadt aus nur eine dunkle Masse erkennen konnte.

Cedric – oder einer seiner Wachleute – hatten von ihrer näheren Position am zweiten Wall aus die Ankömmlinge deutlicher sehen können. Und über deren Identität hegte Cedric wohl keinen Zweifel: »Nein, es sind Germanen … *Germane!* Und sie tragen keine Festkleidung.«

Arwed war für einen Moment völlig verblüfft. »Wer …?«

Ohne auf eine Antwort Cedrics zu warten, lief er zu dem Sklaven, schwang sich auf das Pferd des Kelten und ritt davon. Er hörte nicht mehr, wie Brianna und Cedric nach zwei weiteren Pferden riefen und ihm nur wenig später folgten.

Arwed hatte schon den zweiten Wall passiert und die Schäden des untersten Ringes mit grausamer Bedeutung vor Augen, als ihm eine kleine Abordnung auffiel, die die Streitmacht im Tal verließ und gemächlich auf sich zureiten sah. Mit jedem Sprung, den Cedrics Pferd machte und mit dem er dem fremden Heer näherkam, sah er, dass der Kelte recht hatte: es waren Germanen.

Arwed hielt an und ließ ihnen die Wahl, wie weit sie ihm entgegenkommen wollten. Es waren fünf Krieger, allesamt wahre Recken, die ihn aus blauen und braunen Augen entgegenblickten und keine Miene verzogen. Er betrachtete sie genau, doch er kannte keinen einzigen. Fast alle hatten blondes Haar und trugen dichte Bärte. Zwei hatten dicke Zöpfe geflochten, die weit über ihre ledernen Brustharnische baumelten, die anderen hatten ihr Haar mit Lederstreifen gebändigt, damit es ihnen im Kampf nicht vor die Augen flog. Einzig der mittlere von ihnen zeigte einen Ausdruck, den Arwed in so einem Moment nicht erwartet hätte: Genugtuung.

Warum wirkt er so, als hätte er eine Aufgabe erfolgreich erledigt?

»Du musst Arwed sein, der *Bernsteinhändler*«, begann der Mann mit einer so tiefen und grollenden Stimme, dass Arwed glaubte, der Mann hätte einen schweren Kiesel anstelle einer Zunge im Mund. Dass er ihn mit seiner kurzzeitigen Tarnidentität ansprach, ließ ihm einen Stich durchs Herz fahren.

»Nur wenige – außer den Kelten – nannten mich so.«

»Nun …«, grinste der Mann plötzlich und wollte weitersprechen, als Brianna und Cedric mit einer Handvoll Keltenkriegern zu ihnen stießen und sich neben Arwed positionierten. Der Germane musterte sie ruhig und nickte dann befriedigt, als niemand ein Gegenwort erhob oder gar eine Waffe zog. »Mein Name ist Godemund. Und mein Herr und König nennt sich Eisenhand.«

»Ein seltsamer Name für einen König«, mischte sich Brianna ein. »Ich bin Brianna, Fürstin von Menosgada und ich hege keinen Zorn gegen Germanen. Warum seid ihr mit einem so großen Heer vor meine Tore gezogen?«

Godemund verzog die Lippen, wirkte aber eher so, als würde er Bedauern und Mitleid über den Zustand der Tore und Mauern Menosgadas hegen. »Mein Herr und König hat kein Interesse an eurer Stadt, Fürstin«, fuhr der Mann fort. »Es scheint allerdings, dass ihr unseren Schutz mehr als nötig hättet.«

»Warum sollten die Kelten sich von Germanen beschützen lassen?«, warf Cedric nun ein und sah abwechselnd zwischen Arwed und dem Sprecher hin und her.

»Weil wir den gleichen Feind haben, Kelte. Mein König hat schon gegen die Knechte des Schwarzen Druiden gekämpft …«

»Und gewonnen?« Arwed war im gleichen Augenblick klar, dass seine Frage übereilt und dumm war. Denn wenn dieser fremde Germanen-König erfolgreich gegen den Seelenfresser gekämpft hätte, wäre der ganze Spuk vorbei.

»Nein, er hatte den Kampf verloren … vorerst.« Dann sah Godemund Arwed an und schien plötzlich ein Funkeln in den Augen zu haben. »Mein König ist auch dein König, Arwed.«

»Thoralf ist tot! Mahiman hat ihn …«

»Nein, hat er nicht«, unterbrach ihn Godemund mit fester Stimme. »Ein Schwarzer Reiter hat ihm lediglich eine Hand abgeschlagen, nicht getötet. Außerdem war es nur die linke Hand.« Der Blick des Germanen unterstrich die Härte seiner nächsten Worte. »Nun kämpft unser König also mit einer neuen Hand … aus Eisen.«

»Eisenhand ist Thoralf?«

»Ja, mein Freund.«

Arwed wäre vor Freude fast vom Pferd gesprungen, doch Hufgetrampel und Waffenklirren lenkte die Aufmerksamkeit aller auf das wartende Heer. Auch Godemund und seine Begleiter drehten sich verblüfft um und verfolgten, dass sich die Reihen der Krieger bewegten und langsam eine Gasse freigaben. Sie konnten beobachten, dass sich die Gasse seltsamerweise vom hinteren Ende des Heeres her bildete. Als würde ein leichtes Boot über einen stillen See fahren, teilte sich die Masse der Germanen wie Wellen und ließ einen einzigen Menschen zu Pferd hindurch.

Es dauerte eine Weile, bis Arwed, Brianna und Cedric gleichzeitig den Neuankömmling erkannten.

»Das ist Elfrun, die weiße Frau«, rief Cedric aus und wirkte mehr als erleichtert.

»Eure Druidin?«, fragte Godemund und sah, dass sie fast das Heer durchquert hatte. Ein Mann mit einigen Begleitern schloss sich ihr an hielt mit leichtem Trab auf die Gruppe aus Kelten und Germanen zu.

»Ja … nein«, antwortete Brianna und alle sahen, dass sich der Anführer der zweiten Gruppe mit der weißen Frau unterhielt. Wenig später rückten die Begleiter Godemunds zur Seite und ließen Elfrun, König Thoralf und einen dritten Mann in die Mitte. Er machte einen nicht weniger machtbewussten Eindruck wie Thoralf neben ihm, der seine Eisenhand nicht wie einen Verlust trug, sondern eher wie ein Ehrenzeichen. Arwed aber kannte Thoralf besser: Er verstand, dass sein König diesen Makel wie eine Drohung allen

Feinden gegenüber betrachtete.

»Ich danke Odin für dein Leben, mein König. Ich hatte das Schlachtfeld abgesucht, dich aber nicht finden können. Ich hatte angenommen, der Seelenfresser hätte …«

Thoralf winkte mit der eisernen Hand ab und nickte zu der Druidin neben sich. »Diese Frau hier hat mir schon erzählt, dass sie dich gefunden hat.« Dann stahl sich ein Grinsen auf sein Gesicht, das halb freundlich, halb granithart war. »Beide haben wir uns für tot gehalten. Doch Odin hat noch etwas mit uns vor, mein Freund. Deswegen hat er uns noch ein wenig Zeit auf dieser Welt eingeräumt und uns wieder zusammengeführt.«

»Auch ich danke den Göttern für Arweds und Euer Leben, König Eisenhand. Arwed hat fast ständig von Euch erzählt. Es wäre mir eine Ehre, mit Euch gegen den *Alten Mann vom Berg* in die Schlacht zu ziehen.«

»Es heißt«, sagte Elfrun mit einer Stimme, die allen die Gänsehaut aufsteigen ließ, »dass Totgesagten ein besonders langes Leben beschieden sei.« Sie sah dabei Thoralf Eisenhand fest - und wie Arwed in ihrem Blick zu erkennen glaubte: mit Wohlwollen - an. »Und andere fühlen sich unbesiegbar … und doch ist ihr Tod näher, als sie sich eingestehen wollen.«

War es Zufall, dass sich die allgemeine Aufmerksamkeit dem Mann neben König Eisenhand zuwandte? Oder lag in den Worten der weißen Frau eine Vorahnung … gar eine Bestimmung? Thoralf stellte ihn kurz als König Sigmund, seinen Schwager, vor. Die meisten aus dem Heer stammten von seinem Stamm. Doch irgendwie hatte Arwed das Gefühl, dass dieser Sigmund nicht nur aus verwandtschaftlicher Treue mit Thoralf in die Schlacht ritt.

Gleichzeitig wunderte er sich, warum Thoralf –

König Eisenhand – einen germanischen Priester bei sich hatte. Der Mann saß stumm auf seinem Pferd in der zweiten Reihe und hatte bisher kein Wort gesagt sondern aufmerksam die Unterhaltung mitverfolgt. Auf Arwed machte er rein äußerlich keinen besonders auffälligen Eindruck. Er sah aus wie viele Männer: eine helle wollene Kutte mit einigen Fellteilen daran, ein Gürtel, behängt mit hölzernen Runenzeichen, ein Umhang aus brauner Wolle … und eine Streitaxt. Doch ein Blick in dessen strahlend blaue Augen verriet, dass dieser Mann … beseelt war; anders konnte es Arwed nicht ausdrücken. Als ihn der Priester ansah, platzte es aus Arwed heraus.

»Mein König, warum führst du einen heiligen Mann mit dir? Und vor allem: warum trägt er eine Axt? Ich dachte, allen Goden sei es strengstens verboten zu kämpfen.««

»Sollte ich in der kommenden Schlacht fallen, soll Oswin dafür Sorge tragen, dass meine Seele nach Walhall gelangt.«

»Dazu hat es noch nie eines solchen Mannes bedurft, mein König«, erwiderte Arwed und wusste eigentlich gar nicht, warum er unbewusst eine distanzierte Haltung dem Mann gegenüber einnahm.

Thoralf zuckte mit den Schultern. »Wer weiß schon, welche Bosheiten der Seelenfresser für uns bereit hält, Arwed? Es schadet auf jeden Fall nicht, wenn Oswin uns in die Schlacht begleitet und uns den Beistand Odins sichert. Und die Axt dient ihm nur zur Verteidigung, nicht zum Angriff.«

Arwed hatte mittlerweile durch die Erlebnisse der jüngsten Vergangenheit mehr Respekt für die Druiden der Kelten entwickelt, als er jemals für einen germanischen Priester empfunden hatte. Selbst die negativen Auswirkungen, die Feidlim und Mahiman darstellten, belegten seiner Meinung nach nur, wie stark die druidischen Künste sein konnten. Und Elfrun war für ihn der Inbegriff aller guten Kräfte der Druiden. Er bezweifelte, dass je ein germanischer Gode solche Fähigkeiten, wie sie sie besaß, erlangen könnte. Trotzdem nickte er seinem König zustimmend zu und erntete dafür von dem Mann ein nur unmerkliches Neigen seines Kopfes und einen undeutbaren stahlblauen Blick.

Etwa eine Stunde später saßen also zwei Könige der Germanen, eine Fürstin und ein Fürst der Kelten, eine Druidin der Svear, der immer noch stumme Gode Oswin und zwei Krieger – Germane und Kelte – an einer reichlich mit Speise und Trank beladenen Tafel beieinander.

Elfrun war die erste, die sich selbst, ein Trinkhorn und das Wort erhob. »Egal, was in den nächsten Tagen oder Monaten geschehen mag, möchte ich auf dieses Bild trinken, das wir hier abgeben: Vertreter verschiedener Völker, Vertreter verschiedener Stämme und Stände sind hier friedlich vereint, speisen und trinken gemeinsam, mit einem einzigen Ziel vor Augen: eine Geißel der Menschheit endlich auszulöschen … zum Wohle aller! Behaltet dieses Bild immer in Euren Herzen, Ihr Edlen und Mutigen! Skål!«

Brianna war zwar als Fürstin eines Keltenstammes gewohnt, dass auch Frauen in so illustren Runden das Wort erheben konnten, doch fand sie es mehr als bezeichnend, dass sich selbst fremde Könige dem Trinkspruch einer Druidin eines dritten Volkes ohne zu Zögern anschlossen.

Wie friedlich könnte die Welt sein, wenn nur alle sich dem Frieden als höchstes Ziel widmen würden? Es bräuchte keine Mauern und Waffen, es gäbe keine

Verstümmelten und unendliches Leid. Was ist es nur, das uns immer wieder zum Schwert greifen lässt? Sie prostete allen zu und trank einen tiefen Schluck, dann kam ihr ein weiterer beunruhigender Gedanke: *Wird dieses Bündnis noch bestehen, wenn wir Mahiman und seine Bestie besiegt haben?* Wenn *wir es denn überhaupt zustande bringen?*

Es folgten noch mehr Trinksprüche und alle griffen beherzt nach dem Dargebotenen. Allerdings konnte Brianna beobachten, dass sich sowohl Thoralf Eisenhand wie auch sein Schwager sehr mit dem Honigbier zurückhielten. Sie war schon versucht, sich zu erkundigen, ob ihnen der Sinn eher nach Wein stünde, doch dann klopfte Thoralf drei Mal mit seinem halb leeren Horn auf den Tisch und die Gespräche verstummten.

»Ich bedaure es sehr, Fürstin Brianna«, begann er, »dass ich unser angenehmes Mahl leider mit etwas Unangenehmem abschließen muss. Doch die Vernichtung des Seelenfressers und seines Verbündeten kann nicht weiter aufgeschoben werden. Ich schlage vor, dass Ihr und Fürst Raik Eure verbliebenen Krieger in spätestens zwei Tagen zum Kampf bereitstellt, unterstützt durch meine und Sigmunds Krieger.«

Brianna warf einen Blick zu Cedric und Fürst Raik und beide nickten. »Auch uns ist an einem möglichst schnellen Ende des Schreckens gelegen. Und, wie ich den Worten Elfruns entnehmen darf, auch mit einer Chance auf Erfolg.«

»Nur einer Chance?« Es war bis auf ein paar Höflichkeiten beim Essen das erste Mal, dass sich König Sigmund äußerte. Er schien kein allzu großer Redner zu sein. Vielleicht beschränkte er aber seine Worte nur auf das Wesentliche.

Brianna runzelte leicht die Stirn und entgegnete mit aller Aufrichtigkeit, die sie in ihre Antwort legen konnte: »Ja, eine Chance, keine Gewissheit.«

»Nun, gewiss ist in einer Schlacht nur eines: Der Tod hält reiche Ernte. Aber bezüglich des Lindwurmes habe ich eine gute Nachricht für Euch: Er hat eine verwundbare Stelle!«

In der augenblicklich eintretenden Stille hörte man nur das heftige Einatmen der Kelten. Selbst Elfrun blickte erstarrt in die Runde und hielt die Luft an.

König Sigmund lächelte nun, aber es war eine Mischung aus Grausamkeit und nur mühsam unterdrückter Wut. »Sein ganzer Körper besteht aus Panzerplatten, die keine Axt und kein Schwert zu durchdringen vermag. Sein Schädel wird durch sie ebenfalls geschützt. Dazu kommen Zähne so hart wie der beste Stahl, den ein Mensch zu schmieden in der Lage ist. An seinem Schwanz ragen mannslange Dornen auf, die wie Speere durch die Luft pfeifen und die er einzusetzen weiß …«

»Und wo soll dann da die verwundbare Stelle sein?«, warf Cedric ein. »Das ist ja das ganze Vieh. Oder sollen wir ihm in den aufgerissenen Rachen springen und ihn von innen heraus zerschneiden?«

Für einen Moment schien König Sigmund verblüfft zu sein, dann schüttelte er den Kopf. »Nein, nicht sein Schlund ist die Schwachstelle. Aber Ihr habt in einem Punkt recht: Es ist eine Körperöffnung.«

»Doch wohl nicht sein Arsch«, platzte es aus Cedric heraus, dann wurde er rot. »Entschuldigt, Herrin, das war ungebührlich von mir.« An den Germanenkönig gewandt flüsterte er: »Hat er überhaupt …«

Plötzlich lachte Sigmund und es klang als rollten Steinbrocken einen Hang herab. »Nein, es ist sein Schwanz, ich meine: sein Ding, sein Pimmel … oder was auch immer ihr für ein Wort dafür habt.«

Jetzt waren es die Frauen, die erröteten. Trotzdem

gelang es Brianna zu antworten: »Wir … verstehen. Aber wie soll man … da herankommen?«

»Genau das ist das Problem, Fürstin von Menosgada. Man müsste ihn dazu bringen, sich zu drehen, was er im Kampf wohl sicher nicht tun würde. Ich habe lange darüber nachgedacht und nur eine Möglichkeit gefunden, die mir durchführbar scheint.«

»Und die wäre?« Fürst Raik hing wie gebannt an den Lippen des Germanen.

»Man müsste den Lindwurm über eine sehr lange Grube locken. In dieser Grube müssten ein oder mehrere Krieger versteckt sein … und ihr Schwert im richtigen Augenblick an der richtigen Stelle tief in seinen Bauch stoßen. Leider müsste der Lindwurm dabei recht langsam kriechen, damit wenigstens einer Erfolg haben könnte.«

»Das funktioniert niemals«, rief Arwed und Brianna sah, dass ihm fast alle zustimmten. Nur Raik machte ein nachdenkliches Gesicht. »Zu viele Unwägbarkeiten«, fuhr Arwed fort. »Fafnir würde die Krieger entweder fressen oder sie einfach zermalmen. Und exakt die Stelle seines … zu treffen, halte ich für sehr unwahrscheinlich.«

»Nun«, antwortete König Sigmund, »dann bin ich gespannt, wie Ihr das anders bewerkstelligen wollt.«

Kapitel XLVIII
Der Alte Mann vom Berg

Was für ein erstaunliches Heer, dachte Arwed und betrachtete die Reiter, die in breiter Front durch das Tal ritten. Aus den Gräsern und wenigen bunten Pflanzen des Talgrundes wogten die letzten Fetzen des morgendlichen Nebels. Als die Hufe der Pferde sie aufwirbelten, lösten sie sich auf und Arwed wünschte sich, ihr Gegner würde sich in ähnlicher Weise verflüchtigen. Nicht dass er Angst vor dem bevorstehenden Kampf gehabt hätte, nein. Er fragte sich nur die ganze Zeit, *wie* sie den Schwarzen Druiden vernichten könnten. Brianna und er führten in der Mitte die arg geschmolzene Gruppe Menosgader an; nicht mehr als 50 Mann. An ihren Seiten begleiteten sie Tougener. Aufgeteilt in zwei Abteilungen mit jeweils circa 100 Mann, die natürlich von Fürst Raik und Elfrun geführt wurden. An den äußeren Flanken jedoch hatte König Thoralf sein 500 Krieger starkes Heer positioniert.

Thoralf – König Eisenhand – zu unserer Linken und sein Schwager, König Sigmund zu unserer Rechten. Arwed kannte Sigmund bisher nur von zwei flüchtigen Begegnungen. *Wenn er im Kampf auch nur zur Hälfte Thoralf nachkommt, bin ich um unsere rechte Flanke nicht besorgt.* Wieder schweifte sein Blick über die vereinten Krieger.

Mehr als 750 Männer hoch zu Ross ... gegen eine einzige Bestie und ihren Meister. Dieser Tag wird entweder ein Albtraum ... oder einst in Liedern besungen werden.

Er warf einen Blick zum Himmel und grübelte darüber nach, welche der beiden Möglichkeiten eintreffen würde.

»Und wenn du noch zehn Mal nach oben siehst, Arwed«, missverstand Brianna seine Nachdenklichkeit und seinen Blick, »so wird Elfrun nicht noch einmal die Schleusen des Himmels öffnen können. Sie hat uns doch erklärt, dass sie diese Magie unglaublich viel Kraft gekostet hat.«

»Den Göttern sei Dank, wir brauchen den Regen nicht mehr. Die Schwarzen Reiter sind vernichtet … aber Mahiman schien das Wasser doch nicht so zusetzen zu können, wie wir gehofft hatten.«

»Ja, ihn und dieses Vieh störte das Wasser nicht«, bestätigte Brianna. »Trotzdem hat er sich zurückgezogen … in dem Augenblick, als Raik mit seinem Heer eintraf.«

»Ich bin mir nicht so sicher, ob er sich von gut 200 Mann bedroht gefühlt hat, meine Liebe«, widersprach Arwed und nickte dabei in Richtung der weißen Druidin, die nicht weit von ihnen entfernt ritt und ihren Blick nicht von dem Berg wandte, auf den das Heer zuhielt. »Auch die Menosgader besaßen einmal 300 Krieger. Und jetzt sind die meisten davon tot.« Er sah zu Brianna und hatte einen Funken Hoffnung in seinen Augen. »Ich neige eher zu der Ansicht, dass der Alte Mann vom Berg sich vor Elfrun zurückgezogen hat.«

»Du meinst, er fürchtet sie?« Brianna hob erstaunt ihre Augenbrauen und sah noch einmal zu der weiß gekleideten Frau hinüber, die offensichtlich voll auf ihr Ziel konzentriert war. »Aber sie hat niemals erwähnt, dass sie sich Mahiman gewachsen oder sogar überlegen fühlt. Wieso sollte er sich also vor ihr zurückziehen?«

Arwed zuckte mit den Schultern. »Ich hoffe, dass sein Beweggrund tatsächlich existiert, Brianna. Denn ich bin davon überzeugt, dass sie mehr bewirken kann als 750 Schwerter.«

Die Keltenfürstin sah ihn mit einer Mischung aus Überraschung und Furcht an. Dann versteinerte sich ihr Blick. »Wir ziehen also in eine Schlacht, von der du glaubst, dass Schwerter nichts bewirken können?«

»Nicht in dem Sinne, wie es vielleicht die meisten – oder sogar alle – dieser Männer hier erwarten. Ich denke, dass unsere Schwerter dazu dienen, Elfrun Zeit für das zu verschaffen, was sie vorhat.«

»Sie hat nicht erwähnt, dass sie einen Plan hat.«

Brianna machte Anstalten, zur Druidin reiten zu wollen, doch Arwed hielt sie mit einer Geste auf. »Lass sie! Vielleicht ist sie gerade jetzt dabei, einen Plan zu entwickeln, einen Zauber vorzubereiten, Hilfe herbeizuschaffen … irgendetwas. Also stören wir sie lieber nicht.«

»Aber wir können doch nicht *so* in die Schlacht ziehen!«, protestierte die Fürstin, lenkte aber ihr Pferd wieder an die Seite Arweds.

»Hast du eine bessere Idee? Oder möchtest du zu Fürst Raik, König Thoralf und König Sigmund gehen und ihnen sagen, dass wir alle in unser Verderben reiten, wenn diese Frau versagt?« Er schüttelte den Kopf. »Ich kann dir zumindest für Thoralf, und vielleicht auch für Sigmund versichern, dass sie allein auf ihr Schwert setzen. Wir sind Germanen!«

»Richtig, du bist auch ein Germane … und zählst auf Zauberei?!«

»Ich habe Elfrun … kennengelernt und weiß, welche Kräfte in ihr stecken.« Sein Blick verschloss sich von einem Moment zum anderen und somit verzichtete Brianna auf eine Erwiderung.

Arwed war bei ihrer Erwähnung von Zauberei eingefallen, dass der Fluss Menos und dessen Wasser für Mahiman über Jahrzehnte und länger ein Hindernis gebildet haben musste. Doch genauso leicht, wie Arwed und dieses Heer ihn vor kurzem überwunden hatten, so leicht musste es nun dem Seelenfresser selbst gelungen sein.

Allein durch die Hilfe dieses Lindwurms? Oder hat dieser Mistkerl noch einen Schutz, der uns bisher entgangen ist?

Ein Hornsignal unterbrach seine Gedanken und er richtete seinen Blick wieder nach vorn.

Ein keltischer Kundschafter zu Pferd hatte sich auf eine Anhöhe begeben, die unterhalb des Berges lag, der dem Tafelberg und der Stadt Menosgada auf der anderen Seite des Flusses gegenüberlag. Er gab durch ein Hornsignal zu verstehen, dass er den Feind – es konnte nur Mahiman sein – gesichtet hatte. Als der Mann die Aufmerksamkeit der Anführer registrierte, machte er mit der freien Hand eine langgezogene und ein wenig auf und ab führende Geste.

Mahiman hat Fafnir bei sich; natürlich!, dachte Arwed und zog sein Schwert. Das Geräusch wiederholte sich hundertfach um ihn herum und vermittelte ihm gleichzeitig das Gefühl von Stärke und Anspannung. *Ein Druide gegen ein ganzes Heer. Wer wird siegen?*

Der Kundschafter auf der Anhöhe bewegte sich nicht von der Stelle. Aus seinem Verhalten konnte man schließen, dass er sein Pferd keinen Schritt Richtung Feind machen lassen würde, bevor nicht die Reiter zu ihm aufgeschlossen hätten. Plötzlich ließ der Mann das Kriegshorn fallen und zog ebenfalls sein Schwert. Arwed sah, dass der Krieger es mit beiden Händen packte und dabei wild mit den Augen rollte.

»Da stimmt etwas nicht«, rief Arwed aus. »Elfrun!«

Doch die Druidin hatte es ebenfalls gesehen und lenkte schon ihr Pferd zu ihnen. Dabei riss sie ihre Hand nach oben und Raik folgte ihrem Beispiel. Die Menosgader und Tougener stoppten ihren Vormarsch, die Germanen zu beiden Seiten nur wenig später.

Mit Entsetzen verfolgten sie, dass der Mann sein Schwert umständlich drehte und mit schweißüberströmter Stirn die Hände am Schwertgriff weit nach oben streckte … um die Spitze schließlich auf seinen Unterleib zu setzen. Arwed hatte das sichere Gefühl, dass die Klinge, wäre sie nur kürzer gewesen, direkt auf sein Herz gezielt hätte. So jedoch zwang den Krieger die Länge zu dieser Haltung. Bevor jemand auch nur einen Warnruf hätte von sich geben, geschweige denn eingreifen können, rammte der Mann die Klinge so heftig in seinen Leib, dass sie auch ein Stück in den Rücken des Pferdes drang. Es wieherte vor Schmerz auf und wollte seinen Reiter abwerfen. Doch der hing blutüberströmt und mit beiden Händen immer noch den Griff seines Schwertes umklammernd auf dem Ross. Sein Kopf war nach vorne gesunken und für einen Moment schien es, als wäre er tot, festgenagelt durch seine eigene Tat. Sein Pferd schrie und bäumte sich auf, schlug mit den Hinterläufen aus und bockte mit all der Kraft, die es trotz der Waffe in seinem Rücken aufzubringen in der Lage war. Dann blieb es unvermittelt mit zitternden Flanken stehen. Es blähte die Nüstern und seine Zunge leckte aus dem Geifer triefenden Maul. Seine Ohren zuckten hin und her, aber es rührte sich nicht mehr. Es schien zu begreifen oder instinktiv zu fühlen, dass jedwede Bewegung nur neuen Schmerz erzeugen würde.

Arwed bewunderte das Tier für seine Fähigkeit mit einer Klinge im Leib auszuharren. Tatsächlich blickte es den Hügel hinab und schien die Hilfe derer zu erflehen, die dort erstarrt standen. »Wir können es doch nicht …«, setzte er an. Aber dann ließ ihn eine neue Bewegung verstummen.

Der Reiter hatte seinen Kopf erhoben. Das Haar hing ihm wirr ins blasse Gesicht. Die Wangen waren eingefallen und sein Blick drückte Hoffnungslosigkeit aus. Entweder hatte ihn der Schmerz aus der Fessel Mahimans erlöst – denn niemand anderer konnte für die Tat verantwortlich sein – oder der Seelenfresser hatte ihn freiwillig aus seinem Bann entlassen. Arwed rechnete mit Letzterem.

Das passt zu dir, du gemeiner Dreckskerl. Gleichzeitig erschauerte der Germane. *Kann er dies mit uns allen machen?*

Der Kundschafter warf einen letzten Blick auf sie, dann sackte er tot auf seinem Pferd zusammen. Das Gewicht des Mannes drückte erneut auf die Klinge und das Pferd gab einen erbärmlichen Laut von sich. Dann brach auch es nieder.

»Bleibt in meiner Nähe!«, kam es von Elfrun, die ihren Druidenstab erhoben hatte und anfing, Beschwörungen vor sich hinzumurmeln. Nach nur wenigen Augenblicken wandte sie sich der Keltenfürstin und dem Germanen zu. »Wir müssen sofort angreifen! Mein Schutz umfasst nur euch und mich … ich kann niemals das ganze Heer vor ihm bewahren. Setzt ihm und dem Lindwurm so massiv zu, wie ihr nur könnt. Ich versuche ihn mit anderen Mitteln zu bekämpfen.«

Kapitel XLIX
Schwerter, Äxte und Zähne

Thoralf gab einem Mann neben sich ein Zeichen und ein germanisches Kriegshorn ließ die vereinten Heere erneut vorrücken. Der Mann, der nun Eisenhand genannt wurde, sah den Lindwurm an der Stelle auftauchen, an der soeben der keltische Späher und sein Pferd gestorben waren. Wieder stockte der Vormarsch und alle hingen gebannt am Anblick des Schwarzen Druiden. Mit Grauen verfolgten die Menschen, dass eine unsichtbare Welle den Hügel erfasste und langsam zur Talsohle herabkroch. Büsche, blühende Pflanzen und Gräser rollten sich ein, färbten sich braun und grau, als würden sie zu Asche zerfallen. Der Geruch von schimmliger Erde, verfaulendem Grün und stinkendem Brodem verbreitete sich und ließ die vordersten Reihen der Männer den Atem anhalten. Doch es half nichts. Sie mussten Luft holen und diesen bedrohlichen Dunst in ihre Lungen lassen. Sie ahnten nicht, dass dem Gestank noch eine weitere Bosheit anhaftete.

»Es freut mich, dass ihr so zahlreich gekommen seid«, begann Mahiman und gab Fafnir einen leichten Klapps auf den schuppigen Hals, als der sich dem Leichnam des Kriegers und dem Kadaver des Reittieres widmen wollte. »Wie ihr bemerkt, ist mein Freund hier begierig, euer Fleisch zu schmecken. Die Kost auf Menosgada war doch allzu schmal. Nun werden er und ich ein Festmahl abhalten … an euren Leibern und Seelen.«

Thoralf sah, dass die Worte des Seelenfressers einige der Männer einschüchterten. Doch weitaus mehr Germanen und Kelten zeigten trotzigen Widerstand. Auch Mahiman sah dies und verzichtete daher auf die

Worte, die er wohl noch parat gehabt hätte. Zu ihrer aller Überraschung verließ der Seelenfresser mit seinem Monster die günstige Stellung und ließ dieses mit erstaunlicher Geschwindigkeit den Hügel herabgleiten. Das Knirschen des riesigen Leibes auf der verderbten Erde und das Fauchen seines weit geöffneten Rachens genügten, um alle Krieger in Bewegung zu bringen.

Fürst Raik setzte sich mit seiner Leibgarde an die Spitze der Formation. Sie hatten die Schilde fest an ihre Linke gepresst, die Äxte zum Schlag erhoben. Die Hufe ihrer Rösser rollten donnernd über die Erde. Wie ein Keil aus Muskeln und eisernen Klingen rasten die Streitaxtleute dem Ungetüm entgegen und brüllten dabei ihrem Feind die Namen von Taranis und Belenos zu.

Der Klang, mit dem die Tougener und der Lindwurm aufeinanderstießen, hatte etwas Unwirkliches an sich. Der wie tot wirkende Boden, die zermalmte Erde und das verdorrte Blattwerk stoben auf und nahmen den Menschen die Sicht.

Arwed, Brianna und Elfrun waren dicht hinter den Tougenern und mühten sich, im aufgewirbelten Staub, Freund von Feind zu unterscheiden. Sie hörten Schreie und aufeinandertreffende Klingen und Zähne. Sie sahen Körper von Menschen und Pferden auftauchen und wieder verschwinden. Der Kopf Fafnirs zuckte durch die Schwaden, Teile von Kriegern oder auch ganze Körper in seinem Maul verschlingend. Das Geräusch, mit dem er seine Beute hinunterwürgte, war schlimmer als alles, was Arwed und wohl alle an seiner Seite je in einer Schlacht gehört hatten. Das dumpfe Krachen zerbrechender Knochen trieb ihm den Schweiß aus allen Poren und immer wieder vergewisserte er sich, dass Brianna an seiner Seite blieb.

Dann zerstob die Wand aus Dreck und Staub und gab wieder den Blick frei. Mahiman saß auf Fafnir und schien sich köstlich über das Geschehen zu amüsieren. Jeder Reiter, der von den Zähnen des Lindwurms zerrissen wurde und qualvoll starb, entlockte ihm ein irres Lachen.

Arwed packte die Wut und er schrie Brianna zu, ihm zu folgen. Cedric und zwei Dutzend Menosgader schirmten ihre Herrin ab und trieben ihre Pferde an eine Seite des sich nun nur verhalten windenden Wurmes. Vielleicht musste er ein wenig verharren, um das Fleisch tiefer in seinen Schlund gelangen zu lassen, bevor er neue Beute machen konnte. Arwed hatte vor dem Auftauchen Mahimans aus einem Gefühl heraus sein Schwert gegen einen Speer getauscht.

Er wird uns nie seinen Bauch zeigen, dachte Arwed und fasste den Speer mit entschlossener Miene. Dann schleuderte er diesen an eine Stelle, von der er glaubte, die Spitze könnte zwischen die Schuppen des Untieres gelangen. Doch er verfehlte sein Ziel. Mit einem enttäuschten Schrei zog er wieder sein Schwert, ritt gefährlich nahe an den riesigen Leib der Schlange heran und stieß mit aller Kraft zu. Das Ergebnis war mehr als erbärmlich. Die Klinge rutschte am harten Panzer des Tieres ab und hätte Arwed beinahe aus dem Sattel gerissen. Er glaubte seinen Namen aus Briannas Mund zu hören, doch er hatte keine Zeit, sich ihr zuzuwenden. Fafnirs Kopf schwenkte auf ihn zu und der Germane konnte tief in dessen aufgerissenen Rachen blicken. Die schwarze Zunge des Untieres züngelte hervor, als wollte sie die Witterung des nächsten Leckerbissens aufnehmen.

Plötzlich erschien Fürst Raik und schwang seine Axt, die nicht weniger beeindruckend war, als die des verstorbenen Kriegers Yashar. Raik ließ einfach seinen Schild fallen und packte die Axt mit beiden Händen. Alles ging rasend schnell. Der Fürst der Tougener holte weit aus, legte alle Kraft in seinen Schlag und traf einen Zahn des Lindwurmes. Die Klinge des Kelten glitt jedoch am Zahn ab und blieb im ungeschützten Fleisch der Unterlippe Fafnirs stecken. Das Monster ließ von Arwed ab und schüttelte seinen mächtigen Schädel. Doch die Axt hatte sich zwischen zwei Zähnen ins Fleisch gegraben. Raik war es nun, der auflachte und nach einer zweiten Axt an seinem Gürtel griff. Doch er kam nicht mehr dazu, die Waffe zu ziehen. Das hornige Ende des Lindwurms, bewehrt mit Stacheln so groß wie ein Speer, fegte durch das Getümmel und traf Raik am Rücken. Arwed hörte das Knacken, als das Rückgrat des Tougeners brach, sah den granitharten Dorn aus dessen Brust ragen und den Mann aus seinem Sattel in die Luft erheben. Es war das blanke Grauen, als die Menschen am Boden sahen, dass Fafnir den leblosen Körper in sein Maul bugsierte, sich Ober- und Unterkiefer schlossen und mahlende Geräusche nach außen drangen. Als das Untier sein Maul wieder öffnete, war von Raik nichts mehr zu sehen. Wieder schüttelte der Lindwurm seinen Schädel und nieste plötzlich so kräftig, dass neuer Staub aufwirbelte und den Reitern entgegenwallte.

Arwed hörte, dass das Monster spuckte. Und kurz darauf den dumpfen Klang auf Erde schlagenden Metalls. Raiks Axt. Arwed drehte sich zur Seite und sah Brianna, Cedric und ein Dutzend Menosgader hinter ihm auf ihren Pferden sitzen. Thoralf und eine geschlossene Reihe germanischer Krieger neben ihnen.

Einige der Männer hatten eine ähnlich geisterhafte Blässe im Gesicht wie die Fürstin der Kelten.

»So hat das keinen Sinn«, rief Arwed und sah zu, dass er aus der Reichweite Fafnirs gelangte. Ein Windstoß in seinem Rücken schien ihn zu beflügeln und er hoffte, dass dieser nicht von dem Lindwurm erzeugt wurde, der ihm auf den Fersen folgen könnte. Doch ein rascher Blick über die Schulter verriet ihm, dass sich Fafnir anderen Zielen zugewandt hatte. Eine zweite Böe kündigte einen Sturm an. Von Augenblick zu Augenblick klarte die Sicht auf dem Schlachtfeld auf …

Nur um neues Unheil aufzudecken.

»Ich dachte, der Regen hätte alle Schwarzen Reiter bei der Schlacht um Menosgada vernichtet«, schrie Thoralf Arwed, Brianna und Elfrun zu und deutete auf eine Schar dunkler Reiter, die unvermittelt inmitten der Tougener aufgetaucht war und sofort begann, die Kelten anzugreifen.

»Vielleicht konnte er neue erschaffen«, antwortete Elfrun und sah wie Mahiman mit befehlenden Gesten seine dunklen Knechte in die Reihen der Kelten dirigierte.

»Oder er hatte sie noch in der Hinterhand behalten und führt sie jetzt auf freiem Feld in die Schlacht. Die Mauern Menosgadas hatten ihn auch ohne den Regen einige Reiter gekostet … leider zu wenig, wie es nun scheint.« Briannas Worte waren immer noch von der Enttäuschung gefärbt, dass ihre Krieger die einzigen Waffen, die den Schwarzen Reitern gefährlich werden konnten, viel zu wenig und zu zögerlich eingesetzt hatten. Für viele Menosgader hatte das den Tod bedeutet.

»Es werden immer mehr«, rief Arwed und wies mit seinem Schwert zu drei weiteren Stellen, an denen die

Schergen Mahimans wie aus dem Nichts aufgetaucht waren. Dass sie ohne flammende Klingen kämpften, entging ihm in der Aufregung.

»Wenn wir dieses Monster nicht töten können, widmen wir uns also diesen Schwarzen Reitern«, grollte Thoralf und wartete nicht ab, bis jemand ein Wort dafür oder dagegen hätte erheben können. Er ritt so rasch an Arwed und den anderen vorbei, gefolgt von der Hälfte seines Heeres, dass Arwed nur einen flüchtigen Blick von seinem König erhaschen konnte. Der Ausdruck darin gefiel ihm aber gar nicht.

Arwed saß auf seinem Pferd und fühlte sich so hilflos wie nie zuvor in seinem Leben. Einerseits drängte alles in ihm danach, seinem König in die Schlacht zu folgen. Andererseits wusste er, dass gegen Schwarze Reiter, den Lindwurm und dessen Herrn keine Klinge siegreich sein würde. Er spürte, dass der Berserker in ihm an die Oberfläche drängte, ihn jegliche Vernunft abstreifen lassen wollte, um sich in einem Blutrausch dem Feind zu stellen.

Und darin zu sterben.

Dann rissen ihn die Worte Elfruns aus diesem Dilemma. »Es gibt nur einen Weg, diesen Albtraum zu beenden, Germane: Ich muss mich ihm stellen.«

»Nein«, rief Brianna. »Er wird dich vernichten. Hilf uns, diese Schwarzen Reiter zu bekämpfen! Du hast es schon einmal geschafft.«

Elfrun schüttelte den Kopf. »Etwas stimmt mit ihnen nicht. Ich spüre bei ihnen nicht die dunkle Macht, die sie sonst um sich verbreitet haben wie die Pestilenz.« Sie drehte sich Arwed zu. »Bleib bei Brianna! Nicht nur zu ihrem Schutz, sondern auch zu deinem! Deine Liebe zu ihr ist größer als der Berserker, der in dir lauert.« Zu der Fürstin gewandt sagte sie:

»Versuche so oft es geht, dich ihm zu zeigen. Natürlich ohne ihm und seinem Schwert dabei im Wege zu stehen. Dein Anblick hilft ihm, bei klarem Verstand zu bleiben.«

Dann stieß sie ihrem Pferd die Hacken in die Seite und stob davon.

»Sie flieht!«, stieß Brianna entsetzt hervor und sah doch, wie Elfrun ihr Pferd mitten ins Kampfgetümmel trieb … Fafnir und Mahiman genau entgegen.

»Nein, sie kämpft!«, widersprach Arwed. »Auf ihre Weise.«

Kapitel L
Wahnsinn

Elfrun lenkte ihren Schimmel mitten durch das lärmende Chaos, das durch das plötzliche Auftauchen der Schwarzen Reiter entstanden war. Wilde Rufe mischten sich mit dem hellen Singen aufeinander treffender Klingen. Todesschreie und das Ächzen verletzter Menschen und Tiere rangen mit dem Schlagen von Hufen und dem dumpfen Klang auf Schilde krachender Waffen um die akustische Vorherrschaft auf dem Schlachtfeld. Das Fauchen Fafnirs und das Gelächter seines Herrn waren darin die schrecklichsten Töne.

Längst existierte die anfängliche Formation der Kelten und Germanen nicht mehr. Die geschlossenen Reihen hatten sich aufgelöst in kleine Gruppen und sogar einzeln kämpfende Krieger. Elfrun sah, dass Männer aus allen Teilen der Heere sich dem Feind stellten, unabhängig davon, ob sie Menosgader, Tougener oder Germanen waren. Gemeinsam schlugen sie mit ihren Waffen auf die finsteren Vasallen Mahimans ein und die Druidin konnte sehen, dass sie damit sogar Erfolg hatten.

Sie runzelte für einen Moment die Stirn und versuchte den Gedanken zu fassen, der sich aus einem Winkel ihres Verstandes hervorgeschlichen hatte; doch es gelang ihr nicht. Stattdessen musste sie die Schläge von Schwertern und Äxten abwehren, die ständig von beiden Seiten auf sie niederprasselten. Wie immer, wenn sie Druidenkräfte bis zum Äußersten nutzen wollte oder musste, trug sie ihren Stab in der linken Hand. Die kürzere Verbindung zu ihrem Herzen verlieh dem Druidenstab eine zusätzliche Kraft, die die Rechte nicht zu leisten vermochte. Dafür kämpfte sie in dieser Hand mit einem Schwert, das schlank und elegant wirkte, im Vergleich zu anderen Schwertern eine dünnere Klinge besaß, die nicht weniger tödlich zustoßen konnte als seine plumperen Vettern. Elfrun hatte mit beiden Waffen gut zu tun. Trotzdem trieb sie ihren Schimmel immer näher an den Lindwurm heran.

Aus einer heftig kämpfenden Gruppe löste sich unvermittelt ein germanischer Reiter und wandte sich ihr zu. Elfrun war für einen Moment überrascht, als sie sah, dass der Mann mit wirr rollenden Augen direkt auf sie zuhielt und eine Mischung aus Irrsinn und Mordlust im Blick erkennen ließ. Die Druidin blinzelte, als eine Staubwolke sich zwischen sie und den Reiter schob. Als sie die Augen wieder geöffnet hatte, waren Staub und Germane verschwunden …

Dafür raste ein Schwarzer Reiter auf sie zu und holte mit seinem Schwert zum Schlag aus. Bevor er sie jedoch angreifen konnte, schlug ihm ein Germane seine Axt in ein Bein. Der Getroffene schrie und wieder hatte Elfrun das drängende Gefühl, dass ihr etwas entging. Das Bein des Mannes stieß Fontänen dunklen Blutes hervor. Das in Stößen hervorsprudelnde Rot bannte ihren Blick so sehr, dass sie sich nähernde Feinde nur wie durch zähe Schwaden sah.

Dann bewegte sich das Ross des Schwarzen Reiters … und dessen Bein riss ab.

Als hätte dieser Moment auch in ihr eine Fessel zerrissen, fand sie freien Zugang zu dem imaginären Signalhorn, das in ihrem Kopf die ganze Zeit erklungen war und nun hell und ungebunden durch ihren Verstand schallte.

Die Wunde des Schwarzen Reiters schließt sich nicht.

Er blutet ... und flieht.

Ihre Waffen brennen nicht ...

Dann lohte die Erkenntnis wie eine Fackel in ihr auf.

Das sind keine Schwarzen Reiter!

Elfrun warf eilige Blicke nach allen Seiten und sah überall das gleiche Bild: Vermeintlich Schwarze Reiter kämpften mit aller Kraft und töteten auch vielfach … zu oft. Doch die Druidin erkannte nun, dass die dunklen Krieger allesamt Menschen waren.

Schwarz wie die Nacht.

Aber keine dämonischen Reiter.

Mahiman hat die Krieger verzaubert und lässt sie ihren Freunden als Schwarze Reiter erscheinen. Aber die Schwerter, Äxte und Speere kann er nicht in Flammen setzen! Für die Dauer eines Wimpernschlages erfüllte Freude ihr Herz ob dieser Erkenntnis. Doch dann sah sie sich noch einmal um und verstand, was dieser Zauber in Wahrheit bewirkte. *Sie bringen sich alle gegenseitig um! Sie halten ihren Freund für einen Schwarzen Krieger und metzeln ihn nieder.* Und ein weiterer Gedanke ließ die kurze Freude in ihr versiegen, wie einen Tropfen Wasser auf verdorrter Erde: *Die Germanen sind in Raserei verfallen …*

Brianna kämpfte mit all der Kraft, die sie als Fürstin zu leisten vermochte. Sie war sich der Tatsache bewusst, dass sie es an Kraft und Ausdauer nicht mit einem erfahrenen Krieger aufnehmen konnte. Also hielt sie sich im Rücken Arweds und hin und wieder an seiner von Feinden freien Seite. Sie hatte mehrfach Gegner abwehren und in seine Reichweite locken können. Nach dem ersten Schwarzen Krieger, der zu ihrer beider Erstaunen plötzlich tot am Boden lag, hatten sie sich stumm und zunehmend geschickter aufeinander eingespielt, fast so, als hätten sie es jahrelang trainiert.

Trotzdem konnte Brianna verfolgen, wie Arwed mehr und mehr in eine Kampfweise verfiel, die nicht anders als wahnsinnig zu bezeichnen war. Immer dann, wenn sie glaubte, er würde die Kontrolle über sich verlieren, rief sie seinen Namen und versuchte sich ihm zu zeigen, ohne ihn von den Klingen eines Feindes abzulenken.

Das kann nicht mehr lange gut gehen, dachte sie und spürte, dass ihre eigenen Kräfte rapide nachließen. Die Schlacht um sie herum war die erste freie Feldschlacht, die sie in ihrem Leben durchstehen musste. Ein Teil in ihr weinte schon jetzt um all die Gefallenen, die verstümmelt oder mit gebrochenen Augen am Boden lagen. Immer mehr dieser schrecklichen Hindernisse blockierten die Wege der Kämpfenden und sorgten sogar dafür, dass der Kampf ein wenig an Heftigkeit nachließ. Es taten sich Lücken im Getümmel auf und erlaubten Brianna den einen oder anderen Blick abseits von sich und Arwed.

Unvermittelt öffnete sich eine Stelle im Kampfgeschehen, vielleicht fünfzig Schritte von ihnen entfernt, und sie sah die weiße Druidin mit Stab und Schwert kämpfend auf ihrem Schimmel sitzen. Elfrun näherte sich einem Schwarzen Reiter und Brianna sah, wie der ein riesiges Schwert hob und es wohl auf den Kopf der Druidin richten wollte. Doch bevor er die Waffe herabsausen lassen konnte, schlug ein germanischer Krieger ihm mit seiner Axt ins Bein. Die Fürstin der Kelten konnte glauben, was sie sah: Das Bein des Feindes fiel ab und der Verstümmelte floh! Und anstatt ihm nachzusetzen und ihm den Rest zu geben, blieb die Druidin auf ihrem Pferd regungslos sitzen!

Brianna beobachtete, dass der Germane mit der Axt bei der weißen Frau blieb und etwas zu ihr sagte, hörte aber im Lärm der Schlacht natürlich kein Wort. Der

Mann wirkte verwirrt und ratlos, ließ aber die wie erstarrt wirkende Druidin nicht allein. Er wehrte mit einiger Anstrengung die Angriffe zweier weiterer Schwarzer Reiter ab, schien damit aber kein unlösbares Problem zu haben.

Die Fürstin von Menosgada konnte nicht ahnen, dass sie im gleichen Augenblick wie Elfrun die Wahrheit erkannte.

Das sind keine Schwarzen Reiter!

Brianna wollte die gute Nachricht schon Arwed zurufen und ihm damit ein weiteres Stück von seiner Raserei wegzerren. Doch dann wandte er sich ihr zu und sein Blick verriet, dass sie ihn ein paar Wimpernschläge zu lange aus ihrer schwachen Obhut gelassen hatte. Auch der Schutz Elfruns schien verflogen zu sein wie eine Feder im Sturm.

Arweds Augen waren blutunterlaufen und sein Gesicht von Dreck und Schweiß bedeckt. Seine Lippen zuckten unregelmäßig auf und ab und ließen seine gefletschten Zähne aufleuchten, die trotz ihres hellen Weiß einem Wolf zur Ehre gereicht hätten. Um ihn herum lagen die Leichen von mindestens fünf Männern und zwei Pferden. Ein weiteres, tödlich verletzt, schlug mit einem Hinterlauf aus und trat dabei immer wieder einem toten Germanen in den Rücken, wo aus einer großen Wunde Blut floss.

Arwed schwang sich aus seinem Sattel und ging mit langsamen Schritten auf den Mann zu und sah in dessen Gesicht, das Brianna nicht erkennen konnte. Dann wandte sich Arwed zu dem Pferd um und stieß ihm die Klinge in den Hals. Das Zucken des Beines hörte auf und das Tier gab einen letzten Atemzug von sich, bevor es mit offenen Augen tot dalag. Es schien Arwed die letzte Kraft zu kosten, als er sich Brianna zuwandte und sie mit seltsamem Blick musterte.

»Ich habe einen meiner Freunde getötet … und du bist schuld daran, weiße Hexe!« Dann schritt er mit bluttriefendem Schwert auf sie zu …

Mahiman schwelgte in blanker Verzückung. Fafnirs unbarmherziges Wüten und dessen gieriger Schlund verschafften ihm Seelen in so rascher Folge, dass der Seelenfresser sich durch die Schlacht wie in einem Rausch bewegte. Längst hatte er darauf verzichtet, den Lindwurm zu steuern, ihn in eine Gruppe angreifender Krieger zu lenken und dort Beute machen zu lassen. Das Untier tat ganz von allein sein Werk. Einzig die Momente, in denen die Bestie schlucken und seine Opfer oder deren Teile tiefer in seinen Leib winden musste, unterbrachen den steten Strom verlorener Seelen.

Er genoss es mitanzusehen, wie Kelten und Germanen auf Schwarze Reiter eindroschen, die in Wahrheit ihre eigenen Brüder, Väter und Söhne waren. Er lachte und verspottete sie mit Worten, die sie in ihrer Verzweiflung und Raserei gar nicht hören konnten. Trotzdem stieß er sie aus, spürte, wie seine Macht wuchs und er immer neue vermeintliche Schwarze Krieger auftauchen ließ. Das Gemetzel nahm ein Ausmaß an, das ihn sogar von Fafnir herabsteigen ließ. Mit erhobenen Armen marschierte er mitten durch die Kämpfenden, labte sich am Ausdruck ihrer Schreie, Schmerzen und im Tod verzerrten Gesichtern. Der Geruch von Blut, zerfetzten Körpern und austretenden Exkrementen kitzelte seine Nase und ließ ihn schnüffeln wie einen Hund. Er spürte zwar die Anwesenheit der weißen Druidin, doch seine Ekstase hatte eine Dimension angenommen, die ihm den Verstand vernebelte. Er registrierte nicht, dass sein unbedachter Entschluss, Fafnir zu verlassen, ein Fehler war.

Der Gode stand nur wenige Schritte von Arwed entfernt und blickte entgeistert auf sein eigenes totes Pferd, dessen finsteres Gegenstück und den daneben liegenden Krieger. Vor seinen Augen verschwand alles Schwarze von der Gestalt und offenbarte ihm das Gesicht eines Germanen, den er zwar nicht namentlich kannte, von dem er aber wusste, dass er zu Thoralfs besten Kriegern gezählt hatte. Hinter sich hörte Oswin einen Mann ein paar Worte sprechen, verstand davon aber nur die letzten beiden. Er drehte sich um und sah, dass Arwed auf die Keltenfürstin zuschritt, das Schwert in der Hand. Gleichzeitig sah er Elfrun, weit entfernt, auf ihrem Pferd sitzen.

Sofort verstand der Gode, dass Arwed unter dem Bann Mahimans lag, genauso wie der Kundschafter zu Beginn der Schlacht.

Wie wir alle ... oder zumindest die meisten von uns.

Ohne zu zögern machte der germanische Priester ein paar Schritte und schlug Arwed mit seiner Axt gerade noch die Klinge aus der Hand, als dieser sie auf die entsetzt blickende Fürstin niedersausen lassen wollte. Als Arwed sich wutentbrannt mit blanken Händen auf ihn stürzte, schlug er dem Germanen mit der Faust ans Kinn. Arwed taumelte zurück und landete in den Armen Briannas, die ihn auffing und zusammen mit ihm zu Boden ging. Oswin konnte förmlich sehen, wie der Bann des Seelenfressers von Arwed abfiel und er sich erstaunt und erschrocken zugleich umsah. Er nickte Arwed aus stahlblauen Augen zu.

»Danke Oswin … heiliger Mann«, brach es aus Arwed hervor. Dann wandte er sich Brianna zu. »Den Göttern sei Dank! Beinahe hätte ich dich getötet.«

»Du hieltest mich für Elfrun … ich verstehe nur nicht, warum du sie töten wolltest«, sagte Brianna und sah, dass der Gode wieder auf ein Pferd gestiegen war und mit Cedric und einer Schar Menosgader einen Schutzwall um sie gebildet hatte.

Arwed schüttelte benommen den Kopf »In meinem Schädel drehte sich alles … ich fürchte, auch jetzt bin ich noch nicht völlig Herr über meinen Verstand.« Er deutete auf Elfrun, die plötzlich nicht mehr auf ihrem Pferd saß und sich mit langsamen Schritten dem Lindwurm näherte.

»Mahiman ist verschwunden!«, rief Cedric und deutete auf den Lindwurm. »Er reitet nicht mehr auf seinem Untier.« Seinen Worten fehlte aber die Freude darin. Ganz offensichtlich misstraute er dem abflauenden Kampfgeschehen. »Was hat Elfrun mit dem Lindwurm vor?«

Arwed und Brianna erhoben sich und blickten in die angegebene Richtung. Es hatte sich trotz anhaltendem Kampf eine freie Fläche rund um den Lindwurm ergeben. Ob nun durch Zufall oder die Kräfte der Druidin, war einerlei. Sie schritt auf das Untier zu, dem ein Bein eines Opfers aus dem Maul hing und das herabfiel, als es den Kopf schüttelte.

Der halb geöffnete Schlund Fafnirs bot einen schrecklichen Anblick. Die schwarze Zunge leckte immer wieder hervor und ließ Blut auf den Boden tropfen. Auch von den Zähnen regnete es rot hernieder. Fleisch- und Kleiderfetzen hingen daran wie trostlose Wimpel. Die Augen des Monsters jedoch konnten den Blick nicht von der Frau wenden, die immer näher an es heranrückte.

Für einen Moment glaubte Cedric eine männliche Stimme zu hören, anstatt Elfruns hellem Tonfall, doch dann hatte er keine Zeit mehr, sich darüber Gedanken zu machen.

Der Kopf Fafnirs ruckte mit einem Mal nach oben. Weit über der Frau spannten sich die Muskeln des Lindwurms an und ein feindseliges Fauchen fegte aus seinem Maul. Reine Mordlust funkelte in seinen Augen. Er fixierte den Menschen unter sich und pendelte seinen schuppenbewehrten Schädel hin und her. Nur einen Herzschlag später schossen Kopf und Maul herab, schlossen sich die geifernden Zähne um den Körper der Frau …

Und verschlangen sie!

Brianna schrie gequält auf und Arwed stieß ein Keuchen hervor, das alles ausdrückte, was ihn die Schlacht für verloren erscheinen ließ: die vereinten Heere in Wahnsinn verfallen, sich gegenseitig abschlachtend. Ihr wahrer Gegner verschwunden, sein Monster diejenigen verschlingend, die sich nicht selbst umbrachten. Und ihre einzige Hoffnung verloren im Schlund der Bestie …

Kapitel LI
Sei willkommen, Tod

Arwed stand immer noch erstarrt und blickte auf den Lindwurm, der genüsslich kaute und das Geschehen um sich herum völlig ignorierte. Das Untier schien sein letztes Opfer mit ungewohnter Gründlichkeit zu zermalmen, dessen Knochen aufzubrechen, um sich am Mark zu laben, als zusätzlichen Genuss neben dem Fleisch und Blut.

Der Germane fühlte, dass er völlig erschöpft war. Trotzdem griff er nach seinem Schwert, das am Boden nicht weit entfernt lag und machte ein paar Schritte auf Mahimans besten Verbündeten zu.

»Warte!«, rief Brianna und deutete nach vorn. »Sieh nur: Die Schwarzen Reiter sind verschwunden.«

Arwed hielt inne und auch Cedric und seine Begleiter schauten erstaunt, als sich von einem Augenblick zum anderen eine gespenstische Ruhe verbreitete. Viele Männer zu Pferd und am Boden ließen ihre Schwerter und Äxte einfach fallen. Manche sackten in sich vor Erschöpfung zusammen, viele pressten Hände auf ihre Wunden und stöhnten oder schrien vor Schmerz. Nur langsam verstanden sie, dass die Schlacht zu Ende war. Diejenigen, die noch einigermaßen bei Kräften waren, ließen nur zögerlich die Waffen sinken und kümmerten sich um die Verletzen in ihrer Nähe.

Brianna sah mit Tränen der Freude in den Augen, dass es dabei keine Rolle spielte, ob der Verletzte ein Germane oder Kelte war. Sie sah auch, dass der germanische Priester sein Bestes tat, ungeachtet, wer da vor ihm lag.

Eine neue Unruhe kam auf, als Fafnir aufhörte, mit seinem Gebiss zu mahlen und sich wieder bewegte.

Sein Kopf wogte mehrmals hin und her, so als suche er etwas. Erneut zuckte seine schwarze Zunge hervor und zitterte gespalten durch die Luft. Der Ring aus Kriegern um ihn erweiterte sich und gab schließlich eine breite Gasse frei, als sich das Monster für eine Richtung entschied und geräuschvoll davonkroch. Die Männer, die es dabei links und rechts passierte, fassten ihre Waffen fester. Doch Fafnir kümmerte sich nicht darum. Entweder war er sattgefressen oder ein anderer Grund hielt ihn davon ab, sie anzugreifen. Sie verfolgten seinen Weg nach Westen so lange, bis er in Wald gelangte und nur noch das Zittern der Baumwipfel seine Position kundtat.

»Hoffentlich verkriecht er sich in das tiefe Loch, aus dem er gekommen ist … und aus dem er nie wieder ans Licht gelangen soll!«, stieß Brianna hervor und wischte sich neue Tränen aus dem Gesicht. Arwed trat an sie heran, küsste sie auf die Stirn und sah dem Untier nach.

»Ich wünsche mir, dass es einmal ein Germane sein wird, der dieses Vieh zur Strecke bringt und Elfrun rächt.«

»Sie hat sich für uns geopfert … oder nicht?« Brianna lehnte ihren Kopf an die Schulter Arweds. »Auf irgendeine magische Weise hat ihr Tod Fafnir vertrieben … und Mahiman … vorerst.« Die Trauer um die Druidin mischte sich in beiden mit der Furcht, dem Seelenfresser womöglich schon bald ohne Elfruns Hilfe gegenübertreten zu müssen. »Welche seltsame Druidenmacht dahinter steckt, werden wir wohl nie erfahren. Wie schade, dass Elfrun keinen anderen Weg gefunden hat. Ich hätte sie gerne näher kennengelernt.«

»Trauert ihr um mich?«, erklang hinter ihnen eine helle Stimme. Brianna und Arwed fuhren herum und konnten ihren Augen kaum glauben. Elfrun stand nur wenige Schritte entfernt und lächelte. »Das solltet ihr nicht tun … noch nicht.«

Arwed sah sie wie einen Geist an. Und je länger er sie betrachtete, desto mehr erschien sie ihm wie einer. Um ihre Augen herum waren kleine Falten entstanden. Und nicht nur dort. Überhaupt sah sie erschöpft aus.

Kein Wunder nach dieser Schlacht!

»Wir sahen dich im Maul der Bestie verschwinden!«, stieß Arwed hervor und gab Brianna frei, die sich sofort der Druidin entgegenwarf, ihr um den Hals fiel und sie mit neuen Tränen überschüttete.

»Ich sagte doch, dass sie mehr Kräfte in sich vereint, als wir je ahnen können.« Arwed grinste und schloss sich der Umarmung Briannas und Elfruns an. »Den Göttern sei Dank, du lebst!« Er löste sich von beiden Frauen, die halb verlegen, halb glücklich inmitten des Schlachtfeldes standen und ihr Wohlsein nicht fassen konnten. »Wie ist dir das gelungen?«

Elfrun winkte ab. »Nicht jetzt, meine Freunde«, sagte sie und ihre Worte drückten eine tiefe Müdigkeit und gleichzeitigen Frieden aus, der sie mit einem seltsamen Gefühl umfasste. »Kümmern wir uns zuerst um die Überlebenden … und die Toten.«

Arwed nickte und sah wie Thoralf mit seiner Leibgarde heranritt und bei Cedric und ihnen anhielt. »König Sigmund ist tot. Er hat gesehen, wie Fürst Raik starb und wollte wohl versuchen, Fafnirs Schwachstelle zu erreichen. Der Lindwurm hat ihn einfach zermalmt«, sagte der Mann mit der Eisenhand. »Ehren wir unsere Gefallenen, begraben wir sie und hoffen darauf, dass wir den Schwarzen Druiden doch noch besiegen können …«

Für einen Moment schien es, als wollte Elfrun etwas darauf erwidern, doch dann murmelte sie nur: »Später …«

Arwed blickte ihr lange ins Gesicht und hatte dabei den Eindruck, dass sie von Augenblick zu Augenblick blasser und müder aussah. Der Kampf musste sie ihre letzten Reserven gekostet haben.

Viele Tage und noch mehr Begräbnisse später, saßen König Thoralf, Brianna, Arwed und Cedric mit Elfrun im Haus der Keltenfürstin an deren Tafel und genossen ein eher bescheidenes Mahl. Niemand hätte die vergangene Schlacht und die vielen Toten als Sieg bezeichnen wollen und damit als Anlass für ein Festmahl. Dazu kam, dass Elfrun sich in den letzten Tagen bis zur Erschöpfung um die Verletzten gekümmert hatte und nur zwei Krieger – einen Germanen und einen Kelten – nicht mehr hatte retten können. Wieder wirkte sie auf Arwed wie ein Geist, der sich beim geringsten Lufthauch verflüchtigen könnte. Die junge, fast strahlende Kraft der Druidin war verschwunden und hatte das Abbild einer schon in die Jahre gekommenen Frau hinterlassen. Brianna und Arwed hatten in den Nächten darüber spekuliert, ob sich die Druidin je wieder erholen würde.

Von draußen drang der Lärm der Handwerker, die sich bemühten, der arg geschrumpften Bevölkerung Menosgadas die abgebrannten Häuser durch neue zu ersetzen. Die ganze Stadt war in geschäftiger Bewegung. Trotzdem merkte man den Leuten an, dass das Verschwinden Mahimans sie nicht wirklich erleichterte. Viele fragten sich wohl, wie lange er sich an einen finsteren Ort zurückziehen würde, nur um nach einer unbekannten Anzahl von Jahren wieder aufzutauchen und erneut die Welt in Schrecken zu versetzen. Auch dass Fafnir nicht vernichtet wurde, steckte den Menschen tief in den Knochen.

Das Mahl war beendet und Brianna hatte schon Abschiedsworte auf den Lippen, als Elfrun eine Hand erhob, so schwach, das Arwed versucht war, sie zu stützen.

»Ihr Könige und Fürsten«, begann sie, »meine Freunde.« Dabei lächelte sie aufrichtig in jedes Gesicht. »Es ist an der Zeit, Abschied zu nehmen. Und damit meine ich nicht nur den Abschied von euch … sondern meinen von dieser Welt.«

Du bist noch jung, wollte Arwed protestieren, sah aber, dass es nicht mehr stimmte. Elfrun war seit der Schlacht jeden Tag, jede Stunde gealtert. Alle hatten es mit Erschrecken und ehrlichem Bedauern festgestellt und Elfrun hatte auch kein Hehl daraus gemacht.

»Ich lebe nun seit über 100 Jahren auf dieser Welt. Und es ist mir eine große Freude, die letzte Zeit meines langen Lebens unter Freunden beenden zu dürfen.«

Brianna sah so aus, als fürchte sie einen auf Druidenweise herbeigeführten Tod und konnte nicht ahnen, dass sie der Wahrheit nahe gekommen war, ohne sie auch nur mit einem Wort beschreiben zu können. Allein ihr Gesichtsausdruck sprach Bände und schien die Empfindungen aller Anwesenden widerzuspiegeln. »Du darfst uns nicht verlassen, Elfrun. Der Kampf gegen Mahiman ist noch nicht zu Ende …«

»Oh doch, ist er!«, antwortete die Druidin schwach, aber mit bestimmter Stimme. »Fafnir hat nicht mich gefressen. Das, was ihr gesehen habt, war nicht ich, sondern *er!*«

»Er hat seinen Meister gefressen?!« Thoralf schüttelte ungläubig den Kopf. »Bist du dir dessen völlig sicher, weiße Hexe?« Auch seine Benutzung dieser Bezeichnung war mehr von Respekt gefärbt, als von Ablehnung. Dann griff er nach seinem Trinkhorn und leerte es auf einen Zug. »Das verstehe ich nicht.«

»Mahiman hat fast allen auf dem Schlachtfeld vorgegaukelt, Schwarze Reiter würden ihm zur Seite stehen. In Wahrheit hat er in eure Köpfe gegriffen und dort das Bild dafür erzeugt. Das konnte er aufgrund seiner zugegeben großen Macht bewirken. Die vielen Seelen der Getöteten versetzten ihn in Euphorie. Beides führte dazu, dass er Fafnir aus seiner Kontrolle entließ. Er glaubte wohl, sich das leisten zu können. Vielleicht dachte er aber gar nicht darüber nach.«

Ihre Stimme war trotz der Tragweite ihrer Worte immer leiser geworden. Auf eine phantastische Weise wirkten sie gerade deswegen umso glaubwürdiger.

»Als ich endlich – und wie ich mit größtem Bedauern zugeben muss: viel zu spät – erkannte, dass Mahiman hundertfach Trugbilder auftauchen ließ, kam mir der Gedanke, dass ich dies genauso bei seinem Untier versuchen könnte. Fafnir ist groß und tödlich, für menschliche Klingen scheinbar unempfindlich; ganz gewiss. Aber im Grunde ist er ein dummes Tier.«

Sie nahm ihr Trinkhorn mit einem Zittern, das nicht nur Arwed und Brianna bemerkten. Elfrun nippte mehr als dass sie trank. Trotzdem klang ihre Stimme danach ein wenig fester.

»Als ich dann sah, dass der Seelenfresser von Fafnir herabstieg und sich mitten zwischen die Sterbenden begab, griff ich nach dem schwachen Geist des Monsters. Es war für mich leicht, Mahiman mein Aussehen zu verleihen, ohne dass dieser es in seinem Wahn bemerken konnte.« Sie lächelte und sah dabei Arwed und Thoralf an. »Für die Dauer eines Herzschlages spielte ich sogar mit dem Gedanken, mich wie ihn aussehen zu lassen, damit mich Fafnir wirklich nicht frisst. Doch dann erschien mir die Gefahr, von Berserkern angegriffen zu werden, als größer.« Sie nickte Arwed zu und blinzelte keck. »Also legte ich mich einfach zu Boden und gab mir das Aussehen eines Gefallenen.«

Die Druidin stellte ihr Trinkhorn wieder auf die Tafel und lehnte sich zurück. Für alle im Raum war erkennbar, dass sie erleichtert wirkte … und wieder deutlich gealtert war. Ihr Gesicht strahlte dabei aber eine Sicherheit und Freude aus, dass niemand mehr an ihren Worten zweifelte.

Die Nachricht, dass Mahiman tot war und nie wiederkehren würde, verbreitete sich wie ein Lauffeuer in der ganzen Stadt. An vielen Stellen wurden die Arbeiten unterbrochen und stattdessen Lieder angestimmt. Mehrfach sprachen Männer und Frauen bei Brianna und Cedric vor, und äußerten ihren Wunsch, eine Feier abzuhalten. Die Sehnsucht nach etwas Gutem nach all dem Leid und Tod verlangte nach einem würdigen Ereignis, das ihnen die Kraft gab, die erlittenen Verluste zu bewältigen und sich der Zukunft mit neuem Elan zu widmen.

Nur zu gern stimmte Brianna dem zu und übertrug Cedric die Vorbereitungen für das Fest, das gleichzeitig das Bündnis mit den Tougenorn und Thoralfs Germanen besiegeln sollte. Arwed dagegen sah völlig nüchtern den Umstand, dass zwei geschwächte Keltenstämme nur zu leicht das Opfer anderer Feinde werden könnten. Die Stadt gemeinsam mit Germanen zu bewohnen, kam seinen eigenen Plänen mehr als entgegen. Vor allem auch, weil Thoralf ihm versichert hatte, mit allen Kriegern, die nicht auf dem Tafelberg bleiben wollten, in die Heimat zurückkehren zu wollen, sobald man sich von den … Folgen des Festes erholt hätte.

Und dann – nur einen Tag vor der Feier – kam der Moment, an dem Elfrun sie alle zu sich rief.

Brianna, Arwed, Thoralf und Cedric, auch der immer noch namenlose Gode, standen am Lager der Druidin, die wie ihre eigene Mutter wirkte: schön, doch um Jahrzehnte gealtert.

»Es ist mir eine Ehre, dass Könige und Fürsten an meinem Totenbett stehen«, sagte sie und nahm Briannas Hand entgegen. "Endlich ist meine Zeit gekommen, meine Freunde. Und ich bin glücklich, dass ich den größten Feind aller Menschen zur Strecke gebracht habe und nicht gehen muss in der Angst, er könnte euch noch einmal heimsuchen.«

»Ich habe gehört, dass mehrere Musikanten an Hymnen arbeiten, die deine Tat für alle Zeiten in Erinnerung halten werden.« Brianna drückte ganz sacht die Hand der Druidin und hatte schon wieder ein Glitzern in den Augen.

»Ich hoffe, dich einst in Walhall an meiner Tafel sitzen zu sehen«, warf Thoralf ein und fügte dann hinzu. »Und bitte: zeig dich mir als Frau und nicht als etwas anderes.« Ihm war anzusehen, dass er immer noch Schwierigkeiten hatte, die Künste der Druidin und ihrer Zunft als Tatsachen zu betrachten.

»Wo werden wir uns einst wiedersehen, weiße Hexe?« Dieses Mal lag tiefe Freundschaft und Dankbarkeit in Arweds Bezeichnung. »In Walhall? Oder führt dich deine letzte Reise in die Anderswelt?«

Elfrun lächelte und sagte so leise, dass sich die Männer, die nur wenige Schritte vom Bett entfernt standen, anstrengen mussten, ihre Worte verstehen zu können.

»Walhall … Anderswelt … oder welchen Namen ein Volk diesem Ort auch verleiht: Es ist immer derselbe Ort. Es gibt nur *ein* Totenreich, Arwed, das ewige Reich aller Menschen. Und es ist kein Ort der Trauer. Sondern das Licht selbst. Die Götter beneiden uns um diese Ewigkeit. Hast du das nicht gewusst?«

Der Gode schien bei diesen Worten nachdenklich zu werden, sagte aber kein Wort.

»Also sehen wir uns wieder?«, klang Arweds Stimme ungewöhnlich leise auf.

Ihre Antwort war wie ein zarter Wind. »Ganz sicher, mein Freund.« Mehr gehaucht als gesprochen. Von Lippen, die blass und faltig ihren Mund bildeten und nun mit einem leichten Lächeln verstummt waren. Elfruns Augenlider sanken nieder und eine tiefe Ruhe ging von der Frau aus, von der alle im Raum erfasst wurden und Brianna ein Schluchzen entlockte. Sie löste ihre Hand von der Elfruns, die sie die ganze Zeit gehalten hatte und die sich nun leblos und kalt anfühlte.

Kaum hatte sie die Verbindung unterbrochen, geschah mit dem Körper der Druidin eine seltsame Wandlung. Die Konturen ihres Gesichtes wurden undeutlich und lösten sich auf. Binnen Augenblicken verloren Haut, Haare, Knochen und Muskeln ihren Zusammenhalt. Ein helles Schimmern erschien und zeigte wie durch einen hauchdünnen Vorhang noch ihr Gesicht. Der Körper darin oder darunter aber zerfiel zu weißem Staub. Die dünne Decke aus weißer Wolle, die den Körper der Druidin bedeckt hatte, sank in sich zusammen und zeichnete schwach die Konturen der Frau nach. Für die Dauer von einigen Herzschlägen hatten die beiden Germanen, die Fürstin und der keltische Krieger den Eindruck, das Schimmern würde noch einmal die Augen öffnen und ihnen zublinzeln.

Dann löste es sich von Bett und Staub und stieg langsam nach oben. Die Balken und Bretter des Daches waren für Elfruns Seele kein Hindernis. Die vier sahen, dass sie ohne Verzögerung hindurchschwebte und schließlich verschwand.

»Ich beneide sie«, sagte Brianna nach einer Weile und lehnte sich an Arwed.

»Ich weiß, was du meinst. Ich bin geneigt, ihren Tod dem Tod durch ein Schwert auf dem Schlachtfeld vorzuziehen«, sagte Arwed und blickte nachdenklich auf die Überreste der Druidin. »Aber erst in vielen Jahren. Ich möchte die Zeit auf Erden die uns bleibt, mit dir verbringen … auch wenn vielleicht eine Ewigkeit im Licht auf uns wartet.«

Auch Cedric wirkte ergriffen und ein feuchtes Glitzern in seinen Augen verriet, dass der Krieger auch zu anderen Gefühlen fähig war. »Erfüllen wir ihr den letzten Wunsch«, erinnerte er das Paar und fasste bedächtig gemeinsam mit Thoralf nach dem Laken auf dem Bett.

Brianna und Arwed taten es ihnen gleich und nahmen es von der anderen Seite auf. Mit vorsichtigen Bewegungen hoben sie es an und sahen, dass das leichte Tuch und Elfruns zu Staub zerfallener Körper in die Mitte des Lakens rutschten. Gemeinsam trugen sie es aus dem Haus, passierten die wartende Menschenmenge durch eine Gasse, die diese frei gelassen hatte.

Die Kelten sangen leise ein Totenlied und schlossen sich den drei Männern und der Frau an, als diese den Weg zur höchsten Erhebung Menosgadas nahmen. Ihr Lied hob ein wenig an, als die Fürstin, Arwed, Thoralf und Cedric am Ziel anhielten, sich kurz mit einem Blick verständigten und dann Staub, Laken und Totentuch dem Wind aussetzten, der wie bestellt auffrischte und die Stoffe flattern ließ. Als sich daraus kein Staubkorn mehr löste, ließen sie ihre Hände sinken und legten die beiden Stoffteile sorgfältig zusammen.

Brianna hielt sie wie einen Schatz in ihren Händen. Sie weinte und hatte trotzdem dabei ein leichtes Lächeln im Gesicht. »Ich beneide sie«, wiederholte sie, nur für Arwed, König Thoralf und Cedric hörbar.

Kapitel LII
Hy Breasyl

Nach dem Tod Elfruns hatte es elf Tage geregnet. Auf Brianna wirkte es so, als würden sich die Götter an der Reinigung aller Unbill beteiligen wollen. Und nicht nur sie dachte so. Der germanische Gode Oswin hatte sich nach dem Kampf und der *Verabschiedung* der weißen Druidin mit wahrem Feuereifer unter das Volk gemischt und geholfen, wo er nur konnte. Seine stille Art, sein von einer inneren Kraft zeugender Blick, hatte viele beeindruckt. Ganz selbstverständlich hatte er Aufgaben übernommen, die einst Feidlim nur ungern – wenn überhaupt – erledigt hatte. Oswin tröstete die Hinterbliebenen, segnete reparierte und neu errichtete Häuser, gab Rat und scheute sich auch nicht, mit Tieren zu sprechen, die immer noch verstört waren, die man aber trotzdem nicht schlachten wollte. Man sah ihm an, dass er sich auf die bevorstehende Aufgabe – erst recht aufgrund der Teilnehmer und des Umfanges – freute wie ein Kind.

König Thoralf Eisenhand hatte seinen Kriegern die freie Wahl gelassen, mit ihm nach dem Fest in die Heimat zu ziehen oder hier zu bleiben, unter Briannas und Arweds Führung. Ein Bündnis war geschlossen worden, dem sich auch Isvan, der neu gewählte Anführer der Tougener, angeschlossen hatte. Das Bündnis besagte, dass die Stadt und Befestigung Menosgada allen Kelten und Germanen, die in friedlicher Absicht kamen, offen stand. Sogar, dass sich Fremde hier niederlassen durften, wenn sie für die Errichtung eines eigenen Hauses oder eines Hofes im Umland selbst aufkommen konnten und sich für den Bündnisfall unter den Befehl des zukünftigen Fürstenpaares stellten.

Und nun ist der Boden endlich wieder fest und trocken, dachte Brianna und blinzelte durch ein Fenster in den azurblauen Himmel, der sich seit mehreren Tagen über der Stadt Menosgada wölbte. *Alle fiebern auf das große Fest zu. Und in weniger als einer Stunde werde ich Arwed zum Mann nehmen …*

Brianna musste laut auflachen, als Thorgert mit einem jungen Hund durch das Haus tollte und sich wieder wie ein normaler Junge benahm. Er und Kyla hatten vor Freude geweint, als ihnen Arwed vor einigen Tagen ein nasses Bündel überreichte, das sich als ein Welpe mit hellbraunem Fell entpuppte. Der Kleine hatte sofort die Finger der Kinder beleckt, als sie ihn trockneten und ihm anschließend eine Schüssel Ziegenmilch gaben. Die beiden Kinder diskutierten seitdem darüber, wie der Hund heißen sollte.

Und Evelyn war gar nicht mehr zu bremsen. Ihr hatte Brianna die Organisation der Hochzeit und die Speisenauswahl übertragen, weil sie sich selbst mehr um ihre Kinder kümmern wollte, soweit es ihr die Aufgaben als Fürstin gestatteten. Doch Brianna delegierte viel an Cedric und neu ernannte Anführer der Wachtrupps und Krieger aus beiden Völkern. Also fand sie mehr Zeit für Thorgert und Kyla als vor *dem schwarzen Jahr,* wie sie die Zeit vor und während des Kampfes gegen Mahiman und seine Schwarzen Reiter nun nannten.

»Herrin, es wird Zeit«, drang die aufgeregte Stimme Evelyns neben ihr durch den Lärm der Kinder. »Die Hochzeit beginnt in wenigen Augenblicken. Seid Ihr bereit?«

»Bist du es denn?«, fragte Brianna neckend zurück und konnte nicht verhehlen, dass ihr Herz genauso pochte, wie das ihrer Zofe, wie unschwer zu erkennen war. »Wenn du weiterhin so strahlst, wird die Sonne uns noch verbrennen, nur um dich zu übertrumpfen.«

Evelyn lachte und richtete noch schnell ein paar Strähnen in der hochgetürmten Frisur ihrer Herrin. Der prächtige Kopfputz Briannas schwang sich in einer Wellenform von der Stirn nach oben bis zum Nacken und wurde von fein säuberlich geflochtenen Zöpfen gehalten.

Brianna rief einer der Sklavinnen zu, sie möge sich um den Welpen kümmern und augenblicklich fanden sich Thorgert und Kyla zu beiden Seiten ein und fassten eine Hand ihrer Mutter. Dann öffnete eine andere Sklavin die große Eingangstür des Fürstenhauses.

»Gut, dann lasst uns gehen«, sagte die Fürstin und schritt voran. Als sie das Halbdunkel des Eingangs passierte, kniff sie die Augen zusammen, so hell leuchtete der Tag. Sie machte ein paar Schritte geradeaus und fühlte dann mehr, als dass sie es sah, ein weiches Kitzeln unter ihren nackten Füßen. Als sich ihre Pupillen an das Sonnenlicht gewöhnt hatten, sah sie den Weg, den sie zu beschreiten gerade begonnen hatten: Ein Meer aus bunten Blüten bildete einen dicht bestreuten Pfad, der fast wie der Regenbogen aussah, den sie am Ende des elften Regentages gesehen hatten.

Hinter Brianna schlossen sich ihr Evelyn und noch weitere 29 Bräute der Prozession an, alle barfüßig und in Gewänder gekleidet, die in sandigem Gelb, hellem Braun und frischem Ocker leuchteten. Allein Briannas Kleid besaß zusätzlich einen blütenweißen Umhang und mehr als ein Dutzend Blumengirlanden, die von einem ebensolchen Ring auf ihren Schultern begannen und bis zum Boden hinab reichten. Eine mehrteilige Kette aus Bernsteinen und eingelegten Goldstücken hing von Briannas Kopfschmuck über die Schläfen herab und verband sich vor ihrer Brust zu einer Scheibe, die glitzerte und bei jeder Bewegung kleine

Blitze verschickte, wenn sich das Sonnenlicht darin brach und reflektierte. Die Keltenfürstin sah aus wie die wandelnde Sonne, der eine Schar von Sternen folgte.

Die Menge aus Menosgadern, Tougenern und Germanen war überwältigt von dem Anblick. Eine solche Ansammlung von Schönheit und Anmut hatte sie seit Jahren nicht mehr gesehen. Beinahe wäre der Gesang der Leute ins Stocken geraten, als alle Frauen der Gruppe zu Blumensträußen in ihren linken Armbeugen griffen und jeder Frau am Wegesrand davon eine Blume überreichten. Die Botschaft dieser Geste war allen klar: Auch ihr werdet heute gefeiert, auch ihr zählt zu den Glücklichen, die die Schrecken der jüngsten Vergangenheit überlebt haben, auch ihr seid aufgefordert, euch neue Partner zu suchen, als Ersatz für all die Gefallenen, auch ihr habt ein Recht, die Zukunft neu zu gestalten und glücklich zu werden.

Brianna sah in strahlende Gesichter, von Tränen der Freude, Hoffnung und Anteilnahme erfüllt. Sie und Evelyn hatten vereinbart, dass auch ältere Frauen, die keine Kinder mehr bekommen konnten, mit Blumen bedacht wurden.

Dann erreichte die Prozession das Spalier der Bräutigame und mehr als einem der hartgesottenen Männer fiel die Kinnlade herunter. Sie nahmen die Hand entgegen, die sich ihnen entgegenstreckte und liefen dann als Paar der Fürstin hinterher, die als Letzte bei ihrem baldigen Gemahl anlangte.

Arwed hatte sich ein neues Paar Hosen und ein langes Hemd nach keltischer Tradition anfertigen lassen, sein Umhang trug aber eindeutig germanische Merkmale. Das Schwert, das er von Cualan gekauft hatte, glänzte frisch poliert an seiner linken Seite. Auch auf seinem Kopf lag ein Ring aus Blüten, geschickt mit seinem langen Haar verflochten. Manch einen seiner *Leidensgenossen* schien das Tragen bunter Blumen in Verlegenheit zu bringen, soweit konnte Brianna es an ihren Gesichtern ablesen. Aber sie hatte nun keine Zeit mehr, sich darum müßige Gedanken zu machen. Sie hatte ihn erreicht und ihm ihre Hand angeboten. Er griff so rasch zu, dass sie kurz auflachen und sich anstrengen musste, um nicht wie ein junges Mädchen zu wirken, statt wie eine Fürstin. Dann wandten sich alle Paare der Gruppe Männer zu, die sie erwartete.

In der Mitte stand Oswin. Der germanische Gode machte einen äußerst zufriedenen Eindruck. Er hatte in den letzten Tagen mit ruhiger Freude vernommen, dass er heute für 31 Paare die Eheleite vollziehen durfte. Sein Gewand war fast so weiß wie Briannas Hochzeitskleid. Sein einziger Schmuck bestand aus einem dünnen roten Streifen Stoff, den er sich leicht auf den linken Unterarm gelegt hatte und den eine Vielzahl von Runen zierten. Zu seinen beiden Seiten standen König Thoralf Eisenhand und der Keltenfürst Isvan. Beide hatten sich in edle Umhänge gehüllt und waren von einer kleinen Gruppe Krieger und Sklaven umgeben.

Vor Oswin stand ein Podest, bestehend aus einem Holzstamm, den man mit knospenden Ästen geschmückt hatte; auf der geraden Fläche standen zwei Krüge und zwei Becher. Der Gode hob Gesicht und beide Hände zum Himmel, dann fing er an, ein Lied zu singen, dessen Worte nur die Germanen verstanden. Als er geendet hatte, sah er zuerst zu Brianna, dann zu Isvan und anschließend zu den anderen Kelten in seiner Nähe.

»Dieses Lied rühmt die Kraft der Liebe. Es ist fester Bestandteil des Pfades, auf den ich euch Bräute und euch Bräutigame hier und jetzt leiten darf. Selten habe ich bei früheren Anlässen so viele Gesichter gesehen, die diese Liebe auch wirklich erkennen lassen. Und noch nie habe ich es erleben dürfen, dass sich so viele Männer und Frauen aus verschiedenen Völkern *frei* und *ohne Zwang* entschlossen haben, den Bund der Ehe einzugehen.«

Er ließ ein wenig die Worte wirken und griff dann nach dem ersten Becher. »Dieses Wasser sollt ihr gemeinsam trinken. Es ist das Leben selbst, das ihr damit in euch aufnehmt. Ohne Wasser wächst kein Korn, ohne Wasser stirbt Mensch und Tier … ohne Wasser gibt es kein Leben.« Dann reichte er Brianna den Becher. »Trink vom Wasser des Lebens! Trink, auf dass es dir, Fürstin Brianna von Menosgada, niemals fehlen soll! Trink, dass es das Leben in dir erhält und neues ermöglicht!«

Brianna nahm einen kleinen Schluck und reichte dann den Becher an Arwed weiter.

»Trink, Arwed, nun Fürst von Menosgada! Vorbei soll die Zeit der Dürre sein in deinem Herzen und in deinem Land. Beschütze dein Weib, deine Familie und all jene, die dir ihr Vertrauen schenken. Sei treu ihnen allen gegenüber und deinen Verbündeten. Droht dir Gefahr, kannst du auf ihren Beistand zählen; droht ihnen Gefahr, eile ihnen zu Hilfe und kämpfe mit aller Kraft, die dir die Liebe, das Leben und Odin schenken!«

Arwed nahm einen Schluck und gab ihn an Oswin zurück. Der nahm nun sein Runenband und flocht es leicht um die Hände, die ihm von Brianna und Arwed entgegengestreckt wurden. »Dies ist das Zeichen eurer Vereinigung. Dies ist das Band, das euch zusammenhält.« Er griff nach dem zweiten Becher und reichte ihn Brianna. »Süß wie dieser Honigmet soll eure Ehe sein! Kraftvoll, lebensfroh und berauschend! Seht in eurem Ehegatten diese Eigenschaften und achtet sie! So lebt schon jetzt in einem neuen Land … Hy Breasyl. Es wird immer dort sein, wo ihr Euch aufhaltet und die Liebe in euch tragt.«

Der Gode ließ beide davon trinken, dann entfernte er das Tuch von ihren Händen. »Ihr braucht nun dieses Band nicht mehr; ihr seid verbunden für alle Zeit … als Mann und Frau.«

Kaum hatte er den Stoff vollständig entfernt und die letzten Worte gesprochen, küssten sich Brianna und Arwed lange und ließen nur deswegen voneinander, um den anderen Paaren Platz zu machen. Hand in Hand nahmen sie die Glückwünsche Thoralfs und Isvans entgegen und setzten sich an die lange Tafel inmitten einer großen Zahl weiterer festlich gedeckter Tische. Der ganze Marktplatz war von bunten Bändern umsäumt und eine Gruppe von Musikanten stimmte ein Lied an, sobald das letzte Paar vermählt worden war. Es war ein keltisches Lied und Arwed kannte es genauso wenig wie seine germanischen Freunde. Doch nach wenigen Takten summten sie und manch einer schnappte einige Worte auf und sang sie mit mehr oder weniger geeigneter Stimme mit.

Nachdem das Lied verklungen war und die Sklaven Speisen und Getränke längst aufgetragen hatten und alle kräftig zugriffen, beugte sich Brianna zu Arwed, küsste ihn und sah ihn mit nicht wenig Befürchtung im Blick an. »Wird es so sein? Verbunden für alle Zeit? Zieht es dich nicht in deine alte Heimat zurück?«

Arwed senkte den Becher Met und sah sie an. »Warum glaubst du, bin ich hier? Wegen des schönen Wetters? Ich vermisse weder die Kälte des Nordens noch Schnee und Eis. Mir gefällt es hier … in Hy Breasyl.

Wie Oswin es gesagt hat: Wo du bist, ist meine Heimat!« Dann lachte er und küsste sie so lange, wie es ihrer beider Atem zuließ.

- Ende -

Epilog
Staffelberg, in naher Zukunft
Gottes böser Finger

Das oberste Plateau des kleinen Tafelberges lag im einschüchternden Halbschatten des anrückenden Tornados. Seine Ausläufer fegten mit fast zweihundert Stundenkilometern über die flachen Graswellen und zerrten jetzt schon so stark an den wenigen Büschen und Bäumen, dass jeden Moment damit zu rechnen war, dass sie aus dem Boden gerissen wurden. Längst waren sämtliche lose herumliegenden Gegenstände von der Oberfläche weggeblasen worden: Steine und Kies, auch die Tische und Bänke der nahe bei der kleinen Kapelle stehenden Gastwirtschaft. Sie alle hatten den gleichen Weg ins Maintal genommen, wie kurz zuvor die leichteren Dinge wie Blattwerk, abgebrochene Äste oder die Fähnchen, die von leckerem Eis gekündet hatten.

Sie bildeten die Vorhut dessen, was der dritte Tornado in dieser Saison dem fränkischen Kurort zu Füßen des Staffelberges nun androhte.

Doch das Schicksal hat seine eigenen Regeln und plötzlich änderte der brausende Dämon aus Myriaden von bösen Windteufeln seinen Weg und hielt kerzengerade auf den Hausberg des Kurortes zu.

Wie eine Fräse arbeitete sich der Tornado über das Land, zernagte Erdreich, Büsche und Bäume. Riss sie wie mit Titanenfäusten aus dem Boden, fraß sich immer tiefer in die Erdschichten und legte darunter liegendes blankes Gestein frei.

Das Hochplateau hatte in Form einer Schuhsohle von Ost nach West und besaß eine Fläche von ca. drei Hektar. Der Tornado begann mit seinem Zerstörungswerk genau im Osten und behielt seinen jetzt schnurgeraden Weg nach Westen bei, bis er sich über die felsige Kante bewegte und auf den Fluss zustürzte. Als seine Gewalt das Wasser erreicht hatte, verwandelte sich sein schwarzer Rüssel in ein dreckiges, braunschwarzes Ungetüm, dass das Wasser des Flusses aufsog wie tausend durstige Elefanten. Dabei brüllte er so laut, dass die gleiche Zahl an Tieren dies mit ihrem Tröten niemals hätten übertreffen können.

Fast das ganze Tal – das jetzt nicht den Eindruck machte, als wollte Gott dort jemals wieder spazieren gehen – und der Luftraum darüber, waren erfüllt mit wirbelnden Massen, darin zermahlenem Menschenwerk, ob aus massivem Stein, Glas oder Kunststoff. Alles flog im Sog der Naturgewalt in rasender Geschwindigkeit im Kreis, wurde nach oben gezogen, wie in einem gigantischen Lift und wurde weit entfernt ausgespuckt wie giftige Galle.

Über eine Stunde tobte der Tornado und tanzte nach seinem anfangs geraden Zug über den Staffelberg wie ein betrunkenes Weib mal hierhin, mal dorthin.

Die Beobachter des *Bayrischen Amtes für extreme Klimaphänomene* auf der anderen Talseite verfolgten gleichermaßen fasziniert wie erschrocken sein Vernichtungswerk. Sie hatten Kopfhörer auf, um sich durch das Tosen des Windes verständigen zu können. Mit gebannten Augen verfolgten sie ihre Messgeräte und blickten ständig zwischen den Schlitzen ihres Beobachtungsbunkers und den Anzeigen hin und her.

Einem der Männer kam der Weg des Tornados seltsam vor. Niemals zuvor hatte er beobachtet, dass ein Sturm dieses Ausmaßes in Deutschland ein solches Verhalten an den Tag gelegt hätte. Es schien ihm, als würde der Tornado ein lebendiges Wesen sein, das darüber hinaus mit einer für Menschen unverständlichen Aggressivität auf dem Hochplateau seine Wut austobte. Nach dieser schrecklichen Stunde hatte er nichts Eiligeres zu tun, als seinen SUV zu besteigen und den kurzen Weg durch das Maintal hinter sich zu bringen.

Zwei Tage später stand der Meteorologe in Begleitung eines Vertreters der *Ökumenischen Kirche Deutschlands* und des *Archäologischen Institutes* aus dem nahen Bamberg vor einer tiefen Grube auf dem Staffelberg. Bevor der Tornado gewütet hatte, hatte sich an dieser Stelle die Adelgundis-Kapelle befunden. Alles, was von ihr übrig geblieben war, waren einige Fundamentsteine und eben dieses tiefe Loch.

Der Kirchenvertreter schüttelte immer wieder den Kopf und murmelte ständig ein leises Dankgebet dafür, dass rechtzeitig alle Touristen und Mitarbeiter aus der Gastwirtschaft und der Kapelle evakuiert worden waren. Keine Menschenleben – weder auf dem Berg noch in Bad Staffelstein – waren zu beklagen.

Der Meteorologe war nicht weniger aufgewühlt. Selten hatte er so eine Schneise der Verwüstung so unmittelbar nach einem Sturm besucht. Immer noch war er fasziniert von der Vehemenz, mit der der Tornado das Plateau heimgesucht hatte und immer noch befiel ihn ein mulmiges Gefühl.

Doch die Aufregung der beiden war nichts gegen die, die der Grabungsleiter an den Tag legte. Schon der erste Fund, den die Aufräumtrupps entdeckt und daraufhin sofort die Arbeiten eingestellt hatten, hatte seinen Herzschlag in die Höhe getrieben. Ihm war ein eisernes Schwert in die Hand gedrückt worden, das seine Augen immer noch zum Leuchten brachte. Und kaum hatte er die Grube vorsichtig betreten, um sich einen ersten Eindruck zu verschaffen, war er an der gleichen Stelle, an der ein Arbeiter das Schwert gefunden hatte, auf die zersplitterte Truhe gestoßen.

Mit zitternden Fingern hatte er behutsam Splitter für Splitter beiseitegelegt und eine in zwei Teile zerbrochene Tontafel mit Schriftzeichen hervorgezogen. Anstatt nach der weichen Bürste zu greifen, die ihm ein Assistent sofort hinhielt, blies der Mann den Staub von Jahrhunderten von den Stücken.

Fast hätte er die Teile fallen lassen, als er die Schriftzeichen erkannte.

»Das ist römisch«, flüsterte er ergriffen und verwirrt zugleich. In seinem Kopf wirbelten die Gedanken nicht weniger stark, als nur zwei Tage zuvor der Tornado auf dem Berg.

Was hat eine Tontafel mit römischen Schriftzeichen in einer Fundstätte mit einem Keltenschwert zu suchen? Sein Misstrauen spielte während einer Sekunde mit dem Gedanken, es könnte sich um einen Betrug handeln. *Doch wie sollte das jemand bewerkstelligt haben?,* dachte er. *Ein Fälscher würde sicherlich nicht römische Zeichen mit Keltenartefakten vermengen.*

Seine Verwunderung und seine Faszination steigerten sich um ein Mehrfaches, als er die beiden Teile auf seinem Schoß an den Bruchstellen zusammenfügte und mühelos die lateinischen Schriftzeichen übersetzen konnte:

»Ich bin Godehild, Tochter des mutigen Germanen Arwed und seiner keltischen Frau, meiner geliebten Mutter Brianna …«

Nachwort

Mein Roman *Menosgada* erhebt nicht den Anspruch eines historischen Romans, sondern ist eindeutig Fantasy mit einem Hauch des historischen Hintergrundes. Die meisten der verwendeten Namen sind allerdings echten keltischen und germanischen Quellen entnommen. Meine Protagonisten entsprechen aber nicht historischen Personen gleichen Namens.

Es ist leider nur wenig bekannt über die beschriebene Epoche und noch weniger über die Menschen, die dort oben auf dem Staffelberg – also in der Stadt Menosgada – gelebt haben. Noch nicht einmal die Bezeichnung des Keltenstammes oder ihrer Nachbarn ist bekannt. Ich habe aufgrund unzureichendenr Faktenlage auf wahrscheinliche Stammesnamen zurückgegriffen, z. B. die Tougener und Boier, und notgedrungen *meine* Kelten Menosgader getauft. Andererseits lässt mir dieses Fehlen belastbarer Fakten als Autor auch mehr Freiheiten, als es mir die Verknüpfung von Fantasy mit History bereits ohnehin erlaubt.

Bei der Recherche zu diesem Roman stieß ich auf den Songtext einer modernen Keltenband namens *Odroerir*. Ich fand ihn in Teilen passend, auch wenn der Text vom Untergang Menosgadas – und angedeuteter Ankunft germanischer Stämme – handelt. Dass die Kelten einfach geflohen sind, ist nicht belegt. Moderne Archäologen und Wissenschaftler anderer Bereiche gehen eher davon aus, dass sich die Kelten mit den Germanen vermischt haben, was ich gerne als wahrscheinliche Begebenheit angenommen und im Roman verwendet habe.

Trotzdem möchte ich den Text der Band *Odroerir* hier anfügen:

Menosgada

Vernehmt des Barden klagenden Gesang
Von Menosgadas Untergang
-Untergang-
Von der hohen Burg, die unser war
Bevor der Krieg das Leid gebar
-das Leid gebar-
Oh, ihr Götter, was habt ihr uns angetan?
Der Fluch des Nordens ist unser Untergang!
Mein Volk nun gegen Westen zieht
Dort wo die Sonne untergeht
Das goldene Zeitalter, es ist schon längst vergangen
Wie es die alten Lieder einst besangen
Die Winter wurden hart, die Ernten so schlecht
Als wenn der Himmel über einen bricht
Die Pferde gezäumt, die Wagen bepackt
Brachen wir auf in der schicksalhaften Nacht
Vor dem Sturm des Nordens, Krieger hoch zu Roß
Die Flucht war unser einzigstes Los
Die Flucht sie war unser einzigstes Los!
Menosgada, Menosgada
Menosgada, Menosgada
Ein Funke der Hoffnung durchströmt mein Herz
Das ich vergessen kann, den vergangenen Schmerz
Der Traum auf ein neues, besseres Land
Von den Vätern Hy Breasyl genannt!
Von den Vätern Hy Breasyl genannt!
Von den Vätern Hy Breasyl genannt!

Zu den religiösen oder mystischen Aspekten der Handlung sei noch erwähnt, dass es die Katholische Kirche seit rund zweitausend Jahren trefflich versteht, regionale heilige Orte und Begebenheiten teilweise zu assimilieren, ihrem eigenen Glaubensgebilde anzupassen oder einfach zu unterdrücken. Dazu gehört seit vielen Jahrhunderten auch die Praktik, dass Kirchengebäude just an der Stelle errichtet werden, an denen früher lebende Völker ihre heiligen Stätten hatten. Ob Sie, liebe Leser, dies als einen Akt erfolgreicher Christianisierung betrachten oder als Unterdrückung uralter Mythen und Legenden, bleibt Ihnen überlassen.

Es wäre sicher spannend zu erfahren, was alles unter solchen Orten noch im Verborgenen liegt. Und ist es nicht gerade die Suche nach Geheimnissen, nach uralten Legenden, die – mit einem Fünkchen Wahrheit darin – uns fasziniert und nach genau solchen Stoffen greifen lässt? Für all jene, die sich dafür begeistern können, habe ich Menosgada geschrieben. Auch die Spiegelkrieger-Trilogie (siehe nachfolgende Seiten) fußt auf vergessenen Relikten und deren magischen Kräften.

Der Autor

Personenregister (nach Völkern)

Kelten von Menosgada	
Alaric	Stammesfürst; Ehemann von Brianna und Vater von Kyla und Thorgert
Brianna	Fürstin, Gemahlin Alarics
Cedric	Krieger
Cualan	Schmied
Drostan	Bauer
Evelyn	Zofe der Fürstin Brianna und Verlobte Cualans
Feidlim	Druide
Gerres	Glashandwerker
Kyla	Tochter des Fürstenpaares
Nolwenn	Bäuerin
Perdedur	Krieger
Thorgert	Sohn des Fürstenpaares
Wolfried	Krieger
Yashar	Krieger
Kelten vom Stamm der Tougener	
Isvan	Tougener
Raik	Fürst der Tougener
Germanen	
Arwed	Bernsteinhändler und Spion
Björn	Krieger
Gisbert	Krieger
Godemund	Krieger aus dem Gefolge König Sigmunds
Gutbert	Krieger
Helmar	Krieger
Kunolf	Krieger
Nordwin	Krieger
Oswin	Gode (heiliger Mann)
Sigmund	König und Schwager Thoralfs
Sven	Krieger
Thoralf	König dieses Germanenstammes
Ulf	Krieger; Beiname: Schädelspalter, rechte Hand Thoralfs
Sonstige	
Elfrun	Druidin der Svear
Drudwyn	Jagdhund im Haushalt des Stammesfürsten Alaric
Fafnir	Lindwurm und Hreidmars Sohn
Godehild	Tochter von Arwed und Brianna
Mahiman	Druide, der »Alte Mann vom Berg«

Glossar

Albion: keltischer Name für Britannien.
Belenus: auch: Belenos, keltischer Gott.
Belger: oder Belgier.
Carnyx: Metallisches Kriegshorn; etwa 150 cm lang. Das obere Ende bildet einen Tierkopf, dessen Maul weit geöffnet ist.
Éire: keltischer Name für Irland.
Esus: keltischer/gallischer Gott.
Gode: heidnischer (germanischer) Priester; aus dem altnordischen Begriff góði, etwa "der mit den Göttern (gotisch gud = Gottheit) in Verbindung steht". Es konnten Männer (Gode) oder Frauen (Gydja) Priester werden. Allerdings ist ihre damalige Funktion nicht mit heutigen Priesterberufen vergleichbar.
Grannus: ist der Name eines Heilgottes der Kelten.
Hibernia: römischer Name für Irland.
Hludana: auf einigen Inschriften als: *Dea Hludana* bezeichnet, ist der Name einer germanischen Göttin.
Īgull: altnordisch für Igel.
Nerthus: nordgermanische Göttin, auch als *Mutter Erde* bekannt.
Rus: alte Bezeichnung für die Russen.
Schleiftrage: oder auch Gleittrage. Zwei lange Holme aus dünnen Baumstämmen, entweder zu einem Dreieck oder parallel zu einem langen Rechteck verbunden. Die Ladefläche kann aus Stoff, Seilen, Fellen oder Netzen bestehen. Bereits seit dem Neolithikum bekannte Vorrichtung zum Transport von Waren und Menschen. Kann sowohl von Menschen als auch Tieren (Ochsen, Pferden) gezogen werden.
Sindri und **Brokk**: sind die Namen von Zwergen aus der nordischen Mythologie. Sie schmiedeten Thors Hammer Mjöllnir.
Svear: oder auch: Svitjod; Bezeichnung für einen nordgermanischen Stamm in Schweden.
Tathlum: magisches Schleudergeschoss des irisch-keltischen Helden Lugh.
Taranis: keltischer Gott des Himmels, des Wetters und des Donners. Dem römischen Dichter Lucan zufolge stand er mit Teutates und Esus an der Spitze der keltischen Götterwelt.
Teutates: keltischer/gallischer Gott
Torques: keltischer Halsring, Schmuckgegenstand aus Eisen, oft vergoldet, selten ganz aus Gold; vorne geöffnet.
Tränen der Götter: antike Bezeichnung für Bernstein, zurückgehend auf den römischen Poeten Publius Ovidius Naso, kurz Ovid genannt.

Quellennachweis

Den Kelten auf der Spur, Leo Verhart, Philipp von Zabern Verlag, Mainz. ISBN 978-3-8053-3888-2
Die größten Fehlschläge der Militärgeschichte, Saul David, Heyne Verlag, München, 2003 (3. Auflage), ISBN 978-3-453-86127-5
Die Kelten, Karfunkel-Verlag, Würselen, 2008, ISSN 0944-2677
Die Kelten – Mythos und Wirklichkeit, Stefan Zimmer (Hrsg.), Theiss-Verlag, Stuttgart, 3. Auflage 2012, ISBN 978-3-80622693-5
Die Söhne des Mars – Eine Geschichte des Krieges von der Steinzeit bis zum Ende der Antike, Armin Eich, Verlag C.H.Beck, München, 2015, ISBN 978-3-406-68229-2
Entdeckungen rund um den Staffelberg, Stadt Bad Staffelstein (Hrsg.), 2015, ISBN 978-3-935302-12-8
Keltische Länder und ihre Geschichte, Miroque Edition Nr. 10/2014 Keltika, VK Histomedia GmbH, Oberhausen, 4-192191-708905
Keltische Mythologie von A-Z, Sylvia & Paul F. Botheroyd, Tosa-Verlag, Wien, 2004, ISBN 978-3-85492-846-7

… und das Internet

Danksagung

Nachdem meiner Meinung nach auch fiktive Geschichten ein gerüttelt Maß an Fakten aufgreifen sollten, gilt mein erster Dank Karl-Heinz Müller, meiner menschlichen Quelle für historische Daten rund um den Staffelberg und die Kelten. Er hat mich mit seiner Begeisterung für die Befestigung Menosgada angesteckt und mit seinen Informationen in meinem Kopf eine Szene nach der anderen ausgelöst.

Großen Dank verdient auch mein Korrektor und Lektor Matthias Einwag. Es freut mich ganz besonders, dass ich sein anfängliches Misstrauen auflösen konnte und ihn mittlerweile zu meinen Fans und, noch viel wichtiger, zu meinen Freunden zählen darf.

Mein weiterer Dank gilt meinen Testlesern. Ihr erhobener Daumen und die Frage, wann denn mein nächster Roman fertig wird, ist das, was mir Mut macht, weiter zu schreiben. Ganz besonders danke ich Hans-Jürgen Birsen. Er hat unzählige phantastische Romane gelesen und versichert mir glaubhaft, dass ich mit meinen Romanen selbst hartgesottene Genre-Spezialisten wie ihn packend unterhalten kann.

Ich danke auch der Metal-Pagan-Band *Odroerir,* die es mir gestattet hat, den Text zu ihrem Lied *Meno sgada* hier abzudrucken.

Und last-but-not-least danke ich natürlich all jenen, die im Internet oder in Buchhandlungen nach meinen Romanen greifen und sich auf das Wagnis einlassen, sich von einem weniger bekannten deutschen Autor unterhalten zu lassen. Tun Sie es bitte wieder. Und vielleicht treffen wir uns einmal bei einer meiner Lesungen. Ich würde mich freuen.

Werner Karl

Ein Druide der Picten
gegen eine römische Legion.
Ein ungleicher Kampf.
Römer … mir graut vor eurem Schicksal.

Britannien ist von römischen Legionen besetzt. Doch ein junger Druide der Picten findet ein Mittel für seine Rache und beginnt den Sturm auf den Hadrianswall. Und er findet die Liebe seines Lebens: die Tochter seines größten Feindes …

Einst war sie eine Römerin.
Jetzt ist sie die Königin der Picten.
Ihr Ziel ist die Befreiung
Britanniens von den Römern.

Die Armee der Spiegelkrieger hat die Schlacht am Hadrianswall gewonnen. Doch immer noch ist der größte Teil Britanniens von Römern besetzt. Und in den eigenen Reihen gibt es einen Verräter, der seine eigenen Pläne mit der dunklen Macht hat …

Seine Armee ist pervertiert.
Aus Spiegelkriegern werden Dämonen.
Sie kennen weder Heimat noch Gnade.
Nur ein Bündnis kann sie aufhalten.

Das Kind des pictischen Druiden und der ehemaligen Römerin ist der dunklen Macht der Tafel verfallen. Aus dem Kind wird ein Dämon, der sich nicht mit Britannien zufrieden geben will. Seine Rache- und Eroberungsgelüste führen nach Rom …

66793845R00252

Made in the USA
Charleston, SC
28 January 2017